KB267186

Everyone has a story

누구나
갖고 있거나
갖고 있지 않은
이야기

제임스 로이 지음 황윤영 옮김

오래전에 봤던 영화에 이런 대사가 나온다. "인생이란 초콜릿 상자와 같은 거야. 다음에 무엇이 잡힐지 아무도 모르거든."

이 책도 마찬가지다. 다양한 맛과 모양의 초콜릿이 든 상자처럼, 이 책 속에도 다양한 맛의 인생 이야기가 담겨 있다. 초콜릿 상자 대신 호주의 어느 마을이, 다양한 맛의 초콜릿 대신 개성 강한 여러 십대 청소년들이 등장한다는 점이 다를 뿐, 어떤 맛일지 모르는 초콜릿처럼 열 세 편의 이야기가 각기 다른 맛과 멋을 뽐낸다. 각각 어떤 이야기가 펼쳐질지 다 읽어보기 전까지는 아무도 모른다. 또한 단편소설집이지만 각 편이 따로 떨어지지 않고 유기적으로 긴밀하게 연결되어 있으면서도 단편소설의 특징을 잘 살려 간결하고 짤막하나 강렬하게 다가온다.

이 책은 한 마을을 배경으로 각양각색이긴 하지만 어디선가 본 듯 낯익은 십대들의 이야기가 개학인 2월에서 다음해 2월까지 한 달에 한 편씩 주인공을 바꿔가며 펼쳐지는 단편소설집이다. 개학 첫날의 생생한 묘사가 돋보이는 2월 첫 이야기에서는 깜찍한 반전을 선사하고, 3월 두 번째 이야기에서는 2월 첫 이야기에서 잠시 등장한 소년을 주인공으로 만나게 되는 반가움과 함께 장애 소년에 대한 풋풋한 묘사에 미소를 머금게 된다.

또한 잠깐 경험해 본 첫 사회생활의 아픈 기억, 화학식에 대한 엉뚱한 해석과 기발한 발상에서 비롯된 실험의 예기치 못한 결과, 소문의 희생양이 돼버린 여자아이를 보며 느끼는 씁쓸함과 측은함, 토요일 오후 친구들과 시간을 때우며 어울려 다니던 아이들이 맞게 되는 황당하고도 충격적인 결말, 마음 아픈 이야기와 예기치 못한 슬픔과 충격, 경제적으로 가정적으로 어려운 아이의 녹록치 않은 삶과 인생의 무게를 다룬 이야기 등 다양한 이야기가 이어진다.

한 마을이라는 공간적 배경의 특수성으로 인해 같은 인물이 주인공이 되기도 하고 주변인이 되거나 엑스트라가 되기도 하는데, 행인처럼 스치듯 지나간 아이를 다시 조우하는 순간에는 그 아이가 모범생이건 불량학생이건 그저 평범한 학생이건 길을 걷다 아는 사람을 만난 듯한 반가운 마음이 앞선다.

이야기 가운데는 우리의 십대들이 공감할 만한 내용도 있고, 그렇지 못한 부분도 있다. 우리나라 십대들도 고민하는 보편적인 문제이긴 하지만 이성문제나 성, 담배, 술, 운전, 파티 등에 대해 훨씬 직설적이고 자연스럽고도 일상적으로 말하고 행동하는 이들의 모습이 우리 청소년들과 사뭇 다르다는 느낌을 받았다. 우리 청소년들과 비슷한 점은 무엇이며 다른 점은 무엇인지 생각해 보는 일도 재미있을 것이다.

　제임스 로이는 어느 한 장르와 주제에 국한되지 않는 다양한 실험을 하는 작가로 하나같이 독특한 개성이 엿보이는 작품을 썼다. 대개는 한 작가의 작품을 여러 권 읽다 보면 그 작가의 글임을 금방 알아채는데 로이의 경우에는 책마다 새롭다. 실험정신으로 무장한 채 다양한 장르와 소재를 넘나드는 것이 제임스 로이의 장점이 아닐까 싶다. 다양한 방면에 대한 지적 호기심, 사소한 것 하나 놓치지 않는 관찰력과 인간과 세상에 대한 관심과 유려한 글 솜씨가 작품 속에 잘 묻어난다.

　전 세계 인구가 70억 명 가까이 된다고 했던가. 작가의 말처럼 누구에게나 이야기는 있다. 그렇다면 세상에는 70억 개의 이야기가 있는 셈이다. 평범하지만 하나같이 소중한 반짝반짝 빛나는 이야기들이 지금 이 순간에도 현재진행형으로 펼쳐지고 있다.

　내가 주인공인 나의 이야기, 내가 조연이거나 엑스트라인 당신의 이야기, 또 나와 전혀 상관없는 길거리를 오가는 무수한 타인들의 이야기가 궁금해진다. 번역가인 나를 주인공으로 하는 이야기는 어떨까? 온종일 책상 앞에 앉아 번역만 하는 이야기에 독자는 지루해 하품을 하며 책을 덮어 버릴지도 모르겠다.

　과연 여러분이 주인공인 여러분의 이야기는 어떤 모습일까?

■ 차례

새로 온 여자아이　　009

오토바이 경주 영웅　　029

내부 고발자　　039

열역학 제1법칙　　081

공터　　110

용에 대해 말하기　　161

확장 작품　　177

헐떡거리며 달리기　　200

3의 법칙　　241

회전력　　259

새로운 카툴　　310

피해 대책　　319

무미건조한 마을　　343

새로 온 여자아이

사람들이 청소년 흡연에 아주 엄격하기 때문에 이 주위에서 미성년자가 담배를 구할 수 있는 유일한 곳은 프렌샴 상가 끝에 위치한 제과점 옆의 작은 선물 가게다. 그 가게의 안쪽 부근에 만화책과 닳고 닳은 포르노 잡지로 가득한 조그만 중고 서적 코너가 있는데 그 코너는 팔뚝에 마법사 문신을 한 대런이라는 남자가 운영한다.

언젠가 그는 문을 닫게 될 것이다. 모든 사람이 그가 미성년자들에게 담배를 판다는 사실을 알고 있는데도 아직 이러한 일이 일어나지 않은 것이 오히려 기묘하다.

나는 늘 그에게서 담배를 구한다. 어떤 식이냐면, 내가 그에게 기부금을 내거나 권당 1달러의 가치밖에 나가지 않는 중고 만화책 두서너 권을 사면서 20달러를 내면, 그가 선반에서 담배를 꺼내 자기 앞으로 담배를 산다. 그런 뒤 그가 나에게 담배를 '선물'로 준다.

이런 식의 편법이 얼마나 지속될지 모르지만, 나는 전혀 신경 쓰지 않는다. 아니, 사실은, 이런 전체 체계가 뒤집히면 더 이상 담배를 못 구할 것이므로 굉장히 신경이 쓰인다. 그건 정말로 끔찍할 것이다.

하지만 대런에게 일어나는 일에 대해서는 별로 신경 쓰이지 않는다. 내 말은, 그는 범죄자라는 것이다. 미성년자들에게 담배를 파는 것은 법을 어기는 것이며 그는 그 사실을 알아야 한다.

그곳이 바로 학교에 도착한 순간, 나와 리스가 빼앗긴 담배를 구한 곳이다. 우리는 그때 담배를 피우고 있지도 않았다. 하지만 어찌된 일인지 메이슨 선생님이 우리가 담배를 갖고 있다는 사실을 알았다. 우리가 도서관 계단 아래로 난 길을 걸어가고 있을 때 메이슨 선생님이 우리 앞으로 걸어왔다. 우리가 앞문으로 들어가기 불과 10미터도 남지 않은 거리에 메이슨 선생님이 서서 손가락을 까닥거리고 있었다.

"어이, 거기, 이리 내놔."

"뭘요, 선생님?"

"담배."

"우린 담배를 갖고 있지 않아요, 선생님."

리스가 대답했다. 메이슨 선생님이 입술을 오므렸다. 선생님은 우리의 말을 믿지 않았다. 선생님이 우리의 말을 믿는 경우는 아주 드물었다.

"너희는 늘 담배를 갖고 다니잖아. 이봐, 시간 낭비하지 말자고. 마티, 네 호주머니에 담배가 들어 있는 윤곽이 보여."

또 실패였다. 나는 담배 갑을 꺼내 메이슨 선생님에게 건넸다. 담배가 가득 담긴 담배 갑이었다. 메이슨 선생님의 손가락이 여전히 까닥거렸다.

"라이터도 내놔."

나는 라이터를 가진 사실을 부인해 봤자 소용없다는 것을 알았다. 그래서 나는 논리적으로 협상을 하려 했다.

"라이터를 피우지는 못하잖아요. 그렇지 않나요, 선생님?"

"그래. 하지만 강당을 몽땅 태워버릴 수는 있지."

"그거 나쁘지 않은데요. 첫날 다 날려버리는 것도요."

메이슨 선생님이 미소 지었다. 그리고 그건 잘난 척하는 미소도, 빈정대는 미소도 아니었다. 선생님은 우리를 놀리는 것을 정말로 즐기고 있었다. 선생님은 손가락을 여전히 까닥거리고 있었다.

"마티, 라이터 이리 내. 당장."

나는 호주머니에서 라이터를 끄집어내서 선생님의 손바닥에 탁 놓았다.

"학교를 마칠 때 제 물건을 모두 다시 돌려주실 거죠?"

"대체 몇 번째지? 라이터는 다시 돌려주겠지만 담배는 안 돼."

메이슨 선생님은 다음으로 리스에게로 향했다.

"자, 토메이 군. 자네는?"

리스도 자신의 담배와 라이터를 꺼냈다.

"〈실크컷〉이로군, 리스? 고급인데."

그런 뒤 메이슨 선생님은 가이저 계수관이 똑딱거리듯이 고개를 흔들기 시작했다.

"첫날이 다시 돌아왔군. 이제 그만 가도 좋아. 가 봐."

"고맙습니다, 메이슨 선생님."

내가 말했다.

"건방진 놈."

메이슨 선생님이 걸어가면서 중얼거렸다.

나는 담배를 뺏겨 기분이 좋지 않았다. 나는 〈럭키스트라이크〉 담배를 구하기 위해 상당히 많은 기부를 해야 했다.

"메이슨 선생님은 우리에게서 압수한 담배들을 어떻게 할까?"

내가 리스에게 물었다.

"대런에게 곧바로 되팔지 않을까?"

나는 학기 첫날을 무척 좋아한다. 정문에서 사소한 실랑이가 있었어도 그걸 바꿀 수는 없다. 첫날은 대개 아주 한가롭다. 선생님 가운데 어느 누구도 아이들에게 뭔가를 가르치는 데 전혀 열심이지 않다. 선생님들은 그냥 마음 편하게 학기를 시작하고 싶어 할 뿐이다.

나는 젤릭 선생님의 서류 캐비닛 옆면의 냉장고 자석을 본 적이 있었다. 그 자석에는 '천 마일의 여행은 단 한 걸음으로 시작된다.' 라고 쓰여 있었다. 그때가 2학기까지 2주 남은 때였는데, 나중에 젤릭 선생님이 마을 묘목 밭에서 허브를 다른 화분에 옮겨 심고 있는 모습을 보고는 나는 젤릭 선생님의 여행은 발걸음을 떼기도 전 약 500킬로미터 지점에서 끝났다고 추측했다. 분명 다시 되풀이하여 하나까지 세는 일은 보기보다 어려운 일인 모양이다.

나는 또한 새로 온 사람들 때문에 학기 첫날을 좋아한다. 첫날에는 대개 새로 전학 온 아이들이 몇 명 있다. 평균의 법칙을 적용하면 이들 가운데 절반이 여자일 것이다. 그리고 그 여자애들 가운데 적어도 한 명은 매력적일 가능성이 꽤 크다. 적어도 한 명은 그럴 것이다.

그건 물어볼 것도 없지 않은가? 그렇다고 이미 우리 학교에 근사한 여자애들이 없다는 뜻은 아니다. 분명 그런 여자애들이 있다. 그리고 그런 여자애들이 나 같은 남자에게 주목하지 않는 것도 아니다. 분명 여자애들은 내게 눈길을 준다. 하지만 조금이라도 다양한 것이 좋다는 게 내 생각이다.

작년에 새로 온 여학생 가운데 단연 돋보였던 아이는 조지나 힐이었다. 아주 탁월했다. 작고 앙증맞은 예쁜 얼굴에 늘 짧은 원피스 입기를 고수했는데, 그건 일종의 보너스 같은 것이다. 하지만 불행히도 조지나 힐은 최고로 재수 없는 계집애였다.

재작년에 남자애들 고개가 다 돌아가게 만든 여학생은 제니퍼 카프리오시였다. 그 애는 2학기 첫날에 나타났다. 까만 눈동자에 키가 큰, 잡지 화보에 나오는 여자처럼 섹시했다. 그 애 또한 몹쓸 계집애였지만 나는 그 애와 2주 동안 사귀었다. 그때는 그 애가 몹쓸 계집인지 몰랐다. 그 애는 지금 전학 가고 없다.

그리고 올해는 그야말로 완전 대박이었다. 나는 리스와 함께 교무실로 들어갔는데 그곳에 새로 온 여자애가 기다리고 있었다. 벅 선생님이 골프 팀 등록 서류를 내편에 가져가라고 아빠에게 메시지를 남겨서 나는 리스와 함께 벅 선생님을 찾아간 것이다. 교무실로 들어갔을 때 나는 그 여자애를 보았다.

그 여자애는 빨강 머리였다. 나는 빨강 머리를 좋아한다. 빨강 머리는 흔치 않다. 빨강 머리는 희귀 새를 찾으려고 눈길을 떼지 않고 지켜보아도 며칠, 심지어는 몇 주가 걸려도 못 볼지 모르는 진귀한 새와 같다. 사실 나는 희귀 새들, 아니 화끈한 새들이 나타나는지 항상 망보고 있다.

그래서 나는 속도를 늦췄다. 그 여자애는 혼자 서 있었는데, 가방을 발치에 두고, 윤이 나는 A4 폴더 두 개를 가슴에 바싹 안고 있었다. 그 여자애는 교무실에 있는 대형 수족관을 보고 있었다.

"넌 가서 뼈기기 대장*(벽과 비슷한 단어인 벅코(bucko : 뼈기는 사람)를 이용한 벅 선생님의 별명)을 찾아."

내가 리스에게 말했다.

"왜 내가 해야 돼?"

"이봐, 신세 좀 질게."

"이미 신세 졌잖아."

그러면서 리스가 한숨을 쉬었다.

"그래, 좋아. 뼈기기 대장에게 뭘 물어볼까?"

"우리 아빠를 대신한 골프 문제. 등록 서류인가 뭔가 하는 것. 나도 정확히는 몰라."

리스는 또 한숨을 토해냈다.

"갔다 올게. 어디 가지 마."

"그럴 일은 없어."

나는 그 여자애에게 눈길을 떼지 않았다. 그 여자애는 정말이지 끝내줬다. 내가 살펴본 바로는 우리 고등학교의 여학생들 일부는 아직도 발육 중이었다. 하지만 이 여자애는 완전 여인이었다. 올해 우리 고등학교에 새로 온 여자애가 더는 없더라도 문제가 되지 않을 것 같았다.

나는 호주머니에 손을 깊숙이 찔러 넣은 채, 그 여자애 쪽으로 한가로이, 아니, 사실은 어슬렁거리며 걸어갔다.

"안녕, 여기 온 첫날이니?"

"응."

그녀가 대답했다.

"긴장 돼?"

"그래, 조금."

"그러지 않아도 돼. 우리 학교 애들은 모두 아주 착해. 다들 너를 반길 거야."

"아무렴."

"아직 교복을 구하지 못했나 봐?"

그녀가 고개를 끄덕였다.

"응, 아직 못 구했어. 공급이 달리나 봐."

"그렇구나, 그럼, 넌 교복을 빨리 구하고 싶겠어. 우리 학교는 교복에 대해서는 엄한 편이야."

그녀가 고개를 끄덕였다.

"학기 시작하고 사흘은 사복을 입어도 된다고 교장 선생님께서 허락해 주시기를 바라는 게 최선이겠네."

"그럴 가망은 없어."

나는 미소 지으며 말했다. 이 여자애는 내가 좋아하게 될 것 같은 태도를 지니고 있었다.

"있지도 않을 사복 입는 날을 기다리는 위험을 무릅쓸 바에는 차라리 내가 교복 가게가 어디 있는지 가르쳐 줄 수 있는데."

"그래?"

그녀가 미소로 답했다. 치아가 정말 가지런했다. 완벽에 가까웠다.

"음, 있잖아, 그 제안을 받아들일지는 조금 있다 대답해 줄게."

그녀가 말했다.

"바로 지금 답해 주면 안 돼? 교복 가게는 아마 9시에 문을 열걸. 몇 시에 문 닫는지 알아봐 줄까?"

"고마워. 하지만 조금 있다 필요하면 말할게."

"그런데 누굴 기다리는 거야?"

"사무직원. 곧 올 거야. 이곳을 안내할 사람을 찾아온다고 했거든. 라커룸이 어디 있는지 그런 것들을 가르쳐 줄 사람 말이야."

"우리 학교 라커룸은 유료야. 하지만 네 물건을 도둑맞고 싶지 않다면, 그럴 만한 가치가 있어. 작년에 난 아이팟을 두 개 잃었는데 둘 다 도둑맞았어. 그래서 라커룸을 하나 빌렸지."

"아이팟을 두 개나 잃고 나서야?"

"그래, 맞아. 나는 느리게 배우는 편이야."

나는 어깨를 으쓱했다.

"라커룸 하나 빌리는 데 얼만데? 한 달에 5달러 정도 해?"

"7달러 50센트. 라커룸 빌리는 비용을 몇 달치 모아야 아이팟 한 대가 나오는지 계산하지 마."

"알았어. 라커룸을 하나 빌려야겠네. 그만한 가치가 있겠어."

나는 손을 내밀었다.

"난 마티야."

"난 멜라니야. 만나서 반가워, 마티."

그녀가 내 손을 잡으며 말했다.

"우리 학교 수족관이 맘에 드나 봐? 우리 학교는 호주과학산업연구기구(CSIRO)와 협력해 수족관 유리에 이끼를 얼마나 두껍게 키울 수 있는지 알아보는 실험을 하고 있어. 내 생각엔 아주 잘 되어 가는 것 같은데. 네가 보기엔 어때?"

"놀랄 정도로 잘 되어 가는 것 같네. 이끼가 많이 끼었어. 조류도 생겼고. 그건 예상치 못한 결과인가 봐."

제길, 그녀는 섹시하다. 나는 빨강 머리를 좋아한다. 짧은 빨강 머리를 좋아하는데 특히 짧은 보브 커트에 한쪽이 다른 한쪽보다 조금 더 길고 뒤는 약간 짧게 깎은 그녀가 하고 있는 그런 스타일의 머리를 좋아한다. 그것은 이곳 주위 여자아이들이 흔히 하지 않는 스타일이다. 내가 커트 전문가는 아니지만 비싸 보이는 커트다. 게다가 밝게 염색한 부분이 있는데, 그것도 싸구려 같아 보이지 않는다.

"저기, 네가 좋다면, 이쪽부터 돌아볼래?"

나는 수족관 바로 옆 벽에 나사로 고정된 금연 표지를 가리켰다. 그 표지의 오른쪽 아래 귀퉁이의 나사는 어디론가 사라지고 없었다.

"이 구역에서는 담배를 피워서는 안 된다는 걸 명심해. 사실, 흡연은 우리 학교 대부분의 구역에서 인상을 찌푸리게 하는 일이야."

그녀가 내 쪽으로 더 가까이 몸을 기울였다. 그녀에게서 향수 냄새가 났다. 향기가 좋았다. 정말 근사했다.

"그럼 어디에서 담배를 피우니? 그러니까, 네가 담배를 피운다면 말이야."

그녀가 내게 속삭이는 것보다는 약간 더 큰 목소리로 물었다.

'정신 차려.'

내가 나 자신에게 말했다.

"원칙적으로 학생들은 어디에서도 담배를 피워서는 안 되지만, 우리는 담배를 피울 장소를 찾아냈어. 네가 원한다면 좋은 장소들을 가르쳐 줄게. 선생님들은 교직원실 뒤쪽의 바깥마당에서 담배를 피우는 것 같아. 사실 그래선 안 되긴 하지만 말이야. 물론 공식적으로 선생님들은 그러지 않는다고 말해. 하지만 너도 알겠지만 선생님들이란……."

그녀가 희미하게 미소 지었다.

"전형적이지. 이중 잣대를 들이대고."

"정말 그래. 그런데 네가 혹시라도 담배를 피운다면, 나는 네가 담배를 구할 곳을 알아."

"그래. 나도 알아. 신문가판대, 슈퍼마켓, 담배 가게, 주유소……."

이 여자애 때문에 미쳐버릴 것 같다. 나는 사랑에 빠진 것만 같다. 그녀가 주유소로 걸어 들어가 대담하게 〈벤슨&헤지스〉 한 갑을 달라고 하는 광경이 눈에 선했다. 자신감. 그건 섹시하다.

"그럼, 계속 안내할게. 네가 이쪽 명성의 벽에 관심이 있을지도 모르니. 우리 학교의 훌륭한 과거 학생들 몇몇에 대해 얘기해 줄게."

"졸업생들."

"그래, 맞아! 졸업생! 정확히 그거야!"

"듣고 싶어."

멜라니가 말했다.

나는 첫 번째 사진을 가리켰다.

"이 사람은 엘리엇 코완이야. 1970년대에 호주 수구 대표 팀에서 뛰었어."

"대단해!"

"그래. 그에 대해 들어본 적 있어?"

"지금 들었어."

"그래, 하긴. 1970년대 이후로는 다른 사람들도 그에 대해 들어보지 못했을 거야."

이 말로 멜라니에게서 어느 정도 웃음을 이끌어 내자, 그 사실에 나는 고무되었다.

"그리고 그 옆은 바바라 허벨이야. 바브는, 우리는 바브를 '날랜 바브' 라고 부르기를 좋아하는데, 육상 트랙과 필드 경기에서 우리 주 대표로 뛰었어."

"굉장하네."

멜라니가 천천히 고개를 끄덕이며 말했다.

"지금 그녀는 미용사야. 비디오 가게 옆에서 미용실을 해."

"〈날랜 바브 미용실〉이라고 이름 지었겠네?"

나는 잠시 머뭇거렸다.

"아니. 〈허벨 미용실〉이라고 했던 것 같아. 실력이 아주 좋단 말을 들었어."

"기억해 둘게."

"꼭 기억해 둬. 여기 이 사람은 내가 가장 좋아하는 선배야."

나는 샛노란 운동복을 입어 눈부시게 빛나는 크리켓 선수의 사인이 되어 있는 컬러 사진을 가리켰다.

"이 사람은 숀 멜비야. 그는 호주 20크리켓 대회에서 두 게임을 뛰었어."

나는 목소리를 낮춰 거의 속삭이듯 말했다.

"그는 이 지역에서는 영웅 같은 존재야. 우리는 그를 '세인트*(성
인(聖人)이란 뜻)' 손이라고 불러."

"왜 그런지 알 것 같아. 그리고 저기 마지막 사람은 누구야?"

그녀가 다소 볼품없어 보이는 여학생의 빛바랜 흑백사진을 가리키
며 물었다.

"별로 예쁘지는 않네, 그지?"

"아, 그녀?"

나는 그녀가 누구인지 기억해 내기 위해 작은 명판을 읽어야 했다.

"맞아. 정말 그래. 그녀는 앤 트링커야. 보아하니 그녀는 총리 해
임 사태 동안 의회 기자석에서 일했나 봐."

나는 명판을 보며 말했다.

"그렇구나. 음, 마티, 저기 걸린 졸업생들은 정말 대단한 것 같아.
너희 모두 선배들이 이룬 업적을 아주 자랑스러워하겠어."

"오, 그럼. 그리고 조만간 너도 선배들을 자랑스러워하게 될 거
야, 멜. 널 멜이라고 불러도 돼? 아니면 멜라니라고 부르는 게 더 좋
니?"

"지금 당장은 멜이 좋겠어."

"좋아."

리스가 돌아왔다. 그가 내게 종이 한 장을 건넸다.

"자, 여기 있어."

"리스, 여긴 내 새로운 친구 멜이야. 멜, 이쪽은 나의 '가끔' 친구

리스. 우리가 지금은 말하고 있지만 좀 더 뒤에는 어떨지 누가 알겠어?”

리스가 눈동자를 과장되게 굴렸다.

“가끔 나는 투명인간이 된 기분이야. 이 녀석이 집으로 와서 담배와 슬리퍼를 내놓으라고만 하고 함께 붙어 있으면서도 내가 하는 힘든 일은 하나도 보지 않거든.”

리스가 말했다.

“이 녀석은 바람둥이야.”

나는 리스가 그렇지 않으면 얼마나 좋을까 생각하며 말했다.

“오, 얘도 그래?”

멜이 말했다. 프록터 선생님이 사무실에서 분주하게 걸어 나와 아주 중요한 할 말이 있는 것처럼 우리 사이에 난입했다. 사무직원으로서 그녀는 약간 과도한 과대망상을 지니고 있다.

“얘들아, 실례하마. 쿠퍼 양, 나와 함께 갈까요? 상담교사를 비롯해 만나 볼 사람이 두어 사람 있어요. 그리고 쿠퍼 양 시간표는 내가 챙겨 뒀어요.”

“이만 실례할게. 너희 둘 다 만나서 반가웠어. 그리고 안내해줘서 고마웠어, 마티.”

멜이 우리에게 말했다.

“모두 학기말 시험에 나올 거야.”

“벼락공부하지, 뭐.”

그녀가 대답했다.

"그럼, 또 보자."

그녀가 고개를 끄덕였다.

"그래, 그러자. 고대할게."

나는 그녀가 가는 모습을 지켜보다가 리스에게로 돌아섰다.

"어때?"

"뭐가?"

"끝내주지 않아? 진짜 끝내주는 것 같아."

리스가 고개를 끄덕였다.

"오, 그래. 확실히 그래."

"그렇담?"

"그렇담 뭐?"

"나랑 가능성이 있지 않을까? 저 여자애는 나랑 미친 듯이 시시덕 거렸잖아."

"그 여자애가 분명 그러기는 했지. 그리고 내가 보니 너도 똑같이 시시덕거리던데."

"물론이지. 그래, 어때? 가능성 있어 보이지 않아?"

리스는 그냥 씩 웃으며 고개를 절레절레 흔들었다.

"넌 진짜 대단한 놈이야."

"명심해. 그 앤 내가 먼저 찜한 거야."

"자, 이제 그만 가서 다른 애들 찾아보자. 지금쯤이면 앤디가 와 있을 거야. 로니도 왔을 거고."

조회가 열릴 강당은 여느 때처럼 떠들썩했다. 리스와 앤디와 나는 아주 늦게 줄지어 들어갔고, 하찮은 샘*(더피 선생님의 이름에서 따온 별명으로 'Duffy' 와 비슷한 단어인 'duff' 는 '하찮은, 쓸데없는 인간' 이란 뜻이다.) 이 서둘러 들어가라고 우리를 재촉했다. 우리는 할 이야기가 많았고 그는 우리를 귀찮게 할 수밖에 어쩔 도리가 없었으므로, 사실 나무랄 사람은 아무도 없었다. 우리는 리스의 여자 친구 로니를 발견했는데, 로니는 우리를 위해 자리를 잡아 놓고 있었다.

하찮은 샘은 우리를 재촉할 필요가 없었다. 조회는 시작할 기미도 보이지 않았다. 아이들은 아직도 휴일 기분에 젖어 상당히 소란스러웠다. 물론 마크 그리멧은 늘 그렇듯 스케치북에 얼굴을 파묻고 있었지만 그는 지극히 무해하다. 그는 실제로 가벼운 비난을 받을 일도 전혀 하지 않는다.

그때 로비 블레어가 어슬렁거리며 들어와 강당 앞쪽 구석에 앉았는데, 턱에는 기다랗게 침 자국이 나 있었다. 로비 블레어가 도착하자 고등학교라는 모험 세계로 이제 막 뛰어들기 직전인 앞줄의 어린 아이들 사이에서 약간의 소동이 일어났다. 그 애들은 전에는 한 번도 지진아를 본 적이 없는 듯했다.

하찮은 샘의 재촉에 나는 자리에 앉아 우리가 앉은 줄을 훑어본 다음 상급생들이 앉아 있는 다른 줄들도 훑어보며 멜을 찾았다. 멜을 찾을 수 없었는데 아이들이 워낙 많은 탓이었다. 그 안에 있으면 놓치기 쉬울 것 같았다.

"그 여자애가 안 보여."

내가 리스에게 말했다.

"벌써 보고 싶어?"

나는 내 셔츠 앞을 꽉 움켜쥐었다.

"내 심장이 그녀를 갈망해."

"갈망? 에이, 야아! 넌 평생 여자애를 갈망해 본 적이 없잖아. 욕망을 느낀 적은 있겠지만 갈망이라고?"

"허레이쇼, 하늘과 땅에는 너의 철학 속에서 꿈꾸는 것보다 더 많은 것들이 있어."

나는 내가 배운 내용을 유용하게 실제로 사용한 데 대해 뿌듯해 하며 말했다.

"머저리."

호플랜드 교장 선생님이 앞에 서서 턱 아래에 마이크를 대고 잠시 기다렸다. 그런 뒤 몇 번 헛기침을 했다. 고등학교에 새로 들어온 아이들은 이내 조용히 했는데, 그건 그 아이들이 겁먹었기 때문임이 분명했다. 교장 선생님에 대해서만이 아니라 모든 것, 모든 사람에 대해 겁을 먹었기 때문이다. 나도 그랬던 기억이 난다.

그런 뒤 점차적으로 전교생들이 교장 선생님이 기다리고 있다는 것을 알아챘다. 학생들 사이에 정적이 흐르는 가운데 10학년의 한 아이가 '와' 하고 함성을 질러 몇몇 아이들이 키득거렸다. 하지만 마침내 조용해졌다.

교장 선생님이 목청을 가다듬고 연설을 시작했다.

"여러분, 안녕하세요? 조회를 하기까지 시간이 상당히 걸렸지만, 오늘이 개학 첫날이니 이번에는 그냥 넘어가겠습니다. 저를 모르는 분들을 위해 제 소개를 하자면, 저는 이 학교의 교장인 호플랜드입니다. 여러분 가운데 일부는 우리 학교에 처음 왔을 것이며, 그런 분들 모두에게, 특히 고등학교를 오늘 처음으로 시작하는 학생들에게 환영의 말을 전합니다. 여러분이 새 학교에서 맞이하는 첫날이 즐겁고 보람차기를, 그리고 어서 빨리 편안한 마음을 갖게 되기를 바랍니다. 학년이 높은 다른 학생들에게도 또한 환영의 말을 전합니다."

리스가 몸을 기울여 내 귀에 속삭였다.

"처음 이 학교에 왔을 때 어떻게 교무실에서 추파를 던지고 시시덕거릴지에 대해서는 교장이 언급하지 않았어."

"그건 중요한 기술이고 내가 그 기술을 터득해서 기뻐."

내가 말했다. 하찮은 샘이 우리 줄 끝에서 내게 조용히 하라는 신호를 보냈다. 짜증나는 인간.

"새로 부임해 오신 선생님들이 몇 분 계십니다. 제가 소개할 테니 앞으로 나와 주시기 바랍니다. 데이비드 비키 선생님. 비키 선생님은 수학을 가르칠 것입니다. 비키 선생님, 앞으로 나와 주세요."

키가 큰 젊은 선생님이 단상으로 올라가 두 손을 앞으로 모은 채 연설대 옆에 섰다. 아직 덜 성숙한 여자애들 몇몇이 서로 팔꿈치로 쿡쿡 찔렀다. 멍청이들.

교장 선생님이 말을 계속 이어나갔다.

"다음으로 과학과 보건을 가르치실 린 콤프턴 선생님을 소개합니다. 환영합니다, 콤프턴 선생님. 그리고 리처드 포스터 선생님. 포스터 선생님은 지리와 수학 과목 담당입니다. 포스터 선생님은 자전거 애호가이니, 자전거로 신나게 달리고 싶은 사람들은 포스터 선생님을 따라잡는 걸 좋아할 것 같군요."

이 말에 킥킥거리는 웃음소리가 강당 안에 퍼졌는데 여러 선생님들 사이에서도 웃음소리가 났다. 그것은 마크의 주의까지 끌었는데, 마크는 자신의 최근 창작품에서 고개를 들어 앞을 보지는 않았지만 그럼에도 불구하고 혼자 싱긋 웃었다. 하지만 교장 선생님은 자신의 꽤 재밌는 농담을 눈치 채지 못한 것 같았다. 교장 선생님은 그냥 계속 말을 이어나갔다.

"그리고 마지막으로 우리 학교에 후임 미술 교사로 오신 멜라니 쿠퍼 선생님입니다."

짧은 빨강 머리의 젊은 여인이 앞줄에서 일어나 단상에 올라갔다. 바로 그녀였다. 멜, 내 새 여자 친구였다. 대담하게 자신의 담배를 살 수 있는 멋지고 섹시하고 자신감 넘치는 그 여자애가 선생님이었다. 곁눈질로 보니 리스가 터져 나오는 웃음을 참으려고 애쓰며 눈썹 아래로 나를 슬쩍 쳐다보고 있었다.

"이렇게 불운할 때가."

리스가 말했다.

"빌어먹을."

"정말 유감이야."

"그래. 미술 과목 신청하기에는 너무 늦었겠지?"

그날 오후, 나는 정문을 지나 밖으로 나가다가 그녀가 교무실을 나와 교직원 주차장으로 걸어가는 것을 보았다. 나는 그쪽으로 걸어가서 그녀에게 말을 걸까 생각했지만 비통한 마음이 차올라 그만뒀다. 그렇게 하는 것은 다소 비참할 것 같았다. 그녀가 이미 알고 있는 사실을 나는 이제야 알았는데, 그런 뒤 그렇게 빨리는 특히 더 그럴 것 같았다. 그녀가 나를 놀려 먹은 지 얼마나 됐다고, 그렇게 빨리는 안 되었다. 얼마나 대단한 여우인가. 그녀는 진짜 섹시한 여우다.

그때 몇 미터 뒤에서 메이슨 선생님이 나오는 게 보였다. 메이슨 선생님은 빠른 걸음으로 그녀의 뒤를 따라가더니 그녀의 이름을 불렀다. 그녀가 멈춰 서서 뒤돌아보며 미소 지었다.

'정말 대단한 바람둥이야. 빌어먹을 바람둥이 같으니라고!'

메이슨 선생님은 확실히 시간을 낭비하지 않았다. 두 사람은 자신들의 차 쪽으로 함께 걸어갔다. 그리고 그녀의 작은 빨강 마쯔다 차 옆에 멈추었고 그녀가 차 문을 열었다. 하지만 그때 메이슨 선생님이 자신의 가방에 손을 넣어 작은 갑을 꺼냈다. 메이슨 선생님이 〈럭키 스트라이크〉를 휙 젖혀 열어 그녀에게 한 대 권했다.

오토바이 경주 영웅

로비 블레어는 옥수수껍질 같은 헝클어진 금발 머리카락에 늘 비틀린 미소를 띠고 있으며, 발사대에서 결코 떠나지 못한 뇌를 가지고 있다. 로비 블레어가 태어났을 때 무슨 '일'이 있었던 게 분명했다. 누가 알겠는가? 백 년 전에 태어났더라면 로비 블레어는 죽었을지도 모르지만 15년 전에 태어났으므로 괜찮았다. 내 추측으로는 그렇다. 아무도 그 일에 대해 말하지 않지만, 그 일이 무엇이었건 간에 그 일이 그를 심하게 망가뜨려 놓았음이 틀림없다.

누구든 보기만 해도 단번에 그 아이를 알아볼 수 있다. 그 아이는 나와 같은 버스를 타는데 늘 중간 뒷부분에 혼자 앉아 굉장히 행복해하며 하염없이 창밖을 내다보기만 한다. 그 아이의 손가락은 기다란 집게손가락만 홀로 위로 튀어나와 있고, 나머지 손가락들은 두 번째 마디부터 심하게 구부러져 있다. 가끔 그 집게손가락은 바깥으로 보이는 뭔가 놀라운 것을 가리키거나, 되풀이해서 아랫입술을 뒤집어 낮게 푸푸거리는 소리를 낸다. 그리고 그 집게손가락은 그의 콧속으로 사라질 때가 많다.

나는 로비를 좋아한다. 집게손가락이 콧속으로 사라질 때를 제외하고는. 그 점만 빼면 로비는 괜찮은 것 같다. 로비는 해롭지 않다. 결코 남을 다치게 한 적이 없다. 때때로 그 아이는 구두 상자를 팔에 끼고 버스에 탄다. 어떨 때는 잼 단지를 끼고 탈 때도 있다. 그리고 누군가 예의바르게 그 안에 뭐가 들었는지 물어보면, 로비는 수줍게 씩 웃으며 아무 말도 하지 않거나 달팽이나 메뚜기, 노린재 혹은 그날 자신이 가져온 것이 뭐든 그것에 대해 자신이 아는 모든 것을 말해줄 것이다.

사마귀가 한 번에 낳는 알의 개수 같은 것은 로비의 말이 맞는 것처럼 들린다. 또 어떨 때는 새로 사귄 가장 친한 친구인 청개구리에게 여동생이 있는데 그 여동생이 우주비행사가 되려고 떠났다고 자신 있게 공표할지도 모른다. 그것은 로비가 지니고 다니는 일종의 행운의 경품 추첨함이다.

로비는 9학년이지만 내 생각엔 그 애는 평생 시험을 통과하거나 숙제를 낸 적이 없을 것 같다. 과연 누군가가 로비에게 뭔가를 가르치려 한 적이 있을까 의심스럽다. 그건 별로 중요하지 않은 일일 것이다.

매주 목요일 오후, 나는 도서관으로 자유롭게 걸어가며 키스 선생님 교실을 지나갈 때마다, 로비가 뒤쪽 구석의 창 바로 옆에 앉아 있는 모습을 본다. 그곳에서 로비는 타원 유리 너머로 밖을 응시하거나 안뜰에서 점심 부스러기를 쪼아 먹고 있는 딱새들을 볼 수 있다. 그 아이는 우리가 알지 못하는 장소와 일들에 대해 꿈꾸고 있음이 분명했다.

때로 나는 그곳에 있는 로비를 보고는 그 아이가 실제 있는 곳은 어디일지 궁금해한다. 그러다가 내가 자신을 지켜보고 있음을 로비가 알아채고는 내게 활짝 미소를 지어 보인다.

그렇다, 나는 로비를 좋아한다. 로비에게는 뭔가 특별한 것이 있다. 로비는 손목을 바삐 아래위로 움직이면서 선명한 분홍 입술로 오토바이 소리를 내어 엔진 속도를 높이는 시늉을 할 때 아이들이 자신을 보고 낄낄대는 것을 알아차리지 못하는 것 같다.

"난 오토바이야. 오토바이."

로비는 혼잣말을 한다. 그러다가 음용 분수대를 지나가며 엔진회전수가 최고 수준에 이르면 씩 웃는다.

어떤 날에는 로비는 매점 근처의 레몬 나무 아래에서 수렁에 빠진 듯 꼼짝 못 하게 되기도 한다. 로비는 손목이 흐릿해 보일 정도로 빠르게 조절판 레버를 위아래로 움직이면서 비쩍 마른 다리로는 땅을 차 신발이 진흙 속에 미끄러져 들어간다.

"로비, 교실로 돌아가. 그리고 셔츠도 안으로 집어넣고!"

슈만 선생님이 두 팔에 수학 교재들을 한가득 안은 채 바삐 지나가다가 말한다. 그러면 로비는 비밀스러운 미소를 지으며 시동을 끄고는 항의 표시로 괴성을 지른다. 그러면 슈만 선생님도 미소를 짓는데, 다른 모든 사람들처럼 슈만 선생님도 로비를 좋아하기 때문이다.

물론 로비를 따라다니며 못살게 괴롭히는 아이들이 몇몇 있고, 그로 인해 가끔 로비는 뭔가에 찔린 달팽이처럼 웅크리고는 한다. 하지만 그 아이들은 그러다 더는 그러지 않았는데, 그 아이들이 그런 짓을 하면 그렇지 않은 많은 아이들이 그 아이들을 따라다니며 못살게 괴롭히기 때문이다.

로비는 다만 뇌에 이상이 있는 아이일 뿐이고 그건 로비의 잘못이 아니다. 그래서 누구든 새로 로비 블레어를 놀리는 아이는 그런 짓이 좋지 않다는 사실을 상당히 빨리 알아낸다.

학기 초마다 우리는 자신이 할 운동을 선택한다. 아빠는 운동 문제에 있어서는 우리에게 선택의 여지가 너무 많아 고르기 어렵다고 생각한다. 아빠는 어렸을 때 환경이 열악한 학교에 다녔기 때문에 선택의 여지가 거의 없었다고 말한다. 우리 학교도 또한 상당히 환경이 열악하지만, 적어도 우리 학교에는 고를 만한 운동 종목들이 있다.

우리 학교 아이들은 운동을 가장 잘해야 한다. 학교들을 보면 농업 고등학교나 과학 고등학교, 예술 고등학교인 곳도 있다. 그런데 '정학을 많이 받는' 고등학교나 '벽에 낙서가 가득한' 고등학교 같은 말은 없으므로, 사람들은 우리 학교를 체육 고등학교라고 부른다.

학기 초마다 수요일 오후에 할 운동 선택지를 받으면 그 점이 여실히 드러난다. 그 선택지의 한 페이지에는 선택 종목이 가득하다. 우리가 할 수 있는 운동 종목이 정말 엄청나게 많은데, 테니스, 축구, 육상, 배구, 자전거 모터크로스*(교외의 비포장도로와 같은 험한 길을 달리는 자전거 경기), **오리엔티어링***(산이나 숲 등지에서 지도와 나침반을 이용해 목적지에 빨리 도달하는 것을 겨루는 경기), 실내 암벽 등반 등 갖가지 종목이 다 있다.

겨울에 로비 블레어는 대개 축구를 한다. 로비 블레어가 축구를 한다고 말할 때, 그 말이 정말로 뜻하는 바는 로비 블레어가 축구를 하는 다른 아이들과 어울린다는 뜻이다. 로비 블레어는 실제로는 전혀 축구를 하지 않는다. 그 아이는 골대 옆에 앉아 골키퍼는 무시한 채로 잔디를 뽑거나 메뚜기들에게 말을 걸거나 코너의 깃발 가까이에서 빈둥거린다.

로비 블레어는 때로는 농구를 하는데, 모래 턱이나 탁자의 윗면을 찾아 사이드라인을 순시한다. 언젠가는 탁구를 선택해 탁구공을 매주 한 시간 동안 면밀히 검사하기도 했다.

하지만 절대 숲 속 트레킹은 할 수 없다. 절대로 결코 다시는 안 된다고, 학교에서 강조했다. 로비 블레어가 한 번 길을 잃은 이후로 학교에서는 숲 속 트레킹은 절대 안 된다고 했다.

그때 거의 다섯 시가 되어서야 겨우 로비 블레어를 찾아냈는데, 아주 잠시긴 했지만 긴급구조요원들까지 투입해야 했다. 그리고 내 짐작에는 변호사들이 우리 학교에서 뭔가를 위반했다고 고소할 준비를 한 채 학교 뒤에 줄지어 서 있었던 것 같다.

그 일이 있은 뒤로 로비는 전적으로 학교 안에서 행해지는 스포츠 활동에만 참가하도록 제한되었다. 그리고 학교에서 로비가 운동장에서 상상의 트레일 바이크*(산과 같이 험한 길을 달릴 수 있는 경량 오토바이)를 타는 것을 금지하지 않는 한 로비는 아쉬울 것이 전혀 없는 것 같았다.

로비는 1학기 운동 종목으로 크리켓*(야구와 비슷한 호주와 영연방 국가의 인기 스포츠로, 11명씩 두 팀이 교대로 공격과 수비를 펼쳐 득점을 겨루는데, 위킷이라 불리는 나무막대 세 개를 경기장 중앙에 세워 놓고 투수가 공을 던져 위킷을 맞히면 타자가 아웃 되고, 반대로 타자는 위킷 앞에 서서 공이 위킷에 맞지 않도록 공을 쳐내 득점을 올리는 경기다.)을 선택했다. 로비는 절대 공을 하나도 뒤로 흘리지 않는 위킷키퍼*(위킷 뒤에 서서 야구의 포수와 비슷한 역할을 하는 선수)인 제이미의 후방에서 야수로서 수비를 한다.

로비는 외야에서 어슬렁거리며, 결코 배트로 공을 치지도 던지지도 않고 가끔 깊숙한 파인 레그*(크리켓의 수비 위치의 하나) 지점에서 꼼짝 않는다. 로비는 양쪽 팀 모두의 후방 수비수로 뛰는데 아무도 개의치 않는다. 후방 수비수가 필요 없고 그것을 일종의 모욕이라고 생각하는 듯한 제이미는 그렇지 않을지도 모르지만.

우리 학교에서 크리켓 경기가 어떤 식으로 진행되는지 설명하자면 다음과 같다. 학교 크리켓 대표 팀에서 뛰는 모든 아이들이 수요일 오후에 크리켓을 하지는 않는다. 크리켓 선수로서 우리는 실력이 들쑥날쑥한 무리다. 우리는 투구수 제한 크리켓*(투구수 제한이 없는 정규 크리켓 경기는 한 시합이 며칠간 지속되기도 하는데, 경기 시간 단축을 위해 투구수를 제한해서 하루에 끝낼 수 있도록 규칙을 변형시킨 크리켓으로 '원데이 크리켓'이라고도 한다.)을 리그식으로 하는데, 각 팀에는 '뛰어난' 선수 두어 명이 있다. '부정 출전 선수', 나는 그 선수들을 그렇게 부르고 싶다. 아마도 그들의 임무는 실력이 덜한 선수들에게 '리더십'을 발휘하는 것이다.

슬프게도 아무도 리더십은 구경하지 못했다. 그들은 나 같은 중간 구속의 삼류 선수들을 상대로 불쾌하게 높은 득점을 올리고, 정확히 나 같은 하위 타선의 실력이 엉망인 선수들에게 무서울 정도로 빨리 공을 던져 주기 위해 자신들이 그곳에 존재한다고 생각한다. 위킷키퍼인 제이미는 이런 부정 출전 선수 가운데 하나다.

오늘은 우리 팀이 먼저 위킷을 지키기로 했다. 3번 타자로 타석에 들어선 선수는 닐슨이다. 잭 닐슨은 상급생 팀의 주장인 뛰어난 왼손 타자로 진짜 거포다. 부정 출전 선수 가운데서도 가장 실력이 뛰어나다. 그는 학교 대표로만 뛰지 않고 또한 우리 지역의 크리켓 팀 대표로도 뛰고 있어서, 나는 무릎을 덜덜 떠는 겁쟁이 녀석들 몇몇이 두려움이 깃든 어조로 하는 이야기를 듣고는 한다.

그렇다. 닐슨은 뛰어나다. 명백히 우리 대부분에 비해 굉장히 실력이 뛰어난 닐슨이 경기장 중앙으로 성큼성큼 걸어갈 때, 우리 급수에서는 자신과 견줄 상대가 없음을 그가 알고 있다는 것이 분명히 보였다. 우리도 그 사실을 알지만 그가 보무당당히 성큼성큼 걸어가는 모습만 봐도 그 사실을 충분히 알 수 있었다. 크리켓 패드를 착용하고 걷는 대부분의 선수들은 금방 작은 볼일을 본 사람처럼 걷는다. 닐슨은 크리켓 패드를 착용해도 잠자는 것처럼 편안해 보인다.

햇볕이 우리 목덜미에 내리쬐고 매미가 가까운 수풀에서 목청껏 우는 가운데, 그렇게 닐슨이 경기장에 나가 천천히 위킷 방어를 위한 정위치에 섰다. 학교 건물은 아득히 멀리 떨어져 있는 것 같고 갓 깎은 풀 냄새가 난다. 닐슨은 레그 스텀프*(위킷 중에서 타자에게 가까운 쪽의 기둥)가 만족스럽게 위치한 데 행복해하며 손을 올려 심판에게 감사를 표하고, 글러브와 타석과 패드를 조정해 타격할 준비를 갖춘다.

공을 던지려고 달려오는 투수*(야구와 달리 크리켓에서는 투수가 달려오며 언더핸드로 공을 굴리듯이 던진다)를 닐슨이 한 손을 올려 중지시키고 천천히 주위를 둘러보며 우리 모두를 가늠해 본다. 굉장히 의기양양한 그의 태도는 사람들 얼굴의 피가 뜨겁게 흐르게 만든다. 그는 위킷 뒤에 있는 자신의 대표팀 동료 제이미에게 윙크한다. 그때 로비가 저쪽 펜스 옆에서 민들레를 꺾는 모습이 눈에 들어오자 그는 혼자서 씩 웃는다. 마침내 모든 준비가 다 된 그는 자신의 턱없이 비싼 배트 위로 편안히 타격 자세를 잡는다.

드디어 투수가 달려오는데 닐슨의 사소한 행동에 완전히 당황한 모습이다. '롱홉*(튀었다가 비교적 멀리 나가는 공)을 던져선 안 돼. 롱홉은 안 돼. 롱홉은 던지지 마.' 하고 그 투수는 속으로 되뇌고 있다. 그 투수는 달려오다 심판을 지나 투수선에 이르자 조심스럽게 공을 굴리듯 던진다.

투수가 너무 조심스럽게 던지는 바람에 닐슨의 얼굴이 밝아진다.

닐슨이 '룽홉이로군!' 하고 속으로 쾌재를 불렀다. 그의 밝은 눈동자가 커지며 미소가 번득인다. 닐슨은 아마 '첫 공에 6점이라! 얼마나 훌륭한가!'라고 생각하고 있을 것이다. 그가 오른쪽 다리를 올렸다가 트랙에 내려놓으며 배트를 감아올리는데, 벤치에 앉아 있는 자신보다 실력이 모자란 아홉 명의 타자들 쪽을 겨냥하고 있다. 그가 연결 동작으로 배트의 굵은 쪽 아랫부분으로 공을 치자 그 공이 날아가다 하늘 위로 치솟는다.

벤치 쪽이 아니라 제이미의 머리와 빨간 글로브 위로 높이 날아가고 있다. '한 방에 6점이라, 아주 좋아!' 하고 닐슨은 생각하고 있다.

투수가 끙끙거리며 신음소리를 낸다. 투수 우측의 야수 위치에 있는 내게도 그 소리가 들린다. '그 공을 룽홉으로 던지려던 게 아닌데!' 하고 신음소리가 말하고 있다.

즉시 열한 명의 목소리가 외친다.

"로비!"

로비 블레어는 자신의 작고 노란 꽃다발에서 고개를 들어 쳐다보다 더 높이 위를 올려다보았는데 멋진 파란 하늘을 배경으로 검은 점처럼 정점에 다다른 공을 발견한다. 로비는 아마 '잡으라고? 내가? 말도 안 돼!'라고 생각하고 있을 것이다.

이제 그 공이 자신을 향해 속도를 높이며 떨어지는 광경이 로비의 눈에 들어온다. 로비는 눈을 감고 두 손을 오므려서 컵 모양으로 만들어 고개를 돌리고 다른 사람들처럼 숨을 죽인다.

닐슨도 마찬가지로 숨을 죽이고 있다. '저 바보 로비 블레어에게 잡혀서 첫 공에 아웃? 그게 정말 있을 법한 일일까?' 라고 닐슨은 생각하고 있다.

공이 로비의 손에 내려앉는다. 바로 손 한가운데다.

"공을 떨어뜨려!"

닐슨이 소리친다.

하지만 로비는 공을 떨어뜨리지 않는다. 대신 로비는 공에 입맞춤을 하고 머리 위로 높이 들어 꼭 쥐고 한 발씩 번갈아 껑충거리며 춤을 추고, 닐슨은 위킷 기둥들을 걷어차고, 나머지 사람들은 배꼽이 빠져라 깔깔대고 웃으며 운동장으로 달려나가 로비를 끌어안는다.

그리고 로비 또한 소리 내어 크게 웃고 있다. 결국, 그는 로비 블레어, 오토바이 경주 영웅이다!

내부 고발자

일자리를 잃기 5일 전, 벨린다는 이튼 빌라의 텅 빈 로비에 서 있었다. 그녀는 즉시 냄새를 알아차렸는데, 소나무와 비누, 플라스틱, 그리고 뭔가 더 많은 유기화합물이 뒤섞인 이상한 악취였다.

안내 표지가 있는 복도는 그녀를 왼쪽과 오른쪽으로 이끌었다. 한쪽은 A병동, 다른 한쪽은 B병동이었다. 곧장 앞으로 직진하자 여닫이문이 나왔다. 여닫이문 한쪽이 살짝 열려 있어서 문이 열린 틈 사이로 힐끗 보니 식당이 눈에 들어왔다.

식당에서는 머리에 그물 위생모를 쓴 여자가 의자를 정리하고 식탁을 닦고 있었다. 그 여자 너머로는 주방의 스테인리스스틸 조리대가 보였고, 주방에서 조용히 달그락거리는 소리가 식당으로 새어 나오고 있었다. 하지만 사람 목소리는 하나도 새어 나오지 않았다.

"벨린다? 과장님이 지금 만나자고 하셔."

벨린다는 접수계원을 따라 사무실로 갔다. 그들이 들어갔을 때, 과장은 그대로 자리에 앉은 채로 컴퓨터 모니터에서 거의 눈을 떼지 않았다.

“앉아서 잠깐만 기다려다오.”

과장이 지금 하고 있는 일을 끝내려고 마음먹은 것 같아서 벨린다는 땀에 젖은 손바닥을 허벅지에 닦으며 기다렸다. 사무실은 이상하리만치 고요한 느낌이었다.

에어컨의 격자 통풍구가 어디에선가 덜컥거렸고 빛바랜 시폰 커튼 뒤의 창문 아래에는 파리 하나가 덫에 걸려 있었다. 카펫은 칙칙한 회색빛이 도는 베이지색으로 귀퉁이에는 물을 넘치게 준 화분 때문인지 얼룩이 져 있었다. 과장은 계속 마우스를 클릭했다. 딸깍. 딸깍. 딸깍딸깍.

그러더니 마침내 과장이 일을 마쳤다. 그녀는 사무실 의자에 앉은 채로 방향을 약간 틀어 고개를 들고 쳐다보았다.

“벨린다 디온?”

벨린다는 자신감 있게 보이려고 억지로 미소를 띠며 대답했다.

“예, 맞아요. 안녕하세요.”

“그래, 간호사가 되고 싶다고?”

“장기간은 아니에요. 내년을 위해 돈을 조금 모았으면 하거든요.”

실수였다. 그녀가 벌써 엉망으로 만들어버린 거면 어쩌지? 그 일에 대한 의욕이나 열의 따위가 부족한 것처럼 보였을 것 같았다. 아마도 그녀는 어린 시절 이후로 간호사가 되는 것을 꿈꿔왔다고 그냥 거짓말을 했어야 했다.

"어떤 일을 해 봤니?"

과장이 물었다.

"주로 아이 돌보는 일을 했어요. 저는 아직 학교에 다니거든요, 보시다시피."

벨린다가 교복을 잡아당기며 대답했다.

"힘이 세니?"

"예, 그럼요. 물론이에요."

"시간을 잘 지키니?"

"예, 물론이에요."

"자신을 신뢰할 수 있는 사람이라고 생각하니?"

과장은 벨린다를 찬찬히 뜯어보며 벨린다의 표정 하나하나를 유심히 살폈다.

"예, 저는 신뢰할 수 있는 사람이에요. 적어도 제 생각엔 그래요. 전 그렇게 믿어요."

벨린다가 대답했다.

"지시를 잘 따를 수 있어?"

"예. 아, 그리고 저는 빨리 배우는 편이에요."

"추천서를 가져 왔니?"

벨린다가 자신의 추천서를 내밀었다.

"한 장 가져왔어요. 제가 가끔 돌보는 남자애의 어머니께서 써주신 거예요."

과장은 추천서를 펼쳐 빨리 읽었다. 그런 다음 책상 너머로 추천서를 다시 돌려주었다.

"훌륭하구나. 옷 치수가 어떻게 되지?"

"10호예요."

"좋아. 트레이시가 네게 간호사복을 갖다 줄 거야. 항상 깨끗하고 깔끔하도록 해. 신발을 포함해서 말이야. 그리고 머리도."

"그럼 제가 취직이 된 건가요?"

"그래."

"와우!"

"그래, 아주 흥분이 될 거야. 이번 주 토요일 A병동부터 시작할까? 6시에 시작하는 게 좋겠어."

벨린다는 놀라서 눈을 깜박거렸다.

"6시요? 아침 6시 말씀이세요? 어…… 알겠어요. 좋아요."

벨린다는 마지막으로 그렇게 일찍 일어난 게 언제였는지 기억조차 나지 않았다.

"6시부터 2시 30분까지. 점심시간은 30분이고, 점심은 네가 준비해 와야 해. 여기는 직원 식당이 없어. 첫날 이곳 안내를 해주라고 데니스에게 말해 놓을게. 그리고 네가 일에 익숙해지면 가끔 오후 근무도 해달라고 요청할지 몰라. 하지만 우리는 사실 오전에 일손이 더많이 필요해. 환자들 목욕과 샤워를 오전에 시켜주거든."

"오전에요. 알았어요."

벨린다는 이 모두를 입력해 머릿속에 간직하려 했다.

"좋아. 가기 전에 작성해야 할 서류가 두어 장 있어. 트레이시가 너의 ID카드를 만들어 줄 거야. 그리고 무슨 문제가 생기면 연락하마. 그렇지 않으면 토요일 아침 6시 전에 여기로 오도록 해."

그것으로 끝이었다. 벨린다는 일자리를 구했다. 그리고 벨린다는 겁이 났다. 벨린다는 집에 도착하자마자 욕실로 가서 토했다.

그런 뒤 벨린다는 닉에게 전화를 했다.

"해냈어."

"해냈다고?"

"응. 아직 엄마 아빠한테는 말씀 안 드렸어."

"두 분께 아직 말씀 안 드렸다고? 왜?"

"나도 몰라. 그게 엄마 아빠의 뜻에 따라 달라지는 일이 아니라서 그런 것 같아. 두 분은 괜찮을 거야."

"네 엄마도? 자랑스러워하실까?"

닉이 물었다.

"그 점에 대해서는 생각해 보지 않았어."

"거짓말쟁이."

벨린다는 그날 밤 저녁식사를 마친 뒤 부모님에게 그 일자리에 대해 말씀드렸다.

"오늘 일자리를 구하려고 면접 보러 갔다 왔어요."

벨린다가 식기 세척기에 접시를 넣으면서 말했다.

“정말? 일자리라고?”

아빠가 물었다.

“예. 이튼 빌라라는 요양원에서 주말마다요. 이번 주 토요일부터 시작해요.”

“무슨 일을 하는데? 주방? 청소? 어떤 일이니?”

엄마가 물었다. 벨린다는 숨을 깊이 들이쉬었다.

“엄마, 흥분하지 마세요. 저는 간병 일을 할 거예요. 대개 엉덩이를 닦아주는 일이겠죠. 샤워 시키고 침대 정리하는 그런 일이요.”

“세상에, 네가 할 수 있는 일이 얼마나 많은데 그 모든 일을 놔두고 하필이면……. 우리가 이 일에 대해 이야기 나누지 않았었니?”

“아뇨. 그런 적 없어요. 엄마는 제게 히스테리를 내며 경고만 했지 실제로 이야기를 나눈 적은 없어요.”

“진정해.”

아빠가 주의를 줬다.

“하지만 네가 할 수 있는 일이 얼마나 많은데, 간병이라니! 세상에, 말도 안 돼, 그건 미친 짓이야!”

“봤죠? 엄만 지금 완전 히스테리를 부리고 있잖아요!”

“오, 그만해. 난 히스테리를 부리는 게 아니야.”

“지금 부리고 있잖아요. 전 ‘고교 졸업 후의 안식년*(고교 졸업 후 대학 입학을 연기 시켜 놓고 일을 하거나 여행하면서 다양한 경험을 하며 보내는 1년)’에 그냥 돈을 조금 모으고 싶을 뿐인데 아이를 돌봐주는 일은 별이가 시원찮아요."

"아이 돌봐주는 일 말고 다른 일도 있잖아. 〈반 석료품점〉에서 지금 사람을 구하던데."

"선반에 물건 쌓는 일이요? 엄마 진담이에요? 싫어요, 엄마, 이건 내가 할 일을 찾는 거라고요."

"난 너를 보호하려는 거야. 그게 다야."

"나는 보호 따위는 필요치 않아요, 엄마. 엄마의 덫을 연 사람은 내가 아니라 바로 엄마예요. 엄마의 경력을 변기에 흘러내려 보낸 사람은 바로 엄마라고요. 그건 엄마가 한 일이고, 나를 겁먹게 하기 위해 그걸 써먹어선 안 돼요. 그런데 엄마는 대체 뭘 두려워하는 거예요?"

"뭐? 난 아무것도 두려워하지 않아."

"아뇨, 엄만 두려워해요."

"내가 두려워하는 유일한 일은 네가 다치는 거야. 그게 다야. 그리고 불행히도, 노인 요양원 간호사가 늘 환영받는 것도 아니야. 그들은 다소 그들만의 오래된 방식에 빠져 있는 것 같아."

"당신이 심장 전문 간호사였기 때문에 그렇게 말하는 거요."

아빠가 불쑥 말참견을 했다. 아빠는 신문에서 눈길을 떼지도 않고 말했다.

"당신이 너무 과민반응하는 것 같아. 아직도 말이지."

"그건 공정치 않아요. 당신이 어떻게 알아요, 여보? 당신이 어떻게 안단 말이에요?"

엄마가 아빠를 노려보며 대꾸했다.

"당신 말이 맞아, 여보. 난 몰라."

아빠가 신문 한 장을 넘겼다.

"난 그냥 경고해 주는 거예요. 따돌림은 어디에서나 일어나요."

"그래, 여보, 확실히 당신 말이 맞긴 하지만 잠시 생각해 보자고. 직장 내 따돌림에 대해 변화를 거부하는 간호사들로부터 우리가 어떻게 벗어났소?"

"하지 마요. 그냥 말아요. 다시는 꺼내지 말아요."

"음, 신문에는 나쁜 소식밖에 없군. 나는 술집이나 가야겠어."

아빠가 신문을 접으며 말했다. 벨린다는 자기도 아빠와 함께 갈 수 있었으면 하고 바랐다.

벨린다가 일자리를 잃기 4일 전, 벨린다는 해티와 앤젤라에게 모든 이야기를 다 해 주었다. 그들의 반응은 닉의 반응과 똑같았다.

"난 선반에 물건 쌓는 일이 더 좋아 보이는데. 노인네들이라니, 에휴!"

앤젤라가 말했다.

"좋아, 앤지. 네가 완전 쪼글쪼글해지면 그때 그 말을 상기할게."

"그래도 난 네 아빠의 의견에 찬성이야. 올해 일자리를 구하다니

넌 바보야. 공부를 해, 라고 하는 말 들어봤지?”

해티가 말했다.

“이봐, 내년에 여행 가려면 올해 돈을 좀 벌어야 한단 말이야. 아무튼, 해티 너야 돈에 대해 걱정할 필요가 없잖아, 안 그래? 네 부모님이 있는데 무슨 걱정이겠어.”

벨린다가 대꾸했다. 해티가 콧방귀를 뀌었다.

“시장님과 약사님이 돈을 준다고? 웃기지 마셔.”

그때 닉이 귀에 이어폰을 꽂고 왔다. 닉은 이어폰을 빼고 여자애들 옆의 풀밭에 털썩 앉았다.

“어이, 숙녀분들. 그래, 벨린다가 너희들에게 말했어?”

“지금 막.”

앤젤라가 대답했다.

“그리고 어젯밤 부모님께도 말씀드렸고?”

닉이 벨린다에게 물었다. 벨린다는 눈을 굴렸다.

“아빠는 괜찮았지만 엄마는 별로 좋지 않았어. 그건 그렇다 치고, 넌 내가 스파이가 되어 가고 있다고 생각하겠지. 그건 대역죄와 같아. 그러면 다음 일은 그들이 내 머리를 뾰족한 창에 끼워 이튼 빌라의 흉벽 높은 곳에 매달 거야.”

“우리가 경계를 설 거야. 움직여가면서.”

닉이 말했다.

벨린다가 일자리를 잃기 3일 전, 벨린다는 특별히 피곤하지 않았지만 10시경에 잠자리에 들었다. 벨린다는 5시에 일어난 적이 없었는데, 아무튼 여태까지는 그랬다. 그래서 벨린다는 충분히 수면을 취해야 했다. 아무리 해도 잠이 오지 않았기 때문에 일찍 잠자리에 들었지만 별 차이가 없었다.

새벽 2시 조금 넘어 벨린다는 일어나 부엌으로 가서 우유를 데웠다. 삑삑거리는 전자레인지 소리에 엄마가 잠에서 깬 모양이었다. 엄마가 방에서 나와 실내복을 입고서 자기 몸을 껴안은 채 문간에 기대섰다.

"잠이 안 오니?"

"네. 엄마도 한 잔 드릴까요?"

"그래. 네가 만들고 있다면."

"여기요. 이것 드세요. 전 한 잔 더 만들게요."

벨린다와 엄마는 각자 자신의 머그잔을 감싸 쥐고서 식탁에 마주 보고 앉았다. 냉장고 뒤쪽에서 나오는 나직하게 윙윙거리는 기계음과 똑딱거리는 시계 소리를 제외하면 집안은 조용했다.

"또 비가 오는구나."

엄마가 말했다.

"예, 알아요."

"초조하니?"

"조금요. 그래야 하나요?"

엄마가 우유를 살살 불었다.

“그건 힘든 일이야. 그리고 네가 하려는 일은 간호 일 가운데서도 가장 기본 단계야. 그것이 그 직업의 핵심이지.”

“엄만 그 일을 즐겁게 하셨어요? 그러니까 처음 시작할 때요.”

“그랬어. 난 그 일을 정말 좋아했어. 대부분의 시간은.”

엄마가 대답했다.

“하지만 난 네가 하려는 일은 결코 좋아하지 않았어. 노인을 돌보는 일은 내가 좋아하는 일은 아니었어. 하지만 넌 그런 일을 정말로 좋아하게 될지도 모르지. 세상에는 별의별 사람이 있다고들 하잖아.”

엄마는 탁자에 조심스레 머그잔을 놓았다.

“엄마가 내일을 위해 충고를 몇 가지 해도 되겠니?”

“내일이 아니라 오늘이에요.”

벨린다가 엄마의 말을 정정했다.

“미안, 그래, 오늘.”

“예, 좋아요. 어떤 충고예요?”

“한가하더라도 앉지 마.”

“네?”

“할 일이 하나도 없고 다른 사람들이 모두 책상 앞에 앉아 이야기를 나누거나 잡지를 읽거나 초콜릿을 먹고 있어도 네 할 일을 찾아. 환자에게 가서 말을 걸어. 책상을 말끔히 정돈하고, 수납장도 다시 채워놓고. 일을 해. 뭐든지. 특히 네가 처음 근무하는 며칠간은.”

"예, 알았어요."

벨린다가 대답했다. 엄마의 말은 좀 심하게 아부하라는 말처럼 들릴 수도 있겠지만 꽤 그럴 듯한 충고 같았다.

"그리고 뒤에서 남의 험담을 하지 마. 간호사들은 남의 험담하기를 좋아해. 하지만 그러지 마. 최악의 문제만 낳게 될 테니까. 그리고 그들이 요구하는 건 뭐든 하도록 해."

"이제까지 충고를 세 가지 하셨어요."

벨린다가 말했다.

"나도 알아. 하지만 이 마지막 충고가 중요해. 소동을 일으키지 말라는 것, 그것이 내가 말하고자 하는 전부야."

"내가 왜 그러겠어요?"

"네가 그러지 않을 거란 걸 알지만 그들이 네게 하라고 요구하는 건 뭐든 해. 그러면 돼. 그들이 그곳의 모든 사람들의 목욕과 샤워를 다 네게 하라고 해도 투덜대지 말고 그렇게 해."

"엄마! 전 남에게 좌우되지 않을 거예요. 필요하다면 나는 내 생각을 거리낌 없이 말할 거예요."

"나도 알아. 그냥……. 최대한 사람들과 잘 어울리도록 해, 알겠지? 네가 팀의 일원이라는 사실을 꼭 기억해."

"팀이라면서 내가 모든 걸 다 하라고요? 무슨 팀이 그래요?"

엄마가 한숨을 쉬며 일어나자 의자가 뒤로 밀렸다.

"이 일에 대해 이야기를 하기엔 너무 늦은 것 같구나, 벨린다. 네가 믿든 안 믿든 난 널 도우려는 거야. 엄만 20년 넘게 간호사로 일했어.”

“알아요, 엄마. 엄만 언제나……, 아니에요, 알겠어요.”

그러면서 벨린다는 마음속으로 엄마가 좀 더 많이 팀을 생각하는 마음으로 일했다면, 엄마가 간호사로 일한 그 20년 동안 보다 더 성공적이었을 거라고 엄마를 일깨웠다. 하지만 벨린다는 그 말을 입 밖으로 내지 않았다.

“가서 눈 좀 붙여.”

엄마가 벨린다의 정수리에 입을 맞추며 말했다.

벨린다가 일자리를 잃기 2일 전, 벨린다의 자명종이 울며 쇠지레처럼 벨린다의 꿈속으로 침입해 벨린다의 마음에 들러붙은 꿈을 몇 조각만 남게 했다. 그런 뒤 벨린다는 일어나야겠다는 생각이 점점 더 옅어지며 더 깊은 잠으로 빠져들었고, 조금 시간이 흐른 뒤 다시 잠에서 깨었을 때는 계획한 시간보다 잠을 더 많이 잔 상태였다. 많이 늦잠을 잔 것도, 지각할 정도로 많이 잔 것도 아니었지만 벨린다를 짜증나게 할 정도의 늦잠이었다. 계속 잤더라면 일어났을 일을 생각하면 더욱 그랬다.

벨린다가 촌스러운 라일락 색 롤리팝 사탕 같은 줄무늬 간호사복을 입고 등장했을 때 벨린다의 아빠가 부엌 조리대 앞에 서 있었다. 벨린다의 아빠는 토스트 기계에서 토스트가 구워지길 기다리면서 신문을 읽고 있다가 벨린다가 들어오자 고개를 들었다.

"디온 간호사님, 옷이 멋있는걸."

아빠가 사려 깊게 고개를 끄덕이며 말했다.

"그러지 마세요. 보기 끔찍하단 거 알아요."

"뭐? 난 그냥……. 그래, 알았다. 미안하구나. 아빠가 지금 토스트를 굽고 있단다."

"배고프지 않아요."

"하지만 네가 노인 수십 명을 씻기다 보면 배가 고플 거야. 그리고 커피도 끓여 놨어."

아빠가 김이 모락모락 나는 컵을 들어올렸다.

"실은, 시간이 안 될 것 같아요, 아빠."

"그러지 말고! 자, 여기 앉아라."

아빠는 벨린다의 아침식사를 식탁에 놓고 의자 하나를 가볍게 두드렸다.

"아빠가 태워다 주면 시간은 충분할 거야."

잔뜩 찌푸린 하늘이었지만 밤새 내리던 비는 그쳐 있었다. 도로 위의 빗물이 자동차 아래에서 조용히 쉭쉭거렸는데, 이따금 패인 얕은 웅덩이에서 부서진 도로 가장자리로 물이 튀었다. 겨우 동이 트려 하는 시간이어서 아빠는 전조등을 켰다.

"좋은 하루 보내, 알았지?"

헤어질 때 하는 전형적인 인사 같겠지만, 그들이 목적지에 도달하려면 아직 조금 더 있어야 했다. 그리고 그 말은 질문도 명령도 아니었다. 그것은 질문이나 명령보다 더 나은 것이었다.

"예. 전 괜찮을 거예요."

벨린다는 아빠가 자신에게 긴장되는지 물어보지 않으리라는 것을 알았다. 아빠는 벨린다가 긴장했다는 사실을 알아차렸을 것이고, 물어봤자 더 나빠지기만 할 뿐이라고 생각하는 듯했다. 그리고 그런 배려는 발에 와 닿는 뜨거운 히터 바람보다 벨린다를 더 따뜻하게 해주었다.

납작한 지붕의 이튼 빌라는 소 방목장 옆의 지대가 약간 높은 곳에 있었다. 서향이어서 창문들에 접이식 차양이 내려져 있었는데 무거운 눈꺼풀처럼 창문을 덮고 있었다. 이렇게 이른 시간에는 그 눈꺼풀들로 인해 이튼 빌라는 훨씬 더 졸리는 듯하고 조금은 인상적으로 보이는 것 같았다. 아빠는 반원형의 진입로로 차를 몰고 들어가 입구 통로의 간이 차고에 차를 세웠다.

"고마워요, 아빠."

"좋은 하루가 되길 바란다!"

"네, 그럴게요."

로비가 어둡고 추워서 처음 그곳에 갔을 때보다 훨씬 더 텅 빈 것 같았다. 벨린다는 자신도 모르게 몸을 와들와들 떨며 복도를 걸어 A 병동으로 향했다. 주방으로 연결된 문을 지나갈 때, 나이프와 포크, 수저 따위가 날카롭게 쟁강거리는 소리가 들리긴 했지만 이번에도 사람 목소리는 들리지 않았다.

병동 복도에는 등이 꺼져 있었지만 간호사 스테이션은 불이 다 켜져 있었다. 두 명의 중년 여자가 책상 앞에 앉아 있었고 20대 중반으로 보이는 젊은 여자가 두툼한 재킷을 입고 책상 위에 걸터앉아 있었다. 벨린다가 다가가자 그들은 고개를 들고 벨린다를 보았다.

"네가 새로 온다는 아이니?"

중년 여자 가운데 한 명이 물었다. 그녀는 단단히 컬이 된 새까만 머리카락을 한 가닥으로 질끈 묶어 뒤로 뭉툭하게 동여매고 있었다.

"저는 벨린다라고 해요."

"오, 네가 벨린다로구나."

그 여자가 말했다.

"선생님이 데니스세요?"

벨린다가 그녀에게 물었다.

"난 프랜이란다. 나와 여기 있는 조는 이제 집에 가려던 참이야."

프랜이 별로 말하고 싶어 하지 않아 보이는 젊은 여자 쪽을 향해 고갯짓을 하며 말했다.

"데니스는 아직 도착하지 않았어. 데니스와 재닌은 한 번도 일찍 온 적이 없어."

다른 중년 여성이 말했다.

"입 다물어, 데일. 내가 이렇게 도착했고, 시간도 아직 2분이나 남았잖아.”

벨린다가 돌아섰다. 여자 둘이 복도를 걸어오고 있었는데 한 사람은 40대로 보였고, 다른 사람은 조처럼 젊은 여자였다. 벨린다는 단번에 그 젊은 여자를 알아보았다. 재닌 뎀시였다. 그녀는 2년 전에 학교를 떠났었다. 들리는 소문에는 임신했다고 했다. 그녀의 남자 친구는 발전소에서 사고로 한쪽 다리를 잃고 막대한 재해 보상금을 받았다고 했다. 이제 그는 직업 연주자였다. 나쁜 운과 좋은 운은 늘 뒤섞여 온다고 했던가.

“안녕, 난 데니스야. 네가 벨린다인 모양이네. 이쪽은 재닌이야. 다른 사람들과는 인사했겠지?”

“예, 조금 전에요.”

“그리고 저 사람들이 네 소지품을 어디에 둬야 할지 가르쳐 주지 않았겠지? 뻔하지 뭐. 자, 가자, 내가 직원실을 가르쳐 줄게.”

벨린다는 데니스를 따라 간호사 스테이션 뒤의 방으로 들어갔다.

“이곳에서 오래 일할 거니?”

데니스가 물었다.

“사실 잘 모르겠어요. 그랬으면 해요. 대학 입학 전 안식년 기간 동안 돈을 좀 벌려고 노력 중이거든요.”

“하! 간호사 일을 해서 돈을 번다고? 행운을 빌어! 가자, 우린 업무를 인수인계해야 해. 그런 뒤 모든 것이 있는 곳을 안내해 줄게.”

벨린다에게는 완전 이질적인 머리글자를 딴 약어와 전문어로 가득

한, 돌아다니는 환자들과 더럽혀진 침대들과 새벽에 일어난 사건들
에 대한 지겨운 이야기였던 업무 인수인계가 끝나자, 야간 근무를 한
간호사 둘은 지친 상태로 자신들의 가방을 챙겨 퇴근했다.

"자, 벨린다, 오늘이 너의 근무 첫날이니, 오늘 아침 우리가 할 일
에 대해서 이야기를 하자꾸나. 여기 화이트보드 보이지? 여기에 총
35명의 환자 명단이 적혀 있단다. B병동에도 환자가 20명 더 있지만,
우리 병동보다 도움이 덜 필요로 한 환자들이어서 간호사 수가 더 적
어."

"그 쪽 병동은 간호사가 네 명이 안 되나 봐요?"

"그래. 그럼 우리 환자들을 한 번에 한 사람씩 설명하면서 오늘
아침 해야 할 일을 가르쳐 줄게. 그렇게 겁먹은 표정 짓지 마. 그 정도
로 나쁘진 않으니까."

데니스의 말은 맞기도 하고 틀리기도 했다. 어떤 점에서는 그 정도
로 나쁘지는 않다는 말이 맞았다. 먼저 세 명의 다른 아침 근무 간호
사 가운데 두 사람은 실제로 무척 다정하게 대해줬다. 하지만 데일은
예외였다. 그녀는 대부분의 시간을 책상 앞에 앉아서 인터넷 서핑을
하거나 전화로 수다를 떨며 보내는 듯했다. 벨린다는 데일이 토요일
아침 7시에 도대체 누구와 그렇게 통화를 하는지 궁금했다.

반면 일은 힘들었다. 데니스가 약을 나눠주는 동안, 벨린다와 재닌
은 그 병동의 한쪽 끝에서 시작해 다른 쪽 끝으로 이동해가며 환자들
이 침대에서 일어나도록 돕거나 아침식사를 할 수 있도록 앉혀 주면

서 조직적으로 일했다. 그들은 심지어 그물 위생모를 쓴 뚱한 표정의 여자가 삐걱거리는 운반차를 굴리며 아침식사를 배달하기도 전에 여자 환자 넷을 샤워시키고 그들의 침대 정돈을 마쳤다.

아침식사 뒤, 재닌은 벨린다에게 혼자서 첫 번째 샤워를 시킬 준비가 되었는지 물었다.

"모르겠어요. 할 수 있을 것 같아요."

벨린다가 대답했다.

"잘 해낼 거야. 12호실의 마저리 환자를 샤워시켜 주겠니?"

"마저리 환자 분이요?"

"뉴섬 부인이야. 좋은 분이셔. 왼쪽 다리의 궤양 부분만 조심하면 돼."

"궤양 부분은 어떻게 해야 하죠?"

"아무것도 하지 마. 그냥 상처에 처치된 거즈를 떼고 그 위에 샤워기로 물을 뿌려주기만 해. 나중에 데니스 선생님이 다시 약을 바르고 처치해 줄 거야. 넌 잘 해낼 거야. 하다가 잘 안 되면 나를 불러."

벨린다는 노인이 발가벗은 모습을 본 적이 없었다. 왜 그런지는 모르겠지만 노인들은 얼굴은 주름이 쭈글쭈글해도 몸은 아직도 분홍빛이고 탱탱할 것이라고 늘 추측해 왔었다.

하지만 벨린다가 뉴섬 부인을 샤워실로 데려가서 축 처진 작은 엉덩이, 건조하고 쭈글쭈글한 복부와 허벅지의 피부, 듬성듬성한 하얀 음모, 축 처지고 길게 늘어진 텅 빈 가슴을 보았을 때, 갑자기 거기에서 자기 자신의 모습을 보았고 그로 인해 공포에 질렸다.

단 한 순간, 아주 짧은 찰나의 순간에 불과했지만, 그럼에도 불구하고 그 여인이 앞으로 등이 굽은 채 피부 바로 아래에서 움직이는 등뼈의 모든 윤곽을 드러내 보일 때 벨린다는 그 모습을 보았다. 그랬다. 그것은 무서운 일이었다. 그렇게 되려면 아직 70년 남짓 멀리 떨어져 있는 일이긴 했지만, 그 노인이 샤워 의자에 앉는 것을 도우면서 벨린다가 입술을 깨물게 만들 정도로 충분히 가까웠다.

"전에는 본 적 없는 간호사 같은데."

뉴섬 부인은 자신이 낯선 사람 앞에서 실오라기 하나 걸치지 않고 있다는 사실에도 아주 평온했다.

"예, 맞아요. 오늘이 근무 첫날이에요. 그러니 제가 뭐라도 잘못하면 말씀해 주세요."

벨린다는 샤워기 물 온도를 맞추며 말했다.

"잘하고 있는걸, 애야. 이름이 뭐랬더라?"

"벨린다예요."

"예쁜 이름이네. 나는 마저리라고 그냥 이름을 불러다오."

"그럴게요. 물 온도가 이제 적당한 것 같아요, 마저리 할머니. 기분 좋을 정도로 따뜻해요."

"내가 한 번 만져보마. 그래, 좋아. 애야, 내 몸에 물을 적시기 전에 내 시계를 빼주겠니?"

"예, 그러는 게 좋겠어요."

벨린다는 마저리 할머니의 손목시계 고리를 풀어 할머니의 손바닥에 살짝 올려주었다. 할머니의 손은 몹시 앙상했는데, 손의 뼈와 마디, 힘줄 하나까지 뚜렷이 보였다.

"고맙구나, 얘야. 이 시계를 그냥 어디 안전한 곳에 놓아두렴."

"그럴게요. 아주 좋은 시계네요."

벨린다가 말했다. 벨린다는 거짓말을 하고 있었다. 그 시계는 할인점에서 샀을 것 같은 볼품없는 싸구려로 문자반에 네 개의 작은 세공 유리의 반짝이 장식이 있는 금도금 시계였지만, 할머니에게는 그렇게 말하는 게 맞는 것 같았다.

"샴푸와 칫솔과 함께 놔둘게요."

벨린다가 말했다. 하지만 그런 뒤 그 시계가 젖지 않기를 바라는 마음에 벨린다는 마음을 바꿔 그렇게 하는 대신 자신의 간호사복 호주머니에 그 시계를 넣었다.

"다리 옆쪽은 살살 해야 해. 거긴 많이 아프단다, 얘야."

마저리 할머니가 말했다.

"조심할게요. 제가 너무 거칠게 하면 말씀해 주세요."

벨린다가 대답했다. 벨린다와 재닌은 거의 12시가 다 되어서야 모든 환자의 목욕과 샤워를 끝내고 침대를 모두 정리했다.

도와야 할 환자가 굉장히 많았고 끊임없이 다른 일이 끼어들었다. 방문객들이 화병을 찾고, 물주전자가 넘어지고, 10분 후에 다시 침대 시트를 갈아줘야 했다. 그것은 끊임없이 계속되는 고단하고도 힘든 일이었지만 그다지 나쁘지 않았다. 벨린다는 자기 페이스를 지키면서 너무 많은 어리석은 질문을 하지 않으려 하고, 물건이 어디 있는지 기억하려 애쓰고, 대화에 너무 많이 끼어들지 않으려 노력하면서 계속해서 일했다. 벨린다는 차를 마시며 쉬는 오전 휴식 시간 동안 직원실에서 거의 졸다시피 했다.

실제로 생각해 보니, 벨린다는 일이 느리게 진행되지 않아서 좋았다. 벨린다는 엄마가 새벽에 해 준 충고가 상당히 이상하다고 생각했다. 다른 모든 사람들이 초콜릿을 먹거나 이야기를 하며 앉아 있는데도 스스로를 바쁘게 만들 일을 찾아야만 한다니? 이를 테면 어떤 일을? 벨린다는 일부러 바쁘게 일을 만들지 않아도 돼서 고마웠다.

게다가 벨린다는 이 장소가 아주 조용해져서 모든 사람들이 느긋하게 앉아 초콜릿을 먹을 수 있는 때가 과연 있을지 상상이 되지 않았다.

아마 엄마는 노인 요양병원의 간호사들이 무슨 일을 하는지 전혀 알지 못한 모양이었다. 그래도 엄마는 "너도 알다시피, 난 20년 동안 간호사였어."라고 말하며 이 일에 놀라지 않았을 것이다. 그 말은 사실이지만 이런 장소는 아니었을 것이다.

점심식사 직후, 벨린다는 따뜻한 물 대야를 들고 복도를 걸어가고 있었다. 할아버지 한 사람이 바지에 똥을 쌌는데 재닌이 자기가 하인즈 할아버지가 파자마 바지 벗는 것을 돕는 동안 벨린다에게 물 한 그릇과 라놀린 크림을 갖고 오라고 부탁했기 때문이었다.

물 대야는 아주 쉽게 찾아냈다. 이때쯤 벨린다는 재닌과 함께 그 병동 환자의 절반을 목욕시켰으므로, 물 대야가 어디에 있는지 알았다. 하지만 라놀린 크림은 어디에 있는지 알지 못했다.

하인즈 할아버지의 병실로 가던 길에 벨린다는 데일에게 물어 보려고 멈췄다. 데일은 복도에서 약 수레 위에 처방 차트 몇 장을 펼쳐 놓은 채 서 있었다. 벨린다는 기다렸지만 데일은 벨린다가 옆에 있는지 알아차리지 못한 것 같았다. 데일은 차트에 서명을 하고 그 페이지를 죽 훑어 내려가며 작은 네모 칸들 하나하나에 자신의 이니셜을 적어 넣느라고 엄청 바빴다. 벨린다는 헛기침을 했다.

"음?"

데일은 고개를 들고 쳐다보지도 않았다.

"죄송하지만 라놀린 크림이 필요해서요."

"왜?"

"재닌 언니가 갖다 달라고 해서요."

"그럼 재닌에게 그게 어디 있는지 물어 봐."

"선생님은 모르세요?"

데일은 한숨을 쉬며 안경 상단 너머로 벨린다를 보았다.

"물론 당연히 알지. 하지만 지금 이 순간 나는 점심 약 돌리는 일을 하고 있어. 재닌에게 물어 봐."

"예. 죄송해요."

라놀린 크림을 찾아와서 발라준 뒤, 벨린다는 재닌에게 데일에 대해 물었다.

"데일 선생님은 항상 그래요?"

"그렇다니?"

"지르퉁하고 굼뜬 거요."

"거의 그렇지."

재닌이 대답했다.

"그녀와 함께 일할 때는 머리를 숙이고 자중해야 해. 안녕하세요, 아이비 할머니."

재닌이 복도를 따라 몸을 밀고 오고 있는 환자에게 인사했다. 아이비 할머니가 미소 지었다.

"이봐요, 간호사 양반, 내 점심 약을 갖고 있소?"

"아뇨. 데일 선생님이 갖다 줄 거예요. 환자분들께 언제 약을 돌릴 건지 제가 물어 볼게요."

"데일 선생님은 벌써 그 일을 끝냈어요. 제가 봤어요."

벨린다가 말했다. 아이비 할머니가 고개를 저었다.

"난 내 약을 받지 못했어. 메이비스도 마찬가지고."

아이비 할머니가 손가락을 펼쳐 세기 시작했다.

"지금 점심시간에는 노란 알약 하나와 조그만 파란 알약 둘, 알데릭스라고 하는 약 반 알을 먹어야 해."

"알았어요, 아이비 할머니. 잠시 기다려 주실래요? 제가 데일 선생님에게 확인해 볼게요."

벨린다는 재닌의 질문에 대한 데일의 반응을 보고 당황스러웠다. 데일은 컴퓨터 앞에 서 있다가 "염병할."이라고 낮게 으르렁거리며 약 수레로 갔다. 데일은 해당 처방 차트를 펼쳐 적합한 약들을 작은 플라스틱 컵 두 개에 덜어 재닌에게 건넸다.

"파란 알약이 들어 있는 게 아이비 할머니 거야."

데일이 컴퓨터 앞으로 돌아가며 말했다. 벨린다는 복도 한가운데에 서 있었다. 머릿속에 그 일을 정리하지 않는다면 그 일이 그녀를 계속 괴롭힐 것 같았다. 처방 차트를 펼치자 마치 자신이 누군가의 냉장고를 뒤져 보고 있는 것처럼 불안했다.

벨린다가 예상했던 대로 아이비 할머니의 차트에는 모든 칸에 서명이 되어 있었다. 벨린다는 데일이 서명하는 것을 앞서 보았었다. 다음으로 메이비스 할머니의 차트를 펼쳐 보았다. 마찬가지로 서명이 되어 있었다. 게다가 데일이 알약을 작은 컵에 세어가며 담을 때, 데일은 펜을 꺼내지도 않았다.

벨린다는 알약을 건네고 돌아오는 재닌을 만나 그녀를 욕실로 인도했다.

"이상한 줄 알지만 여쭤보고 싶은 게 있어요. 언니가 아이비 할머니에게 지금 막 건넨 알약들 말인데요. 그녀가 진작부터 그 알약을 배급했다고 서명했어요."

"그녀라니 누구? 데일 선생님?"

"예. 제가 확인했어요. 그리고 그녀는 메이비스 할머니의 약도 배급했다고 서명했어요."

"내게 약을 주면서 서명했겠지."

벨린다는 고개를 저었다.

"그때 한 게 아니에요. 그 전에 서명하는 걸 제가 봤어요. 우리에게 묻지 않았다면 아이비 할머니는 그 약을 받지 못했을 거예요."

재닌이 눈살을 찌푸렸다.

"무슨 말이니?"

"제 말은 그녀가 약을 건넸다고 서명은 했지만 실제로는 건네지 않는 것 같단 얘기예요."

재닌이 눈살을 찌푸렸다.

"설명이 필요한 것 같구나. 잘 들어둬, 우리가 지금 이야기하고 있는 대상이 바로 데일 선생님이란 점……."

"그럼 제가 뭘 해야 하죠?"

벨린다가 물었다.

"하다니? 아무것도 하지 마. 네겐 아무 증거도 없어, 벨린다. 더할 나위 없이 논리적인 이유가 있을 거야. 그러니 걱정하지 마. 넌 그냥 잊어버려."

벨린다는 눈살을 찌푸렸다.

"그냥 잊을 수 없어요."

"그래, 좋아."

재닌이 한숨을 쉬며 말을 이어갔다.

"이 문젠 그냥 내게 맡겨 둬, 알겠지? 내가 알아서 처리할 테니."

"어떻게 하실 건데요?"

"그냥 내게 맡겨 둬. 누군가에게 말할 거야."

"누구요?"

"말했잖아. 내가 처리하겠다고."

재닛은 욕실을 나갔고 벨린다는 잠시 욕조의 차가운 가장자리에 걸터앉았다. 첫날이었는데 그녀는 이미 너무 지나치게 참견을 많이 하고 말았다. 그녀는 엄마의 충고를 상기했다. 팀의 일원으로 일하는 것, 맹렬히 일하는 것, 아무런 질문이나 불평도 하지 말고 요청 받은 일을 하는 것. 그리고 남의 험담을 하지 말 것. 하지만 그건 험담이 아니었다. 험담이란 입증되지 않은 유언비어를 퍼뜨리는 일이다. 이것은 직접 목격한 일이었다. 그래, 이건 괜찮을 것이다. 그녀는 자신이 올바른 일을 했다는 사실을 알았다. 확실히 그랬다.

벨린다는 집에 도착할 때까지 자신이 얼마나 피곤한지 깨닫지 못했다. 극심한 피로가 몰려들어 벨린다는 의자에 축 늘어져 엄마가 말을 걸었을 땐 간신히 미소를 지어 보였다.

"어땠니?"

"좋았어요. 하지만 많이 피곤해요."

"정말 그래 보여. 직원들은 괜찮았니?"

"예. 좋았어요."

"잠깐만. 엄마가 차 한 잔 타 줄게. 차 마시면서 첫날이 어땠는지 이야기를 나누자꾸나."

"안 그래도 되는데."

벨린다가 중얼거렸다. 그 말을 들리게 할 의도는 아니었는데 생각보다 소리가 크게 나와 벨린다는 움찔했다.

"네가 믿건 안 믿건 엄만 정말 관심이 많단다."

엄마가 말했다.

"그렇게 말해서 죄송해요. 저는 그냥……, 엄만 그게 어떤지 아시잖아요."

"응. 그래, 엄만 알아. 괜찮아, 벨린다. 네가 얘기하고 싶지 않으면 하지 않아도 돼."

하지만 벨린다는 엄마가 그만두지 않을 것을 알았으므로 한숨을 쉬며 일어나 엄마를 따라 부엌으로 갔다.

"엄마?"

"응?"

엄마는 창 쪽을 향한 채 무뚝뚝하게 대꾸했다.

"엄만 어떻게 그 일을 하셨어요. 그것도 매일 말이에요."

엄마가 조금 더 따뜻한 표정으로 돌아봤다.

"글쎄, 누군가 해야 하는 일이니까, 안 그러니? 우리 같은 사람이 하지 않으면 누가 아픈 사람들과 노인들을 보살피겠니?"

'우리 같은 사람'이라. 벨린다는 엄마가 자신에게 이제 막 폐쇄적인 클럽이나 신성한 집단에 가입한 것 같은 기분을 느끼게 만들려 하고 있다는 사실을 알았다. 마치 벨린다가 자신의 자리와 스스로를 그 집단의 일원이라고 부를 기회를 얻은 것처럼. 그리고 그녀는 단지 하루만 경험했을 뿐인데도 그것 덕택에 기묘하게도 은혜를 입는 기분이 들었다. 20년 경력 앞에서는 아주 작은 제물이겠지만. 그것은 평생 회원권 같은 것은 아니었다.

"아무튼 죄송한데 일에 대해 말하고 싶지 않아요. 제가 좀 피곤해서요, 아시죠?"

엄마가 미소 지었다.

"그럼, 알고말고. 그래도 결국 일에 대해 이야기하게 될 거야. 해야만 할걸."

"왜 제가 그래야만 하죠?"

"그렇게 하지 않으면 살아남지 못할 거야. 속상한 일이 일어나. 속상한 일은 늘 일어날 거야. 그러면 우린 그 일에 대해 의논해야 해. 네가 준비가 되었을 때."

"그 일에 대해 이야기하는 것이 어떻게 도움이 되죠?"

"엄마를 믿어. 내가 알아."

'엄마가 그 일에 대해 더 적게 이야기했더라면 엄만 아직도 그 일을 하고 있을 거예요.' 하고 벨린다는 샤워를 하러 가며 생각했다.

벨린다가 일자리를 잃기 바로 전날, 벨린다는 닉을 보러 갔다. 그들은 원래 영화를 보러 갈 계획이었는데 닉이 자기 엄마를 돌봐야 한다는 사실을 기억해 내고는 "그러니까 우리 집으로 와서 그냥 시간 때우자. 내 방에서 DVD도 보고. 어제 새로 나온 영화 DVD 두 편을 구해놨거든."이라고 말했다.

닉이 현관문을 열어주며 조용히 하라는 듯 입술에 손가락을 댔다.

"엄마가 잠들었어. 위로 올라가 있어. 나도 금방 올라갈게. 영화 DVD는 내 침대 위에 있으니까 하나 골라. 난 아무거나 상관없어."

벨린다는 거실 소파에서 나지막하게 코를 곯고 있는 닉의 엄마와 휠체어를 지나 계단을 올라갔다. 벨린다는 재킷을 닉의 방문 뒤 닉의 스카프가 걸려 있는 고리 옆의 고리에 걸었다. 벨린다는 닉의 방을 훤히 잘 알고 있어서 어둠 속에서도 길을 잘 찾아다닐 수 있었다.

벨린다는 침대에 앉아 닉이 고른 영화 DVD들을 보며 미소 짓고는 로맨틱 코미디 영화를 골라 DVD플레이어에 넣었다. 닉이 아래층에서 이리저리 움직이는 소리와 부엌에서 유리잔들이 쨍그랑거리는 소리가 들렸다. 닉이 마실 것을 준비하고 있는 모양이었다. 어쩌면 팝콘도 같이 챙겨올 것 같았다. 맞았다, 전자레인지가 윙윙 돌아가는 소리가 나고, 곧이어 팝콘이 펑펑 튀는 소리가 뒤따랐다.

닉은 한 팔에는 큰 콜라 병, 다른 팔에는 팝콘 봉지를 끼고, 손에는 잔을 두 개 들고 2층으로 올라왔다.

"우린 방문을 열어 둬야 해."

"간병인은 어디 있어?"

"오늘은 일요일이잖아. 쉬는 날이야."

닉이 대답했다.

"하지만 너에겐 분명 쉬는 날이 아니네."

닉이 미소 지었다.

"확실히 아니지. 아빠가 일하러 가서서 오늘은 일이 나한테 맡겨졌어. 괜찮아. 엄마는 두 시간 정도는 주무실 것 같으니까."

닉은 침대에 기어올라 벨린다 옆으로 갔다.

"그래, 뭘 골랐어? 오, 좋아. 그럼 보자."

그 영화는 쓰레기였다. 영화가 계속될수록 쓰레기라는 생각이 점점 더해져만 가, 당혹스런 농담처럼 방 안 분위기를 무겁게 만들었고, 30분도 지나지 않아 닉과 벨린다는 서로를 보며 닉은 눈썹을 치켜올렸고 벨린다는 고개를 절레절레 흔들었다. 한 마디 말도 없이 닉은 리모컨을 집어 정지 버튼을 눌렀다. 그런 뒤 몸을 홱 돌려 벨린다 쪽을 향한 뒤, 두 손으로 턱을 괴고서 싱긋 웃었다.

"그래, 네 일."

"그게 뭐?"

"어제 시작했잖아, 안 그래?"

"그래, 그랬어."

"그런데?"

"좋았던 것 같아. 일은 힘들었지만 그래도 난 그 일이 좋았어. 그곳의 노인들은, 많은 노인들이 너무 많이 약해. 아마 넌 그렇게 표현

할 거야. 그들은 도움을 굉장히 많이 필요로 해. 어떤 노인은 바지에 똥 싸는 것도 제어하지 못해서 커다란 기저귀를 차야 해. 난 그런 크기의 기저귀가 나오는지 알지도 못 했어. 신생아, 소형, 중형, 유아용, 그리고 노인용. 내가 그렇게 늙고 무기력해진다면 누군가가 나를 안락사 시켜 줘서 고통에서 벗어나게 해 주면 좋겠어."

벨린다는 상상의 총으로 자신의 머리를 쏘는 시늉을 했다.

"다 그런 식으로 늙는 건 아니야."

닉이 대답했는데 갑자기 벨린다는 미안한 기분이 들었다.

"이런. 미안, 닉. 네 엄마를…… 그러려던 게 아닌데…… 내가 깜박 했어."

"괜찮아. 진짜 괜찮아."

"나 정말 창피해서 얼굴이 빨개졌어. 어쨌든 일은 만족스러웠어. 내가 뭔가 중요한 일을 하고 있는 기분이었어."

"정말로 중요한 일을 했잖아."

"알아. 그리고 기분이 좋았어. 있잖아, 뭐 좀 물어봐도 될까? 직장에서 옳지 못한 일이 벌어진 것을 보았다면, 넌 어떡할래?"

"어떤 일인데?"

"글쎄. 어쩌면 별일 아닐 수도 있지만, 내가 본 일이 아무래도 잘못된 일 같아서 말이야. 넌 어떡할래?"

"벨린다, 뭘 하려는 건데?"

벨린다는 한숨을 쉬었다.

"그건 내가 뭘 하려는 게 아니라 이미 했을지 모르는 일이야."

닉이 몸을 굴려 등을 대고 누우며 두 손으로 얼굴을 가렸다.

"오, 저런. 네 엄마가 했던 충고와 상관있는 일이야?"

"그건 아닌 것 같아. 아냐."

"정말 멍청한 짓을 한 거니?"

"아마도."

"입 다물고 있을 수도 있었니?"

"아마도."

"오, 맙소사. 이런 바보 멍청이. 너도 네가 그렇단 거 잘 알지?"

"네 말이 맞을까 봐 두려워."

벨린다가 일자리를 잃은 바로 그날, 이튼 빌라에서 연락이 왔다. 벨린다가 학교에서 집에 왔을 때, 집은 비어 있었고, 냉장고 메모판에 엄마가 쓴 쪽지가 있었다.

- 벨린다, 이튼 빌라의 간호 과장이 급히 전화해 달래, 사랑하는 엄마가.

그리고 그 글 아래에 전화번호가 적혀 있었다. 벨린다는 그 전화번호로 전화를 했다. 그 번호는 벨린다가 처음 신문광고를 보고 전화했던 바로 그 번호였다. 과장이 전화를 받았다.

"저는 벨린다 디온이에요. 전화해 달라고 하셨다면서요."

과장의 어조가 곧바로 차가워졌다.

"벨린다. 전화해 줘서 고맙다. 단도직입적으로 말하마. 내게 불만이 접수되었어."

"그렇군요."

벨린다가 조심스레 대답했다. 그러니까 재닌이 시간을 낭비하지 않은 모양이었다. 그리고 과장에게 알린 것은 벨린다가 예상했던 이상의 조치였다.

"그래. 지금 난 뉴섬 부인과 이야기를 나누고 있었단다."

"뉴섬 부인이 아니에요."

과장이 머뭇거렸다.

"뭐라고?"

"뉴섬 부인이 아니에요. 약을 받지 못한 건 아이비 할머니예요. 메이비스 할머니하고요."

"벨린다, 난 그 일에 대해 말하고 있는 게 아니야. 네가 토요일 뉴섬 부인을 샤워시켰니?"

"마저리 할머니 말씀이시죠? 다리에 큰 상처가 있는 할머니요."

"그러니까 그 할머니를 기억하는구나?"

"예, 물론이죠."

벨린다의 머리는 갑자기 무슨 일일까 추측하느라 분주했다. 하지만 도통 무슨 영문인지 알 수 없었다.

"뉴섬 부인에게서 불만 접수가 있었어. 뉴섬 부인의 말로는 네가 부인의 물건을 슬쩍 가져갔다던데."

"뭐라고요? 물건을 슬쩍 가져가다니요?"

"벨린다, 내가 무슨 말을 하는지 알지?"

"솔직히 전 하나도 모르겠어요. 그 할머니가 제가 뭘 가져갔다고 하던가요?"

"뉴섬 부인 말로는 네가 뉴섬 부인의 시계를 훔쳐갔다던데."

"시계를 훔쳤다고요? 아니에요, 그건 사실이 아니에요. 난 환자의 물건을 훔치지 않아요."

"확실하니?"

"물론이죠! 제가 말했듯, 전 절대로……."

"벨린다, 뉴섬 부인은 네가 네 호주머니에 그 시계를 넣는 걸 봤다고 주장하고 계셔."

시계가 젖을까 봐 마음을 바꿔 시계를 호주머니에 넣었던 일이 떠오르며 차가운 소나기가 자신에게 갑자기 강하게 밀려오는 것처럼 벨린다는 사실을 깨달았다. 벨린다는 허벅지에 시계의 무게가 그대로 와 닿는 것만 같았다.

"벨린다?"

"네?"

"사실이니? 정말 네가 그 시계를 네 호주머니에 넣었니?"

"예, 하지만……."

"그리고 그 뒤 뉴섬 부인에게 시계를 돌려줬고?"

"아뇨. 돌려주지 않았어요. 제가 잊었던 것 같아요."

"벨린다, 그건 아주 기본적인 거야."

"예, 알아요. 죄송해요. 바로 돌려 드릴게요. 그건 정말 순전히 실수였어요. 젖지 않게 하려고 제 호주머니에 넣었던 것뿐이에요."

"우리 요양병원의 환자들이 자신들이 보살핌을 잘 받고 있다고 느끼는 것이 얼마나 중요한지 잘 알겠지?"

"네, 물론 잘 알아요."

벨린다는 선심을 쓰는 어조를 띠지 않고 말할 수 있었을 것이다.

"그리고 환자들이 직원을 신뢰할 수 있다고 느끼게 하는 것도 얼마나 중요한지 잘 알겠지?"

"예, 잘 알아요. 지금 당장 시계를 돌려드릴게요."

"너도 알겠지만, 그 시계는 값비싼 가보야."

"정말요? 제가 슬쩍한 걸로 여겨지고 있는 그 시계가요? 솔직히 말해서, 별로 좋은 시계 같지 않던데요."

"뉴섬 부인이 네가 그 시계를 보고 감탄했다고 말씀하시네. 네가 그 시계가 정말로 맘에 든다고도 했다고 하시는데."

"예의상 한 말인 걸요!"

"미안하구나, 벨린다. 시계를 돌려주러 올 때 신분증과 간호사복을 돌려줘야겠어. 물론 토요일치 임금은 나올 거야."

"잠깐만요. 지금 절 해고하시는 거예요? 고작 그 일 때문에요?"

"뉴섬 부인이 화가 단단히 났어, 벨린다. 뉴섬 부인은 경찰을 부르려고까지 했어. 내게 가장 우선순위인 사람들은 이튼 빌라에 입원

한 환자들이야. 미안해. 그럼 이만 끊으마."

벨린다는 그 처분의 부당함에 눈이 얼얼한 채로 자신의 방으로 올라가 간호사복을 찾았다. 간호사복은 이틀 전 자신이 벗어서 던져 놓은 그대로 구석에 구겨진 채 놓여 있었다. 그 시계는 아직 호주머니 안에 있었고, 호주머니의 천을 통해 단단하고 육중하게 만져졌다. 벨린다는 그 시계를 꺼냈다. 가보든 아니든 벨린다가 처음에 한 생각이 맞았다. 그 시계는 진짜 보잘것없었다.

벨린다는 무의식중에 간호사복을 마른 상태로 유지하기 위해 비닐 쇼핑백에 넣었다. 벨린다는 현관문을 닫으며 입술을 깨물고 눈을 깜박거려 눈물을 삼켰다.

무슨 일이 일어났는지 부모님에게 어떻게 말할까? 엄마는 화를 내겠지만 간호사가 얼마나 경시되는지, 과도한 스트레스에 시달리는지에 대해 달관한 투로 늘어놓을 것이다.

엄마는 아마도 그 일을 값비싼 삶의 교훈으로 삼으라고 벨린다를 다독여 줄 것이다. 거기에 덧붙여 엄마 자신의 비극적 기록에서 이끌어낸 엄마의 개인사에 관한 설교도 할지 모른다.

아빠는 어떨까? 아빠는 바로 그곳으로 차를 몰고 가 과장에 맞서 자기 딸의 명예를 지키고자 할 것이다. 하지만 무엇보다도 벨린다는 그것을 원치 않았다. 그래봤자 어느 누구의 마음도 돌리지 못하고 일자리를 되찾지도 못할 것이다. 그냥 모든 사람들이 이미 화났던 것보다 더 많이 화나게 만들 뿐일 것이다.

벨린다가 집을 나설 때는 비가 보슬보슬 내리고 있었지만 이튼 빌라에 도착했을 때쯤에는 비가 주룩주룩 내렸다. 벨린다는 크게 심호흡을 한 뒤 곧장 로비의 안내 창으로 직행했다. 접수계원이 올려다보고는 곧바로 벨린다를 알아보았다. 아주 짧은 순간 드러난 접수계원의 얼굴 근육이 굳어지는 모습에서 뭔가가 느껴졌다.

"과장님을 모셔 올게."

접수계원이 말했다.

벨린다는 시계, 신분증, 간호사복을 카운터 위에 나란히 놓았다.

"안 그러셔도 돼요. 그냥 여기에 놓고 갈게요."

"아냐. 과장님이 너와 얘기를 하고 싶어 하실 거야."

'아주 굉장하군.' 하고 벨린다는 생각했다.

접수계원이 일어나서 과장의 사무실로 들어갔다가 몇 초 뒤 돌아왔다. 그녀는 벨린다와는 눈도 마주치지 않고 다시 자리에 앉으며 말했다.

"과장님이 금방 나오실 거야."

과장이 얼마 안 있어 나타났다. 과장의 얼굴은 완전 무표정했다.

"벨린다."

"시계는 여기에 있어요."

벨린다는 손가락으로 시계를 쿡 찌르며 말했다.

"신분증도 여기 있고요. 그럼 이제 그만 가도 될까요?"

"아니. 뉴섬 부인에게 사과를 하기 전까지는 안 돼."

벨린다는 심호흡을 하며 대담하게 맞설 준비를 했다.

"과장님은 신입 간호사 시절 실수한 적 없으세요?"

"난 결코 물건을 '훔친' 적은 없어. 네가 말하는 실수가 그것이라면 말이야."

벨린다는 떨리는 목소리를 감추려 애썼다.

"전 결코 그 시계를 훔치지 않았어요. 그건 우발적인 일이었어요. 이미 말씀드렸잖아요."

접수계원이 과장을 힐끗 올려다봤는데, 과장은 목덜미를 긁적이고 있었다.

"뉴섬 부인에게 네가 사과했다고 전하마."

"그러지 마세요. 난 잘못한 일이 없어요. 그리고 난 정말은 뭣 때문에 이러는지 알아요."

과장이 손을 뻗어 시계를 집어 자신의 손바닥에 올린 뒤 시계를 돌려 문자반을 잠시 살폈다.

"그렇다면 이걸로 끝내자. 아무튼 시계를 돌려줘서 고마워."

"저는 약과 관련해서 무슨 일이 있는지 알아요. 재닌 언니가 틀림없이 과장님께 말씀드렸을 거예요. 하지만 이곳을 떠나야 하는 사람은 바로 저인 모양이군요. 그건 불쾌한 일이지만 저는 이곳에서 겨우 하루 동안만 있었을 뿐이니까……."

"그만 됐어, 벨린다. 넌 네가 일이 어떻게 돌아가는지 이해한 줄 아나본데 그렇지 않아. 그리고 난 네게 아무것도 설명해 줄 필요가 없어. 솔직히 말해, 애당초 시험 삼아 너를 고용해 본 건데, 일이 이렇게 돼서 유감이야. 그러니 이제 그만 가봐. 분명 넌 그런 일을 언급할 정도로 이곳에서 오래 일하지 않았어."

'꼭 내가 언급하길 바랐다는 투잖아.' 하고 벨린다는 생각했다.

"예, 그럼 안녕히 계세요."

벨린다는 그들이 자신의 눈에 맺힌 눈물을 보기 전에 돌아서서 재빨리 문으로 향했다. 여전히 비가 내리고 있었지만 벨린다는 개의치 않았다. 벨린다는 고개를 숙이고 진입로로 걸어 나가기 시작했다.

"벨린다."

"또 뭐야?"

벨린다가 투덜거렸다. 그런 뒤 벨린다는 뒤돌아보았는데, 데니스가 앞문으로 나와 파란 우산을 펼치고 있었다.

"오, 안녕하세요."

"있잖니, 무슨 일이 있었는지 얘기 들었단다. 여직원들이 점심시간에 그 일에 대해 쑥덕거리더구나."

벨린다는 찡그린 얼굴로 미소를 지었다.

"분명 그럴 줄 알았어요."

"네가 그 시계를 훔친 것 아니지, 그렇지?"

벨린다는 고개를 끄덕였다.

"전 시계를 신경 써서 다루느라 호주머니에 넣었고, 그게 다예요. 그리고 제 생각엔 아무튼 이 일은 그 시계 때문이 아닌 것 같아요."

“있잖니, 나도 너와 똑같은 일을 한 적이 있단다.”

“선생님도 우연히 선생님 물건이 아닌 것을 집에 가져갔었어요?”

“그래, 나도 그랬어. 이런 말도 안 되는 일이 벌어져서 유감이야. 그건 정말로 공정치 못해. 가자, 너희 집까지 태워 줄게.”

“괜찮아요. 걸어갈…….”

“멍청하게 굴지 마. 비가 오잖니.”

“정말이에요, 전 괜찮아요. 전 이미 젖었어요. 그리고 그렇게 춥지도 않고요. 하지만 말씀은 고마워요.”

“좋아, 제가 정 그렇다면. 하지만 벨린다, 간호사가 되고 싶은 마음은 아직 그대로니? 이 일 때문에 네가 포기하지 않았으면 좋겠어.”

“전 애초에 간호사가 되고 싶지 않았어요. 그냥 그건 하나의 일일 뿐이었어요. 제가 하루 동안 했던 일요.”

벨린다가 쓸쓸하게 덧붙였다.

“아무튼 간호사 일에 대해 생각해 봐. 넌 그 일을 잘하던걸.”

“고마워요. 일은 괜찮았던 것 같아요.”

데니스는 핸드백에 손을 넣어 차 열쇠를 꺼냈다.

“그럼, 네 엄마에게 안부인사 전해다오.”

“우리 엄마를 아세요?”

“우리 둘은 안 지 꽤 됐어. 우리는 로열 병원 집중치료실에서 같이 일했어."

"집중치료실 간호사였어요?"

"그래, 몇 년 동안."

"우리 엄마가 그곳을 그만둘 때 같이 그만두신 거예요? 그 일과 관련이 있었어요? 그러니까 그 모든 일과?"

"아니, 난 그냥 지겨웠을 뿐이야."

데니스가 어깨를 으쓱하며 이야기를 이어갔다.

"모든 환자들이 의식이 없을 때는 말할 상대가 하나도 없거든. 자, 그럼, 벨린다, 잘 가. 그리고 행운을 빌어."

"예, 감사해요."

데니스가 차를 몰고 떠난 뒤, 벨린다는 뒤돌아 작은 언덕에 당당하게 자리 잡고 있는 지붕이 편평한 이튼 빌라를 바라보았다. 벨린다는 눈을 가린 젖은 머리카락을 뒤로 쓸어 넘기고 턱을 약간 들고 빗속을 뚫고 집으로 향했다. 벨린다는 갑자기 엄마에게 자신의 하루에 대해 말하고 싶어졌다.

열역학 제1법칙

그것은 사실상 수소를 동력으로 하는 총이었다. 또는 전기분해총이라고도 할 수 있겠다. 안전하고 간단한 물의 부산물인 수소와 산소의 화학적 힘을 이용해 에너지를 만들어내는 총 말이다. 알겠는가? 뭔가가 결국 내 머릿속에서 그 총을 만들었다.

하찮은 샘*(더피 선생님의 별명)의 얼굴이 아주 볼 만했다. 그 시간에 싱 선생님은 교장 선생님을 보러 가고 화학실험실에 없었다. 우리는 화학실험실에 한 시간 동안 우리끼리 있어도 될 만한 나이였다. 겉보기에는 그랬다. 감독받지 않는 연속 수업시간 동안 실험실에 남겨진 스무 명의 십대 아이들. 아무 문제없이 잘 끝나게 될 것 같았다.

적어도 싱 선생님은 그렇게 생각했다. 싱 선생님은 그럴 것이라고 확실히 믿었다. 우리 모두가 교실 안으로 삼삼오오 걸어 들어갈 때 싱 선생님은 교실 앞에서 편지를 펼치고 있었다. 싱 선생님이 편지를 읽으며 눈살을 찌푸렸다. 그러더니 혀를 차며 중얼거렸다.

"오, 이런, 안 돼. 안 돼. 안 돼……."

싱 선생님은 편지를 접어 다시 봉투에 넣고는 안경 위 너머로 우리 모두를 바라보며 말했다.

"애들아, 선생님한테 한시도 지체할 수 없는 아주 긴급한 일이 생겼단다. 잠시만 갔다 올 테니 내가 돌아올 때까지 다들 조용히 공부하고 있으리라 굳게 믿는다."

'퍽이나.' 하고 나는 생각했다. 우리 모두는 다들 그렇게 생각했다. 그리고 뒤에 우리끼리만 남겨둔 일로 싱 선생님이 호플랜드 교장 선생님에게 모질게 내쫓겨났기 때문에 나는 싱 선생님이 불쌍하게 여겨졌다. 나중에 밝혀졌지만 싱 선생님은 교장실에서 교장 선생님과 나눌 이야기가 무엇이든 간에 그 일로 반쯤 해고된 상태였다. 그런데 하필이면 그때 싱 선생님이 실험실을 비우고 우리끼리 남겨뒀다. 그리고 싱 선생님이 자리를 비운 동안 실험실에서 벌어진 일까지 보태어져서 싱 선생님은 그렇게 해고되고 말았다.

음, 그런데, 싱 선생님은 무엇을 기대했던 걸까? 아무튼 그건 화학 실험실에 스무 명의 십대 아이들을 남겨두는 일이었는데.

싱 선생님은 위험한 물건은 모두 자물쇠를 채워 보관해 놨다고 주장했겠지만 사실 더 현명하게 처신했어야 한다. 싱 선생님은 학기 내내 우리에게 우리가 원소들을 어디에서 찾을지 알기만 한다면 모든 원소들이 우리 주위에 널려 있다고 가르쳐 왔다. 심지어는 품행이 단정치 못한 원소들도 마찬가지라고 싱 선생님은 말했다.

어떤 원소가 안정적이고 어떤 원소가 그렇지 못한지 우리가 기억하는 것을 돕기 위해 싱 선생님은 이런 방식을 사용했다. 싱 선생님은 원소들이 서로 성교하는 것처럼 원소들에 대해 설명했다. 한번은 이렇게 설명한 적이 있다.

"마그네슘과 산소가 만나면 그건 정사와 같아. 두 원소는 조금 불장난을 하다가 자신들이 같은 부류가 아니며 서로에게 더 잘 맞는 다른 원소들이 있다는 사실을 알게 되고는 참으려고 하지. 그러던 어느 날 마그네슘과 산소는 더 이상 참지 못하고 싸구려 호텔 방을 잡고 결합을 하는 거야. 잠시 재미를 보지만, 결국 자신들의 배우자들에게 발각되지. 그때 다소 큰 폭발이 있게 되지."

싱 선생님은 탄소를 헤픈 여자라고 불렀다.

"탄소는 아무하고나 관계를 가져."라고 싱 선생님이 설명했는데, 그로 인해 베로니카 베넷에게 베로니카 '카보' 베넷*(탄소를 뜻하는 영어 단어는 카본인데, 다른 원소들과 결합될 때 탄소를 나타내는 단어는 카보이다.) 이라는 별명이 생겼다.

선생님의 설명은 이런 식으로 계속되었다. 싱 선생님은 집단 성교에 빗댄 설명을 자주 했는데 우리에게 깔아뭉개진 거미 떼처럼 보이는 긴 화학식을 보여주며, 그것을 음란한 난교 파티라고 불렀다.

"여기를 보면 나트륨이 산소와 수소와 함께 광란의 삼각관계에 빠져 있어. 그리고 여길 보면 탄소가 벤진 계의 동일한 친구 다섯과 원을 지어 있어."

그러면서 그는 고개를 절레절레 흔들며 혀를 찼다.

"분명히 말하지만, 저기 저 탄소, 그녀는 헤픈 여자야."

그 말에 아이들이 웃음을 터뜨렸다. 불쌍한 베로니카.

한번은 그는 염소와 수소의 만남을 '얼음 위에서 도는 것'으로 묘사했다. 나는 그것이 염소와 수소가 스케이트를 신고 있다는 뜻인지 각성제에 취해 기분이 좋다는 뜻인지 알지 못했다. 어느 쪽이든 둘 다 나쁜 생각 같았다. 또한 싱 선생님이 자신의 사무실에 들어가 문을 닫아 놓고는 어떤 종류의 웹사이트를 보고 있을지 궁금하게 만들었다.

다시 그 총 이야기로 되돌아가자. 싱 선생님은 자신이 잠시 교실을 비우는 일은 불가피한 일이며, 자신은 우리를 정말로 신뢰한다고 말했다.

웃기시네!

전날 선생님은 우리에게 물 전해*(전기로 물을 수소와 산소로 분리하는 조작으로, 물을 전기분해하면 음극에서는 수소가 발생하고 양극에서는 산소가 발생한다.)를 보여주었다. 전기분해는 아주 근사했다. '전해조'라고 했던 것 같은 장비와 전원공급원으로 변압기가 있었다. 전해조는 유리 선인장과 조금 비슷해 보였는데, 아래쪽에는 물을 넣는 구근 모양 부분이, 양끝 쪽에는 작은 마개들이 있는 두 개의 세로로 된 가지 모양 부분이 있었다. 우리가 듣기로는 그곳에서 산소와 그 두 배의 수소가 나온다고 했다.

싱 선생님이 우리에게 먼저 실습을 해보였다. 선생님은 소금물을 구근 모양 부분에 붓고 작은 마개들을 닫은 후 전원을 켰고, 우리는 전극이 부글부글 끓기를 기다렸다. 잠시 뒤 선생님은 배출구 위에 시험관을 거꾸로 대고 산소가 시험관 안으로 들어가게 했다. 그런 뒤 그 시험관을 다른 쪽 배출구에 대고는 수소가 시험관 안으로 들어가게 했다.

싱 선생님은 "지금이 바로 현장에서 고용된 사립 탐정에게 음탕하고 부정한 이 둘이 발각될 시간이야."라고 말하고는 가스 점화기를 집어 시험관 입구 가까이 대고는 점화기 방아쇠를 당겼다. 나지막하게 펑하는 소리가 나자 싱 선생님은 스스로 꽤 만족한 듯했다.

"하지만 너희들이 보다시피, 산소와 수소는 초기의 뜨거웠던 연애에도 불구하고 우리가 익히 알고 있는 관계로 기꺼이 진정되지."

그렇게 말하고는 싱 선생님은 새끼손가락을 시험관 속에 넣어 그 안이 얼마나 축축한지 보여주었다.

"즉, 물이 되는 거야!"

그리고는 손가락을 입에 넣어 그것이 실제로 무해한 물임을 증명해 보였다.

"자, 이제 너희들 차례다."

그건 실수였다.

그것이 수요일이었다. 목요일에 싱 선생님이 자신의 긴급한 문제가 뭐든 그 문제를 처리하려고 급히 교실을 비워야 했을 때, 내 눈길이 그 유리 선인장에 머물렀다.

"제보!"

나는 큰소리로 불렀다. 월 제빙스는 나보다 두 줄 앞에 앉았다. 그가 자신의 화학책에서 고개를 들어 잠시 화이트보드를 응시했다. 마치 자신을 부르는 소리가 그곳에서 나온 것처럼. 그러고는 뒤돌아보았다.

"왜?"

"네가 화학실험실 조수잖아, 안 그래?"

월 제빙스가 다시 자신의 책으로 고개를 돌렸다.

"잘 알고 있으면서 왜 그래, 조던."

늘 월 제빙스 옆에 붙어 다니는 닉 해먼드가 몸을 숙여 뭔가 바보 같은 말을 속삭였고, 그 말에 월 제빙스가 책에 자신의 코를 훨씬 더 깊숙이 박고 낄낄 숨죽여 웃었다.

"제보!"

나는 다시 불렀다.

"하나도 안 들려."

월 제빙스가 반쯤 노래하듯 말했다. 나는 내 폴더에서 종이를 한 장 찢어 돌돌 말아 월 제빙스의 뒤통수를 향해 던졌다. 명중이었다. 그가 천천히 그리고 차분하게 볼펜을 책상에 놓고 뒤돌아 다시 나를 마주 보며 한숨을 쉬었다.

"왜?"

"네가 화학실험실 조수라면, 저건 왜 안 치웠어?"

나는 전해조를 가리키며 물었다.

"어제 집에 일찍 가야 해서 그랬어."

나는 왜냐고 묻기가 두려웠다. 아코디언 연습? 체스 레슨? 앨버트 아인슈타인의 종이 반죽 흉상을 완성하려고?

"그럼 저건 나를 위해 남겨놓은 게 아니었어?"

"아니, 분명 아냐. 이제 날 좀 그냥 내버려 둬."

월 제빙스가 대답했다.

'날 좀 내버려 둬'라고? 이상했다. 월 제빙스는 열여섯 살에 불과했지만 자기 나이보다 세 배나 많은 사람처럼 말했다.

나는 다른 어느 누구보다도 제보와 닉 해먼드, 그렉 카힐, 샤벨 이브라힘과 모든 과학광들을 미워했다. 하지만 나는 해티 드레이퍼와 앤젤라 파퀸과 과학광인 다른 소녀들은 미워하지 않았다. 그 여자애들은 좀 달랐다. 그 애들은 조용한 편이었고 혼자 있는 경향이 있다.

사실 해티는 꽤 근사하다. 가끔 해티를 보면 샴푸 광고에 나오는 여자 같다. 그 광고 속에서 멋진 스커트를 입은 비서는 안경을 벗고 머리를 풀어 헤치고는 갑자기 완전 섹시한 여자가 된다. 나는 해티가 그와 같을지 모른다고 생각한다. 내가 인정한 적은 없지만 나는 때로는 해티가 광고 속의 그 비서처럼 안경을 벗고 머리를 풀어 헤치는 공상에 잠긴다. 해티는 대개 내 방에서, 나만을 위해 그렇게 한다. 그건 근사하다.

그러면 내가 왜 제보와 그의 친구들을 미워하냐고? 그건 그 애들이 화학식, 벡터, 가속도 공식과 그 모든 기구에 푹 빠져 있기 때문이 아니다. 그 애들은 사실 자신이 좋아하는 것이라면 무엇에든지 푹 빠질 수 있다. 어떤 사람은 컨트리 음악을 좋아하고 나는 그것에 별로 개의치 않는다. 하지만 내가 그 작은 과학광 패거리들을 미워하는 주된 이유는 '하찮은 샘' 때문이다.

그레그 더피 물리 선생님은 완전 바보다. 우리가 '하찮은 샘'이라고 별명을 붙인 더피 선생님은 실제로 가르치는 것보다 토론을 더 선호한다. 그의 모든 학생들이 토론에 참여할 수 있다면, 그건 좋은 방식이다. 그리고 그의 모든 학생들이 '충격량-운동량 정리(물체에 작용하는 충격량은 물체의 운동량의 변화량과 같다는 정리)'와 같은 말을 듣자마자 바로 그 망할 말이 무슨 뜻인지 알 것 같은 제보와 그의 친구들 같다면, 그건 괜찮다.

당신이 평균 이상의 학생이라면 토론하는 것은 괜찮겠지만, 나와 잭 같은 사람들, 그러니까 실제적으로 그 과학 패거리를 제외한 모든 아이들의 경우 전혀 알지 못하는 문제에 대해 토론하는 것은 정말 불가능하기 때문에 사실 토론이 아니라 배움이 필요하다.

그렇다. 하찮은 샘은 완전 바보다. 언젠가 한 번 우리가 두 시간 연속으로 물리 수업을 받으러 실험실로 들어갔더니 임시 교사가 커다란 실험대 뒤에 앉아서 신문을 읽고 있었다. 그는 상당히 젊었고 우리 대부분이 느끼는 것만큼 그도 그곳에 있는 것이 신경이 많이 쓰이는 듯 두리번거렸다.

"너희들, 늦었구나. 앉아라. 더피 선생님께서 너희들에게 굴절과

광선 모델에 대한 실습을 시키라고 했어."

"더피 샘은 어디 계세요?"

카메론 더웬트가 물었다.

"더피 선생님께선 오후에 잠깐 자릴 비우셨어."

이름 모르는 임시 교사가 말했다. 그는 우리를 힐끗 올려다보았다.

"모두 온 것 같으니, 그럼 시작할까?"

"아뇨. 아직 다 안 왔어요."

나는 단지 돕고자 하는 마음으로 그 선생님에게 말했다.

"제보와 해먼드가 아직 안 왔어요."

"카힐과 샤벨도 안 왔어요."

잭이 거들었다. 그 이름 모르는 선생님이 한숨을 쉬고 출석부를 확인했다.

"굳이 밝히자면, 이브라힘, 카힐, 제빙스, 해먼드, 티벳도 안 왔어."

"그 애들은 어디 있어요, 선생님?"

내가 물었다. 그 선생님은 왼손 엄지손가락을 핥으며 출석부를 한 장 넘겼다.

"실은 더피 선생님과 함께 있어. 그 아이들은 소풍을 갔어."

우리 모두는 서로를 쳐다보았다. 이것은 굉장히 반칙적인 것 같았다. 우리 가운데 어느 누구도 소풍에 대해서는 들은 적이 없었다.

"무슨 소풍이요?"

잭이 물었다.

"그 아이들은 무중력 환경에서 물리학을 공부하러 갔어."

'이 선생이 지금 고의적으로 얼버무리고 있군.' 하고 나는 결론 내렸다. 변변치 못한 인간.

그때 해티가 손을 들었다.

"선생님."

"왜?"

"그 애들은 하늘을 날러 간 거군요, 그죠?"

우리 모두 웃음을 터뜨렸다. 그러니까 이름 모르는 그 교사를 제외한 모두가.

"그래, 더피 선생님이 에어돔으로의 특별 여행을 마련했지."

"비행기를 타고 하늘 위로요?"

해티가 물었다.

"그럴 거야, 맞아."

그는 전혀 당황하는 기색 없이 대답했다.

"어떻게 그 애들이 그럴 수 있죠?"

다른 누군가가 물었다. 그 임시 교사가 출석부를 한 장 더 넘겨 윗부분의 뭔가를 읽기 시작하면서 고개를 약간 갸웃했다.

"더피 선생님에게 비행사 면허증이 있으니까 그럴 수 있지."

그들 모두의 모습이 눈에 선했다. 샤벨, 카힐, 해먼드, 마커스는 뒷좌석을 채우고 있고, 제보를 앞의 조수석에 앉힌 채, 하찮은 샘이 그들 모두가 그의 볼펜이 계기판에서 떨어져 기적적으로 둥둥 떠있는 것을 볼 수 있도록 세스나 경비행기를 아주 즐겁게 자유 낙하시키고 있는 모습이.

내가 왜 그 애들을 미워하냐고? '그게' 바로 이유다.

그럼, 다시 화학실험실로 돌아가자. 나는 열역학 법칙들의 강한 신봉자다. 어렸을 때 나는 열역학 법칙들을 광범위하게 실험했는데, 대개 시시한 방화의 형태였다. 한 번인가 두 번은 아버지가 손으로 내 엉덩이에 엔트로피 이론을 충분히 실험했다.

나는 또한 응용 화학의 강한 신봉자인데, 그 때문에 내 눈길이 맞은편에 있는 전해조로 향하며 머리를 굴리기 시작했다. 빠르게.

시험관에 불을 붙였을 때, 핵심 성분들로 분해된 소량의 물이 나직하게 작은 펑 소리를 만들어 낸다면, 더 많은 양의 물은 더 커다란 펑 소리를 만들어 내지 않을까? 그리고 많은 양의 물은 많은 양의 산소와 두 배로 많은 양의 수소와 더 커다란 펑 소리를 만들어 내지 않을까? 결국 그것에는 열역학 제1법칙*(에너지는 한 형태에서 다른 형태로 변하지만 에너지의 양은 항상 일정하게 보존된다는 것을 보여주는 일종의 에너지 보존 법칙)이 적용되는데, 열역학 제1법칙이란 많은 왜곡과 변수 가운데 하나로, 계와 환경을 합한 총 에너지는 일정하게 보존된다는 것이다. 즉, 뭔가의 내부에 묶인 에너지가 있을 때, 그 에너지를 강제로 밖으로 몰아내면, 그것은 극적일 것이다.

얼마나 극적일까? 나는 알고 싶었다.

"그걸로 장난쳐선 안 돼."

나와 잭이 전해조 쪽으로 걸어가자 제보가 경고했다.

"그리고 넌 내 연구 활동을 감시해선 안 되고."

내가 대꾸했다.

"맞아, 그러니 꺼져, 제보."

잭이 말했는데, 잭은 늘 말을 재미있게 잘했다. 나는 해티 드레이퍼가 소리 죽여 키득거리는 것을 보고는 나도 잭과 같은 능력이 있었으면 했다.

"하지만 넌 전혀 연구할 생각이 아니잖아, 안 그래? 그냥 만지작거릴 생각 아냐?"

제보가 말했다.

"꺼져, 제보."

아이들 몇 명이 합창하듯 끼어들었다. 처음 순간에는 없던 남자애 두세 명이었는데, 마치 "꺼져, 제보."라는 합창을 듣는 기분이었다. 제보는 뭐라고 중얼대더니 적어도 2분 동안 고개를 푹 숙였다.

"그럼, 슬슬 시작해 볼까."

나는 손마디를 꺾어 뚝뚝 소리를 내며 잭에게 말했다. 그리고 잭에게 더 많은 양의 물이 더 많은 수소와 산소를 뜻하며, 그러므로 더 커다란 펑 소리, 어쩌면 심지어 폭발음을 낼 수 있음을 뜻한다는 내 이론을 설명했다.

우리는 물을 더 부은 뒤 그 기구를 켜고, 정확히 우리가 아는 대로 아주 조심스럽게 조절을 해가며 소량의 물을 가수분해했다.

나는 시험관을 들고 가스 점화기를 집었다.

"잠깐."

잭이 말했다.

"보안경을 써야지."

잭은 크리켓 선수여서 보호에 대해서는 일가견이 있지 싶었다.

"그래, 맞아, 좋은 생각이야."

보안경을 쓴 뒤, 나는 가스 점화기의 방아쇠를 당겼다.

펙.

"좋았어. 이번엔 조금 더 넣어 보자."

잭이 말했다. 아이들 몇몇이 실험대 쪽으로 와서 구경을 했다. 잭은 이 실험을 즐기고 있었다.

"다들 적당히 뒤에 있으라고 일러주고 싶어. 이것은 미지의 실험 영역이 되려고 하거든."

"선생님의 감독 없이는 정말이지 그런 짓을 해서는 안 돼."

제보가 말했다. 이번에는 대여섯 명의 목소리가, 어쩌면 그보다 더 많은 목소리가 끼어들었다.

"꺼져, 제보."

시험관의 산소와 수소가 두 배로 더 늘자 펙하는 소리가 조금 더 커졌다. 하지만 여전히 '펙'일 뿐이었다.

"조금 더. 조금 더 넣어서 해보자."

내가 말했다.

잭은 "잠깐만." 이라고 말하고는 교실 앞쪽으로 뛰어가 손에 펜을 쥐고 코끝에는 보안경을 걸치고서 화이트보드 앞으로 갔다. 잭의 인도식 말투는 아무리 잘 봐주려 해도 엉망이었다.

"애들아, 너희가 내게 잠시 주목해 주면, 내가 너희들에게 우리의 정리에 대해 설명할게, 알겠지?"

잭의 선생님 흉내에 웃음소리가 터져 나왔다. 잭이 다시 무대를 차지했다. 빌어먹을 녀석. 녀석은 항상 그렇다. 잭은 화이트보드에 화학식을 썼다.

$2 \times H + O = 물 + 퍽$

"이제 너희들은 품행이 단정치 못한 이 두 여자들을 자극해서 둘 사이의 괴물을 만들어내는 것을 보게 될 거야."

잭이 말했다. 그는 말을 멈추고 웃음소리가 잦아들기를 기다렸다.

"하지만 그들이 그렇게 할 때 그것은 늘 실망스럽고, 그들은 부끄러워 아침에 서로의 얼굴을 보지도 못해."

웃음소리가 더 많이 났다. 잭은 프로처럼 설명을 해 나갔다.

"하지만 만약 우리가 그들을 더 크게 만들면 어찌 될까? 산양처럼 성교하는 행실이 나쁜 원소의 양을 두 배, 아니 열 배로 늘리면, 훨씬 더 크게……."

잭은 희극적인 효과를 내기 위해 잠시 멈췄다.

"'펑' 하는 폭발음을 내지 않을까?"

잭은 돌아서서 여기저기 0을 붙이고 끝 부분을 바꿔서 칠판의 화학식을 수정했다.

$200 \times H + 200 \times O = $ 우후!

"얘들아, 이게 맞는지 알아볼까?"

잭이 말했다. 제보의 염소 우는 소리 같은 불찬성의 소리는 다른 대부분의 아이들의 환호에 파묻혀 들리지 않았다. 심지어 과학광들 가운데 일부도 환호를 했다.

"그럼 이제 이것을 시험해 보자, 알겠지!"

잭이 이 실험의 순종적인 조수이자 실제 고안자인 내가 기다리고 있는 곳으로 다시 오며 외쳤다.

"다 한 거야?"

내가 물었다. 잭이 눈을 반짝반짝 빛내며 고개를 끄덕였다.

"그래, 이제 하자. 시작해."

"그렇다면 좋아."

이번에는 전해조에서 여러 번에 걸쳐 상당량의 가스를 시험관에 넣었다. 나는 아이들의 얼굴을 둘러보았다. 그 가운데에 해티의 얼굴이 있어 기분이 좋았다. 나는 해티가 과학이 재미있을 수 있단 사실을 이해하기를 바랐다. 나는 해티가 그 사실을 알기를 간절히 바랐으며, 그것을 자신에게 가르쳐 준 사람이 나라는 사실을 해티가 기억하기를 바랐다.

"진지한 이야긴데, 얘들아, 눈을 보호해."

나는 안전에 대해 굉장히 까다로운 사람이었다. 다들 적절히 눈을 보호하자, 나는 시험관에 가스 점화기를 넣고 방아쇠를 당겼다.

평.

좋았다. 평이 퍽보다 분명 더 나았지만 그래도 아직 구경거리가 되기에는 다소 부족했다. 그때 묘안이 떠올랐다.

"와자."

"응?"

늘 순종적인 와자가 물었다.

"키친타월 가운데의 종이 심을 빼줄래?"

내가 키친타월을 가리키며 말했다.

"왜?"

명백한 천재의 면전에서도 언제나 질문이었다.

"그냥 줘. 계획이 있으니까."

내가 말했다. 와자가 1미터 가량 남은 키친타월을 풀어 버리고 판지로 된 심을 내게 건넸다. 다소 조잡할 수도 있지만 기본 재료로 쓰기에는 충분했다.

"괜찮아, 제보."

잭이 말했다. 제보는 고개를 젓고 있었다. 제보는 이렇게 사건이 진전되자 몹시 초조해했다. 자신보다 자격이 없는 누군가가 실험을 하고 있다는 것이 제보에게는 얼마나 걱정스러운 일인지 나는 알 수 있었다.

나는 실험대 밑의 수납장을 열고 도구함 가운데 하나를 꺼냈다.

"여기 있군, 바로 이게 내가 원하는 거야."

나는 그 도구함에서 커다란 고무마개를 꺼내 판지 심 끝에 대고 크기를 맞춰보았다. 완벽하고 깔끔하게 딱 맞았다.

"뭐하는 거야?"

누군가 물었다.

"보면 알아."

나는 그 도구함을 마구 뒤져서 관을 통과시킬 수 있도록 가운데 구멍이 뚫린 마개를 하나 더 찾았다. 나는 관 대신 가스 점화기의 손잡이를 통과시켜, 가스 점화기의 총부리가 마개의 한쪽 면에 오고, 손잡이와 방아쇠는 다른 쪽 면에 오게 했다.

"네가 지금 만드는 것이 네가 만들 거라고 내가 생각한 거 맞아?"

잭이 물었다.

"내가 뭘 만들 것이라고 네가 생각했느냐에 따라 다르지."

내가 손가락을 튕겼다.

"와자. 테이프. 지금 당장."

곧 가스 점화기가 그 마개를 통과하는 지점 둘레로 상당히 긴 길이의 은색 테이프가 둘러졌다. 밀폐용기보다 더 단단해 공기 하나 샐 틈이 없어 보였다.

"됐어. 이제 전해조를 돌려, 닐슨."

잭이 전해조의 스위치를 켰고, 나는 곧 전해조에서 방출되는 수소와 산소를 거꾸로 든 판지 심 안으로 되풀이해서 넣었다.

"그 안에 얼마나 넣을 거야?"

누군가 물었다. 그 목소리에서 두려워하는 기색이 느껴졌다. 잭이 성미에 맞게 대답했다.

"우리는 인간적으로 가능한 한 많은 음란한 창녀들과 오입쟁이들을 넣을 거야, 알겠지?"

수소와 산소를 열 번 더 넘게 넣은 뒤, 나는 내가 만든 방아쇠 장치를 개방된 끝쪽으로 밀어 넣었다. 그 장치는 완벽했다. 내가 그 장치를 살짝 주위로 휘두르자 그 장치가 향하는 곳에 서 있던 아이들은 마치 내가 고성능 자동 소총을 휘두르는 것처럼 몸을 피했다. 내가 그 장치를 먼 벽 쪽을 향해 겨냥하자 내 앞으로 길이 났다.

"준비된 것 같아."

내가 말했다.

"저 헤픈 여자에게 쏴! 5, 4, 3……."

잭이 외쳤다.

"이건 정말 터무니없이 위험한 실험이야!"

어느새 아이들 틈 사이에 합류해 뒤에서 지켜보고 있던 제보가 말했다. 이번에는 아이들 사이에서 완벽한 합창이 터져 나왔다.

"꺼져, 제보!"

나는 제보에게로 돌아섰다.

"제보, 오늘은 화학사에서 영광스러운 날로 기억될 거야. 이 날의 한 부분이 될지, 아님 먼지투성이 연감에 잊힌 각주로 남을지는 네가 선택해. 네가 결정해야 할 시간이야."

"이봐, 내가 주장하고 있는 전부는……."

"제보."

해티가 제보의 말을 잘랐다. 모여 있던 아이들이 깜짝 놀라 조용해졌다. 우리는 이제 곧 해티 드레이퍼의 훌륭한 연설을 대하게 될 것 같았다.

"제보, 너의 불쌍한 얼룩투성이 인생에 이번 한 번만은 그냥 입 다물고 즐기는 게 어떨까?"

나는 웃음소리가 터져 나올 줄 알았지만 웃음소리는 전혀 나오지 않았다. 침묵이 계속되었다. 다들 제보가 뭐라고 대답할지 궁금한 모양이었다. 몇몇 아이들의 시선이 마주쳤고 몇몇 아이들이 히죽히죽 웃었으며 제임스 브라보가 코를 훌쩍거린 것 외에는 정적이 감돌았다. 제보는 자신의 특수 안전 고글을 셔츠 호주머니에서 꺼내 썼다.

"난 여기 없었던 거야."

제보는 그 고글이 무슨 투명인간으로 만드는 장치라도 되는 양 말했다. 내 생각엔 제보가 의도와는 달리 웃겼던 순간이었던 것 같다.

나는 다시 당면한 과제로 내 주의를 되돌려, 내가 만든 그 총을 들어 올려 왼손으로는 판지 심으로 된 관을, 오른손으로는 방아쇠 손잡이를 꽉 잡았다.

"카운트다운을 해 줘, 잭. 3까지 셌어."

"좋아. 3, 2, 1."

나는 방아쇠를 꽉 잡아 당겼다. 열역학 제1법칙에 따르면 평형을 유지하려는 작용으로 화학 반응은 에너지라는 결과물을 생산하는데, 소리, 열, 팽창, 빛과 같은 에너지 전부나 일부를 낳는다. 그런데 내 양손 어느 쪽에도 열은 느껴지지 않았다. 게다가 빛이 갑작스레 터져 나왔다면, 나는 눈을 질끈 감았을 텐데 빛을 보지 못했다. 하지만 틀림없이 소리가, 아주 커다란 폭발음 같은 소리가 났다.

팽창이 일어난 것도 전혀 의심의 여지가 없었다. 그것은 고무마개가 교실을 가로질러 뒤쪽 벽의 생물학 진열장을 향해 휙 날아가는 것으로 증명되었다. 이 시점부터 실질적인 자가 학습 화학 수업이 끝나고 물리 수업이 시작되었다. 눈 깜짝할 사이, 무거운 고무마개의 모든 운동 에너지가 진열장의 커다란 창유리의 가운데로 옮겨갔다.

사실인지 아닌지는 모르지만, 유리가 사실은 아주 조밀한 액체라는 말을 불탄 소시지 같은 냄새가 나는 안경 쓴 어떤 7학년 아이에게서 들은 적이 있었다. 하지만 그 아이가 말한 것이 사실이라면, '너무나도 천천히 움직이는' 창유리의 표면 장력이 깨졌다. 그리고 잠시 뒤에 전체 진열장 또한 그렇게 되어 사방으로 흩어지며 산산조각이 나 화학실험실 뒤쪽 바닥에 쨍그랑거리며 떨어졌다.

모여든 구경꾼들이 뿔뿔이 흩어지며 재빨리 책상들이 채워졌다. 물리실험실이 바로 옆이어서 한 반의 아이들이 하찮은 샘과 한창 토론 수업 중이었다. 폭발이 워낙 커서 창틀의 창문들이 덜컹거렸고, 우리는 그 소리가 옆 교실에도 틀림없이 들렸을 것임을 알았다. 어쩌면 이웃한 교외 마을에까지도 들렸을 것이다.

우리는 모두 머리를 책 위로 푹 숙이고 가슴은 두방망이질 치는 채로 책상 앞에 앉아 있었다. 몇몇 운동화 소리가 들렸지만 아무도 고개를 들지 않았다.

"잭, 그 총."

내가 속삭였다.

"젠장!"

잭이 실험대 쪽으로 튀어 나가 총을 잡고는 창을 열고 밖으로 그 증거물을 내던졌다.

"그 총은 나중에 찾아오자."

잭이 다시 내 옆으로 미끄러지듯 돌아오며 말했다.

"안경!"

"응?"

"네 고글!"

잭은 얼굴에서 고글을 낚아채 호주머니 안에 쑤셔 넣었다.

"야, 제보!"

나는 목소리를 낮춰 제보를 불렀다.

"뭐?"

다른 아이들처럼 제보도 열심히 공부하는 척하고 있었다.

"우릴 고자질하기만 해봐, 우리 모두 아니라고 잡아뗄 거야."

"맞아, 우린 네 탓으로 돌릴 거야. 배신하는 애들도 마찬가지야."

잭이 덧붙였다.

"너넨 진짜 형편없는 놈들이야." 하고 제보가 내뱉었는데, 그건 내가 들은 제보의 말 가운데 가장 정상적인 말 같았다.

잠시 뒤, 흘끗 올려다보니 교실 문의 작은 직사각형 유리창에 하찮은 샘의 얼굴이 보였다. 그는 화학실험실 안에 있는 우리 모두를 보며 눈살을 찌푸렸다. 그러고는 문을 열고 안으로 고개를 쏙 내밀더니 싱 선생님을 찾아 두리번거렸다.

"선생님은 어디 계시지?"

"볼일 있다고 어디 좀 가셨어요."

카메론이 대답했다.

"너희들만 남겨 두고? 흠, 그렇군. 그런데 그 소린 뭐였지?"

하찮은 샘이 물었다. 침묵이 흘렀다.

"그 소린 뭐였냐니깐?"

어느 누구도 말 한 마디 하지 않았다.

"대답 안 하고 뭐해?"

하찮은 샘에 대해서 이것만은 칭찬해야겠는데, 그는 자신의 끄나풀이 누군지 안다.

"윌 제빙스."

하찮은 샘이 불렀다.

"무슨 소동이 있었는지 말해 주겠니?"

찡그린 눈썹 아래로 나는 지켜보며 기다렸다. 우리 모두가 그랬다. 이 일은 아주 꼴사납게 될 수 있는데, 특히 그 후로 제보에게는 그렇게 될지 몰랐다.

"아니에요, 선생님. 전 그냥 공부를 하고 있었어요. 평소처럼요."

"흠."

하찮은 샘이 천천히 책상 사이로 걸어왔다. 나는 그가 어디로 가는지 알았다. 그는 교실 뒤쪽 바닥의 깨진 유리를 보았던 것이다. 그의 구두가 더 작은 유리조각들을 밟아 자박자박 소리가 났다. 관객을 완전히 장악한 채 독백을 하는 배우처럼 그의 목소리가 침묵 속에 드리웠다.

"일전에 나의 따분한 과학 잡지 가운데 한 권에서 이런 기사를 읽은 적이 있어. 설명되지 않은 물리 현상에 대한 것이었지. 사막 위의 빛, 버뮤다 삼각지, 자연 발화와 같은 현상에 대한 기사였어."

하찮은 샘이 다시 걷고 있었다. 싸구려 백화점에서 산 끈으로 묶는 구두를 신은 그의 발이 나의 시야 속으로 들어와 계속 걸어갔다.

"이런 현상들에 대해 가장 좌절감이 드는 일은 그 이야기에 진실성과 신빙성을 부여할 만큼 충분한 목격자가 드물다는 사실이야. 사막의 빛이 최근 이혼하고 자신의 새 인생을 찾아 눌레버 대평원을 홀로 횡단 중인 사람보다는 버스에 가득 탄 관광객들의 눈에 보이면 얼마나 좋겠어?”

실험실 바닥을 걷는 발자국 소리가 계속 되었는데, 이번에는 실험실 앞을 가로질러 걷고 있었다.

“하지만 이 경우는 운이 좋은 것 같구나. 교실을 가득 채운 예리한 어린 학생들은 관찰력이 절정에 달해 있고, 바로 그 학생들의 눈앞에서 설명할 수 없는 현상이 일어났으니까. 유리 진열장이 저절로 산산조각이 났는데, 젊은이들이 그 일을 둘러싼 상황을 상술하기에 완벽한 위치에 있잖아. 이런 과학적 기회는 정말 아주 드물게 일어나는 일인데 이런 현장에 있었다는 건 대단한 특권이지.”

발자국 소리가 되돌아오더니 하찮은 샘의 구두가 내 책상 옆에서 멈췄다.

“지금 당장 우리가 필요로 하는 사람은 갈릴레오 같은 사람이야. 있을 법하지 않고 평이 안 좋을 것 같을지라도 오늘 여기에서 우리가 본 현상과 실제로 관련된 정리를 제시할 정도로 용감한 르네상스 시대의 사람인 갈릴레오 같은 사람 말이야. 조던 롱글리, 자네가 해보는 게 어떻겠나? 더피 대학에서 명예박사 학위를 받고 싶지 않나?”

나는 이제 막 화학책에서 전에는 전혀 알아채지 못했던 뭔가 놀라운 것, 즉각적이고 완전한 주의를 요구하는 뭔가를 발견했다.

“롱글리 박사? 유리 진열장이 깨진 것에 대해 뭔가 할 말이 없나?”

하찮은 샘이 물었다. 나는 고개를 저었다.

"없습니다, 선생님."

"정말인가? 전혀 없어?"

"예, 선생님."

"하나도 없어?"

나는 눈을 들어 하찮은 샘을 보았다. 나는 그를 대단히 싫어했다. 정말이지 아주 심하게.

"예, 더피 선생님, 없습니다."

"흥미롭군. 음, 그럼, 다른 사람 없나?"

또다시 말을 잠시 멈추었다. 바로 그때였다.

"제가 하겠습니다. 제가 어떤 일이 벌어졌는지 압니다."

잭이었다. 나는 내 귀를 믿을 수가 없었다. 내가 이미 하찮은 샘의 적대적인 질문들을 간신히 떨쳐낸 마당에 하찮은 샘이 얻고자 하는 정보를 정말로 잭이 자진해서 주고자 한단 말인가?

하찮은 샘이 의심이 깃든 목소리로 말했다.

"닐슨 박사, 자네가 안다고? 자네가 친절히 그래 주겠다면 들어보도록 하지. 모두가 들을 수 있는 큰 목소리로 말해 보게."

"예, 선생님. 그건 새가 한 짓이에요. 새가 날아오더니 곧장 저 뒤쪽의 유리 진열장으로 돌진했어요."

"그래? 그럼 조금 전에 들린 커다란 폭발음은 뭐지?"

"그것과는 전혀 관계없어요, 선생님. 자동차 내연기관이 역화를 일으킨 게 아닐까요. 우리 실험실에서 진열장이 깨진 건 틀림없어요. 하지만 역화는…… 바깥 어디에선가 일어났어요."

하찮은 샘의 얼굴에 멍한 표정이 드리웠다.

"어떤 새였지?"

"뭐라고요, 선생님?"

잭이 물었다.

"어떤 새가 유리 진열장으로 날아왔냐고?"

"몰라요, 선생님. 그 새는 우리 실험실 안으로 날아왔다가 아주 빨리 나갔는걸요."

"어떻게?"

"어떻게 라니, 뭐가요, 선생님?"

"어떻게 그 새가 여기로 들어왔다 나갔지?"

나는 잭을 곁눈질로 힐끗 봤다. 잭은 입이 바싹 마른 것 같았다. 그게 아니라면 뇌가 바싹 마른 것 같았다. 어느 쪽이든 잭이 틀림없이 더 이상은 아무 말도 못할 것 같았다.

"창문으로요."

모두의 시선이 해티 드레이퍼에게로 향했다. 해티는 팔을 뻗어 잭이 고무마개 발사 장치를 처리할 때 열어둔 창을 가리키고 있었다. 하찮은 샘은 그 창문의 열린 틈을 보며 눈살을 찌푸렸다.

"허. 정말 작은 새였나 보군. 머리도 진짜 많이 단단하고."

해티는 눈도 깜박이지 않았다.

"네, 잭이 말한 것처럼 그 새는 아주 빨리 들어왔다 나갔어요."

하찮은 샘은 돌아서서 창을 마주했고, 아주 짧은 순간 나는 그가 막 그쪽으로 걸어가려 한다고 생각했다. 나는 잭이 그 총을 얼마나 멀리 던졌을지 궁금했다. 그 총은 담 기슭의 풀이 무성한 정원에 안전히 숨겨졌을까 아니면 잔디 위에 빤히 보이게 놓여 있을까?

하찮은 샘은 다시 해티를 바라보다가, 나와 잭을, 그러고는 또다시 창문을, 그리고 마지막으로 전체 반 아이들을 바라보았다. 또다시 오래 말을 멈추었다가 그는 "누가 다치기 전에 저 몹쓸 유리를 깨끗이 치우도록." 하고 말했다.

문쪽으로 향하던 하찮은 샘은 전해조 근처에서 머뭇거렸다. 그는 실눈을 뜨고 전해조를 보았는데, 마침 바로 그 순간 두어 방울의 기포가 전극 하나에서 떨어져 나왔다. 잭의 목구멍 깊은 곳에서 아주 작게 새어나오는 신경질적인 기침 소리가 들렸다. 하찮은 샘이 고개를 절레절레 흔들며 다시 문을 향해 걸어갔다.

"새라니, 웃기고 있네."

그가 투덜거렸다. 문이 닫히고 걸쇠 소리가 실험실 안에 드리웠다. 잭이 가장 먼저 웃음을 터뜨렸다.

"워워! 정말이지, 대단했어, 와아! 굉장했어!"

제보가 눈 깜짝할 사이에 일어나 청소도구함으로 성큼성큼 걸어갔다. 제보는 쓰레받기를 꺼내 유리가 깨진 곳으로 향하던 도중에 책상 사이의 복도로 걸어나와 제보의 길을 막고 선 해티와 마주쳤다.

"아니, 네가 하지 마. 이리 줘."

해티가 쓰레받기를 잡으며 말했다.

"맞아, 그건 여자애한테 줘."

잭이 말했다. 나 말고 다른 애들에게 들리게 할 생각은 없었던 것 같지만 그토록 지독하고 예기치 못한 침묵 속에서 그 말은 모든 아이들의 귀에 들렸다. 남자아이들 몇 명이 웃음을 터뜨렸지만 여자아이들 몇 명은 반감을 드러내며 투덜댔다. 해티가 나와 잭 옆에 멈춰 섰다. 해티는 쓰레받기를 책상 위에 쾅 내려놓았다.

"난 재한테 이걸 주려고 했어."

해티가 잭에게 말했다. 해티가 말한 재란 나였다.

"하지만 네가 그딴 식으로 말한다면……."

"에이, 진정해. 고리타분하게시리."

잭이 비웃었다.

"네가 치워. 안 그러면 그건 네가 한 짓이야."

"뭐?"

"내 말 알아들었을 텐데. 네가 치우라고, 안 그러면 진열장을 박살낸 범인은 네가 될 거야. 선생님들이 누구 말을 믿을 것 같니? 고리타분한 나, 아님 운동선수인 너?"

해티는 농담이 아니었다. 잭도 해티의 말이 농담이 아님을 알았다. 고개를 가로저으며 잭은 해티에게서 쓰레받기를 받아들고 천천히 일어나 어질러진 것들을 치우러 교실 뒤쪽으로 구부정한 자세로 걸어갔고, 그러는 동안 해티는 엉덩이에 주먹 쥔 손을 올린 채 잭이 걸어가는 모습을 지켜봤다.

그리고 그러는 내내 나는 더 깊이 사랑에 빠졌다.

공터

로니*(베로니카의 애칭)는 조쉬 월드렌의 명성을 익히 들어 잘 알고 있었다. 그는 잘생겼고 체격이 좋으며 인기가 있고 멋진 차를 몰았다. 고등학교 시절에는 지역 축구 스타였고, 힘겹게 싸우는 많은 시즌을 지나면서도 완벽한 코를 잘 간수하고 있었다. 그가 호주축구리그 팀에 스카우트될 것이라는 말이 나돌았지만, 그런 일은 결코 벌어지지 않았고, 지금은 로열 술집에서 바텐더로 일하고 있다.

동네의 소문을 미루어 보건대, 그는 또한 여자를 밝히는 것 같았다. 소문, 그건 정말이지 로니의 마음을 아프게 했다. 로니는 소문을 싫어했다. 로니는 소문이 사실일 때도 소문을 싫어했지만 사실이 아닐 때는 더더욱 싫어했다. 로니는 이 두 가지를 모두 경험했는데, 주로 후자 쪽이었다.

로니는 조쉬의 남동생 샘을 조금 더 잘 알았다. 다들 샘을 월도라고 불렀다. 조쉬보다 조금 작지만 자신만만한 태도만큼은 조쉬 못지않은 그의 동생 월도는 로니보다 한 학년 아래였다.

로니의 옛 남자 친구 리스가 그녀보다 그를 더 잘 알았는데, 그 두 사람이 평생 동안 굉장히 축구를 많이 했기 때문이다. 리스는 월도가 나이와 몸집에 비해 훌륭한 선수라며, 어쩌면 전성기 시절의 그의 형보다 훨씬 더 나을지도 모른다고 말했다.

그러니까 월드렌 형제 가운데 한 명이 로니에게 전화하리라 예상한다면, 그것은 샘이었다. 하지만 여왕 탄생 기념일*(영국 여왕 탄생일로 6월 둘째 주 월요일)의 연휴가 시작되는 토요일, 그녀에게 전화를 한 사람은 조쉬였고, 그래서 그녀는 조금 놀라면서 또한 약간 호기심이 동했고 우쭐한 기분이 들었다.

"베로니카?"

조쉬가 물었다.

"네. 전데요. 누구세요?"

"조쉬 월드렌. 우리 신년 전야 파티에서 만났었는데."

"아, 그래요. 기억해요."

물론 기억했다. 아무튼 대부분은 기억했다. 브리저*(저알콜 음료)가 쉽게 술술 넘어가고, 그런 뒤 스트롱보우*(알콜성 사과 주스)가, 그 다음은 버번위스키와 콜라가 미끄러지듯 잘 넘어갔다. 그녀는 또한 다음 날 아침 아버지에게서 잔소리를 들었던 것도 기억났지만 무슨 내용이었는지는 또렷이 기억나지 않는다. 잠시 후 그 모든 잔소리는 하나로 뒤섞였고 심하게 잔소리를 들었다는 기억밖에 남지 않았다.

로니는 스트롱보우와 버번 사이 어딘가에서 그 유명한 조쉬 월드렌을 만났던 것이 기억났다. 그는 완전 매력적이었다.

그가 그녀에게 마실 것을 한 잔 주었고 그녀는 그것을 받았다. 그가 그녀에게 담배 한 개비를 건넸지만 그녀는 거절했다. 그가 그녀에게 자신의 차를 타고 가 자기 방을 구경하자고 아주 대담하게 제안했지만 그녀는 그것을 악의 없는 시시덕거림으로 웃어넘겨 버렸다. 기특하게도 그는 그녀의 거절을 기분 좋게 받아들였다.

"한 번 갈 만한 가치가 있을 텐데."

그가 말했다.

"실은 같이 온 사람이 있어요."

"여기에 같이 온 사람이 있다고? 오늘 밤에?"

"그래요. 저기 있는 저 사람이에요. 리스."

"리스 토메이? 농담이겠지! 네가 리스 토메이와 사귄다고?"

"네, 맞아요. 농담이 아니에요. 우린 사귄 지 1년 반 됐어요. 왜요? 리스에게 무슨 문제라도 있어요?"

"전혀. 난 그냥 초등학교 때 리스를 완전 때려눕혔던 게 기억나서. 그게 다야. 하지만 지금은 그가 너와 동행이구나. 운이 좋은 아이야. 아니 운이 좋은 남자라고 해야 하나?"

"리스는 이제 충분히 어른이에요. 그리고 충분히 운도 좋죠."

"그래, 리스에게 잘 됐네. 네게도 잘 됐고."

조쉬가 항복했다는 듯 양손을 올렸다.

"난 남의 점심에 손대는 그런 사내가 아냐."

그녀는 그 말뜻을 이해했다.

그녀는 자신이 유혹 받았다는 사실을 리스에게 말하지 않기로 했다. 리스는 성질이 무모하고 질투심이 많아서 쉽게 받아 넘기지 못했을 것이다. 그래서 나중에 펀치*(과일즙에 설탕과 술을 섞은 음료) 그릇 옆에서, 리스가 그녀에게 조쉬와 무슨 얘길 했냐고 물어봤을 때, 그녀는 어깨를 으쓱하며 "그냥 이런저런 쓸데없는 얘기"라고 대답했다.

결론적으로는 로니가 리스에게 이 일을 말하긴 했지만, 그건 몇 달 뒤 그들이 헤어질 때였다. 소리치고 토라지고 서로 비난이 오가는 와중에 로니는 자신은 그에게 충실했다고, 아무리 제안을 받았어도 늘 그에게 충실했다고 외쳤다.

"어떤 제안? 다른 남자들에게서?"

"물론 당연히 남자들이지."

"예를 들면 누구?"

"아주 많아."

솔직히 말해 그건 사실을 과장한 것이었다. 하지만 그건 그 당시 그녀의 필요에 유용한 과장이었다.

"신년 전야 파티 기억해? 조쉬 월드렌이 나를 자기 집으로 가자고 유혹했어."

리스는 깜짝 놀랐다. 마치 이 정보 조각이 다른 퍼즐에서 나온 직소 퍼즐 조각인 것처럼 놀랐다.

"뭐? 무슨 소리야?"

로니는 자신이 확실히 똑똑한 척하는 사람처럼 보일 때까지 천천히 또박또박 말했다.

"조쉬……월드렌이……자기랑…… '섹스' 하러……자기 집으로……가자고……나를……유혹했어."

"그리고 넌 그 자식을 따라갔고?"

"아냐! 그게 지금 내가 말하고자 하는 요지잖아, 이 바보야! 그럴 수도 있었지만 그러지 않았다고!"

"네가 몇 살인지 그가 아니?"

"확실히는 모를걸."

로니는 발육이 빨랐다. 로니의 언니도 마찬가지였다. 로니의 언니 웬디는 4학년 때부터 브래지어를 했고, 고등학교를 졸업할 때쯤, 풍만한 가슴을 가진 한물간 섹시한 미국의 백치미인의 이름을 따서 웬디에게 걸맞은 '파미'라는 별명이 붙은 채 그 동네의 전설이 되어 있었다. 하지만 그 배우와 달리 웬디의 가슴은 완전 자연산이었다.

로니도 마찬가지여서, 초등학교 중간 학년이 되자 가슴이 근질거리며 커지기 시작했다. 7학년이 되었을 때는 발육이 다 되었다. 생리도 규칙적으로 많이 했다. 사람들은 그녀의 나이를 들을 때마다 늘 놀라는 것 같았다. 로니의 언니 웬디가 미용사여서 뛰어난 화장 기술도 여기에 기여했다.

나이는 리스에게는 문제가 아니었다. 리스와 로니는 같은 학년이었고, 리스는 로니 같은 모습의 여자아이를 취해야 한다고 생각하지 않은 유일한 남자인 것 같았다. 그리하여 그는 그녀에게 사귀자고 제안했다. 그리고 그가 접근하는 방식은 약간 서툴긴 했어도 꽤 달콤했다. 그는 어떤 선택을 할 것인지 표시하는 네모 칸이 있는 쪽지를 통해서가 아니라 직접적으로 말로 했다. 그는 그냥 그녀에게 말했다.

"너 남자 친구 있니? 네가 남자랑 같이 있는 걸 한 번도 못 본 것 같은데."

그리고 그녀는 대충 얼버무려 대답해야 할 것 같다고 느꼈다.

"어째서 네가 내 남자 친구로 가장 잘 맞는다고 생각하는데?"

"나는 귀엽고 사랑스럽고 성실하며 행복한 가정을 찾고 있으니까. 게다가 난 가정교육도 잘 받았어."

로니는 그 말에 웃음을 터뜨렸다. 그리고 그건 그렇게 미친 생각도 아니었는데, 사실 그녀도 오랫동안 그를 살펴왔기 때문이었다. 아마 그는 그녀와 같은 문제를 직면했을지 모른다. 그것은 아이러니했지만 그의 외모와 자신감, 지성, 유머감각 때문에 다들 그들이 감히 어울리지 못할 부류라고 지레짐작했던 것 같다. 분명 로니는 그런 생각을 했었다. 왜 토메이 가의 사람이 녹슨 흰색 소형 트럭을 갖고 이런저런 잡일을 하는 술주정꾼의 딸인 자신을 거들떠보는 걸까? 그녀가 조숙하게 어린 나이에 완전 발육이 다 되었는데도?

하지만 그는 그녀에게 눈길을 주었고, 그 뒤에도 계속 눈길을 주다가 마침내 용기를 내어 그녀에게 자신과 만날 수 있는지 묻기에 이르렀다! 물론 그녀는 그와 만날 수 있었다. 그리고 나머지 일은 비교적 수월했다.

토메이 가족은 교외 호숫가의 주택에 살았다. 리스가 처음으로 데이트 신청을 한 뒤 오후에 두어 번 둘은 방과 후 함께 리스의 집으로 갔다. 그의 부모님은 일하러 가고 없었으므로 둘만이 그곳에 있었다. 그답지 않게 수줍어하며 그는 그녀에게 집을 구경시켜주고 그녀가 수영장과 홈시어터실을 감탄하며 바라보게 놔두고, 그녀에게 마실 것을 주었다. 그런 뒤 어느 사이엔가 둘은 엘우드 섬이 내다보이는 방의 하얀 소파에 앉아 있었다. 리스의 손은 로니의 웃옷 속에서 바삐 움직였다. 로니는 리스의 허리띠 버클을 더듬거리다 그의 크기와 그녀가 그를 만질 때 그가 눈을 감는 모습에 순간적으로 놀랐다.

바로 그때 로니는 그가 더 이상 나아가지 못하게 저지했다. 그것이 자신의 첫 경험이 될 것 같았는데 로니는 그런 중대한 의식은 어둠 속에서, 아무리 못해도 부분적인 어둠 속에서, 그리고 침대에서 치러질 것이라고 늘 상상해 왔다. 훤한 대낮에 소파 위에서는, 심지어 멀리 엘우드 섬까지 보이는 곳에서는, 분명 아니었다.

리스는 로니가 보기에도 많이 실망했지만, 어떤 면에서 이것은 리스에게는 시험과도 같은 것이었다. 남자 친구가 뜻하는 것이 무엇이든 남자 친구를 원했지만 대부분의 여자 친구들이 되고자 하는 존재, 즉 그녀 식으로 표현하면 주로 장식품이, 되고 싶지는 않다고 분명 확신했다. 자기 남자가 술을 아주 많이 마셨을 때 운전해 주는 장식품. 하지만 그녀가 차를 몰 수 있는 나이가 되지 않았으므로 그녀가 장식품의 일을 설명할 때 남아 있는 일이 거의 없었다.

동갑인 남자 친구를 사귀는 여학생들이 있지만 운동장에서 서로 몸을 기대거나 버스 뒷자리에서 은밀한 애정행각을 벌이고 주말마다 술에 취해서 성교하는 것 이상의 일이 있어 보이지는 않았다.

그래서 그녀는 리스가 기다리게 했다. 리스가 15살에 결혼하여 정주할 것이 아니므로, 두 사람이 사귀는 동안 적어도 재미를 봐야 한다고 그녀를 설득하여 그녀를 꺾는 데 1주일이 넘게 걸렸다.

솔직히 말해 그녀는 다만 최소한의 저항을 했을 뿐이다. 로니는 리스가 대단히 흥분을 돋우는 사람이란 사실을 알게 되었고 일단 그녀가 미리 정해 놓은 두 가지 조건이 갖추어지면 그들을 막을 것은 거의 없는 것 같았다. 즉, 부분적인 어둠과 침대, 이 두 가지만 갖춰지면 말이다.

하지만 그녀 자신의 침대는 안 되었다. 그녀는 그가 자신이 사는 곳을 알게 되는 것도 원치 않았으며, 하물며 집 내부를 보는 것은 말할 것도 없었다. 아무튼 아직은 아니었다. 그녀는 그들의 관계가 어쩌다 만나 섹스하는 것보다 더 견고한 토대를 바탕으로 성립될 때까지 그에게 자신이 사는 곳을 보여주지 않으리라고 결심했다.

아무튼 섹스를 하러 로니가 사는 곳으로 갈 필요는 없었다. 리스의 집은 아래층이 호별로 독립된 플랫식 아파트였고, 그의 부모님은 거의 집에 없었다. 그리고 로니가 때때로 부과한 전제 조건인 로맨틱하게 해달라는 요구를 들어주고 싶을 때면 리스는 간단히 장식장에서 마실 것을 꺼내들고 호숫가로 가서 호수 반대편의 발전소를 무시하면서 한숨짓듯 산들거리는 떡갈나무들 사이에 앉으면 됐다. 그녀는 막대기로 일렁거리는 가느다란 호숫가의 잡초 더미를 이리저리 찔러 그곳에 갇힌 도넛 같은 해파리를 자유롭게 해주고는 했고, 그러는 동안 그는 서투르게 그가 진짜 마음속에 둔 일, 자신의 방으로 다시 가서 관계를 갖는 것 쪽으로 조금씩 나아가고는 했다.

둘의 사이가 끝났을 때, 로니는 자기 인생의 거의 18개월을 그런 식으로 살며 바쳤다는 사실을 믿기 어려웠다. 리스의 친구인 마티와 앤디는 그녀를 잘 받아들여줬다. 비록 마티가 그녀에게 아주 냉담하게 대하긴 했지만.

리스는 그건 마티가 그녀에게 달아올랐기 때문이라고 주장했다. 그가 자신의 친구가 그녀와 친하게 지내는 모습에 실망한 자신을 다룰 수 있는 유일한 방법은 부루퉁해 있는 것이었다.

로니는 리스가 꽉 막힌 머저리가 아닐까 의심스러웠다. 리스가 정말 머저리일 가능성이 강했다. 그녀가 한 번 그 말을 꺼내자, 리스는 하루 하고도 한나절을 더 부루퉁해 있었다. 그녀는 그의 자존심이 그의 친구가 그녀에게 열렬히 대해야 한다고 지시하는 건 아닐까 생각했다.

앤디는 전적으로 다른 식으로 수작을 걸었다. 앤디는 그녀에 대한 자신의 마음을 숨기려 하지 않았다. 한번은 앤디와 그녀가 축구 연습에 리스가 오기를 기다리고 있었는데 앤디가 용감하고 정직해져서 모든 것을 고백했다.

"있잖아, 만약 리스가 너를 다치게 하면, 내가 언제라도 너를 위
해 달려갈게."

"그래, 앤디. 고마워."

"진담이야. 내 의견을 듣고 싶다면, 난 리스가 너를 함부로 대하
는 것 같아."

"내가 언제 네 의견을 물었니?"

"아니, 하지만 말해야 할 것 같아서. 그 말을 해주지 않으면 안 될
것 같아서. 내 생각엔 리스는 단 한 가지만을 위해 너와 어울리는 것
같아."

그녀는 앤디를 향해 미소 지었다.

"그 한 가지라는 게 뭔데?"

앤디의 얼굴이 빨개졌다.

"알잖아. 리스가 내게 말해줬어, 로니. 하지만 난 여자 친구를 사
귀는 건 '그것' 이상의 것이 있다고 생각해."

"네가 자신에 대해 그렇게 생각하는지 알면 리스가 뭐라고 할
까?"

"바로 화를 내겠지. 하지만 난 신경 안 써. 그게 내가 느끼는 바이
고, 이젠 넌 그걸 알겠지. 그리고 난 7학년 이후로 그런 식으로 느껴
왔어. 난 너희 둘이 사귀는 건 좋아, 정말이야. 하지만 난 그냥…….
아냐, 신경 쓰지 마."

"너와 내가 사귀기 시작하면 리스와 너 사이에 무슨 일이 일어날

것 같니?"

그녀가 물었다. 앤디는 그 질문에 놀란 것 같았다.

"그런 일은 결코 벌어지지 않을 거야, 안 그래? 내 말은 리스는 나의 가장 친한 친구야. 하지만 난 그래도 리스가 네게 더 잘 해줄 수 있었다고 생각해. 난 더 잘 대해줄 수 있었을 거야. 분명 난 더 잘 대해줬을 거야."

그리고 어쩌면 그건 사실이었을지도 모른다. 하지만 앤디가 그 말을 하는 것을 듣자 그녀는 슬퍼졌다. 왜냐하면 그녀가 앤디를 봤을 때 아무튼 그런 일은 그들 사이에서 절대 일어날 수 없다는 사실을 알았기 때문이다. 그는 그냥 뭔가가…… 부족했다. 그녀는 앤디가 멋지고 솔직하고 말상대 하기도 편하다고 생각했다. 하지만 그 이상의 뭔가가 전혀 없었다. 진부하게 들리겠지만 앤디는 형제처럼 느껴졌다.

결별을 바로 앞에 둔 어느 날 학교에서 로니는 우연히 자신의 어두운 내력을 알게 되었다. 로니는 칸막이 화장실 안에 있었는데 밖에서 여자아이들 몇 명이 자신에 대해, 그리고 자신이 리스와 그의 친구들과 얼마나 많은 시간을 보내는가에 대해 수군대는 소리를 우연히 듣게 되었다. 그 이야기의 진위는 모르지만 일단 그녀는 그 사실은 받아들였다. 로니는 자신이 여자애들 입에 오르내린다는 사실에 약간 화가 났지만 그래도 참을 수 있었다.

하지만 정말 불쾌하기 짝이 없는 억측이 시작되었을 때, 그녀는 피가 얼음장처럼 얼어붙는 것 같았다.

"요즘은 어느 애랑 붙어 다녀?"

"아직 리스인가 아님 오늘 밤은 앤디 차례인가?"

"아님 마티 차례?"

"어쩌면 셋 다 일지 몰라."

그 말에 다들 웃음을 터뜨렸다.

"셋 다? 누가 쓰레기 같은 저질 계집애 아니랄까 봐!"

그러면서 그 별명이 나왔다. 그녀가 그 별명이 뜻하는 바를 알게 되었을 때 자기 언니의 '파미'란 별명은 아주 순하게 여겨졌다. '카보', 바로 탄소를 뜻하는 단어. 아무것하고나 관계를 갖는다는 바로 그 원소. 그리고 그 소문이 누구나 다 아는 사실이 되었을 무렵, 리스는 그녀가 자주 그가 그렇지 않나 추측한 그대로 나약한 모습을 드러냈다.

"그 소문이 사실이야?"

그는 알아야 했다. 로니는 앤디와 분명 많은 시간을 함께 보내고 있었다. 특히 자신이 기술 도면 제도 수업을 듣는 동안 둘이 희곡 수업을 같이 듣는다는 사실을 생각하면 틀림없었다. 그리고 마티도 의외의 경쟁 상대였단 말인가? 그녀가 그 둘 가운데 어느 누구에게라도 감정을 지녔던 적이 있는지 자신은 마땅히 알 자격이 있었다.

그러다가 누군가가 리스의 귀에 대고 너의 여자 친구가 샌더슨 거리 모퉁이에 서서 지프차를 탄 남자 두 명과 이야기를 하더니 그 차에 올라타 그 남자들과 함께 가더라고 말해주었다. 그것은 사실이 아니었다. 그렇다, 그녀가 그 남자들과 이야기를 한 것은 맞다. 하지만 리스가 들은 이야기와는 달리, 그 남자들은 호수로 가는 방향을 물었던 것뿐이고 그녀는 결코 그 남자들의 차에 타지 않았다.

"넌 그 말을 믿어?"

로니는 리스에게 물었다.

"뭘 믿어야 할지 모르겠어. 너와 나는 정말 어린 나이에 사귀기 시작했지만 그때도 넌 '그것'을 어떻게 하는지 잘 아는 것 같았어."

믿을 수가 없었다.

"돌이켜 생각해 보면, 같이 자자고 압력을 가한 건 너였어."

"그럼 넌 나랑 하기 전에는 '그것'을 한 번도 안 해 봤어?"

그것은 그녀가 그에게 절대 하지 않았던 질문이었고, 어떤 이유에선지 그도 자신에게 절대 그런 질문은 하지 않을 것 같다고 생각했었다.

"그래. 난 너 말고는 그 누구와도 결코 함께하지 않았으니, 넌 그런 질문을 할 필요도 없어. 난 제안들을 받았지만 늘 네게 충실했어."

그렇게 그녀는 리스에게 조쉬 월드렌과 그녀 자신의 잘못이 없는 충실함에 대해 이야기하게 되었던 것이다.

그 토요일 오후 조쉬가 전화했을 때, 그의 타이밍은 완벽했다. 로니와 리스가 헤어진 지 4주가 지났는데, 그것은 그녀가 읽은 어떤 잡지에 따르면 새로운 관계가 반발심에서 보란 듯이 일시적으로 사귀는 것이 아니라고 확신할 수 있는 이상적인 시간이었다. 조쉬는 관계를 시작하려고 하는 것처럼 말하지는 않았다. 그건 그냥 정말로 단순히 하는 질문 같았다.

"오늘 밤에 뭐해?"

"아무것도요."

"토요일 밤에 아무것도 안 한다고? 기나긴 주말에?"

"나도 알아요. 비극적인 일이죠, 그죠?"

"음, 그렇담, 내가 너를 구해줘야겠어. 나와 뭔가 할래?"

로니는 어리둥절했다. 난데없이 갑자기 왜 그녀와 뭔가를?

"저기, 혹시 전화 잘못 건 거 아니에요?"

"맞게 걸었어. 리스 토메이와 사귀었던 그 베로니카잖아."

"베로니카 말고 로니라고 불러요. 하지만 그래요, 내가 맞아요."

"좋아. 그럼 내가 제대로 전화한 것 맞네. 자, 어때? 나랑 뭔가 하고 싶지 않아?"

"그게 뭔데요?"

"그냥 어울려 돌아다니는 것. 술도 한 잔 하고."

"난 아직 술집에 갈 나이가 아니에요. 알잖아요?"

"그래, 알아. 난 그냥 드라이브나 할까 생각하고 있었어."

"어디로요?"

"그냥 드라이브 하는 거지. 재미있을 거야."

로니는 그가 말한 '재미'가 무슨 뜻일까 곰곰이 생각했다. 그녀는 그때 그 파티에서 자신이 그에게 퇴짜를 놓았을 때 그가 어떻게 물러 났는지 생각해 내고는 그를 믿어도 될 것 같다고 생각했다.

'보통의 데이트 신청처럼 받아들이자. 그 말을 액면 그대로 받아 들이는 거야.' 하고 그녀는 속으로 생각했다.

"우리가 어디로 갈 건지 알고 싶어요."

"내가 아는 장소가 있어. 깜짝 파티 좋아해, 로니?"

"어떤 건요. 좋은 깜짝 파티면요."

"좋은 깜짝 파티가 될 거야, 장담해. 몇 시에 데리러 갈까?"

"모르겠어요. 조금 있다가요."

"내가 알아서 갈게. 따뜻하게 입고 와."

"난 레몬 러스키*(보드카와 레몬 소다를 혼합한 술)를 좋아해요."

로니가 말했지만 이미 그가 전화를 끊은 뒤였다. 조쉬 월드렌. 그 녀는 거울 속 자신의 모습을 찬찬히 살펴봤다. 그랬다, 왜 그가 자신 에게 전화를 했는지 알 수 있었다. 객관적으로 봐도 자신은 매력적이 었다. 맑고 깨끗한 피부, 아름다운 눈. 특히 언니에게서 마스카라, 아 이라이너, 아이섀도를 한 듯 안 한 듯 엷고 알맞게 과하지 않게 바르 는 법을 배워서 더 그랬다.

그리고 머리카락, 그녀는 어두운 갈색 머리와 불타는 듯한 빨강 머 리의 중간색상에 자연스럽게 탈색된 밝은 부분이 많은 자신의 머리 카락을 자랑스러워했다. 그녀는 티셔츠 앞을 매만져 자신의 가슴을 내밀어 봉긋 튀어나오게 했다. 그녀는 오늘 밤 목이 V자로 파인 옷을 입고 그 안에 노라인 브래지어를 할 것이다.

로니는 일단 준비가 다 되자 침대에 앉아 건성으로 TV를 봤다. 한 쪽 귀는 조쉬의 도착 소리를 들으려고 열어 놓았지만 동시에 그녀는 의식적으로 자신의 흥분을 경시하려 애쓰고 있었다. 아니면 흥분이 아니라 경외감인가?

'안 돼, 그런 식으로 생각하지 마. 네가 완전 경외감을 갖고 데이트를 나간다면, 넌 우스꽝스런 애송이처럼 보일 거야. 자신감을 갖고 당당하게 굴어.' 하고 로니는 자기 자신에게 말했다.

로니는 거울에 비친 자신의 모습을 다시 점검했다. 자신감이 잘 자리 잡고 있었다. 노라인 브래지어도 또한 맡은 바 역할을 잘 수행하고 있었다.

그때 거실에서 큰 텔레비전으로 V8 경주용 자동차들이 계속해서 돌고 도는 화면을 보고 있던 그녀의 아버지가 소리쳤다.

"론, 어떤 남자애가 널 찾아 왔어."

그녀는 거실로 갔다. 그녀의 아버지는 의자에서 꼼짝도 않고 현관 방충문 너머로 조쉬에게 왜 왔는지 물었을 뿐이었다.

"들어와요, 조쉬 오빠."

로니가 말했다.

"에이, 아빠, 아무리 그래도 안으로는 들였어야죠!"

그녀의 아버지는 이해할 수 없는 말을 중얼거렸다. 대단한 출발이었다.

"어서 와요. 아버지 대신 내가 사과할게요."

"갈 준비는 다 됐어?"

조쉬가 물었다.

"네, 거의요. 재킷만 갖고 올게요. 잠깐이면 돼요."

그녀는 거울 앞에서 한 번 더 점검하고 립글로스를 살짝 발라 준비를 마쳤다. 그녀가 거실로 다시 갔을 때, 조쉬는 여전히 서 있었고 그녀의 아버지는 조쉬를 무시하고 있었다. 두 사람 다 자동차 경주에 주의가 완전 쏠려 있었다. 그녀가 거실로 들어서자 조쉬가 흘끗 그녀 쪽을 봤다. 갑자기 조쉬는 자동차 경주에 흥미가 뚝 떨어진 것 같았다.

"이야, 정말 근사한데."

눈으로 그녀의 외양을 더듬으며 그가 말했다.

"고마워요. 아빠, 저 잠시 나갔다 올게요."

"알겠다. 이 아인 누구야?"

"조쉬예요. 아빤 모르는 사람이에요. 자, 이제 그만 가요."

로니는 현관문을 열어 문을 잡은 채로 조쉬에게 말했다. 조쉬가 망설이며 말했다.

"네 아버진 나를 아실지도 몰라. 축구 경기에서 보고 말이야."

"한 번쯤 봤겠지만 우리 아빠 오빠를 기억 못 할 거예요. 가요."

땅거미가 질 무렵이라 낮은 베란다를 내려가 고르지 못한 잔디밭을 가로질러 차까지 걸어가기가 힘겨웠다. 조쉬는 훌륭한 신사처럼 그녀를 위해 차 문을 열어 주었다. 조쉬의 차는 낮고 스포티한 노란색 팔콘으로, 시트커버가 정도가 지나친 빨간색이긴 했지만 근사한 차였다. 부드러운 엔진 소리가 나는 가운데 그가 그녀의 머리 받침에 손을 올리고 고개를 돌려 바퀴자국이 깊이 난 진입로를 천천히 후진해 나갔다.

"너한테서 좋은 향기가 나."

그가 말했다.

"고마워요."

"한 잔 할래? 브리저가 있는데."

그가 뒷좌석의 비닐봉지를 가리켰다.

"술집에서 나오기 전에 챙겨왔어. 트렁크에 다른 것들도 있어."

"레몬 러스키도 가져왔어요?"

"아니. 왜?"

"그냥요. 지금 마실 거예요? 차를 몰고 가면서요?"

조쉬는 브리저를 먼저 찾은 다음, 차를 움직였다.

"너 먼저 마셔. 난 그곳에 도착하면 마실게."

"어딜 가는데요? 난 오빠가 날 어디로 데려가는지 아직 몰라요."

"말했잖아, 일종의 깜짝 파티라고. 그런데 너 근사해 보인다."

"예. 이미 말했잖아요. 고마워요."

"최근 네 남동생에게서 소식은 있니?"

로니는 고개를 저었다.

"내 동생이 이사를 가 퀸즐랜드의 이모와 살러 간 뒤로만 사실 우린 이야기를 해본 적이 없어요. 우린 그다지 잘 지내는 편이 아니에요. 우리 아빤 내 동생한테 굉장히 엄했어요. 심지어는 엄마가 살아 계실 때도 그랬죠. 월도는 내 동생한테서 소식을 들었대요?”

“사실 나도 몰라. 그냥 네 동생 토니가 우리 집에 자주 놀러왔던 게 기억나서. 그래서 물어봤어.”

“오빤 술집에서 일한다면서요? 줄곧 거기서 일했어요?”

로니가 화제를 바꾸었다.

“아니. 난 잠시 타이어를 팔았어. 그리고 그 전에는 주유소에서 일했었고.”

맥주, 타이어, 그리고 석유. 맥주는 사실 저절로 팔리는 것이고 그 전에는 그는 사람들에게 꼭 필요한 품목들을 팔았다. 그 사실은 그가 어떤 종류의 세일즈맨이었는지에 대해 많은 것을 말해 주었다.

“술집 일은 맘에 들어요?”

“응, 좋아. 재미있는 사람들을 많이 만나.”

“취객들도 많겠네요.”

“그래, 맞아.”

그녀는 그에게 미소를 지어 보이고는 그가 CD플레이어에 CD를 넣어 음악을 켜는 동안 그 기회를 이용해 그를 살펴보았다. 분명 뭔가 말썽이 있었던 모양이었다. 근사한 청바지, 깨끗한 구두, 셔츠 깃. 그는 면도를 한 상태였다. 그런데 그런 뒤 뭔가가 튄 것 같았다. 하지만 그녀는 그가 깔끔하다는 사실을 인정해야 했다. 그리고 그의 턱에 있는 아주 희미한 흉터 또한 묘하게 매력적이었다. 위험하지만 그런 위험마저도 감수하게 만드는 남자. 그는 섹시했다.

조쉬는 편안하면서도 제어를 해 가며 운전을 잘했다. 커브 길을 빠르게 지나면서 로니는 자신의 자리 옆쪽 지지대 쪽으로 쏠렸다. 급경사에서는 브레이크를 단단히 잡고 급경사를 벗어날 때는 부드러우면서도 힘차게 가속해 그녀가 자기도 모르게 미소를 짓게 만들었다. 그가 과속하고 있는 게 분명했지만 그녀는 두렵지 않았다. 단 한 번도.

그들은 탁 트인 도로를 따라 교외로 나가다가 언덕 쪽으로 접어들어 캄캄한 나무 터널을 지났는데, 할로겐 전조등 불빛에 비친 나뭇가지들이 마치 뼈처럼 보였다. 그녀는 그가 자신을 어디로 데려가는지 물어볼까 생각했지만 브리저를 마셔 머리가 가벼워진 탓에 더 이상 신경 쓰지 않았다.

그녀는 그의 휴대폰이 시끄럽게 삑삑거리는 소리에 퍼뜩 정신을 차렸다. 계기판의 불빛이 비춰 그의 얼굴에 드리운 파란 빛이 그가 문자를 읽는 동안 휴대폰에서 나오는 더 밝은 불빛과 합쳐졌다.

그는 한쪽 눈은 계속 도로를 주시한 채로 엄지손가락을 움직여 답문자를 보낸 뒤 휴대폰을 바지 호주머니에 찔러 넣었다. 로니는 누구한테서 문자가 온 건지 물어볼까 하다가 문득 그건 여자 친구나 물을 법한 질문이라는 생각이 들었다. 장식품 역할을 하는 여자 친구가 바로 그 자리에서 물을 법한 약간 소유욕이 강한 질문들 가운데 하나 같았다. 그래서 로니는 묻지 않았다. 아무튼 그다지 신경 쓰지 않았다. 그냥 뭔가 용건이 있어서 온 문자겠지, 하고 생각했다. 게다가 음악 소리가 굉장히 컸으므로 그녀의 목소리를 듣기도 힘들 것 같았다.

조쉬가 좁은 비포장도로로 접어들기 전에 차의 속도를 늦췄다. 차가 방향을 틀 때 로니는 먼지투성이 표지판을 언뜻 보았다.

"마운트포드 바위? 거긴 왜 올라가는 거예요?"

로니가 물었다. 조쉬가 음악 소리를 낮췄다.

"뭐라고?"

"마운트포드 바위에 왜 가냐고요?"

"거기 가본 적 있어?"

"아뇨. 하지만 들어는 봤어요."

"그곳은 경치가 끝내줘."

"그래요? 멋지겠네요."

로니는 자기가 조쉬와 나눴던 대화를 처음부터 끝까지 하나하나 더듬어 보기 시작했다. 자신이 어떤 암시를, 그러니까 섹스를 할 수도 있다고 그가 생각하게 만들었을지 모르는 그런 암시를 했던 순간이 있었는지 확인하려 했다. 그런 암시를 줬던 순간은 하나도 없는 것 같아 로니는 안심이 되었다. 결국 이것은 첫 데이트였다. 그녀는 오늘 밤은 그와는 확실히 어느 정도 거리를 둘 작정이었다. 어쩌면 키스를 할 수도 있겠지만 절대 거기까지만 허락할 생각이었다.

차는 이제 전혀 속도를 내고 있지 않았다. 길은 좁아졌으며 나무와 비탈 사이의 덤불 속에 구불구불 나 있었고, 그들이 천천히 마지막 모퉁이를 돌아 정상에 도착하자, 로니의 눈에 어떤 차의 반사된 미등 불빛이 들어왔다. 차 한 대가 벌써 그곳에 와 있었는데, 유리섬유 덮개가 있는 4륜구동 소형트럭이었다. 그 차를 보는 순간 그녀는 안도와 실망이 한데 뒤섞인 묘한 감정을 느꼈다.

"벌써 와 있는 사람이 있나 봐요."

로니가 말했다.

"그래도 아름다운 경치는 변함없잖아."

조쉬가 말하면서 그녀에게 윙크했다.

"운이 좋으면 저 트럭 뒷좌석에서 하는 짓을 힐끗 훔쳐볼 수도 있겠는데."

로니가 웃음을 터뜨렸다. 어떤 커플이 소형트럭 뒷좌석에서 격렬한 사랑을 나누는 장면을 볼 가능성에 대해서는 외설스러우면서도 흥을 돋우는 뭔가가 있었다.

그때 소형트럭의 운전석 문이 열리더니 젊은 남자가 차에서 내렸다. 그리곤 눈이 부셔 실눈을 뜨고 이쪽을 보았다.

"아뇨, 오늘 밤 훔쳐보기는 그른 것 같은데요."

로니가 말했다.

"아, 잠깐만요, 저 남자 어디서 본 것 같아요."

"그럴 거야. 블래드야."

조쉬가 대답했다.

"누구요?"

"에릭 블래드코빅."

그제야 그녀는 기억이 났다. 에릭 블래드코빅은 마을에서 어느 정도 유명했는데, 하나같이 나쁜 이유로 그랬다. 그의 형 브루노와 릭은 마을에서 몇 킬로미터 떨어진 골프클럽에서 무장강도짓에 가담한 죄로 아직 교도소에 있다. 10년인가 12년 전에 일어난 사건으로 에릭은 그 범죄에 전혀 연루되지 않았지만 그 뒤로 연좌되어 죄인 취급을 당해 왔다.

"오빠 에릭 블래드코빅과 아는 사이예요?"

그녀가 조쉬에게 물었다.

"그럼, 잘 알지. 그는 술집에서 살다시피 하는걸."

"그의 형들은요? 그의 형들과도 아는 사이예요?"

"아니, 난 그 녀석들은 한 번도 만난 적 없어. 아무튼 블래드는 자기 형들을 증오해. 그는 그들을 인간쓰레기라고 생각해."

조쉬가 차를 주차했고 로니는 블래드가 꽉 끼는 청바지를 입고 약간 뽐내듯이 어슬렁어슬렁 걸어오는 모습을 지켜봤다. 조쉬가 자기 쪽 창문을 내리자, 로니는 차가운 공기 속에서 유칼립투스 나무 타는 냄새를 맡을 수 있었다.

"안녕, 블래드. 다른 애들은 어디 있어?"

"저기 돌아서. 남은 맥주를 갖고 네가 나타나길 기다리고 있어. 그 애들이 우리가 가져온 것들을 거의 다 끝장냈어. 망할 애송이들."

블래드는 몸을 숙여 로니를 뚫어져라 쳐다봤다.

"이봐, 이 앤 누구?"

"이 앤 로니야."

조쉬가 대답했다.

"안녕, 난 블래드야."

"안녕하세요."

로니가 인사하고는 조쉬에게 물었다.

"다른 애들도 여기 와 있어요?"

"내 남동생과 그 애 친구 둘. 내 동생 샘을 아니?"

"예, 그런 셈이에요. 우린 대개 그 애를 '월도'라고 부르지만요. 다른 여자애들은 없어요?"

"여자애들 데려왔어, 블래드?"

블래드가 고개를 저었다.

"안 데려왔다는군. 그럼 없어."

조쉬가 말했다.

"그런데 깜짝 파티를 해야 할 중요한 일이 뭐예요?"

로니가 물었다.

"내일이 샘의 생일이야. 그래서 우리는 조그맣게 파티를 열어줄 생각이야. 그게 다야."

조쉬가 대답했다. 로니는 블래드 너머를 유심히 쳐다보았다. 그의 트럭 너머로 나뭇가지 아래에서 반사되는 불빛이 보였는데 불꽃이 간혹 위의 나무 쪽으로 소용돌이처럼 튀어 올랐다. 하지만 다른 애들은 트럭에 가려 보이지 않았다. 로니는 사전 경고 없이 덤불 속의 파티에, 그것도 여자애는 하나도 없는 파티에 끌려온 것이 약간 걱정스러웠다.

로니는 차에서 내린 다음 비닐봉지 두 개를 꺼내러 트렁크로 간 조쉬를 기다렸다. 조쉬가 비닐봉지를 땅에 내려놓자 봉지 안의 내용물이 서로 부딪혀 쨍강거리는 소리가 나더니 트렁크 문을 쾅 닫는 소리가 났다.

"뭘 가져왔어?"

블래드가 조쉬에게 물었다.

"이것저것 조금씩 다. 스물네 병들이 맥주 한 상자도 가져왔으니까, 나중에 먹자."

"네가 술집에서 일해서 우리가 널 좋아한다니까."

블래드가 농담을 했다. 블래드가 갑자기 로니 옆에 와서 어깨에 팔을 두르자, 로니는 예상치 못한 신체접촉에 움찔했다.

"맘 편히 가져. 난 그냥 다정하게 대하려는 것뿐이야. 우리 모닥불가로 가자."

"알았어요. 저기 이러지…… 좋아요, 갈게요."

공터의 한가운데에 피운 꽤 큰 모닥불 온기가 반갑게 맞아주었다. 그곳에는 어린 남자애들 셋이 와 있었는데, 두 명은 통나무 위에 앉아 있었고, 다른 한 명은 긴 막대기로 불꽃의 한가운데를 쿡쿡 쑤시고 있었다. 통나무 위에 앉아 있는 아이는 월도와 리 파커였다. 서 있는 아이는 알렉스 매터슨이었다. 알렉스 매터슨은 더 이상 학교에 다니지 않았지만 로니는 그가 없어도 아쉽지 않았다. 그들이 다가가자 그 아이들이 쳐다보았다.

"왔어, 형."

월도가 통나무에 담배를 비벼 끄며 자기 형 조쉬에게 말했다.

"저 앤 누구야? 로니 아냐?"

"맞아. 파티가 열리는 그 모든 장소 중에서 하필이면……."

로니가 말했다.

"월도의 생일이야."

알렉스가 말했다.

"그래서 월도를 위해 파티를 열어줘야 한다고 생각했어."

리가 덧붙였다.

"톰은 어디 있어?"

로니가 물었다. 이 아이들의 아이큐 평균을 50% 올려주는 톰 밀턴 없이 이 세 명만 한 곳에 있는 건 거의 전례가 없는 일이었다.

"딴 데 갔어. 그의 부모님과 함께 골드코스트로 떠나버렸어."

월도가 말했다.

"마을에서 파티를 할 만한 곳을 못 찾은 거야?"

"여기가 더 좋아."

월도가 대답했다.

"바로 그거야."

블래드가 맞장구를 치며 앉더니 셔츠 호주머니에서 작은 가죽 주머니를 꺼냈다. 그가 직접 뭔가를 둘둘 말아 두툼한 마리화나 담배를 만들기 시작했다.

"여기 이곳 덤불 속에선 음악 소리 낮추라고 고함칠 사람이 아무도 없잖아."

"맞아요, 우리 음악 들어요."

리가 말했다.

"내 것을 켜지."

조쉬가 술이 든 비닐봉지들을 내려놓으며 말했다. 블래드가 자신이 만 첫 번째 마리화나 담배를 피우며 눈을 가늘게 떴다.

"트렁크를 열어, 친구. 새 서브우퍼 스피커에 뭔가 할 일을 줘."

조쉬는 자신의 차로 돌아갔고, 잠시 뒤 쿵쾅거리는 전자음악이 팔콘 자동차로부터 흘러나왔다. 그러자 모닥불 파티가 왠지 이교도 축제 같이 느껴졌다. 곧 술이 거침없이 오가고 마리화나 연기가 피어오르고 웃음소리와 조롱하는 말들이 불꽃 사이로 떠다녔다.

로니가 처음 차에서 내렸을 때는 차가운 공기가 로니의 머리를 맑게 했었지만 누에고치처럼 꽉 낀 재킷을 입은 채로 두 병 넘게 술이 속으로 들어오자 그녀는 술기운이 확 오르는 것 같았다. 그녀는 마리화나를 함께 피지도 않았는데 생각이 표류하기 시작했다.

처음에는 아주 서서히, 그러다가 더 빨리 표류하였고, 어느새 마구잡이로 생각들이 떠오르며 더 쉽게 마음이 산란해지고 있었다. 깜부기불은 얼마나 작아져야 불똥이 될까 그리고 불길 위에 손을 내밀고 얼마나 오래 견딜 수 있을까 같은 별로 중요하지 않은 생각을 했다. 이런 생각을 하자 잔 다르크가 화형 당해 죽는 데는 얼마나 걸렸을지, 불길에 죽기 전에 연기에 질식해 죽지 않았을지 궁금해졌다.

"응?"

조쉬가 그녀에게 말하고 있었다.

"네?"

"네가 그것을 한 가장 기상천외한 장소가 어디야?"

"그것을 하다니 뭘요? 아, '그것'!"

로니가 깔깔대며 웃었다.

"오빠가 알 바 아니에요."

"말해 봐. 넌 틀림없이 별난 곳에서 그것을 해봤을 거야."

블래드가 졸라댔다.

"내가요?"

로니는 리스에게 절대적으로 정절을 지키려 했다. 심지어 리스와 헤어진 뒤까지도 그러다가 그 생각을 지웠다. 정절이라니, 바보 같은 짓이었다. 여하튼 리스는 그녀가 여러 남자와 자고 있다고 믿었다.

"그래요, 맞아요. ……배에서 해봤어요."

로니가 마침내 말했다.

"어떤 배?"

리가 물었다.

"소형보트?"

블래드가 넌지시 물었다.

"주거용 배?"

조쉬도 물었다.

"실은 쌍동선*(선체를 두 개 연결한 빠른 범선)이었어요. 왜 있잖아요, 항해용 보트. 그 배에는 아주 잘 튀는 근사한 트램펄린이 있었어요. 편안했어요."

물론 이것은 거짓말이었다. 그녀는 쌍동선을 타본 적이 한 번도 없었다. 하지만 그 거짓말이 남자애들에게 아주 즐거운 흥분의 순간을 선사하는 것 같았다.

"차 뒤에서는 해봤어?"

조쉬가 그녀에게 물었다.

"물론 해 봤죠. 두세 번쯤."

로니는 또 거짓말을 했다. 로니와 리스는 그런 쪽으로는 대체적으로 정상이었다. 소파에서 몇 번 한 적이 있었고 한두 번은 캠핑을 가서 했던 적이 있었는데, 그때 따뜻한 침낭 속에서 알몸으로 있던 때가 애틋하게 떠올랐다. 하지만 그걸 제외하고는, 리스와 그녀는 아주 지극히 평범하고 정상적이었다.

그리고 그녀는 언젠가 다른 때에 입을 헤벌리고 있는 이 바보들에게 정확히 그렇게 말할 수 있을지도 모른다. 하지만 지금은 그들의 관심이 그녀에게 집중되어 있었다. 그들은 더 알고 싶어 했다. 그래서 그녀는 이야기를 더 지어냈다.

"그리고 밖에서도 그것을 해봤어요. 덤불 숲 속 스콧 농장 가까이에 있는 폭포 아래에서요."

조쉬는 UDL*(호주의 알코올 혼합 음료)을 마시다 사레가 들렸다.

"설마! 폭포 밑에서라고?"

"물론이에요. 정확히는 폭포 물 바로 뒤에서요. 거기 돌출된 바위 턱이 있는 거 알죠? 그래요, 바로 거기에서 했어요."

"말도 안 돼! 진짜야?"

리가 말했다.

"완전 진짜지. 우리는 벌거벗고 헤엄을 쳤는데……."

"우리라면 너와 토메이 말이야?"

월도가 물었다.

"그래. 우리는 그곳의 커다란 웅덩이 안에서 벌거벗고 헤엄을 쳤는데, 그가 약간…… 좀 흥분했어."

"흥분했단 게 무슨 뜻이야?"

블래드가 물었다.

"음, 이렇게 말하면 되겠네요. 차가운 물도 그에게 아무런 영향을 미치지 못했어요."

청중 사이에서 재밌어 하는 낄낄거리는 웃음소리가 새어 나왔다.

"그래서 우리는 폭포 물 뒤로 수건을 가지고 가서 바위 턱에서 그것을 했어요. 정말 굉장했어요."

로니는 자신의 얘기를 듣고 있는 무리를 죽 둘러보았다. 그들은 그녀의 말 한마디 한마디를 귀를 쫑긋 세우고 듣고 있었다. 그녀는 그녀가 소름 돋은 알몸으로 미끄러운 바위를 조심해서 올라가 그곳에서 자신을 간절히 원하는 남자 친구를 기다리는 상상을 하고 있는 그들의 마음을 읽을 수 있었다. 그녀는 그들이 무슨 생각을 하고 있는지 알았으며 그들이 통나무에 앉아 들썩거리는 모습을 지켜보자 아주 짜릿한 기분이 들었다.

"그게 언젠데?"

알렉스가 물었다.

"야, 그게 무슨 상관이야?"

월도가 새 담배를 손에 잡으며 말했다.

"몇 달 전이야. 물론, 우리가 헤어지기 전에."

"지금 당장 여기 근처에 폭포가 있으면 좋겠다."

리가 말했다.

"그러기엔 다소 춥지 않아?"

조쉬가 말했다.

"걱정 마. 너를 따뜻하게 하는 데는 오래 걸리지 않을 테니까."

로니가 대답하자 남자애들이 흥분해서 소리를 질러댔다. 그녀는 그들에게 싱긋 웃어 보였다. 그녀는 관심을 집중적으로 받는 것을 즐기고 있었다.

"왜 리야? 생일을 맞은 사람은 리가 아닌데!"

월도가 항의했다.

"미처 네 생일 선물을 준비 못 했어."

로니가 말했다.

"내게 좋은 생각이 있는데."

조쉬가 UDL 마지막 한 모금을 꿀꺽 마시고 빈 캔을 모닥불 속으로 던지며 말을 꺼냈다. 로니가 웃음을 터뜨렸다.

"그래, 월도, 생일 축하해! 하지만 리가 말했듯이 이 근처엔 폭포가 없어. 참 안 됐어."

남자애들 무리가 한순간 조용해졌다. 로니는 그들이 마음속으로 무슨 생각을 하고 있는지 대충 짐작이 되었다. 특히 월도가 무슨 생각을 하는지는.

"저기, 여기 화장실이 있어? 소변이 마려운데."

그녀가 침묵을 깨며 물었다. 조쉬가 깔깔 웃었다.

"화장실? 설마, 농담이겠지? 나무는 뒀다 뭐 할래."

그녀는 텅 빈 그림자들로 가득한 캄캄한 덤불을 보았다.

"뱀 같은 건 없을까?"

"없어. 오늘 밤은 추워. 뱀은 모두 자고 있을 거야."

"좋아. 하지만 내가 10분이 지나도 오지 않으면, 와서 내 시체를 찾아 줘."

로니가 일어섰는데 머리가 어질어질해 약간 비틀거렸다. 그녀는 차들을 세워둔 바로 뒤의 덤불 쪽으로 걸어가 공터 끝에 가까운 큰 나무를 골랐다. 깊고 캄캄한 어둠 속으로 조심스레 걸어가는 그녀의 걸음걸이가 약간 휘청거렸다.

소변을 누려고 쪼그려 앉았는데 여전히 남자애들이 함성을 질러대고 왁자지껄 떠들어대는 소리가 들려 그녀는 살짝 미소 지었다. 그들은 그녀 얘기를 하고 있는 것 같았다. 아니, 같은 게 아니라 '당연히' 그녀 얘기를 하고 있었다. 그들을 그런 식으로 놀게 만드는 건 모두 다 악의 없는 장난이었다. 마치 그녀가 그들의 바지춤을 잡고 그들을 이끌고 있는 것 같았다.

그녀가 일어나 지퍼를 올리고 나무 뒤에서 나오는데, 조쉬가 그녀에게 말을 걸어 그녀는 소스라치게 놀랐다.

"내가 생각해 봤는데."

"오빠! 뭐예요! 지금 뭐하는 거예요? 내가 소변 누는 걸 훔쳐본 거예요?"

"아니! 아니야. 난 네가 소변을 다 보고 나면 뭐 좀 물어보려고 기다리고 있었어."

로니는 조쉬를 미심쩍은 눈으로 봤다.

"그렇게 몰래 오면 어떡해요! 깜짝 놀라 죽을 뻔했잖아요! 그런데 무슨 용건이에요?"

"너, 내 동생 좋아해?"

"물론, 월도는 좋은 애인 것 같아요. 왜요?"

"얼마나 좋아해? 내 말은 내 동생이 매력적이라고 생각해?"

“글쎄요. 음, 오빠 생각은요?”

“말 돌리지 말고. 내 동생에 대해 어떻게 생각해?”

“그래요, 좋아요. 귀여운 것 같아요. 왜 그래요?”

“오늘은 내 동생 생일이야.”

“그래요, 나도 알아요. 그런데요?”

“내 동생 생일 선물로 뭘 가져 왔어?”

“아무것도 안 가져 왔어요.”

“하지만 지금 내 동생 생일 파티를 하고 있잖아.”

로니는 소리 내어 웃었다.

“난 오빠가 날 여기로 데려올 건지도 몰랐는데, 어떻게……”

“그래. 그 점에 대해서는 미안해. 하지만 내 말 들어봐, 내가 앞서 말한 게 전적으로 농담만은 아니야.”

“무슨 말이요?”

“내 동생 생일 선물로 네가 줄 수 있는 것에 대한 말.”

그녀는 ‘내가 취기가 돌기 시작하지 않았다면 그가 말하는 속뜻을 파악하는 데 그다지 오래 걸리지 않았을 텐데.’ 하는 생각을 했다.

“오빠가 생각하는 것을 난 가져오지 않았어요.”

“아니, 넌 가져왔어.”

“그래요, 맞아요, 아마 가져왔을 수도 있겠죠. 하지만 그건 결코 공짜가 아니에요. 또 파는 것도 아니고요. 대체 날 뭘로 생각해요?”

조쉬가 나지막하게 낄낄거렸다.

"로니, 왜 순진한 척하고 그래. 이 일에 대해 내 동생에게 아무 말도 하지 않았지만 그를 위해 그렇게 하는 건 근사할 거야. 어쨌든 그 앤 오늘 열여섯 살이 되었잖아."

"그럼 오빠가 직접 그 애랑 자지 그래요?"

로니는 그를 지나 걸어가려 했지만 그가 그녀의 팔을 잡아 못 가게 막았다.

"내가 더 이상 그 학교를 다니지 않지만 그래도 네가 어떤 애인지는 잘 알아. 우리 모두 잘 알지."

"오, 그래요? 어떤데요? 내가 어떤 앤데요?"

그가 고개를 저으며 씩 웃었다. 로니는 그가 그 말을 입밖으로 크게 소리 내어 말할 용기가 없으리란 걸 알았다.

"잘 들어, 그건 아주 간단해. 지금 우린 샘의 생일 파티를 하고 있고 넌 샘에게 기억에 남는 생일 파티를 만들어 줄 수 있어."

"이봐요, 아주 솔깃한 제안이지만 거절하겠어요. 미안해요."

조쉬는 아직도 그녀를 잡고 있었다. 얼굴은 어둠 속에 숨겨진 채 그녀를 잡은 그의 손에 힘이 들어갔다. 로니는 그의 어깨 너머로 모닥불가의 다른 아이들을 볼 수 있었고, 처음으로 가슴 깊숙이에서 낮게 으르렁거리는 공포를 느끼기 시작했다.

"내 말을 잘 이해 못하나 본데, 난 지금 네게 부탁하는 게 아냐. 블래드의 트럭 뒤에 매트리스가 있어."

"그래요? 잘됐네요! 그가 혼자 할 때 여러모로 편리하겠네요!"

"야아, 건방지게 굴지 마."

조쉬가 호주머니를 뒤져 뭔가를 꺼내더니 로니의 손에 쥐여주었다. 작고 납작했는데 가장자리가 고리 모양으로 튀어나와 있었다.

"그 앤 자기가 쓸 콘돔도 안 들고 다녀요? 그 앤 콘돔 구하는 데도 자기 형이 꼭 있어야 하나 봐요?"

"잘 들어, 로니. 네가 전에 그것을 안 해본 것도 아니잖아."

로니는 깊은 숨을 내쉬었다. 그녀는 갑자기 술이 확 깼다. 일이 아주 심각해지고 있었다.

"내가 안 한다고 하면요?"

다른 아이들에게서 많이 떨어져 있는데도 그의 목소리는 쓸데없이 낮았다. 그의 목소리는 으르렁거리는 소리에 가까웠다.

"하룻밤에 다섯 남자랑 해본 적 있어?"

"무슨 소리예요! 물론 없죠! 내가 말했잖……."

"진정 좀 할래? 넌 오늘 밤도 그런 일은 하지 않아도 돼. 그러니까 안심해. 우리가 너를 집단으로 덮치지는 않을 테니까. 하지만 네가 긴 연휴 기간에 마운트포드 바위에서 다섯 남자를 상대로 '그것'을 했다고 사람들이 믿게 하는 건 쉬울 거야."

"오빠가 사람들에게 그렇게 말하고 다닐 거라고요?"

조쉬는 어깨를 으쓱했다.

"난 그 일이 별로 자랑스럽지 않을 거야. 하지만 내가 일하는 동안 슬쩍 흘린다면 그걸로 끝인 거지. 내 말은, 내가 일하는 술집에는 많은 사람들이 오가니까……."

"난 그렇지 않다고 부인할 거예요."

그가 어깨를 다시 으쓱했다.

"그러시든가. 사람들이 네 말을 잘도 믿을 테니."

"이 계획을 짜느라 엄청 생각 많이 했겠네요, 안 그래요?"

"이 계획은 짜내기 어려운 계획이 아니었어, 로니. 그리고 넌 이미 내 동생이 좋은 애 같다고 인정했잖아. 그런데 그게 뭐 대단한 일이라고 이 난리야? 이봐, 네가 더 쉽게 하고 싶다면, 그걸 그렇게 하지 않아도…… 그러니까, 실제 섹스를 안 해도 돼."

"안 해도 된다고요? 오, 친절도 하셔라! 고마워서 몸 둘 바를 모르겠네요!"

"그냥 내 동생한테 특별한 경험을 선사해 줘. 창의력을 발휘해 봐. 너의 상상력을 이용하면 되잖아."

저쪽에서는 그들 가운데 아무도 로니와 조쉬가 무슨 이야기를 나누는지 알지 못하는 것 같았다. 아니 블래드가 가끔 이쪽을 힐끗거리는 것을 보면 블래드는 아는 모양이었다. 하지만 다른 애들은 여전히 술을 마시고 마리화나 담배를 피우고 깜부기불을 휘젓고 있었다. 로니는 자신의 선택권이 아주 한정적임을 알 수 있었다.

"좋아요, 할게요. 하지만 이 일에 대한 얘기가 들린다면……."

"넌 착한 애야. 괜찮을 거야. 너도 즐거울 거야."

"그래요, 어쩌면요."

"그럼, 넌 네가 뭘 해야 할지 알지. 트럭 뒤가 열려 있어. 가서 준비해. 내 동생을 들여보낼 테니."

'가서 준비해'. 그 말은 그가 넌지시 암시하거나 입밖으로 소리내 말했던 모든 아이디어 가운데서도, 갑자기 냉엄한 현실로 변해버린 그날 밤의 계획된 일의 모든 갑작스런 해체 가운데에서도, 가장 그녀에게 창녀 같은 기분이 들게 만든 말이었다. 트럭으로 걸어가는 10초 정도의 시간 동안, 그녀는 상상도 못할 만큼 기분이 쓰레기 같았다.

블래드의 소형트럭 뒤 칸에 놓인 매트리스는 얼룩이 져 있었고, 트럭 뒤 칸에서는 김빠진 맥주와 기름 냄새가 희미하게 났다. 로니는 트럭 뒤 칸 안으로 기어 올라가 곧바로 휴대폰을 꺼냈다. 휴대폰 화면에 신호가 잡히지 않아 휴대폰을 다시 호주머니에 넣었다. 그녀는 신호가 잡혔더라면 누구에게 전화를 했을까 생각해 봤다. 경찰? 아버지? 리스? 아니면 앤디?

로니는 창에 있는 작은 커튼을 젖혔다. 저쪽 모닥불에서 나누는 대화는 거의 들리지 않았지만 월도가 일어섰고 조쉬가 월도의 어깨에 팔을 두르는 모습이 보였다. 이제 리와 알렉스는 둘 다 앉아서 조쉬가 하는 말을 듣고 있었고, 블래드는 또 마리화나에 불을 붙이고 있었다. 어떻게 자신이 여기까지 오게 됐을까? 어떻게 매력적인 남자와의 자발적인 데이트가 이렇게 변했을까?

조쉬와 월도가 이제 트럭 쪽으로 걸어오고 있었는데 조쉬가 자기 동생에게 용기를 북돋워주는 소리가 들렸다. 그녀는 커튼을 다시 제자리로 내렸다. 그들이 가까이에, 바로 블래드의 트럭 뒷문 옆에 와 있었다.

"잘해 봐! 생일 축하해, 알겠지? 즐겁게 보내."

조쉬가 말하는 소리가 들렸다.

"응, 걱정 마. 정말 저 애가 좋다고 한 거 맞지?"

월도가 물었다.

"그럼. 좋다고 했어. 로니가 너를 기다리고 있겠다고 했는걸."

"그래, 좋아."

뒷문이 열리고 그곳에 그 애가 나타났다. 월도가 머리에 쓴 비니를 벗어 두 손으로 앞으로 모아 꽉 쥐었다. 그 순간 로니는 좀 더 달라고 구걸하러 온 '올리버 트위스트'가 떠올랐다. 물론 월도는 지금까지 아무것도 얻지 못했지만.

"안녕."

월도가 말했다.

"어. 네 형은 어디 있어?"

"난 여기 있어. 왜?"

걸음을 옮겨 모습을 보이며 조쉬가 말했다.

"오빠와 다른 애들이 저쪽 모닥불에 있어야만 시킨 대로 할 거예요. 변태들 무리가 트럭 가까이로 와서 소리를 들으려고 어슬렁거리는 건 싫어요. 알겠어요?"

"그래, 알았어, 좋을 대로 해. 자, 이제 그럼, 둘이 즐겁게 보내. 뭐야? 안 들어 갈 거야?"

그가 월도에게 말했다.

"아니, 들어 가."

월도가 소형트럭 안으로 올라오자, 조쉬가 윙크를 하며 트럭 뒷문을 닫았다. 갑자기 어두워졌지만 일단 로니는 눈이 적응되자 월도가 매트리스 위에 책상다리를 하고 앉아 있는 모습을 볼 수 있었다. 그는 침을 꿀꺽 삼키고 있는 것 같았고 목소리는 바짝 마른 것처럼 들렸다.

"저기, 정말 나랑 할 거야?"

월도가 물었다.

"그건 경우에 따라 달라."

"무슨 경우?"

"네가 네 물건의 크기에 대해 어떻게 생각하느냐에 따라."

"뭐?"

"그게 크다고 생각해?"

월도는 당황한 것 같았다.

"그게…… 보통인 것 같아. 왜?"

"기능은 잘 돼?"

"응. 기능은 잘 돼. 왜?"

"네 형이 오늘 밤 내가 너와 자야 한다고 말했어. 아니면 적어도 너를 흥분시켜 절정의 기분을 느끼게 해 주래."

"네 생각이 아니었어?"

그 순간에 웃는 것은 특히 부자연스럽게 느껴졌지만 로니는 웃음을 터뜨렸다.

"월도, 난 네가 나무랄 데 없다고 생각하지만, 오직 너의 생일을 축하하기 위해서 너와 섹스를 하고 싶진 않아."

"그런데 왜 그것을 하는 데 동의했어? 내 말은, 왜 여기에서 나를 기다리고 있는 거야?"

"내겐 선택의 여지가 없었어."

"그냥 싫다고 말했으면 됐잖아."

"넌 네 형에게 마지막으로 싫다고 말한 때가 언제야? 내가 본 바로는, 네 형은 누군가가 싫다고 말하는 걸 용납할 사람 같지 않던데."

월도가 고개를 끄덕였다.

"그래. 네 말이 맞는 것 같아. 우리 형이 너한테 뭐라고 그랬어?"

"내가 너와 관계를 갖지 않는다면, 내가 한사람씩 돌아가며 너희 다섯 모두와 했다고 사람들에게 떠들고 다니겠다고 했어."

"우리 형이 그랬어? 정말 그런 말을 했어?"

"응, 그랬어."

"사람들이 우리 형 말을 믿겠어?"

"내 별명이 뭐야?"

로니가 물었다.

“뭐? 난 몰……”

“내 별명이 뭐지? 말해 봐. 알잖아, 안 그래?”

“아냐. 난 네 별명이 뭔지 몰라.”

로니는 고개를 저었다.

“거짓말 마, 월도. 모두가 내 별명을 알아. 내 별명이 뭐지?”

“그건……, ‘카보’ 야.”

“왜?”

“난 몰라.”

“왜지?”

그는 우물거리며 말하기 시작했다.

“그, 그건, 탄소를 뜻하는 ‘카본’을 줄인 말이야.”

“왜? 계속 말해 봐.”

“로니……”

“계속 해.”

“왜냐하면 탄소는…… 그러니까…… 너도 알다시피……”

“탄소는 아무 원소와 붙으니까?”

월도는 기어들어가는 목소리로 그것을 인정했다.

“그래, 맞아. 그런 뜻으로 알고 있어.”

“내 평판이 바로 그래. 그게 사람들이 생각하는 내 모습이야. 내 진짜 모습은 결코 그렇지 않지만 말이야. 하지만 그게 사람들이 생각하고 싶어 하는 내 모습이지. 그러니 네 형이 마을 사람들에게 오늘 밤 이곳에서 내가 하기로 되어 있는 일을 말하면, 어떻게 될까? '카보 베넷과 다섯 명의 갱 단원들'. 꽤 그럴싸하게 들리지 않아?"

월도는 그 말에 대해 생각해 봤지만, 그 질문에 대답하지 않았다. 대신에 그는 "그럼 있잖아, 네가 관계를 갖고 싶지 않다면 강요하지 않을게. 난 그런 부류의 사람이 아니야. 정말로 난 그런 놈이 아니야."라고 말했다.

"그렇게 말해 줘서 고마워. 하지만 네 형은 어때? 네 형은 그런 부류의 사람 아냐?"

"어, 그게……."

그러면서 월도가 머뭇거렸고, 그 머뭇거림은 로니에게 강한 긍정으로 들렸다.

"이제 알겠지? 내가 무슨 말을 하는지. 그리고 그게 바로 우리 두 사람이 이곳에 있는 이유야. 그래서 말인데, 우리가 이렇게 하는 건 어떨까? 네가 세상에서 최고의 연인이 된다면 어떻겠니?"

"음…… 당연히 좋지."

"좋아. 그럼 넌 최고의 연인이야."

"내가?"

"그래. 축하해."

"난 이해가 안 돼."

"넌 내가 겪은 남자 가운데 최고야."

"뭐라고?"

로니는 한숨을 쉬었다. 월도는 술기운 탓인지 이해 속도가 상당히 느렸다.

"넌 내가 섹스한 남자 가운데 최고야. 넌 굉장해. 난 이런 기분은 전에는 결코 느껴보지 못했어. 네가 나를 어디로 이끌었냐면……."

"하지만 우린 아직 하지 않았잖아."

"그래, 맞아. 그리고 우린 앞으로도 하지 않을 거야. 하지만 내게 넌 폭탄이었어. 다이너마이트 급. 단연 최고였어."

"그러니까 우리가 지금 막 섹스를 했다?"

"맞아. 그리고 너에 대한 견해를 말한다면, 넌 환상적이었어."

"하지만 네 계획에 내가 동의하지 않는다면?"

"그렇다면 넌 불발탄이야."

"불발탄?"

"그래, 불발탄. 넌 네 물건을 일으켜 세우지도 못한 게 되는 거지. 내가 너를 도우려고 정말 열심히 애썼지만 넌 너무 겁을 먹었어. 그래서 결국 우리는 포기하고 네가 아주 작고 무기력한 실패작인 물건을 지닌 성불구자라는 사실을 받아들인 거야."

"그 말을 누구에게 할 건데?"

로니는 뒤로 물러나 커튼을 젖혀 모닥불 가의 남자애들이 그의 눈에 들어오게 했다. 알렉스가 간절한 눈빛으로 이쪽을 보고 있었지만 다른 사람들은 불꽃을 감상하느라 정신없었다.

"저기 저곳에 있는 무리에게. 그들에게 말할 거야. 그리고 다른 사람들에게도.”

“하지만 내가 우리 형에게 네가 한 일을 말하면…….”

“이미 나에 대한 평판은 자자해, 월도. 그 평판에 대해 내가 할 수 있는 일은 아무것도 없어. 그 평판이 아무리 터무니없고 상처를 입힌다 해도. 하지만 너의 평판은 말이야, 넌 종마 같이 센 남자가 될 수도 있고 불발탄이 될 수도 있어. 남들이 보기엔 내가 수많은 남자들과 관계를 가졌으니, 그 가운데 굉장히 잘하는 남자가 있다고 생각하지 않겠어? 그러니 네가 최고의 남자가…….”

로니는 말을 하다 어깨를 으쓱했다.

“아무튼, 그건 네게 달렸어. 한 번 생각해 봐.”

월도는 그녀의 제안을 곰곰이 생각하느라 한참을 말이 없었다. 마침내 그가 “이 일에 대해선 유감이야. 그것을 하고 싶지 않다고 내가 우리 형에게 말했어야 했는데.”라고 말했다.

“아마도.”

“하지만 난 네가 거기에 찬성한다고 생각했어.”

“그래? 그렇담 그건 네가 잘못 생각한 거야. 네가 믿지는 않겠지만 사실 난 그것을 한 사람하고만 해봤어.”

“정말?”

“정말.”

“그럼 앤디와 마티, 그리고 셋이서 했다거나 뭐 그런 소문들은 다 뭐야?”

"정확히 그거야, 소문. 그건 모두 소문에 불과해."

"제길."

월도가 자리에 누웠다.

"여기에 누워도 괜찮아?"

월도가 물었다.

"좋을 대로. 아무튼 우린 시간을 좀 때워야 하니까. 곧바로 밖으로 나갈 수 없잖아. 그랬다간 넌 종마 소리 듣기는 글러 먹지 않겠어?"

월도는 머리 뒤로 두 손을 깍지낀 채로 천장을 응시했다.

"그래도 네게 모욕이 되지는 않겠지?"

"아니, 내겐 모욕이지! 리스를 만났을 때 난 숫처녀였고, 리스가 마지막 남자야. 내겐 리스가 유일한 남자였다고."

"와아. 그런 줄도 모르고 나는 줄곧 네가…… 미안해."

"괜찮아."

"그들이 나를 어떻게 생각할까?"

월도가 말했다.

"그들은 틀림없이 진실을 알지 못할 거야."

로니가 대답했다.

"무슨 진실?"

"네가 숫총각이라는 것."

그가 갑자기 벌떡 일어나 앉았다.

"어떻게…… 잠깐, 뭐? 숫총각?"

"그래. 너 숫총각 아냐?"

"아냐."

그가 아니라고 주장했지만 애처로울 정도로 약한 항변이었다.

"내가 여자애들하고 얼마나 많이 잤는데."

"정말?"

"그래."

"그리고 넌 그게 자랑스럽고?"

"뭐 아무래도."

"거짓말까지 해야 하는데 그게 자랑스러워? 이봐, 네가 트럭 문을 열었을 때, 난 네 얼굴을 봤어. 넌 너 자신을 속이고 있었어."

"내가?"

"완전히!"

월도가 낄낄거렸다.

"맞아, 그랬어."

"이거 받아."

로니가 바지 뒤 호주머니에서 콘돔을 꺼내 그에게 건네며 말했다.

"이걸 어디 안전한 곳에 둬. 하지만 오늘 밤에는 사용하지 못할 거야. 미안해."

조금 뒤 로니와 월도는 트럭을 흔들고 성행위를 하는 듯한 소리를 냈는데, 둘 다 그러다가 미친 듯이 웃음을 터뜨렸다. 그런 뒤 로니는 월도를 밖으로 내보냈다.

"내가 한 말 기억해, '대물'. 바지 지퍼를 올리거나 뭐 그런 척하면서 가는 게 좋을 거야."

"누가 봐도 우리가 한 줄 알겠지?"

"뭐야, 트럭은 괜히 흔든 줄 알아? 그들은 자신들이 믿고 싶은 대로 믿을 거야. 사람들은 언제나 그래. 가 봐. 난 조금 있다 나갈게."

"좋아. 그럼 밖에서 보자."

월도가 트럭 문 손잡이를 잡으려고 손을 뻗었지만 로니가 그의 팔을 잡았다.

"월도."

"왜?"

"고마워. 생일 축하해."

로니는 월도의 목에 팔을 두르고 그를 안았다.

"그래. 고마워."

그리고는 그는 나갔다. 로니는 매트리스에 누워 심호흡을 하며, 새로 탄생한 승리자를 위해 다른 아이들이 함성을 질러대는 소리를 듣지 않으려 애썼다.

'대단한 영웅이 납셨군.' 하고 그녀는 씁쓸하게 생각했다.

이삼 분 뒤, 로니는 트럭을 빠져나와 몸을 곧게 펴고 모닥불 쪽으로 걸어갔다. 그녀는 혼란스러웠다. 그녀는 트럭 안에서 올바른 일을, 영리하고 용감한 일을 했지만, 그들은 그녀를 완전 다르게 바라보고 있었다. 그것은 그녀가 예상했던 것보다 그녀를 더 짜증나게 했다.

로니가 조쉬 뒤에 서자, 조쉬가 고개를 돌려 그녀를 올려다보았다.

"어이쿠! 드디어 납셨군! 잘했어! 내 동생은 어땠어? 내가 뭐랬어. 재밌을 거랬지."

"그래요, 대단했어요. 조쉬 오빠, 날 집에 데려다 줘요."

"지금? 파티는 이제 시작인데!"

"지금 집에 데려다 줘요."

그녀가 되풀이해서 말했다. 조쉬는 입가에 옅은 미소를 띤 채 무리를 둘러보았다. 비니를 다시 귀까지 푹 눌러 쓴 월도를 제외하고는 모두 조쉬와 시선을 맞췄다.

"에잇."

조쉬가 자신의 손목시계를 쳐다봤다.

"이봐, 로니, 이제 겨우……."

"지금 집에 데려다 줘요. 내가 그 정도 요구는 해도 되지 않아요?"

"형, 로니를 집에 데려다 줘."

월도가 말했다.

"우리 나머지를 위한 화끈한 쇼를 기대하고 있었는데."

"형, 로니를 집에 데려다 주라니까."

월도가 일어섰다. 로니는 월도가 주먹을 꽉 쥐었다가 엄지를 펴는 것을 알아챘다.

"진심이야, 형. 지금 당장 로니를 집에 데려다 줘, 알겠어?"

이제 블래드도 일어서 있었다. 블래드의 입꼬리가 위협적으로 말려 올라갔다.

"워워, 어이, 뭘 그렇게 심하게 흥분하고 그래."

블래드가 월도에게 말했다.

"괜찮아, 블래드."

조쉬가 말하고는 일어서서 담배를 불 속으로 던졌다.

"로니를 집에 데려다 주지. 하지만 난 이 일을 잊지 않을 거야, 동생. 넌 좀 더 감사하는 태도를 지니도록 해."

월도는 자신의 술병을 모닥불 속으로 집어 던졌다. 그 영향으로 큰 통나무가 깜부기불 속으로 쿵 떨어지며 불똥이 튀었다.

"로니를 다치게 하지 마."

월도가 다시 앉으며 중얼거렸다. 로니는 월도가 더 이상은 하지 않았으면 하고 바라며 그 생각을 머릿속에 넣었다.

차를 타고 집으로 돌아가는 길은 먼 길이었다. 조쉬는 한마디도 하지 않았다. 이번에는 음악 소리가 훨씬 더 컸는데, 대화를 해봤자 무의미할 것이므로 로니는 한편으로는 그게 고마웠다. 그래서 그녀는 그녀의 운전수가 버번을 너무 많이 마시고 마리화나를 줄줄이 피워 안전하게 운전하지 못한다는 사실을 애써 떨쳐버리려 말없이 앉아 있었다.

그녀는 스스로 경계표지판을 정해 머릿속에서 그 표지판을 하나씩 점검해 나갔다. 잡초가 무성한 이주자들의 공동묘지, 핸들리 산 방면 교차로 가까이의 작은 하얀 다리, 가톨릭 성당, 마을 남쪽으로 흐르는 샛강, 번화가, 기차역, 송신탑. 하나씩 점검해 나가다 보니, 어느새 조쉬가 그녀의 집 앞에서 세게 브레이크를 밟고 있었다. 로니가 손을 뻗어 볼륨을 낮추자 조쉬가 눈살을 찌푸렸다.

"근사한 밤을 보내게 해 줘서 고마웠어요."

"이봐, 내가 운전하면서 생각해 봤는데……."

"듣고 싶지 않아요. 정말이에요. 제발 그냥 가라고요!"

로니가 딱 잘라 말했다. 로니는 잠기지 않은 현관문을 통해 집안으로 조용히 들어갔다. 텔레비전이 켜져 있어 거실에는 깜박거리는 푸른빛이 비쳤고 아버지는 의자에 잠들어 있었다. 바닥의 빈 병들 주위로 걸어가 리모컨으로 손을 뻗었다. 텔레비전이 깜박거리며 꺼지자 거실에서는 그녀의 아버지가 나지막하게 코고는 소리만 들렸다. 그녀는 소파 등받이에 걸쳐진 무릎 덮개를 가져와 아버지를 덮어줬다.

로니는 자기 방으로 가서 옷을 벗었다. 샤워를 해야 잠을 잘 수 있을 것 같았고 블래드의 불결한 매트리스 냄새가 옷에 배어 있었으므로 옷을 씻어야 했다.

바지를 벗을 때, 휴대폰이 바닥에 탁 떨어지는 둔탁한 소리가 났다. 로니는 휴대폰을 집어 자신이 평지로 돌아와 통화권 이탈 상태에서 벗어났으니 문자가 온 게 있는지 확인했다.

한 통이 와 있었다. 앤디로부터.

용에 대해 말하기

나는 여섯 달 전에 처음으로 용과 실제로 대화를 나눴다. 나는 엄마가 본 소책자에 광고가 실린 삽화 강습회에 다녀온 적이 있다. 그 강습회는 이곳 가까운 곳의 도서 축제에서 열렸는데, 그 도서 축제에 작가와 삽화가들이 와서 경기장에 친 천막 안에 서서 자신들의 책에 대해 이야기했다. 그것은 대규모의 도서 축제는 아니었다. 개최한 지 이제 겨우 두해 째였다. 주최 측에서 이 도서 축제를 키우려 하고 있다고 나는 추측했다. 그리고 나는 이런 장소에서 도서 축제를 개최한 그들에게 행운이 있기를 빌었다. 진심이었다.

나는 도서 축제에 가서 어떤 작가의 강연을 들었다. 그 작가의 이름은 앤서니 멘도사였고 괜찮은 사람 같았다. 그는 대개 잠수함을 주제로 한 모험 이야기를 썼다. 나는 그 가운데 몇 권을 읽어 봤는데 괜찮았다. 그는 강연을 하고 자신의 책 두어 권에서 일부를 발췌해 낭독했지만 나는 그 책들을 한 권도 사지는 않았다. 강연이 끝난 뒤 그와 이야기를 하고 싶어 줄을 서서 기다렸다. 내 차례가 되었을 때, 그는 내게 어디에 사인을 해 줄지 물었다. 하지만 나는 어디에도 그의 사인을 받고 싶지 않았다. 나는 그냥 그와 이야기를 나누고 싶었을 뿐이다. 길고 심오한 대화 같은 것을 나누고 싶었다는 뜻이 아니다. 그냥 그의 강연이 좋았고 나도 잠수함을 좋아한다는 말을 하고 싶었다. 하지만 그는 내가 사인 받을 책을 사지 않은데다 심지어 나와 함께 줄을 선 꼬마들처럼 사인첩을 갖고 온 것도 아니어서 다소 짜증이 나는 모양이었다.

그리고 그 작가 옆에 서 있던 홍보 담당 여직원도 나 때문에 조금 짜증이 난 모양이었다. 사인 받을 책이나 종이를 갖고 있지 않다면 다른 사람들을 위해 비켜 달라고 그녀가 내게 요구했다. 심술궂은 계집. 그래서 나는 절대로 앤서니 멘도사의 책을 더는 사지 않으리라 다짐하며 그곳을 떠났다.

엄마는 내가 다른 아이들과 삽화 강습회를 듣도록 등록을 했다. 그 강습회는 점심식사 후에 열릴 예정이었다. 그 삽화가에 대해 들어본 적이 한 번도 없었지만 소책자에 그가 주로 판타지 도서의 삽화를 그린다고 적혀 있었고, 내가 판타지를 좋아하므로, 엄마는 그 강습회가 내 기호에 맞을 것이라고 생각했다. 그건 어디까지나 엄마의 생각이지 내 생각이 아니었다.

그 강습회는 1시 정각에 시작될 예정이었다. 나는 나무 밑의 벤치에 앉아 샌드위치를 먹으며 그 강습회에 참석하러 오는 아이들을 모두 지켜보았다. 그 애들은 모두 열 살짜리 내 동생 크리스와 비슷한 또래로 보였다. 그러자 난 엄마에게 상당히 못마땅한 생각이 들기 시작했다. 나는 '엄마가 심하게 잘못 판단했어.' 하고 생각했다. 하지만 그건 엄마의 잘못이 아니라는 사실을 상기하고서야 간신히 나 자신을 진정시킬 수 있었다. 다른 참가자들의 나이로 미루어 보아, 아주 기본적인 만화 그리기 강습이 될 것 같았지만, 그래도 그 강습회를 듣기로 마음먹었다. 하지만 내가 집에 갔을 때, 엄마가 분명 강습회에서 내가 뭘 했는지 보고 싶어 할 것임을 알았다. 엄마는 원래 그러니까. 그래서 나는 다소 덫에 걸린 기분이었다.

1시 바로 직전, 주최 측이 천막 문을 열어 아이들을 들여보내기 시작했다. 나는 표를 가지고 그쪽으로 갔다. 자원봉사자가 내 키에 놀란 것 같았다. 그녀가 내 가슴께를 본 뒤 내 얼굴을 봤고 그런 뒤 내 정수리를 보고는 약간 놀란 듯한 소리를 냈기 때문에 그녀를 놀라게 한 것이 내 키라고 추측했다. 그러자 나는 마음이 편안하지 않았고 바로 그 자리에서 꽁무니를 뺄까 생각했다. 하지만 그러지 않았다.

나는 안으로 들어갔다. 탁자들이 줄을 맞춰 배치되어 있었고 삽화가가 벌써 앞에 나와 있었다. 그는 탁자 끝에 반쯤 걸터앉아 있었다. 그의 구두는 빨간색이었다. 그는 억지웃음을 띠고 안으로 들어서는 우리 모두를 지켜보고 있었다. 그가 나를 보고는 알은척을 하듯이 고개를 크게 끄덕여 인사했는데, 마치 그와 내가 일종의 동지라는 투였다. 하지만 우리는 그런 사이가 아니었다. 그곳에는 그 삽화가와 자원봉사자들, 그리고 많은 아이들이 있었고, 그 가운데에 내가 있었다. 나는 그런 것에 익숙했다.

나는 뒤쪽에 자리를 잡고 그림 도구를 꺼냈다. 나는 열 살짜리 아이들 무리 한가운데에서 덩치 큰 바보가 되고 싶지 않았다. 그래서 나는 뒤쪽 자리에 앉은 것이다.

삽화가는 우리가 그림 그릴 종이와 연필을 가져왔는지 확인했는데, 물론 가져오지 않은 아이들이 두 명 있었다. 그래서 그는 그 아이들에게 A4용지 몇 장과 연필을 상자에서 꺼내 나눠주었다. 그리고 몇몇 아이들이 자기 연필이 벌써 부러졌다거나 무엇을 할지 듣지 못했다며 불평을 늘어놓는 바람에 강습회는 10분 정도가 훌쩍 지나버렸고, 우리는 아직 아무것도 배우지 못하고 있었다. 난 진짜 엉망이라고 생각했다.

그때 삽화가가 자신이 어떻게 처음 그림 그리는 것에 흥미를 갖게 되었는지에 대해 얘기하기 시작했다. 그건 괜찮은 것 같았다. 그는 자신이 삽화를 그린 책 몇 권과 원화를 몇 장 꺼냈는데 그림이 상당히 훌륭했다. 가장 마음에 든 것은 자신이 기사라고 생각하는 소년에 대한 그림책이었다. 갑옷이 훌륭했다. 특히 작은 쇠사슬을 엮어 만든 갑옷이 그러했다.

많은 작은 금속 조각들로 이루어진 사물들은 빛의 반사를 제대로 표현해 내기가 어렵다. 한 번에 하나씩 조각마다 작업하며 시간을 들이는 것보다 대충 이런저런 색상을 섞어서 표현하는 것이 더 쉽다.

그 삽화가는 그런 뒤 우리에게 용을 그리는 법을 가르쳐 주겠다고 말했다. 그 말을 들었을 때 조금 흥분이 되었음을 인정해야겠다. 나는 용을 좋아한다. 확실히, 용은 신화 속 존재이지만 그 점 때문에 나는 용에게 매우 흥미가 끌린다.

단일 속(屬)의 신화 속의 짐승은 가능성의 세계를 연다. 예를 들면, 큰바다뱀*(뱀 모양의 가상의 동물)을 입증하면, 끝없는 큰바다뱀의 변종을 갖게 되어, 민물 네스 호의 괴물부터 시작해서 리바이어던*(성경에 나오는 거대한 바다 동물)으로, 그리고 상상할 수 있는 정말 많은 다른 변종으로까지 나아간다. 수염이 난 리바이어던, 끈끈한 몸의 점박이 리바이어던, 전기를 일으키는 리바이어던, 거대한 가짜 리바이어던 등등. 크라켄*(노르웨이 앞 바다에 나타난다는 전설상의 바다 괴물)은 원래 뱀이라기보다는 오징어 같이 생긴 신화 속의 바다 괴물이므로 크라켄은 거기에 포함시키지 않을 것이다.

나는 그와 똑같은 이유로 용을 좋아한다. 용에 대해 말하고 그것을 그대로 내버려두는 것은 고양이에 대해 말하고 다른 모든 고양이 품종에 대해 잊어버리는 것과 같다. 엄밀히 따지면 용이 아니라 할지라도, 『반지의 제왕』에 나오는 거대하고 급습을 잘하는 무시무시한 짐승들은 용 무리 가운데서도 최고여야 할 것이다.

나는 용을 정말 많이 좋아한다. 머리가 셋 달린 즈메이 고린치*(슬라브 민족 설화 속에 나오는 용)와 어미에게 죽임을 당한 사생아들에게서 태어난 베리 셀린*(러시아의 터키계 소수 민족인 츄바시 족 설화 속에 나오는 용)은 둘 다 소름 끼치도록 멋진 표본이다.

중국 용, 일본 용, 베트남 용은 모두 비슷해 보이나 다 다르다. 난초 같은 목주름 장식을 가진 조그맣고 아름다운 용과 거머리를 더 많이 닮은 늪에 사는 진흙투성이 용. 그렇게 많은 변종이 있어 훨씬 더 흥미를 유발했다. 나와 같은 사람들의 마음속에 존재하는 것을 제외하면 실제로는 존재하지 않기 때문에 더욱더. 아마도.

그리고 실제로 존재하는 것과 존재하지 않는 것을 연구하는 것은 그 자체로 학문의 한 분야이다. 그것은 '미확인동물학'이라고 불린다. 신화 속의 어떤 동물이 실제로 존재할 수 있는지, 그리고 어떤 동물이 판타지 속의 존재로 여겨질 만큼 있을 법하지 않은지를 어떻게 연구할까? 오리너구리, 산 고릴라, 오카피, 코모도왕도마뱀은 그 존재가 입증될 때까지 허튼소리로 여겨졌다. 실은 이런 동물들을 직접 실물로 본 적이 한 번도 없지만 때로는 책에서 읽고 본 것이 속임수라기보다는 사실이라는 것을 믿어야 하는 법이다. 비록 그런 동물이 있을 것 같지 않더라도, 사실에 근거한 증거 앞에서는 오카피에 관하여 말하는 동물학자를 믿어야 한다.

그러므로 우리가 다르게 알게 되기까지는 나의 눈에 보이지 않는 동쪽의 리바이어던이 실제로 존재하지 않으며 마리아나 해구의 깊은 바다 동굴 속 어딘가에 숨어 있지 않다고 말할 수 없지 않겠는가? 오리너구리가 실제로 존재한다고 생각하는 것만큼이나 쉽게 리바이어던도 그렇게 될 수 있다.

나는 사람들에게 미확인동물학자가 될 것이라고 말하곤 했다. 하지만 미확인동물학자는 일자리를 찾기가 어려울 것 같다. 사람들에게 진지하게 받아들여지기도 힘들 것이다. 미확인식물학자도 마찬가지로 일자리를 찾기가 힘들 것이다. 평생에 걸친 일이 무의미하단 사실을 받아들이기 전까지 얼마나 오래도록 식인 식물을 찾아 헤맬 수 있을까? 그러므로 미확인 존재와 관련된 일은 가난한 직업이라는 것이 거의 확실하다. 여하튼 어린 시절 나는 그렇게 말하고는 했다. 그리고 그때마다 보는 사람들의 반응들을 좋아했다. 어떤 반응이었는지 상상이 될 것이다.

삽화가가 우리에게 단계별로 그리는 법을 가르쳐 준 그 용은 아주 기본적인 용이었다. 다리가 넷이었는데 뒷다리가 거대하고 강했으며 앞다리는 더 짧고 사냥하기 좋아 보이는 사나운 발톱이 달려 있었다. 긴 꼬리에 강한 목, 그리고 비늘로 덮인 피부. 나는 여기에 삽화가가 추가로 그려 넣은 괴물의 콧구멍에서 나오는 연기가 상당히 진부하다고 생각했다. 그래도 그건 훌륭했다.

어린아이들이 용 그림을 맘에 들어 했다. 삽화가가 무엇을 빼먹은 것 같으냐고 아이들에게 물었을 때 아이들은 사실상 모두 자리에서 벌떡 일어났다. 아이들은 다들 그것은 바로 용의 불을 뿜는 능력이라는 것을 알았다. 그리하여 삽화가가 용이 불을 뿜는 모습을 추가로 그려 넣자 아이들은 그것을 정말 좋아했고, 나는 그것을 받아들였다.

내가 용의 피부를 그리기 시작할 때, 삽화가가 다른 아이들에게 슈렉 그리는 법을 알려주며 그런 만화영화 캐릭터를 집에서 그리는 것은 괜찮지만 출판해서는 안 된다고 설명했다. 내가 알고 있는 사실이었다. 그래서 나는 나의 용의 뒷다리에 집중했다. 바로 그때 그것이 내게 말을 걸었다.

그림 속의 용이 살아 있는 것처럼 보인 게 아니라 그 그림 속의 용이 내게 직접 말을 걸었다. 그런 일이 일어난다면 정신이상이나 뭐 그런 것일 테지만, 나는 미치지 않았다.

물론 내가 가끔 침울해지는 경향이 있다는 건 나도 알지만 나는 완전히 제정신이다. 나는 그것을 우울증이라고 부르고 싶지 않다. 엄마는 우울증이라 부르고 또 당신이 평생 우울증 약을 복용해 왔으므로 그것에 대해 잘 알고 있을 것이다. 하지만 나는 의견을 달리한다. 나의 증세는 그것과는 다르다고 생각한다. 가장 심하게 표현한다면 나는 내가 독단적이고 유별난 경향이 있다고 말할 것이다.

내가 잠시 옆길로 샜다. 용이 내게 말을 건 방식은 내 주위에서 뭔가를 점점 인식하게 되는 것과 비슷했다. 내 가슴속에 육감이 자리 잡는 그런 것과 비슷했다. '예감'은 너무 강한 단어이다. 어쩌면.

겉보기에 이런 종류의 것에 대해 정통한 누군가에게 묻는다면, 그 사람이 뭐라 대답할지 나는 안다. 판타지 속 동물들의 세상에로의 나의 자발적 몰입이 그런 종류의 책들에 대한 나의 관심에 깊이 뿌리박고 있는 약간의 우울증을 자극하여 불을 붙였다고 대답할 것이다. 그런 종류의 책들이란 물론 판타지 소설과 SF 소설을 뜻한다. 그리고 맞다. 그런 장르의 책 속에 나오는 어둠과 공포가 나의 세계관에 얼마나 영향을 끼쳤을지 나는 안다.

그런데 내가 용을 인식했다. 그래서 나는 그 사실을 내 머릿속에서 지워야 한다고 생각했다. 어떤 책이나 그림, 음악의 소위 '부정적 영향'을 인식하는 것은 그런 것에 대한 저항력을 확보하는 쪽으로 가야 한다.

아무튼 내 생각은 그렇다. 내가 잠시 다녀봤던 청소년 단체의 팀장 가운데 한 명은 내 생각에 동의하지 않았다. 그는 어떤 사람에게 '어두운 예술'에 잠깐 손을 대거나 '어두운 면'을 구경하라고 부추기는 것은 그 사람에게 해를 입히는 것이라고 말했다. 이런 사실을 알든 모르든 그 위험을 인식하든 아니든 간에 말이다. 나는 어둠이 없다면 그 어둠을 떨쳐버릴 빛도 무의미하다고 그 사람의 말에 반박했는데, 나는 그것이 무슨 뜻인지 나 자신도 심지어 확신하지 못했다. 하지만 나의 주장이 그를 당황케 했던 것 같다. 그가 그것에 대해 나보다 훨씬 덜 곰곰이 생각했던 것이 주된 이유였다.

아니, 나는 내 마음속의 빈 공간을 차지하고 있는 어두운 힘보다 그것이 더 심리적인 존재라고 생각한다. 그것이 바로 그 용이 내게 말하기 시작했을 때의 느낌이다. 용은 내게 주로 질문을 하고 있었다.

'어디에서 사실이 끝나고 판타지가 시작되는가? 어떤 존재가 발견되어 입증될 때까지, 그 존재는 판타지인가 단순히 미지의 존재인가? 옛날에 어떤 중요 인물이 알려진 실제 존재와 알려진 미지의 존재에 대해 말했고, 그 말을 많은 사람들은 비웃었다. 하지만 그의 말이 맞았을 것이다. 오랫동안 중력은 알려진 미지의 현상이었다. 그렇지 않은가? 사람들은 물체가 땅으로 떨어진다는 사실은 알았지만 왜 그런지는 알지 못했다. 그래서 중력이란 작용은 사람들이 그것이 실제로 존재한다는 사실을 알게 되었을 때까지는 미지의 현상이었다. 그렇지 않은가?'

그것이 바로 용이 내게 한 질문이었다. 내가 더 살아 있는 것 같이 만들었기 때문에, 용이 더 실재하는 것 같이 되었다. 더 믿을 수 있게 되었다. 내가 비늘을 하나하나 그려 완성한 용의 가죽 덕택에 그 용은 신화 속이 아니라 진짜로 살아서 숨 쉬는 동물처럼 보였다. 그러자 나는 '내가 이 종이에 아주 미세하고 가느다란 흑연으로 비늘을 계속해서 완성시켜 나가면, 용을 그린 이 그림이 용의 사진처럼 보이지 않을까? 그리고 내가 용의 사진을 제시한다면, 용은 실재하는 존재가 되지 않을까? 용의 사진이 증거가 되지 않을까?' 하는 의문이 들었다.

과거에는 그런 일이 가능했을지 모른다. 오래전에는. 하지만 지금 같은 디지털 세상에서는 그럴 가능성이 거의 없다. 점심시간에 컴퓨터실을 들르거나 자신들의 휴대용 컴퓨터를 가지고 캠퍼스에 둘러앉아 서로 이야기를 나누는 컴퓨터 도사들, 이런 아이들은 자유 시간에 사진처럼 보이는 신화 속 짐승, 신화 속 전사, 신화 속 풍경의 실물 크기 모형을 만들어 낼 수 있다. 하지만 그렇다 할지라도, 진짜 같아 보이는 용이 있으면 용이 실제로 존재한다는 것을 입증할 수 있지 않을까? 특히 그것에 대해 그다지 많이 생각해 보지 않았던 사람에게는. 나 같지 않은 사람에게는.

이것이 바로 내가 용을 창조했을 때 용이 내게 말한 것이다. 나는 애정을 담아 용을 그렸다. 비록 내가 용을 최대한 적의 있어 보이게 만들고 있기는 했지만. 나는 이 용을 소름끼치고 무섭게 그릴 생각이었다. 그리고 아마 얼마 뒤에 나는 흑연으로 완전 사진처럼 보이는 용과 싸우는 전사를 그릴 것이다.

삽화가가 강의실을 걸어 다니며 각자 자신의 걸작을 창조하느라 종이 위로 몸을 숙이고 있는 아이들을 개별적으로 지도했다. 난 우쭐한 기분을 느꼈을지도 모르지만 다른 아이들보다 훨씬 나이가 많았다. 그리고 나는 누군가보다 더 나이가 들었다고 우쭐대서는 안 된다고 생각한다. 게다가 나는 이제까지 이 강습회에서 얻은 것이 거의 없었다. 비록 내가 엄마에게 그 말을 할지 의심스럽긴 했지만.

이것이 내 동생에게 더 잘 맞는 강습회일 것 같긴 했지만, 듣기 싫은 소리를 짓궂게 되풀이하며 상기시키는 건 내 스타일이 아니다. 하지만 내 동생 크리스는 그럴 만큼 그림을 잘 그리진 않는 것 같다. 그럴 수도 있겠지만 내 동생은 구기 운동을 더 좋아하는 것 같다. 구기 운동은 내가 좋아하는 것이 아니다. 어떤 사람은 그걸 이해하기 힘들겠지만 좁은 널빤지 하나와 미숙한 반사 신경을 빼고는 스스로를 보호할 수 있는 장비는 아무것도 없이 빠르게 날아오는 크리켓 공을 마주하는 것……, 음, 글쎄, 그것은 내게는 악몽 같은 일이다. 용이, 아니 심지어는 크라켄이 훨씬 낫다.

삽화가가 내 근처에서 멈췄다. 그의 발이 내 책상 옆에서 멈춰 서는 게 보였다.

"이름이 뭐니?"

"마크예요."

"마크. 너……? 와아. 그림을 많이 그렸나 보구나?"

"예. 그림을 좋아해요. 하지만 대개 아트라인 펜을 사용해요."

"나도 그래. 와우. 이야, 정말 멋진 용이야!"

내가 한 말이 아니라 그 삽화가가 한 말이었다. 강습회가 끝났을 때, 삽화가가 나와 좀 더 이야기를 하고 싶어 했는데, 그건 괜찮았다. 그는 나에게 내가 얼마나 재능이 있는지 말하고 싶어 했는데, 솔직히, 그건 좀 불편했다. 내 말은, 그게 사실이건 아니건, 그걸 왜 내게 말하느냐 하는 것이다. 내게 삽화 일이라도 주려고? 의심스러웠다. 미술 대회에 출품하라고 제안하려던 걸까? 아닐 것이다. 아니, 그냥 그는 내게 용기를 북돋워 주려던 것일 게다. 하지만 용기를 북돋워 주려는 것만으로 보기에는 지나친 감이 있었다.

나는 배낭에 내 물건을 모두 챙겨 넣고 자전거를 타고 집으로 돌아왔다. 예상했던 대로 엄마는 강습회가 맘에 들었는지 궁금해 했고 내가 그린 그림을 보고 싶어 했다. 나는 엄마에게 그 그림을 보여주었는데, 그건 있는 그대로의 내 솜씨였지만, 엄마는 다소 실망한 것 같았다. 엄마는 훌륭한 그림이나 보다 극적으로 실력이 향상된 그림을 기대하고 있었을 것일까? 이것은 전혀 특별한 그림이 아니었으니까.

엄마가 실망을 말로 표현했더라면, 나는 엄마에게 '조금 나아진 그림'이라고 둘러댔을 것이다.

하지만 아니었다. 엄마는 끝까지 모두 바람직한 말만 했다. 다 엄마다운 말들이었다. 고전에 나오는 표현처럼 '입에 발린 소리'였다.

그런 뒤 엄마는 내게 차고에서 작업하는 아빠가 도움을 필요로 할지 모른다고 말했다. 나는 정중하게 거절했다. 그 용이 아직 속삭이고 있었다.

오후 늦게야 아빠가 작업장에서 나와 집으로 왔다. 아빠는 자신이 차고에서 도움을 받았으면 좋았을 것이라고 내게 말했다. 이 말을 할 때쯤에는 아빠는 작업복을 벗어 세탁통에 던져 넣은 상태였다. 또한 손도 다 씻은 상태였다. 아빠가 사용하는 모래 섞인 비누로 인해 아직 아빠의 손에는 핑크빛이 선명했지만 팔꿈치 아래 부근에 커다란 기름자국이 있었다. 이건 하나도 새롭지 않은 일이다. 아빠는 가끔 뭔가를 잘 놓치고는 한다.

비록 아빠가 입밖으로 내어 말하지는 않지만, 아빠는 내게 기대를 가지고 있는 것이 틀림없다. 아빠는 보수적인 왕조 시대의 건축가가 아닌가 싶다. 나의 할아버지는 앞서 증조할아버지가 했던 것처럼 자동차와 트랙터 일을 했다.

우리 집 뒤로, 마당을 가로질러 언덕을 약간 올라가면 내가 언젠가 이어받을 것이라 기대되는 작업장이 있다. 차 세 대가 들어갈 정도로 큼지막한 차고로, 새로운 피트*(자동차 정비를 하는 구덩이), 바퀴

조정 장치, 전자 튜닝 장비, 다른 필요한 기구들을 모두 갖추고 있다. 우리는 심지어 타이어를 갈아 끼워 넣을 수도 있다.

"언젠가는 이 모든 것이 네 것이 될 거야."

"뭐가요? 저 커튼요?"

"뺀질거리지 말고. 무슨 커튼?"

아빠 말이 맞았다. 그곳에는 커튼이 없었다.

나는 그 차고를 내 방 창문에서 볼 수 있다. 그 차고는 누군가가 실망해야 한다는 사실을 내게 끊임없이 강하게 상기시켜 주는 것 같았다. 건물의 견지와 내 미래의 견지에서 내가 나의 장자 상속권을 인정할 때는 내가 실망해야 하고, 내가 장자 상속권을 원치 않는다고 아빠에게 말할 때는 아빠가 실망해야 한다는 사실을. 아빠가 커튼을 마련한다 할지라도.

아니면 엄마가 실망해야 할 수도 있다. 나는 엄마가 무엇을 원하는지를 알지도 못한다. 엄마는 내가 어떤 작업장에 들어가길 바랄까?

하지만 이 동네에서는 차를 그리멧 가로 가져오는 것이 일종의 관례가, 아니 거의 전통이다. 그것은 손톱 밑에 낀 기름과 같다. 그런데 그것이 내가 깨도 되는 전통일까? 모르겠다. 그것이 내가 지킬 수 있는 전통일까? 그건 더더욱 모르겠다.

거리에서, 나는 그들을 잘 모르지만 그들은 나를 잘 아는 그런 사람들에게서 그것에 대한 질문을 종종 받는다. 가업 계승을 위해 견습 일을 시작했는지? 언제 기술전문대학에 갈 것인지? 네 아버지가

너와 함께 일하면 얼마나 감격스러울까. 이제 4대째지, 그렇지?'

하지만 내가 아빠를 위해 하는 일은 아주 마지못해서 하는 것이다. 그 일을 정말 싫어하는 마음이 내게서 뿜어져 나오는 것을 느낄 수 있지만 나는 아빠를 위해서조차도 그런 싫은 마음이 생기는 것을 멈출 수가 없다.

방과 후에도 주말에도 일이 완전히 판에 박힌 듯 되풀이된다. 기화기를 청소하고, 기름을 빼내고, 윤활유 주입구를 찾는다. 단단한 디스크 패드에 너클을 장착하고, 뜨거운 다기관에 팔을 데인다. 실수를 통해 배운다. 실수는 내가 가장 경멸하는 것이므로, 그건 내가 싫어하는 것이다. 이런 것들이 내가 배우고 있는 값진 인생 수업이다. 다시 연료통을 채우기 전에 연료통 마개를 다시 돌려 잠그는 것을 잊지 않도록 충전 용액 주입구 윗부분에 섬프 플러그를 끼우는 것과 같은 일.

4리터의 새 기름은 청소를 많이 필요로 한다. 나는 이것을 안다. 무엇보다도 그것을 절대 엎지르지 않는 것이 더 좋다는 게 내 주장이다. 값비싼 실수를 하기 전에 그 충고를 받아들이는 것이 더 좋을 것이다. 게다가 거기 있는 라디오도 정말이지 형편없다.

나는 용을 완성한 다음 적당히 서명하고 조심스럽게 스케치북에서 그 장을 뜯어냈다. 그런 뒤 가위를 가져와 스케치북 스프링에서 떼어내 너덜너덜한 종이 끝 부분을 잘라내 깔끔하게 정리했다. 나는 전체적으로 그 그림이 상당히 맘에 들었다. 아직 완벽하지는 않았다. 용이 존재한다는 증거로 제시하려면 아직 갈 길이 멀다.

내 책상 위의 스탠드 옆에 놓인 핀 통에서 핀을 두 개 꺼내 벽면의 우주 특수 대원, 리바이어던과 아마존 전사 옆에 용 그림을 조심스레 꽂았다. 4학년 시절 내가 포스터를 보고 볼펜으로 베껴 그린 제임스 딘 그림 옆이었다.

그것은 별로 잘 그린 그림은 아니었다. 난 그 뒤로 훨씬 더 훌륭한 그림들을 그렸다. 하지만 그 그림은 나만 듣고 이해할 수 있는 목소리로 말하고 있는 나의 용에게 귀를 기울일 것을 내게 상기시켜 주었다.

그 용은 내가 들어야 하는 말을 하고 있었다. 그것은 나에게 계속 나아가라고 용기를 북돋워 주고 있었다. 그것을 완전하게 만들라고. 정말 살아 있는 듯이 만들어서 명백하게 실재하는 것이 되게 하라고.

반론의 여지가 없는 증거로 무장한 채로 내가 용에 대해 말하면 모든 사람들이 내 말을 들을 것이다.

확장 작품

문제. 장르를 선택하여 단편소설을 한 편 창작하시오.(25점)

비가 차의 지붕 위에 총알이 퍼붓듯 세차게 내리고 있었다. 정말이다. 나는 해안 지역에서 자라 전에도 비를 본 적이 있지만 이런 비는 처음이었다. 비가 억수같이 퍼붓고 있어서 길 건너 영화관의 정문도 거의 보이지 않았다. 정문 위쪽에 파란색과 빨간색의 네온 불빛 간판이 있었지만 내 머리에 권총을 겨눈다 할지라도 그것을 읽을 수 없었을 것이다. 하지만 그날 낮에 나는 그 싸구려 술집을 들락거렸으므로 그 간판에 적힌 상호가 〈시빅〉이라는 것을 알았다. 딱 토니가 갈 것 같은 그런 장소였다. 토니 같이 한물간 깡패에게는 그 변두리 지역에 다른 장소는 너무나 새롭고 번드르르했다. 그래서 나는 〈시빅〉의 길 건너편에서 기다렸다.

토니를 그곳에서 8시에 만나기로 되어 있었지만 비가 이렇게 심하게 퍼부어대는데 그가 도착하는 것조차 볼 수 있을지 의문이 들기 시작했다. 제기랄, 비는 점점 더 세차게 내리고 있었다. 토니가 나타났을 때 내가 흠뻑 젖게 될 것이라는 것, 그것 한 가지는 확실했다.

나는 어머니가 물려준 손목시계를 봤다. 8시 5분 전이었다. 토니가 5분 안에 모습을 드러내지 않는다면, 그가 늦는다는 뜻인데, 나를 속썩이는 한 가지가 있다면, 그건 늦게 나타나는 사람들이다. 특히 그들이 권위에 대한 일반적인 존경심이 없는 사람일 때는 더욱 그렇다.

이렇게 기다리자니 죽을 맛이었다. 라디오에서 흘러나오는 음악도 마찬가지였다. 나는 더 이상 담배를 피우지 않지만 한 대 피웠으면 하고 생각했다.

"이봐요, 맥, 라디오에서 나오는 음악이 일반적인 재즈요? 아님 그냥 전위적인 비밥 재즈요?"

나는 운전기사에게 물었다.

"그냥 틀어 놓은 거예요."

"난 이 음악이 별로 마음에 안 들어요."

"저도 그래요."

교착상태. 교착상태는 내게 전혀 새로울 것이 없다. 나는 젊은 시절 교착상태를 많이 보았다. 옛날에는 우리는 그것을 '멕시코식 교착상태'라고 부르곤 했는데 더는 아무도 그런 식의 표현을 쓰지 않는다. 수사법은 죽었다. 이제 사람들은 아무튼 그 표현이 진짜 멕시코 사람들과는 아무 관련도 없다는 사실을 완전 잊어버리고서 "나는 아득한 옛날부터 웨스트스트리트의 지역에서 멕시코 사람들은 본 적이 없어."라고들 말한다.

그때쯤 운전기사가 다시 천한 고양이인 양 나를 무시해서 나는 다시 창밖을 내다보았다. 창밖으로 사람들이 보였는데, 아니나 다를까 〈시빅〉의 차양 아래와 바로 옆의 커피숍 안에서 비를 피하고 있었다. 나도 몬티 커피숍에 자주 가곤 해서, 그 장대비를 바라보며 토니와의 볼일을 마친 뒤 나도 뜨거운 커피 한 잔을 해야겠다고 생각하기 시작했다. 아무튼 그 밤은 기나긴 밤이 될 것 같았으므로 나는 나 자신을 철저하게 챙길 필요가 있었다.

그때 빗속에서 그를 보았다. 틀림없이 토니였는데, 그는 내가 언젠가 사진에서 본 회색 곰 같이 육중하고 느릿느릿하게 움직이고 있었다. 단, 이 회색 곰은 재킷을 입고 있었는데, 내가 그를 알아온 것만큼이나 아주 오랫동안 입어온 바로 그 재킷이었다. 토니는 손을 호주머니 깊숙이 찔러 넣고 머리는 옷깃 속에 완전 파묻고 있었다.

"됐어요, 맥. 이제 헤어집시다."

나는 운전기사에게 말했다.

"집으로는 어떻게 돌아가려고요?"

그가 물었다.

"내 걱정은 하지 말아요, 맥. 택시요금은 내 앞으로 달아놔요."

나는 말할 기분이 아니었다. 특히 운전기사에게는 전혀 아니었다.

"당신의 거처로 돌아갈 때 조심하는 게 좋아요."

그가 무슨 소리를 들은 것일까? 그게 뭐든 아무것도 아니야, 하고 나는 결정했다. 이 마을의 운전기사들은 늘 필요 이상으로 많이 알려고 한다.

"알았어요. 이만 내릴게요."

나는 이렇게 말하고는 재킷 깃을 귀까지 높이 당겨 세우고 모자를 이마까지 푹 눌러 쓴 뒤 그 편지가 젖지 않도록 주의하며 지독한 빗속으로 나갔다.

그 편지에 대한 이야기부터 하자. 일주일 전, 수요일 저녁 늦게, 내가 아직 책상 앞에 앉아 있을 때, 셜리가 문을 노크했다.

"어떤 여자 분께서 당신을 보러 오셨어요. 당신이 아는 분이라고 그러시네요."

"내가 아는 여자야 많지. 그 여자 분에게 뭔가 특별한 게 있던가? 아님 내가 만난 대부분의 다른 여자들과 같던가?"

"어떤 여자 말씀이신지요?"

"보기에는 좋지만 말상대로는 전혀 가치가 없는 여자들."

셜리는 그 말에 아무런 대꾸도 하지 않았다. 가끔 그녀는 내가 그런 식으로 말하면 내 말을 어떻게 받아들여야 할지 모르는 것 같지만, 나는 보통 아무 의미도 없는 말을 그런 식으로 하지 않는다. 내 말은 일하는 남자는 여자들에게 허비할 시간이 없다는 뜻이다.

셜리가 계속 그곳에 서서 내 대답을 기다렸다.

"그 여자 분을 들여보낼까요? 아니면 가시라고 할까요?"

"들여보내요, 인형 같이 예쁜 아가씨."

셜리는 그 말에도 아무런 대꾸를 하지 않았다. 셜리는 칭찬에 그리열광적인 반응을 보이지는 않는다. 그런 태도는 그녀의 아버지의 품성과 관련이 있지 않을까 싶지만, 나는 그녀에게 한 번도 물어본 적은 없다. 내게 절대 필요 없는 것은, 내 책상 맞은편에서 매일 봐야 하는데 자신의 가정생활을 재잘거려 귀를 쫑긋 세우고 들어줘야 하는 여자다. 마치 나 자신의 문제로도 충분하지 않다는 것처럼 말이다.

어쨌든 그 여자 손님이 들어왔을 때, 나는 1분 동안, 아니 그보다 더 오랫동안, 아무 말도 할 수 없었다. 그녀는 그냥 문 입구에 서 있었는데, 복도의 불빛이 수은처럼 그녀의 다리 주위를 휘감고 있었다. 이런, 그 여인은 멋진 다리에 탄력 있는 곡선미를 지닌, 빨강 머리의 이탈리아계였다.

"당신이 레이 맞죠?"

"그렇게 질문하시는 분은 누구십니까?"

"곤경에 처한 여인이죠."

"그 여인에게 이름이 있습니까?"

"물론, 이름이 있죠. 저는 베로니카라고 해요."

"베로니카라. 제가 아는 분인가요? 얼굴이 아주 낯익어서요."

"이 주위에 살아요. 앉으라고 권하시지도 않네요? 신사라면 그래야 하지 않나요?"

나는 의자를 가리켰다.

"신사 흉내 내고 있을 시간이 없어서요."

"그런 태도를 익힌다고 죽진 않을 텐데요."

그녀가 대답했다. 내 사무실로 들어와 매너 따위에 대해 스스럼없이 충고를 던지다니, 그 여자는 참으로 대담했다.

"그래, 이곳에는 어떻게 오셨어요, 아리따운 아가씨? 보시다시피, 처리해야 할 일은 많은데 소중한 시간은 거의 없어요. 그러니 어서 용건을 말하는 게 좋겠어요."

"당신이 제가 이용할 수 있는 능력을 지니고 있다고 하던데요."

"그럴지도 모르지요. 그건 어떤 일이냐에 따라 다르죠."

"그럼 용건만 간단히 말씀드리죠. 담배 피워도 될까요?"

이런, 그녀가 내게 그렇게 물어보면서 내 눈을 똑바로 바라보는 모습에 품격이 묻어났다. 하마터면 나도 담배를 다시 피울 뻔했다.

"여기에서 담배를 피울 수 없어요, 아리따운 아가씨."

그녀는 그것에 대해 더 이상 아무 말도 하지 않고 담배를 다시 핸드백 안에 넣었다.

"남자가 한 사람 있는데요."

"아, 그래요? 그 남자가 당신을 괴롭히나요?"

"오, 그렇게 심각한 일은 아니에요."

"심각한지 아닌지는 제가 판단하도록 하죠."

바로 그 순간 문득 그녀를 어디서 봤는지 기억났다.

"당신, 무용수죠?"

내가 물었다.

"예. 그렇게 부를 수도 있죠. 이런, 오락거리를 찾고 계세요?"

"난 어디에서 찾기 시작해야 할지도 모르는 굉장히 많은 것들을
찾고 있죠."

내가 대답하고는 말을 이어갔다.

"그러니, 그 남자가, 우리 다 까놓고 얘기합시다. 그 남자가 무슨
짓을 했죠? 그가 당신에게 위협을 가하고 있나요? 그게 당신이 처한
상황이라면, 경찰서로 직행하도록 해요."

그녀는 고개를 저었다.

"아뇨. 그런 게 아니에요. 저는 그냥 그에게 전할 이야기가 있어
요. 그런데 그는 자신이 어디 있는지 알리고 싶어 하지 않아요."

"제게 그 일에 관해 더 많은 정보를 줘야 해요, 아리따운 아가씨.
이 사건을 제가 맡으려면 그것보다 더 많은 정보가 있어야 해요."

"저는 그냥 그를 찾아서 편지를 전해 줄 사람이 필요해요. 아시겠
어요? 거친 사람이 필요해요."

"거친 사람이요? 웃기지 말아요! 이제 나는 정직하게 일하고 있어
요. 언제부터라고는 말할 수 없지만 나는 협박 같은 건 절대 하지 않
아요."

"맬로니 씨, 이건 협박과는 관련 없어요. 하지만 기억해 주세요.
당신이 이 사건을 맡는다면, 이건 개인적인 거예요."

그녀가 잠시 말을 멈췄는데, 그녀의 두껍고 까만 속눈썹 하나에 굉
장히 커다란 눈물방울이 맺힌 것이 보였다. 이런, 내가 할 수 있는 일
이라고는 그녀 옆으로 가서 다음 달 중순까지 그녀를 안아주고 싶은

마음을 참는 게 전부였다.

"좋아요, 제가 그를 찾겠습니다. 대체 그 작자가 누굽니까?"

"토니예요."

"성은요?"

"아마 '빅 토니'라면 아실 것 같은데요?"

"빅 토니요? 아직 이곳에 있습니까? 북쪽으로 간 줄 알았는데요."

"잠시 가 있었지만 돌아왔어요."

"어딜 가면 그를 찾을지 혹시 짐작 가는 곳이 있어요?"

"맬로니 씨, 그건 당신 일 아닌가요. 저는 당신이 연줄이 많은 사람이라고 믿고 이곳으로 왔는걸요."

"알겠어요, 아가씨. 하지만 저는 무료로 일하지 않아요."

"얼마를 드려야 하죠?"

"아직은 안 줘도 돼요. 하지만 일단 제가 빅 토니를 찾으면, 수고비를 완납해 줘요. 얼마가 될지는 아직 모르겠어요. 얼마인지 정해지면 알려 주도록 하죠."

"그러세요, 맬로니 씨. 그럼 조만간 또 뵙죠."

그런 뒤 그녀는 돌아서서 나가려 했다.

"이봐요, 아리따운 아가씨. 내가 토니를 찾으면 어디로 연락할지 가르쳐주지 않았어요."

"걱정 마세요. 조만간 또 뵙겠다고 말씀드렸잖아요."

그녀가 내 주위의 공기에 자신의 향수 향기를 아름다운 구름처럼 떠다니도록 남긴 채 문을 닫고 나갔다.

토니를 찾는 일은 그렇게 어렵지 않았다. 나는 토니가 어디 있는지 알 만한 사내를 알았으므로 다음날 아침 그 사내를 보러 갔다. 그의 이름은 월도. 그는 변두리 지역에서 술집을 운영하는 그의 형과 같은 상당히 중요한 연줄을 가진 지독한 인간말짜다.

평소라면 이런 종류의 불량배들은 죽어도 만나기 싫지만, 맡은 일을 해야 하는데 월도가 토니라는 자의 행방을 분명 알 것 같았다. 그 둘은 한때 친구였고 그 시절에 함께 몇 가지 일을 하곤 했다. 이 마을에서 불량배들과 관련된 경우라면 월도가 모르는 일이라고는 거의 없었기 때문에, 토니가 북쪽 지방에서 마을로 돌아왔다면 월도가 모를 리 없었다.

월도는 평소 잘 가는 내기 당구장에서 당구를 하고 있었다. 나는 당구장 안으로 들어가 뒤의 그림자 속에 완전히 숨어서 보았다. 그의 얼굴을 볼 수는 없었지만 그가 늘 신는 구두인 진한 핏빛 하이라이트가 있는 흰색 윙팁 구두*(구두 앞쪽 발등 부분에 날개 모양으로 W자로 누빈 장식과 신발 끝 구멍으로 모양을 낸 구두)를 보고 그가 월도임을 알았다. 그는 내가 상관하고 있을 시간이 없는 다른 불량배들과 함께 있었는데, 파커라는 이름으로 통하는 자와 매터슨이라 불리는 그다지 영리하지 않은 자들이었다. 맨 먼저 내가 들어온 것을 본 자는 파커였다.

"어이, 이게 누구신가."

파커가 당구대에 자신의 큐를 아주 천천히 내려놓고 내 앞을 막으며 말했다.

"어인 일로 여기까지 납셨어? 다른 일에 발을 담갔다더니."

"파커, 너한테는 볼일 없어."

나는 아주 침착하게 행동하며 말했다. 내가 제일 피하고 싶은 일이 이로 인해 뭔가 불미스러운 일이 터지는 것이었다.

"난 여기 있는 네 친구 월도에게 볼일이 있어서 왔어."

"저런, 월도는 네게 볼일이 없는데."

"이봐, 파커, 그렇게 복잡한 문제가 아니야. 난 문제를 일으키려고 여기 온 게 아니야. 난 그냥 월도와 잠깐 애길 하고 싶을 뿐이야."

"좋아. 듣고 있으니 말해 봐."

월도가 그림자 밖으로 발걸음을 옮기며 말했다.

"아, 그래? 그럼 여기 너의 원숭이에게 예의를 좀 지켜서 내게 길 좀 내주라고 말해 주면 좋겠는데."

월도가 파커에게 눈짓을 하자 파커가 조금 뒤로 물러났다.

"원숭이는 오르간으로 돌아갔으니 말해 봐. 원하는 게 뭐야?"

"토니가 돌아왔다는 애길 들었어."

"빅 토니? 그럴 수도 있겠지. 그게 나랑 무슨 상관이야? 게다가 난 그에게서 소식을 듣지도 못했는데."

"말도 안 되는 소리 하지 마. 장담하건데, 빅 토니는 북쪽 지방에서 돌아와서 제일 먼저 너한테 연락했을걸."

“빅 토니를 본 적 없다고 했잖아. 그나저나 무엇 때문에 빅 토니를 찾는 거지?”

“그에게 전할 말이 있어서 그래. 개인적인 일이니까 네가 걱정할 일은 전혀 없어. 그리고 너도.”

파커가 앞으로 한 걸음 나오는 것을 보고 내가 말했다.

“글쎄, 난 그를 못 봤어. 하지만 그가 머물 만한 데는 알아.”

월도가 말했다.

“그래? 거기가 어딘데?”

“왜 내가 너한테 가르쳐 줘야 하지?”

“호의로, 월도. 그 말 들어봤지? 그것이 바로 훌륭하고 너그러운 시민이 보여주는 것이지.”

월도는 잠시 아무 말도 하지 않았다. 그런 뒤 그는 “연필 있어, 맬로니?” 하고 물었다.

“이봐요, 아가씨. 연필 좀 빌릴 수 있을까요?”

나는 여자 바텐더에게 소리쳐 물었다. 그런 뒤 나는 카운터로 가서 냅킨을 가져와 연필과 함께 당구대 위에 놓았다. 월도가 연필을 집어 들었다.

“네 말이 맞아. 그래서 내가 우리 사이의 호의의 표시로 이렇게 해 주는 거야. 그러니 옛일로 인한 악감정은 없는 거야, 알겠어?”

월도가 냅킨에 쓰면서 말했다.

“알았어.”

내가 대답했다.

"하지만 토니가 자신의 전화번호를 어떻게 알아냈는지 궁금해 하면, 나는 전혀 모르는 일이야. 알겠지?"

"물론이지. 네가 이런 분위기에 있을 때는 네 엄마도 너를 사랑하실 거야, 월도."

"그만해, 맬로니."

월도가 냅킨을 접어 내 코트 윗주머니에 찔러 넣었다. 그러고는 내 가슴을 툭툭 쳤다.

"우리가 이야기하고 있는 호의에 대한 내 마음이 바뀌기 전에 여기서 나가도록 해."

나는 사무실 책상 앞으로 돌아와 곧바로 전화를 했다. 빅 토니와 연락하는 데 시간을 허비하고 싶지 않았다. 이 깡패들의 평소 행동 방식을 생각하면, 내가 그보다 한 발 앞질러 움직여야 할 것 같았다.

나는 월도가 적어준 번호로 전화를 걸었다. 영원처럼 느껴지는 시간 동안 통화연결음이 가고 나서야 비로소 나는 월도가 나를 속여 넘기고 토니에게 먼저 접근한 게 아닐까 하고 생각하기 시작했다.

마침내 어떤 여자가 전화를 받았다.

"누구세요?"

그녀가 물었다.

"토니가 그곳에 있습니까?"

"누구시죠?"

"기다리는 걸 별로 좋아하지 않는 옛 친구입니다."

"좋아요. 알겠어요. 잠깐만 기다리세요."

그녀가 수화기를 내려놓고 1분 뒤, 어쩌면 그보다 시간이 더 흐른 뒤에, 토니가 전화를 받았다. 나는 그의 목소리를 어디선가 들어 알고 있었다. 걸걸하고 귀에 거슬리는 목소리여서 한 번 들으면 잊히지 않는 그런 목소리였다.

"누구세요?"

"내가 누군지는 전혀 중요하지 않고, 얘길 나눴으면 합니다."

"왜 우리가 얘길 해야 하죠? 난 당신이 누군지도 모르는데요. 내가 아는 사람입니까?"

"나를 기억하지 못할 거예요. 하지만 이번에는 나를 확실히 기억하게 될 겁니다. 좋은 기억이냐 나쁜 기억이냐는 당신게 달렸어요."

"원하는 게 뭡니까?"

"아직은 아무것도 없어요. 난 그냥 당신의 소재를 알아내고자 해요. 그리고 지금 당신에게 공짜 충고를 하나 할게요. 마을을 떠나지 마세요."

"꽤나 값진 충고군요."

토니가 말했다.

"이봐요, 잘난 척하지 말아요. 그냥 아무데도 가지 말아요. 그럼 내가 추후 지시를 받아 다시 연락할 테니까요."

"당신은 꼭 나의 어머니를 유괴한 것처럼 말하는군요."

나는 "아직은 아니에요."라고 대답하고 전화를 끊었다. 베로니카를 찾아야 했다.

다음날 그녀를 만났다. 내가 그녀를 보곤 했던 〈일 칸티나〉라는 카페 근처에서 그녀를 우연히 만날지도 모른다는 예감이 들어 아침에 제일 먼저 〈일 칸티나〉로 갔다. 아니나 다를까. 그녀가 그곳 카운터 앞에서 주문을 하려고 기다리고 있었다.

"안녕하세요, 레이, 뭘 주문하시겠어요?"

웨이트리스가 물었다.

"우리에게 당신이 커피라고 부르는 그 진흙을 한 잔 줘요."

내가 말했다.

"그래, 나를 찾아냈군요."

베로니카가 말했다. 그녀는 고개조차 돌리지 않았다.

"여기 오면 당신을 찾을 것 같았어요."

"그래, 토니를 찾았어요?"

"그럼요. 그를 찾았어요. 그것이 바로 당신이 내게 의뢰한 일이니까요. 그렇지 않습니까?"

"그와 애길 했나요?"

"예. 그와 애길 나눴어요. 그럼 이제 제가 무엇을 하기를 원해요? 난 그를 죽이지 않을 거요. 당신이 시킨다고 하더라도."

그러자 베로니카가 나를 한참 바라봤다. 이런, 그녀는 정말로 멋진 눈동자를 지니고 있었다. 바다처럼 깊은 눈동자를.

"무슨 말씀 하시는 거죠? 왜 제가 그를 죽이고 싶어 한다고 생각하죠? 난 깡패가 아닐뿐더러 깡패를 고용하지도 않을 거예요."

"그럼 이제 제가 무엇을 하기를 바라는 겁니까?"

"한 시간 있다 여기서 다시 만나요. 당신이 그에게 전달해 줄 게 있어요."

"내가 뭘로 보여요? 우체부?"

그녀가 살짝 미소 지었다.

"맬로니 씨, 내숭떠는 건 당신에게 어울리지 않아요. 한 시간 있다 봐요. 늦지 말아요."

"내 걱정은 말아요. 난 절대 늦지 않으니까."

나는 그곳으로 일찌감치 다시 갔지만 그녀는 결코 모습을 보이지 않았다. 하지만 나는 그녀가 믿을 만한 사람이 못 되는 것 같다는 생각을 했을 뿐 별로 대수롭지 않게 여겼다. 어떤 사람들은 전적으로 믿을 수가 없지만 나는 그녀를 그런 사람으로 절대 못 박아 놓지 않았다. 때로는 절대 장담할 수 없는 법이다.

나는 더 뒤에 몬티 커피숍 부근에서 길을 건너고 있는 그녀를 보았다. 뛰면서 길을 건너는 모습으로 보아 그녀는 굉장히 서두르는 것 같았다. 게다가 그녀는 공포에 질린 듯 주위를 힐끗거리며 보고 있었다. 내가 즉석에서 알아차릴 수 있는 뭔가가 있다면 그것은 공포에 질린 사람이다. 내가 그런 공포를 야기하는 사람이었던 때가 있었기에, 힐끗거리는 눈동자와 그 모든 것, 그것들이 무엇을 나타내는 것인지 나는 결코 잊지 않고 있었다.

나는 곧바로 길을 건넜다. 내가 본 장면이 내 마음을 어지럽게 만들었다. 그건 신문을 사려고 길을 건너는 여자가 아니라 공포에 질린 여자의 모습이었다. 그것도 극도의 공포에.

내가 길을 건넜을 즈음, 그녀는 보도의 군중들 틈 속으로 사라지고 없었다. 그녀를 시야에서 놓치자, 아무리 잘 피해 다닌다고 자부하는 사람도 추적해 낼 수 있다고 자부해 온 내 스스로에게 심한 자괴감이 들었다.

나는 입구 바깥에 등을 내건 중국 식당 옆으로 난 골목길에 이르러 그 골목길을 살펴보았다. 바로 그때 그녀가 어떤 사내와 이야기하는 모습이 보였다. 골목길이 어두워서 그 사내를 제대로 볼 수 없었지만 베로니카가 그에게 말하는 태도가 당황스럽고 초조하다는 사실은 알 수 있었다. 전혀 모르는 상황에 끼어드는 것은 내 방식이 아니어서, 나는 내가 보이지는 않겠지만 계속 지켜볼 수는 있는 골목길 입구에서 벗어나지 않고 계속 서성거렸다.

이삼 분 뒤, 어쩌면 그보다 더 뒤, 그 사내가 골목길 끝으로 걸어가 뒤쪽으로 빠져나가는 모습이 보였다. 그러자 베로니카는 간단하게 포장된 꾸러미를 들고 내가 있는 쪽 거리로 다시 나왔다. "방금 얘기하던 저 남잔 누구요?" 하고 내가 말을 걸자 베로니카는 소스라치게 놀랐다.

일단 그녀는 누군가가 그곳에 있었다는 사실에 놀라움이 가시자,

그것이 나라는 것은 그다지 놀랍지 않은 모양이었다.

"맬로니 씨, 그건 당신이 상관할 바가 아닐 텐데요."라고 말하며 그녀는 내 옆을 걸어가려고 했고 나는 기뻤다. 그런 그녀의 모습은 그 골목길에는 전혀 어울리지 않는 것 같았다.

"그 사람이 누구든 당신을 난처하게 했던 게 분명해요. 정말 내게 말하고 싶지 않아요?"

"당신이 맡는 사건과는 전혀 관계가 없어요. 그게 당신이 생각하는 거라면요."

그녀가 말했다. 이런, 이 여자는 톡 쏘는 매력이 있을지 모르지만 지독한 거짓말쟁이였다.

"알겠어요. 하지만 그렇다면 어째서 그렇게 많은 관계없는 사람들에게 괴롭힘을 당하는 겁니까?"

"운이 나빠서요. 어쨌든 왜 당신은 나를 따라다니는 거죠?"

"왜 제가 당신을 따라다닌다고 생각합니까?"

"그러니까 내가 있었던 악취를 풍기는 골목길에 당신이 있었던 게 우연이라는 거군요?"

"아마도요. 그런데 그 꾸러미에는 뭐가 들었어요?"

"선물이에요. 왜요? 선물 사는 걸 금하는 법이라도 있나요? 그럼 질문 다 하신 거죠?"

"아뇨. 하나 더 남았어요. 오늘 어디 가세요? 나하고 〈일 칸티나〉에서 만나기로 해놓고는 안 왔잖아요."

"일이 생겼어요. 물론 그것도 당신과 전혀 상관없어요."

나는 그 문제는 그냥 넘어가기로 했다. 아무튼 그녀는 전혀 말할 기분이 아니었다.

"토니에게 전할 걸 제게 줄 거라면서요."

내가 말했다.

"예, 바로 이 안에 들었어요."

그녀가 말하고는 봉투의 접합 부분에 V자 표시의 작은 봉인지를 붙인 편지를 꺼냈다.

"토니를 만나 내가 주는 거라고 말하고 이 편지를 전해 주세요."

"편지에는 뭐라고 적혀 있어요?"

"그건 당신이 상관할 바가 아닐 텐데요."

"내가 이 편지를 전달하려면 편지 내용을 알아야 해요."

"그냥 토니에게 편지를 전하고 대답을 들어오세요."

"내게 그의 전화번호가 있어요. 내가 그의 전화번호를 당신에게 가르쳐 줄 테니 당신이 직접 통화해 보는 게 어때요?"

그녀가 고개를 저었다.

"그 몹쓸 녀석은 나를 아예 거들떠보려고도 하지 않을 거예요. 그 냥 그에게 편지를 전해 줘요."

나는 그곳에서 그녀와 헤어져 곧바로 토니에게 전화했다. 나는 토 니에게 8시 정각에 〈시빅〉에서 만나자고 했다.

"내가 싫다면 어쩔 거요?"

"싫다면 무슨 일인지 궁금하지 않단 뜻이겠죠. 거기서 보죠."

내가 말했다.

"가겠소. 하지만 내 허를 찌르는 일은 없는 게 좋을 거요."

내가 택시 문을 닫고 전속력으로 길을 건너 〈시빅〉의 정면 현관 입구에 이를 쯤에는 그 빌어먹을 비에 등이 흠뻑 젖었다. 빅 토니가 그곳에 서서 담배에 불을 붙일까 생각하고 있는 것처럼 보였는데, 내가 본 바로는 몹시 불행해 보였다.

"정각에 왔군요. 맘에 들어요."

내가 말을 건넸다.

"됐고, 맬로니, 당신은 내 주의를 끌었소. 하지만 내가 밤새 있을 수 없으니, 무슨 일인지 말하는 게 좋을 거요."

"당신이 아는 여자 분에 대한 일이오."

"여자? 어떤 여자?"

"베로니카라는 이름으로 통하는 여자요."

"당신이 누구 얘길 하는지 모르겠소."

"아니, 잘 알 거요. 키는 160센티미터 가량이고, 들어가야 할 곳은 들어가고 나올 것은 나온 몸매가 끝내주게 좋은 여자요."

"오, 맞아, 그녀에 대해 들어본 것도 같군요. 그게 당신과 무슨 상관이오?"

"그녀가 전해준 편지가 있소."

"왜 당신이 그녀의 편지를 전하는 거요?"

그가 물었다.

"내가 그녀와 어떻게 줄이 닿았는가 하는 건 당신이 알 바가 아니오, 친구. 그 문제는 그냥 제쳐놓는 게 가장 좋을 것 같소만."

"당신, 미치광이로군. 나는 그녀를 괴롭히지 않았소."

토니가 말했다.

"나도 알 건 아오. 아무튼 그녀가 이걸 당신에게 전해 달랬소."

나는 재킷에서 편지를 꺼냈고 그 편지를 받으려고 그가 손을 뻗자, 나는 편지를 뒤로 뺐다.

"이봐, 뭐야?"

토니가 소리쳤다. 토니가 입술을 꽉 무는 걸로 봐서 내가 그런 식으로 그를 교묘하게 지연시키는 걸 별로 좋아하지 않는 게 분명했다.

"나한테 그 편지를 줄 거요? 말 거요?"

"알았소. 하지만 먼저 약속해 줘야 할 게 있소."

"듣고 있잖소."

굉장히 거만한 녀석이로군, 하고 나는 생각했다.

"베로니카란 여성을 어떻게 처리할 것인지 주의하겠다고 약속해 주시오, 알겠소?"

"당신, 지금 누구에게 말하고 있다고 생각하는 거요? 이 마을은 당신 게 아니오."

"아무튼 내 충고를 받아들이고 자중하는 게 좋을 거요."

토니는 봉투를 찢어 편지를 펼쳤다. 그러고는 입술을 움직여 가며 천천히 그 편지를 읽었다. 사실 그가 글을 읽을 수 있다고는 전혀 생각해 보지도 않았기 때문에 나는 놀랐다. 그는 편지를 끝까지 다 읽은 뒤 편지를 접어 호주머니에 쑤셔 넣었다.

"좋소."

"좋다니 뭐가 말이오? 난 독심술사가 아니오."

"베로니카란 여자에게 알았다고, 내가 그것을 하겠다고만 전해주시오."

"그것이란 게 뭐요?"

내가 물었다. 이 지겨운 녀석이 그 비밀로 나의 좋은 엔진에 총격을 가하기 시작하고 있었다.

"그녀에게 내가 그것을 하겠다고 말하시오. 그녀에게 내가 그곳에 가겠다고 전하시오. 당신은 그것만 알면 되오."

나는 다음날 베로니카가 〈일 칸티나〉에서 나오는 것을 보았다. 비가 차양 끝에서 억수같이 떨어지는 가운데 우리는 보도에 섰다.

"어젯밤 빅 토니를 만났어요. 그는 여전히 매력적이더군요."

"이건 매력과는 아무 상관없는 일이에요. 토니가 뭐라던가요?"

"그것을 하겠다고 하더군요. 하지만, 베로니카, 그가 뭘 하겠다는 거죠?"

그러자 그녀가 미소를 지었는데, 그날처럼 처량한 날에도 천 와트짜리 램프처럼 환하게 빛나는 미소였다.

"좋아요. 말해 줄게요. 사실은 우리 아버지를 위한 파티를 열려고 해요. 그리고 그가 올 거고요."

"토니가 당신이 여는 파티에 온다고요?"

"예, 바로 그거예요. 알겠죠?"

"현명한 일이라고 확신해요?"

"가볍게 내린 결정이 아니에요, 맬로니 씨."

"그 파티가 토니와는 무슨 상관이죠?"

"아버지 회갑이 날마다 있는 건 아니잖아요. 아버지가 기억하기
도 힘들 정도로 오랫동안 술을 마셔 요절하려고 무진장 애쓰고 있을
때는 특히나요. 그래서 생각했죠. 내 동생도 파티에 참석하면 좋지
않을까 하고요."

"그런데 왜 나죠?"

나는 그녀에게 물었다. 일이 순식간에 이상해져 가고 있었다.

"엄마가 안 계신 뒤로, 토니와 나는 서로 뜻이 맞은 적이 없어요.
우리는 몇 년 동안 말도 하지 않았어요. 토니가 더 이상 우리 가족의
틀 안에 있지 않다는 사실은 아버지의 마음을 찢어놨어요. 그래서 토
니가 북쪽 지방에서 돌아왔다는 말을 들었을 때 당신이라면 토니를
찾아낼 수 있을 거라고 생각했어요. 아무튼 토니는 내 전화에는 답하
지 않았거든요."

"하지만 이젠 그는 답할 것 같군요."

"그러길 바라요. 당신은 좋은 분이에요, 맬로니 씨. 고마워요."

"음, 제가 도움이 되어 기뻐요, 아가씨."

"그리고 이곳이 완전 불편해지기 전에 잊지 않고 수고비를 지불해야겠어요."

그녀가 내 뺨에 손을 올렸다. 그녀의 손은 따뜻했으며 벨벳처럼 아주 부드러웠다. 그런 뒤 그녀가 빨간 입술로 내 뺨에 입을 맞췄다.

"고마워요, 레이." 하고 그녀가 말했고, 나는 예쁜 구름처럼 내 주위의 공기 중에 떠다니는 그녀의 달콤한 향기에 둘러싸였다.

"완납이로군요."

나는 그렇게 말하고는 돌아서서 재킷 깃을 귀까지 세우고 모자를 이마까지 푹 눌러 쓴 뒤 빌어먹을 빗속으로 발길을 내디뎠다.

헐떡거리며 달리기

우리가 테이크아웃 음식점 앞에서 서성이고 있을 때 톰이 그것을 제안했다. 톰은 주류 판매점 앞 쓰레기통에 담뱃재를 털고, 입가로 연기를 한 줄기 뿜으며 정말은 농담이지만 반은 진지한 농담을 던졌다.

"너희들 주말에 그곳에 가서 수상스키용 모터 보드 점검할래?"

그리고 우리는 그것이 그가 수상스키 보드를 좋아하기 때문이 아니라 그가 낚으러 다니던 여자애 때문이란 걸 알았다. 그녀는 호수 근처 교외에 사는 부유한 여자애였다. 그녀의 이름은 티나 휫포드인데 그녀의 가족은 주말마다, 심지어 한겨울에도, 수상스키를 타러 다닌다. 티나의 오빠 헨리는 루이스가 수상스키 보드에 시보레 350의 엔진을 장착하게 했다. 나는 그 보드에 세 명을 싣고 힘차게 출발하는 것을 보았는데 그건 정말 끝내줬다.

아무튼 톰이 이 말을 하자 우리는 달리 더 나은 할 일이 없었기 때문에 좋다고 했다. 내 말은, 이곳에서 보내는 토요일은 굉장히 따분하기도 하고, 또 특히 짜증나는 오빠가 지켜보는 가운데 톰이 여자애를 꼬드기려는 것을 지켜보는 건 재미있을 것 같기도 했단 뜻이다.

그리하여 나는 차고에 있는 아빠의 냉장고에서 여섯 병들이 맥주 한 상자를 훔친 뒤, 토요일 그곳으로 갔다. 우리는 그 맥주를 가지고 호숫가로 가서 하나씩 따서 마셨고, 그런 뒤 우리는 예상했던 바로 그대로 티나가 그곳에 있는 것을 보았다. 톰은 갑자기 과도하게 멋있어졌다. 내 말은, 톰은 미남이긴 하지만 여러분이 그가 갑자기 완전 매력적으로 되어서 담배에 불을 붙이고서 맥주를 들고 눈길을 끌려고 애쓰며 그곳을 서성이는 모습을 보면 그를 락스타나 영화배우나 뭐 그 비슷한 사람이라고 생각할 것 같다는 뜻이다.

나와 월도와 알렉스는 눈에 안 띄게 언덕에 앉아 있지만 누가 애써 보려고 하면 눈에 띌지도 모른다. 우리는 톰이 티나에게 접근하는 것을 지켜보고 있다. 내 말은, 내가 말했듯, 톰은 정말 매력적이라는 뜻이다.

그때 우리는 티나의 오빠 헨리가 잠수복 지퍼를 내리고 어깨를 드러낸 채로 톰과 티나에게 다가가 말을 거는 모습을 본다. 우리는 헨리가 자기 여동생을 보호하려는 듯한 모습을 보고는 불꽃놀이 같은 감정의 격발이 시작되기를 기다리고 있다. 하지만 톰이 티나의 오빠에게 실제 자기 나이보다 더 어른스럽게 말하고 행동했기 때문에 아무 문제가 없었다.

톰이 우리가 있는 언덕으로 터벅터벅 걸어 돌아왔다. 톰이 "야아, 나 먼저 가." 하고 말했고, 우리가 "뭐?" 하고 물으며 어리둥절해하자, 톰이 "난 오늘 오후에 좀 바쁠 것 같아." 하고 말했고, 우리는

"왜?" 하고 물었는데, 톰은 그냥 윙크만 하면서 우리가 알 필요가 있는 모든 것을 담은 미소를 반쯤 지었다. 가끔 둔한 알렉스만이 그 미소를 이해하지 못하고 "왜, 톰?" 하고 묻자, 톰은 다시 윙크를 하고, 대신 월도가 "생각해 봐, 멍청이." 그 비슷한 말을 했다. 그러자 알렉스가 갑자기 그 뜻을 알아챘지만 이런 일은 별로 새로운 것이 없다.

그때 나는 내가 개미집 위에 앉아 있어서 개미들이 내 바지의 다리 위로 기어 올라오고 있음을 알아차린다. 내가 경중경중 뛰며 개미를 떼려 하는 동안, 톰은 가버리고, 우리 셋 사이에 맥주 두 병만이 남은 채로 언덕 위에 남겨지고, 개미들은 내 엉덩이로 기어오른다.

우리는 지나가는 차를 얻어 타고 마을로 돌아가기로 결정했다. 내 말은, 상당히 먼 길이지만 우리는 그 길을 자주 걸어 다니곤 한데다 아무튼 우리는 달리 더 나은 할 일이 없었기 때문에 중간에 차를 얻어 탈 수 있기를 바라며 걸어가기로 했다는 뜻이다.

하지만 우리는 차를 얻어 타지 못했다. 해마다 이맘때면 한낮에도 바람이 세게 불고 호수에 아주 거친 물결이 일어 차에 수상스키 보드를 매달아 끌고 다니는 그 모든 녀석들이 마을로 돌아가기 시작하고 있었는데도 말이다. 내 말은, 그 녀석들이 모는 차의 절반은 텅 비어 있었으며 차를 멈춰 우리를 태워주더라도 그들에게는 아무런 지장이 없었을 것이지만 그들은 그러지 않았고 우리는 계속 걸어가야 했다는 뜻이다.

더운 철이기는 했지만 그래도 그날은 정말로 무더웠다. 하지만 우리는 계속 걸어갔다. 우리는 애초에 나중에 집에 어떻게 돌아갈 것인지 계획을 세워놓지 않았지만 월도는 자기 형 조쉬가 일을 마친 뒤와서 우리를 태워갈 수 있을 것이라고 생각했다. 하지만 우리는 나중에 어떻게 돌아갈 것인지에 대해 별로 고민하지 않았다. 집에 어떻게 돌아갈 것인가 하는 그런 문제는 늘 나중으로 미뤄도 되는 일이니까.

우리는 얼마 지나지 않아 교차로 부근의 대형 휴대폰 송신탑 근처를 지나고 있었다. 월도가 신발에 돌멩이 같은 것이 들어 있어 그것을 빼내는 동안, 알렉스가 "우리 저 송신탑 오를래?" 하고 제안했고, 나와 월도는 단번에 "야, 안 돼. 저 위에 올라갔다가는 아주 심하게 다치게 될 거야. 심지어 지금은 한밤중도 아니잖아. 지금은 대낮이고, 송신탑은 바로 모퉁이에 있으니까 호수로 갔다 마을로 돌아가는 모든 사람들이 우리를 볼 거야."라면서 반대했다. 그것이 대단히 멍청한 생각이었기 때문에 우리는 더는 그것에 대해 생각조차 하지 않았다. 내 말은, 우리는 대부분 뭔가를 하자고 하면 대단히 열성적으로 찬성해서 하는 편이지만, 이번 경우는 어떨지 아주 뻔했다는 뜻이다. 게다가 휴대폰 송신탑을 기어 올라가기에는 날이 너무 더웠다.

하지만 알렉스는 휴대폰 송신탑을 올라가는 생각을 포기하지 않았다. 알렉스는 "오, 정말 근사할 거야. 이봐, 난 언젠가 저 송신탑을 오를 거야. 그리고 애들아, 너희들은 정말 겁쟁이야. 송신탑을 올라가자, 응?" 하고 졸라댔고, 우리는 "알렉스, 그만 입 닥쳐. 알겠어? 우린 150센티미터 높이의 가시철조망을 타고 넘어가지 않을 거야. 네가 송신탑을 올라가면 감전되든가 체포될 거니까 그 사실을 명심해. 알았지?" 하고 말했다.

하지만 알렉스는 늘 터프가이가 되려고 애쓰고 또 나와 월도, 그리고 톰에게도 깊은 인상을 주려고 애쓰는 그런 아이다. 톰에게는 특히 더 그렇다. 우리는 늘 알렉스가 톰과 얼마나 관계를 맺는지에 대해 농담을 했는데, 비록 알렉스가 게이가 아니고 우리도 알렉스가 게이라고 절대 생각하지 않지만 알렉스는 톰이 주위에 있으면 마치 톰과 사랑 따위에 빠진 것처럼 늘 과시하고는 했다.

아무튼 내 생각에 알렉스는 우리에게 강한 인상을 주고 싶어 하는 것 같은데, 작년에 학교를 떠나 기술전문대학에 들어간 뒤로는 특히 그랬다. 어떤 사람들은 학교를 중퇴하고 기술전문대학에 들어가는 아이들은 너무 멍청해서 학교에 머물 수 없는 패배자라고 생각하지만, 그건 헛소리다. 알렉스는 엔진에 있어서는 최고다. 아무리 쓰레기 같은 엔진이더라도, 알렉스에게 공구상자와 한나절의 시간만 주면 어떤 것이든 움직이게 할 수 있었다.

그리하여 우리는 그 점에 깊은 인상을 받았지만 알렉스는 결코 그것만으로 충분하지 않다고 생각했는지 늘 우리가 "야, 안 돼. 진짜 멍청한 생각이고 그러다 죽을지도 몰라."라면서 말려야 하는 이런 완전 미친 생각들을 떠올리고는 했다.

결국 알렉스는 송신탑을 올라가는 짓은 멍청한 생각이라는 우리의 말을 귀담아 들었고, 우리 모두는 계속 걸어 마침내 마을에 도착했는데, 오늘은 전형적인 토요일 오후여서 거리에는 차량이 별로 없었다. 술집이 꽉 차고, 골프장 주차장도 꽉 찼으며, 연중무휴 24시간 영업하는 슈퍼마켓도 사람들로 북적였다. 대개는 가족 단위로 아이들이 사탕이나 과자 따위를 사달라고 객객 고함을 질러대는 가운데 쇼핑을 하려고 애쓰고 있었다. 하지만 그 외에는 마을은 아주 조용했다.

우리는 술집에 가서 월도의 형이 우리에게 맥주를 좀 줄 수 있는지 알아보면 어떨까 했지만 월도가 자기 형 조쉬가 전에 한 번 그랬다가 일자리를 잃을 뻔했기 때문에 그건 안 된다고 말했다. 내 말은, 조쉬 형은 벌써 여러 차례 일자리를 잃었어야 했지만 상당히 훌륭한 바텐더인데다 얼굴도 잘생겨서, 적어도 여자들은 그렇게 생각해서, 그는 주말마다 여자들을 술집으로 오게 만들어 그로 인해 장사가 잘 되었기 때문에 사장이 그를 해고하지 않는 것 같다는 뜻이다. 하지만 월도 말로는 조쉬 형이 한 번만 더 실수를 했다가는 쫓겨날 것이라는 경고를 들었다고 한다. 그래서 우리는 그러지 않기로 하고 대신에 비디오 가게로 갔다.

바로 그곳에서 우리는 그 여자애들을 보았다. 그 가운데 한 명은 학교에서 봐서 알고 있기는 했지만 썩 잘 알지는 못했다. 그 여자애는 스테피였다. 스테피는 예쁘기는 했지만 약간 거만한 것 같았다. 그런데 스테피의 친구는 섹시했다. 그 여자애는 진짜 예뻤는데, 윤기가 흐르는 까만 머리카락에 굉장히 주의를 끄는 얼굴이었다. 아시아계 피가 섞인 것 같았다.

우리가 새로 나온 게임을 보고 있는 동안, 나는 그 여자애들이 바로 옆 통로에서 우리를 살펴보고 있는 것을 보았다. 음, 어쩌면 그랬을 수도 있고 그렇지 않았을 수도 있지만 그 여자애들이 계속 킥킥거렸는데, 내가 알기로는 그 나이 또래 여자아이들은 누군가를 살펴보지 않으면서 그렇게 킥킥거리지는 않는다.

나는 재빨리 셈을 했다. 여러분이 머리가 좋지 않더라도 호숫가에 맥주가 두 병 남았을 때처럼, 남자애 셋을 여자애 둘로 나누면 나머지는 1이라는 것을 쉽게 계산할 수 있을 것이고, 그것이 무엇을 뜻하는지 잘 알 것이다. 비록 이제까지 있은 것이라고는 킥킥거리는 따위의 행동이 다였고, 우리는 그 섹시한 여자애의 이름도 몰랐지만.

하지만 나는 월도가 수학 같은 것을 잘하는지 어떤지 몰랐지만, 월도도 여자애들이 킥킥거리는 것은 알아챘어도 그걸 다 계산하면 나머지가 뭐가 나오는지 계산해내지 못했는데, 월도는 계산했더라도 개의치 않았을 것이다.

월도는 곧장 여자애들이 DVD를 보고 있는 곳으로 가서 그 진열대 끝에 서서 자기도 영화 DVD를 보고 있는 척했다. 하지만 그런 뒤 그가 다시 돌아와서 "너희는 절대 못 믿을걸! 저 여자애들 지금 포르노 DVD를 보고 있어!"라고 말해, 내가 "여긴 포르노 DVD는 없어. 내가 확인해 봤어." 하고 대답했는데, 그러자 그가 "아냐. R등급 DVD가 있어."라고 반박했다. 그래서 나는 그곳으로 가서 확인해 봤는데 월도의 말이 맞았다. 그 여자애들은 표지에 반라의 여자들이 나오는 모든 R등급 DVD들을 아주 열심히 보고 있었다.

　그때 우리는 그 여자애들이 우리 쪽을 다시 바라보면서 좀 더 많이 큰소리로 웃고 있다는 것을 알아챘다. 그래서 나는 우리가 지금 그 여자애들을 유심히 살피고 있지 않은 척하려고 선반에서 DVD 하나를 꺼내 들지만 그 모습에 여자애들이 훨씬 더 심하게 숨기려 하지도 않고 대놓고 웃어댔다.

　그때 아직 이름도 알지 못하는 그 여자애가 "넌 그런 종류의 영화를 좋아하나 봐?" 하고 말했다. 그제야 나는 그 여자애가 내게 말을 걸고 있음을 알아차렸다. 내가 "그런 종류라니?" 하고 묻자, 그녀가 "그런 종류 말이야." 라며 내가 집어든 DVD를 가리켜서, 나는 DVD 상자를 뒤집어 봤는데 〈하이파이브 어쩌고저쩌고〉*(아동용 인기 비디오 시리즈) 하는 제목이 쓰여 있어 정말 빠르게 머리를 굴려 "그래. 난 이런 게 아주 끝내준다고 생각해." 라고 말했다. 그녀가 "거기 나오는 남자들도?" 하고 물어서 나는 그 DVD를 정말로 재빨리 내려놓고 얼굴이 벌게져서 "전혀. 난 그런 사람이 아냐." 라고 말했고, 그녀는 "그것 참 유감이네. 난 자신의 민감한 부분을 거리낌 없이 드러내 보이는 남자애들을 진짜 좋아하는데." 라고 말했다. 그래서 나는 "그래? 더 어렸을 땐 그들을 보고는 했어. 그땐 그들을 좋아했어." 라고 대답했다. 그러자 그 여자애가 "그럼 넌 결국 너의 동성애 성향에서 벗어난 거네?" 라고 물었고, 나는 그 질문에는 아무런 대답도 하지 못했는데, 특히 월도와 알렉스가 배꼽이 빠져라 깔깔대며 나를 비웃고 있었기 때문이다.

그때 그 여자애가 전혀 개의치 않는 것처럼 R등급 영화를 들고 걸어와서 "난 브리오니고, 여긴 스테피야."라고 말하자, 스테피가 "난 이 애들을 알아. 이 애들하고 같이 학교에 다녀."라고 말했다. 그런 뒤 스테피가 "오늘 톰은 어디 있어?" 하고 물었고, 나는 남자끼리의 우정을 지키려고 "아, 톰은 다른 일 하느라 바빠." 하고 둘러댔는데, 알렉스가 "맞아. 다른 누군가와." 하고 말을 덧붙였다. 그러고는 그는 소리 내어 웃다가 나와 월도가 자기를 완전히 불쾌하기 짝이 없는 시선으로 쏘아보는 것을 보고는 "뭐?" 하고 따져 물었는데, 알렉스는 대개 정말이지 당최 생각이라는 걸 갖고 있지 않기 때문에 우리는 그저 고개를 젓기만 했다.

하지만 어쨌든 그로 인해 딱딱한 분위기가 풀렸으므로, 알렉스는 알지도 못하는 사이 우리에게 은혜를 베푼 셈이 되었다. 월도가 여자애들에게 왜 더러운 영화를 보느냐고 묻자, 여자애들이 깔깔대고 웃었고, 스테피가 "표지의 여자들이 짓고 있는 멍청한 얼굴 표정을 좋아하니까. 표지의 여자들은 완전 뿌루퉁하고 섹시한 얼굴 표정을 짓지만, 그것을 할 때를 빼고는 그 여자들은 굉장히 멍청해 보여. 나는 여자들이 막 일을 시작하려는 순간에도 그런 표정을 지을 수 있을지 궁금해."라고 말했다.

그 말에 나와 월도가 웃음을 터뜨렸고 여자애들도 깔깔대고 웃었으며 알렉스도 소리 내어 웃기는 했지만 내가 봤을 때 알렉스는 그냥 겉으로만 웃는 척하는 것 같았다. 아마 여러분은 내 말이 무슨 뜻인지 잘 알 것이다. 알렉스가 스테피에게서 눈길을 떼지 않아서 나는 흘긋 스테피를 보았는데 그 이유를 알 수 있었다. 스테피는 굉장히 섹시했다. 내 말은, 우리 학교에는 분명 예쁜 여자애들이 있다. 또한 월도와 덤불 속에서 한 번 관계를 가진 카보 베넷과 같은 완전 매춘부 같은 여자애들도 있다. 하지만 그렇지 않은 꽤 예쁜 여자애들도 있다. 내 말은, 그런 애들 가운데 조지아 피나스와 애슐리 제러미아 같은 몇몇 여자애들은 남성잡지 모델이나 뭐 그런 여자가 될 수도 있을 것 같다는 뜻이다.

하지만 나는 브리오니라는 여자애를 보았을 때 '와아! 장난 아닌데.' 하고 생각했다. 내 말은 브리오니가 진짜 귀여웠다는 뜻이다. 내가 이제껏 귀엽다고 생각한 어느 누구보다 훨씬 귀여웠다. 하지만 귀엽다는 것도 정확한 단어는 아니다. 그녀는 아름다웠다. 정말 너무나도 아름다워서, 그녀가 얼마나 예쁜지 알아차리게 되면 다칠 것만 같았다. 그녀를 바라보면 고개를 돌려야 할 것만 같았다. 왜 그런 기분이 들었는지는 모르겠다. 아마 내가 더 잘 생겼더라면 그런 기분이 들지 않았거나, 또 어쩌면 그런 사람과 더 많은 기회를 가졌을 것 같았다. 하지만 내가 생각할 수 있는 전부는 더 좋은 바지를 입고 올 걸 하는 것뿐이었다. 나는 내 티셔츠에는 만족했지만 바지는 쓰레기 같았다. 또 나는 좀 오래된 신발을 신고 있어서 이 신발을 신지 않았더라면 하고 생각했다. 하지만 그런 뒤 나는 '누가 내 바지에 신경을 쓰

젰어? 아무튼 왜 그녀가 토요일 오후에 〈하이파이브〉 DVD를 보며
비디오 가게에서 어슬렁거리는 것보다 달리 더 좋은 할 일이 아무것
도 없는 사람을 원하겠어?' 하고 생각했다.

그때 스테피가 "너희들 뭘 하는 거야?" 하고 물어 우리는 "아, 그
냥 이리저리 어울려 다니는 거야."라고 대답했고, 그 여자애들은 "그
렇구나."라고 말했다. 그러고는 우리는 얘깃거리가 다 떨어져 버렸
다. 그래서 그곳에 우두커니 서 있었는데, 스테피가 브리오니를 한쪽
으로 끌고 가더니 둘이서 뭔가 잠시 소곤거렸다. 그러더니 브리오니
가 고개를 끄덕였고 그 둘이 다시 우리 쪽으로 와 "너희들은 나중에
뭘 할 거야?" 하고 스페티가 물어서, 우리는 "아무것도." 하고 대답
했다. 하지만 여자애들이 이제 막 뭔가를 제안하려는 것이 아주 분명
했기 때문에 좋았다.

하지만 나한테는 10달러밖에 없었고 알렉스에게도 돈이 없을 게
뻔했기 때문에 나는 여자애들이 "우리 같이 영화 보러 갈래?" 같은
말은 하지 않기를 바랐다. 월도는 돈을 조금 가지고 있거나 아니면
그의 형에게 조금 빌릴 수 있을 테지만, 나는 사람들에게서, 늘 여분
의 돈을 갖고 다니는 월도 같은 사람들에게서조차도, 돈을 빌리는 것
을 좋아하지 않는다.

아무튼 나는 여자애들이 뭘 제안할지 궁금했는데, 스테피가 "우린
나중에 파티에 갈 건데, 원한다면 너희도 와도 좋아." 하고 말해서,
우리는 "좋아! 무슨 파틴데?" 하고 물었고, 여자애들이 "너희들 사

이먼 챈들링 알지?" 하고 물어 우리는 "물론이지." 하고 대답했다.

사이먼 챈들링은 약 2년 전에 학교를 그만둔 형인데 대단히 인기가 있었으며 하비 로의 자동차 견인업체 뒤의 전람회장 가까이에 있는 집에 살았다. 그는 내가 잘 알지 못하는 다른 두 명의 남자와 그곳에서 살았다. 나의 형 토드는 입대하기 전 챈들링 형과 어울리고는 했다. 토드 형이 휴가차 마을로 돌아올 때면 그들은 여전히 맥주를 함께 마시고 어울리는 것 같지만 아직도 좋은 친구 같지도 서로 친하지도 않은 것 같았다.

우리는 "정말 그래도 돼?" 하고 물었고, 스테피는 "물론이야. 진짜 괜찮아. 정말 많은 사람들이 올 거야. 나는 사이먼 오빠와 친한데 우리가 원한다면 친구들을 데려와도 된댔으니까, 너희들도 분명 와도 돼." 하고 말했다. 그러자 우리는 환호성을 질렀는데, 오늘 밤은 아주 재미없고 지루한 밤이 될 줄 알았는데 이제는 완전 죽여줄 것 같았고 그렇지 않더라도 우리가 잃을 건 아무것도 없었기 때문이다.

그때 월도가 여자애들에게 "너희들은 누구랑 가?" 하고 묻자, 여자애들이 어깨를 으쓱했고, 스테피가 "그냥 우리끼리 가서 재미있게 놀 거야. 우린 데이트나 뭐 그런 것처럼 누구와 함께 가거나 하지 않을 거야. 네가 묻는 게 그런 거라면 말이야." 하고 대답했고, 월도는 정말 멋지게 고개를 끄덕였는데, 나는 월도가 그런 태도를 형에게서 배운 게 아닐까 생각했다. 그때 월도가 "아주 훌륭해. 그럼 거기에서 보자." 하고 말했고, 스테피가 "그래, 정말 훌륭해." 하고 말했다. 나는 브리오니를 보았는데 그녀가 내게 미소를 지어 보였다. 아름다우면서도 정말 다정하고 행복한 미소여서, 그녀를 굉장히 섹시하게, 그 DVD 앞표지의 포르노 배우들보다 훨씬 더 섹시하게 보이게 했다.

그런 뒤 여자애들이 떠나자 알렉스가 "야, 저 애 끝내주지?" 하고 물어서 내가 "누구?" 하고 묻자, 알렉스가 "브리오니라고 하는 애 말이야. 이 몸이 왠지 굉장히 바빠질 것 같은데." 하고 말했다. 그러자 어쩌면 그날 밤 나중에 우리에게 문제가 생길지도 모른다는 사실이 훤히 보였다. 나는 "야, 브리오니는 내가 먼저 찜했어." 하고 말하고 싶었지만 그런 말은 4학년 꼬맹이들이나 하는 정말로 멍청한 짓 같았다. 그래서 나는 아무 말도 하지 않았다.

하지만 아마도 나는 그 말을 했었어야 했다. 어쩌면 "알렉스, 그 애가 매력적이긴 하지만 그 앤 너를 쳐다보지도 않을걸." 하는 말이라도 했어야 했다. 아주 쌀쌀맞게 들렸겠지만, 그렇게 말했으면 알렉스가 정말이지 근사해 보이는 그 여자애가 자신에게 완전 푹 빠질 것이라고 계속 생각하게 내버려두는 대신 적어도 처음부터 그렇게 못하게 막을 수 있었을 것이다.

아니면 나는 "그래, 맞아. 그 애 진짜 매력적이더라. 그 애도 네가 매력적이라고 생각하는 것처럼 널 쳐다보던걸." 하고 말할 수도 있었을 것이다. 다만 그렇게 말하면 알렉스가 나중에 파티나 뭐 그런 데서 자신이 성공을 거둘 것이라고 기대를 갖게 만들겠지만. 하지만 그렇게 말하면 알렉스가 우리가 그냥 심심풀이 삼아 자신을 놀리고 있다고 생각하게 만들지도 몰랐다. 그리고 친구가 그것을 잘못 받아들일 수 있다고 생각한다면, 그건 친구에게 할 짓이 못 되는 것 같았다.

결코 일어나지 않을 일에 대해 완전 흥분하게 만들어 내가 모르는 녀석을 멍청하게 보이게 해 웃음거리로 만드는 것과 내 친구를 웃음거리로 만드는 것은 큰 차이가 있기 때문이다. 알렉스를 본 사람이라면 누구든 그가 브리오니만큼이나 아름다운 여자와 결코 사귀지 못할 것임을 알 수 있었다. 내 말은 그런 여자애들과 사귀는 남자애들은 모두 월도의 형 같은 남자라는 뜻이다. 그러니까 잘생긴 남자들이나 복근의 멋진 근육이 다 드러나는 검정 티셔츠를 입을 수 있고 헤어스타일도 멋진 남자들이나 그렇지, 싸구려 청바지에 스포츠머리를 하고, 주근깨에다, 터트려도 없어지지 않고 얼굴에 두툴두툴한 큰 자국으로 변해 버리기만 하는 여드름투성이의 바싹 마른 홀쭉하고 조그만 남자들은 아니다.

그럴 경우 여러분은 뭐라고 말해야 할지 알아야 한다. 알렉스는 언제나 여자애들에게 멍청한 말만을 하는데, 여자애들의 관심을 끌려고 그러는 것 같다. 남자애들이 여자애들에게 과시해 보이는 것은 옛날부터 있어온 일인데, 그럴 때는 남자애들은 심지어는 자기가 스무 살 정도 된 남자처럼 군다. 하지만 알렉스는 우스꽝스런 목소리를 내고 멍청한 말을 지껄이고 학교에서 바퀴 달린 대형 쓰레기통 위를 뛰어 넘으려 한다거나 하는 그런 바보 같은 짓을 하면서 아직도 초등학교에 다니는 것처럼 과시한다.

그렇다. 가끔 나는 알렉스가 그런 피부와 머리카락과 옷과 그가 늘 하곤 하는 멍청한 말과 행동으로 어떻게 여자 친구를 구하는지 의아하다. 알렉스가 브리오니가 매력적이라고 말했을 때, 나는 뭐라고 말해야 할지 몰랐다. 내가 나중에 브리오니와 만날 기회를 갖게 되기를 바라고 있었으므로 특히 더 그랬다. 내 말은 나는 전에 어떤 여자애와 어울리게 되기를 바라면서 완전 기대에 차서 파티에 간 적이 있었다는 뜻이다.

그런데 그 여자애는 다른 녀석과 딱 붙어 나타나거나 다른 여자애와 함께 와서 둘이 밤새 어울리며 그곳의 어느 남자에게도 관심을 보이지 않다가 결국 그곳에 차를 몰고 온 우리보다 나이가 많은 남자 두 명과 떠난다. 그러면 기분이 최악이다. 특히 직접 운전할 수 있는 나이가 되려면 얼마나 걸릴지, 차를 가지려면 얼마나 더 오래 걸릴지, 그리고 그 차가 얼마나 형편없을지, 여자애들이 타고 파티를 떠나도 될 정도로 멋지다고 생각할 차를 살 여유가 생기려면 영원이 걸릴지도 모른다고 생각하면 더욱 그렇다.

그리하여 아무튼 여자애들에게서 파티 초대를 받은 뒤 우리가 비디오 가게를 나왔을 때 시각은 아직 오후 2시 정도였는데 파티가 바로 여기 시내에서 열릴 것이므로 우리는 집까지 가서 옷을 갈아입고 올 생각은 없었다. 그래서 우리는 뭔가 할 일을 찾아야 했다.

그것이 바로 이 장소의 주된 문제점 가운데 하나다. 우리가 어슬렁거리면 사람들은 가서 쓸모 있는 일을 하라고 고함만 치지 정작 우리에게 할 일은 아무것도 주지 않기 때문에 우리가 할 일이라고는 아무것도 없다. 내 말은, 역 반대편에 스케이트 보드장을 만들어 놓고는 그곳에서 몇몇 아이들이 마리화나를 피우기 시작하자 시의회에서는 그곳을 폐쇄하려 했다는 것이다. 아이 두세 명이 스케이트 보드장에서 마리화나에 취했다고 스케이트 보드장 문을 닫다니 정말 어리석은 짓이다. 그 아이들은 마리화나를 피울 다른 장소를 찾았을 것이다. 가령 그 다음으로 아이들이 피크닉 테이블이 있는 공원에서 늘 마약에 취해 있다고 시의회에서 공원을 폐쇄하겠는가? 그러니 그건 완전 말도 안 되는 짓이지만, 시의회는 그 말이 진짜 뜻하는 바가 뭐든 간에 스케이트 보드장 주변을 깨끗이 해야 한다고 발표했다. 그리하여 현재 스케이트 보드장 주변에는 비용이 상당히 들었을 것 같은 울타리가 쳐져 있다. 그건 진짜 멍청한 짓이다.

그때 우리는 학교에서 알고 지내는 뱅글스와 스트롭을 보았는데, 그 둘은 술집 앞에서 자전거를 타고 어슬렁거리고 있었다. "여긴 어쩐 일이야?" 하고 물었고, 둘은 그냥 이리저리 돌아다니는 거라면서 먹고 있던 새콤한 뱀 모양 젤리를 우리에게 주면서 엑스박스 게임을 하러 스트롭의 집에 갈 건데 우리도 같이 갈 건지 물어서 우리는 그러겠다고 했다.

우리가 수영장 근처의 식물원 옆에 있는 스트롭의 집에 도착했을 때, 스트롭의 아버지는 밖에서 잔디를 깎고 있었고, 알렉스는 모든 것에, 특히 풀과 꽃가루 따위에 알레르기가 있는 것처럼 코를 계속 훌쩍거렸다. 그래서 그의 눈동자는 완전 시뻘겠고 콧물이 줄줄 흐르고 있어서 우리가 파티에 갔을 때 알렉스는 아주 심한 독감 따위에 걸린 걸로 보일 테고 그러면 브리오니가 흥미를 완전 잃을 것이기 때문에 내게는 잘된 일 같았다. 앞서 말한 것처럼, 아무튼 브리오니가 우리 둘 중 한 명에게 흥미를 가질 것이라고 추측하는 건 아주 어리석은 일이기는 했지만 말이다.

하지만 나는 완전히 그녀를 내 머릿속에서 몰아낼 수 없었다. 그래서 알렉스의 얼굴이 점점 붉어지고 부풀어 한바탕 운 것 같은 모습이 되자, 나는 다소 기뻤고, 내가 약간 비열하게 느껴졌다.

스트롭의 엄마도 집에 있었는데 스트롭의 엄마는 굉장히 좋은 분이었다. 계속 미소를 띠며 다정다감하게 대해 주는 것이 꼭 옛날의 엄마들 같았다. 스트롭의 집에 갈 때면 언제나 쿠키나 먹을 것을 내주었는데 늘 따끈따끈했다. 언제나 사온 음식 봉투를 뜯어 낼 줄만 아는 우리 엄마와는 완전히 달랐다. 우리 엄마가 사온 음식은 늘 값싼 브랜드의 것으로 스트롭의 엄마가 만든 신선한 음식들과는 전혀 거리가 멀었다.

하지만 스트롭은 자기 엄마를 거의 내내 쓸모없는 사람처럼 취급했고, 그 모습에 나는 늘 미칠 듯이 화가 났는데 난 그가 그토록 훌륭한 엄마를 두고서 왜 그러는지 도무지 이해가 되지 않았다. 내게 그런 엄마가 있다면, 나는 스트롭이 하는 것보다 훨씬 더 엄마에게 잘할 것이다. 게다가 스트롭은 아빠도 아직 집에서 같이 사니까, 그것에 대해서도 행복해 해야 할 텐데 그는 그렇지 않았다. 스트롭은 자기 아빠가 진짜 대단한 바보멍청이라고 늘 떠들어대는데, 어쩌면 진짜 그럴지도 모르겠다. 내 말은, 나는 스트롭의 아빠와 살지 않으니 내게는 괜찮은 것 같다는 뜻이다. 스트롭의 아빠가 정확히 멋진 아빠는 아닐지라도 그는 우리가 월도의 집에 놀러갔을 때 월도의 아빠가 하듯이 우리가 있는 데서 스트롭에게 고함을 치지는 않았다. 그래서 나는 스트롭이 뭐가 그렇게 불만인지 사실은 잘 모른다.

우리는 엑스박스에 있는 게임을 시작했는데 그 게임은 겨우 지난달에 출시된 새로운 게임이었다. 차를 훔쳐서 조직 보스 같은 사내들에게 전달하면 되는 게임이었는데, 일단 차를 훔치면 경찰을 피해 도망쳐야 했다. 거대한 도시의 어디로든 차를 몰고 다닐 수 있고, 차를 몰 수 없으면, 나가서 걷거나 달아나거나 다른 차를 훔칠 수 있었다. 하지만 문제는 차를 훔칠 때는 도로 한가운데에서 운전수를 멈춰 차에서 내리라고 명령하고, 운전수가 차에서 내리면 차에 올라타서 차를 몰고 가야 한다는 것이다. 하지만 원한다면, 야구 방망이를 꺼내 운전수를 세게 후려칠 수 있고, 총을 획득했다면 운전수를 쏠 수도 있었다. 그 게임은 대단히 폭력적이었다. 차를 몰다가 인도로 올라가 보행자를 치는 부분은 특히 그랬다. 내 말은 길에서 사람을 죽이는 것이 그 게임의 핵심은 아니었지만 그런 짓이 맘에 든다면 실제에서도 그런 짓을 저지를 수 있다는 뜻이다.

우리는 게임을 했는데 그것은 스트롭의 엑스박스였기 때문에 주로 스트롭이 그 게임을 했고 우리는 모두 구경을 했다. 하지만 우리 차례가 돌아올 것임을 알았기 때문에 우리는 그래도 괜찮았다. 게다가 그것은 단지 게임일 뿐이다. 하지만 갑자기 알렉스가 "저 사람을 쳐." 하고 말했고, 스트롭이 "야아, 잠깐만 기다려." 하고 말했다. 그러자 알렉스가 "아니면 차를 세우고 저 사람을 때리기라도 해. 저 사람이 너를 우습게 보고 있었단 말이야." 하고 말했고, 스트롭은 "야, 기다리라니까. 곧 네 차례가 올 거야." 하고 짜증냈다.

하지만 알렉스는 심하게 흥분이 되어 가고 있었고 "야아, 스트롭, 우리도 한 번 하자." 하고 졸랐고, 스트롭은 "기다려. 너희들에게 보여줄 게 하나 더 있단 말이야." 하고 말했다. 그러자 알렉스가 "우리도 좀 시켜 달란 말이야, 응?" 하고 큰소리로 외치며 스트롭의 손에서 조정 장치를 낚아채려 해서, 우리 모두가 "워워, 진정해! 너 왜 그래?" 하고 말했는데, 내가 알렉스를 보니 그는 얼굴이 완전 시뻘게진 채 진짜 화난 것 같았다. 어쩌면 풀 알레르기 때문에 평소보다 더 화난 것처럼 보였을지도 몰랐다.

그때 스트롭의 엄마가 부엌에서 나와 우리 모두를 보고 눈살을 찌푸렸고, 나는 알렉스가 미안하다고 사과하는 게 올바른 일일 것 같다고 생각해서 "야아, 알렉스." 하고 알렉스를 부르고는 스트롭의 엄마가 문간에 있다고 눈치를 줬다. 그러자 알렉스가 전혀 미안하지 않은 태도로 "미안해."라고 말했고, 스트롭의 엄마는 눈썹을 찡그리더니 사라졌다. 스트롭의 엄마가 가고 나자 우리 모두 알렉스를 쳐다봤는데, 이제 알렉스는 완전 화가 나고 또한 진짜 당황하기도 한 것 같았다. 그때 알렉스가 코를 훌쩍거려서 다들 알렉스를 보고는 깔깔대며 웃음을 터뜨렸다.

그러자 알렉스가 벌떡 일어나 스트롭에게 쿠키를 던지며 "그래 너 혼자 다 해라." 하고 소리치고는 뛰쳐나가 버렸다. 월도가 나를 보았고, 나도 월도를 보았지만 다른 두 녀석들은 그것을 무시한 채 눈길도 한 번 주지 않고 계속 게임을 했다. 알렉스가 괜찮은지 아무도 나가 볼 것 같지 않아서 내가 일어나 밖에 나갔지만, 내가 현관에 이르렀을 때, 알렉스는 이미 거리로 나가 빠른 걸음으로 마을로 향하는 언덕을 걸어 올라가고 있었고, 스트롭의 아빠는 잔디 깎는 기계가 계속 돌아가는 가운데 알렉스가 가버리는 모습을 지켜보며 다소 어리둥절한 표정으로 서 있었다. 그런 뒤 내가 나오는 걸 보고는 그냥 어깨를 으쓱하더니 다시 잔디를 깎았다.

나는 계속 알렉스를 따라가면서 알렉스에게 기다리라고 소리쳤고, 알렉스가 힐끗 뒤돌아보더니 훨씬 더 빠르게 계속 걸어갔다. 그래서 나는 뛰어야 했는데, 내 생각엔 뛰는 건 축구를 하거나 잡히지 않으려고 도망칠 때에만 하는 일이었기 때문에, 그건 상당히 약 오르는 일이었다. 시시한 엑스박스 게임을 한 번 안 시켜줬다고 울분을 터뜨리는 친구를 따라잡기 위해 할 일은 결코 아니었다.

하지만 결국 나는 알렉스를 따라잡았는데, 알렉스는 한바탕 운 얼굴이었다. 나는 "야아, 왜 그래? 말 한 마디 없이 그냥 가버리고."

하고 말했고, 알렉스는 "너희들이 나를 화나게 했잖아." 하고 대꾸했다. 하지만 그 애들이 변변치 못한 녀석들일지는 몰라도 전혀 잘못한 일이 없었으므로 나는 그 애들을 변호하거나 변명해 줄 말을 해야 할 것 같았다. 그래서 나는 "무슨 소리야?" 하고 물었고, 그러자 알렉스가 정말로 화가 나서 "네가 그 애들 편을 들 줄 알았어. 넌 항상 나를 엿 먹이잖아." 하고 소리를 질렀다. 나는 "야, 인마, 무슨 말이야?" 하고 따져 물었고, 알렉스는 그냥 어깨를 으쓱하며 "네 맘대로 생각해." 하고 말했다. 그 말이 무슨 뜻인지 파악하지 못한다면 당신도 그 애들만큼이나 바보다.

그런데 나는 알렉스가 무슨 이야기를 하는 것인지 몰랐다. 내 말은 알렉스가 그 단계에서 나를 완전 혼란스럽게 만들어 난 무슨 말을 해야 할지 몰랐다는 뜻이다. 그때 뭔가 생각이 떠올라 나는 "호수에서 돌아오는 길에 있던 휴대폰 송신탑 말하는 거야? 그건 그냥 잊어버려, 응?" 하고 말했다. 그러자 알렉스는 땅에 침을 탁 뱉고는 1차 대전 참전 용사 기념관이 있는 모퉁이 쪽으로 걸어가 버렸다.

아마 나는 알렉스를 뒤쫓아 가야 했을지 모르지만, 이 생각은 모든 일이 벌어지고 나서야 한 생각이었고, 그렇게 하는 것이 최선책이었을지 궁금했다. 하지만 문제는 나는 알렉스와 말을 하려 했고, 그는 그냥 계속 "너흰 이해 못해. 너흰 늘 나를 엿 먹이고 있어." 하고 우겼다. 그건 약간은 맞는 말이긴 했지만, 그래도 그건 늘 재미삼아 그랬던 거였고, 알렉스도 재미있다고 생각하고는 했다. 내가 알기로 그는 그랬으며, 그런 식으로 우리 무리의 일원이 되는 것을 좋아했다. 내 말은 우리가 알렉스에게 엿을 먹인 건 맞지만 그는 결코 "야, 너희들, 그만둬, 알겠어?" 하고 말한 적이 없었다. 그가 그렇게 말했더라면 우리는 그랬을 것이다. 하지만 맞다. 나는 잠시 그를 뒤쫓아가야 하는 건 아닐까 생각했었다.

하지만 나는 그렇게 하는 대신 스트롭의 집으로 돌아갔다. 아직 게임을 하지 않았기 때문이었다. 내가 다시 집안으로 들어가자, 월도가 나를 보았지만 스트롭과 뱅글스는 게임에서 눈도 떼지 않았다. 그때 스트롭의 엄마가 나타나 "친구는 괜찮니?" 하고 물어서 나는 "예, 그 앤 괜찮아요. 게임을 못해서 살짝 토라진 것뿐이에요." 하고 대답했다. 그 말은 그럴 듯하게 들렸다. 내 말은 알렉스가 애초에 폭발한 이유가 그것 때문이었다는 뜻이다. 스트롭의 엄마도 스트롭의 아빠가 했던 것처럼 어깨를 으쓱하기만 했다. 나는 앉아서 내 차례를 기다렸는데, 일단 내 차례가 되자 정말로 좋았다.

잠시 뒤 스트롭의 아빠가 들어와서 스트롭에게 "키스!" 하고 불렀다. 키스는 스트롭의 본명이다. 스트롭의 아빠가 "키스, 너, 아빠한테 세차할 거라고 하지 않았니." 하고 말하자, 스트롭은 "예, 알았어요. 금방 할게요." 하고 대답했고, 그러자 그의 아빠는 "오늘 했으면 좋겠구나." 하고 말했고, 스트롭은 "예, 알았어요. 금방 한다고 했잖아요." 하고 대답했지만, 우리는 그의 아빠가 본격적으로 소리치기 직전임을 알 수 있었고, 그래서 나와 월도는 눈길을 주고받으며 우리가 정말은 스트룹과 뱅글스를 그렇게까지 잘 알지 못하기 때문에, 그러니까 그의 아빠가 소리를 치는 동안 옆에 있을 정도로 잘 아는 것은 아니기 때문에, 이제 우리가 있을 만한 다른 곳을 찾아야 할 때라고 결정했다.

그리하여 우리는 그 길로 곧장 나와 시내를 걸었는데 날은 점점 더워지고 집으로는 돌아가고 싶지 않았던 터라 우리는 그냥 테이크아웃 식당에 가서 시간을 때우기로 했다. 그곳에 가면 늘 아는 사람을 만났으므로 우리는 그곳으로 걸어가고 있었는데 월도가 알렉스는 어디로 갔냐고 물었다. 나는 "몰라. 그 녀석은 그냥 완전히 성이 나서 가버렸어." 하고 대답했다. 월도는 알렉스가 약간 별난 아이라고 생각하기 때문에 그 말에 그저 고개를 절레절레 흔드는데, 어쩌면 월도는 나 때문에 알렉스와 어울리는 것일지도 모른다.

내가 "톰이 이제 재미를 보고 있겠지?" 하고 묻자 월도는 "아닐걸. 아직도 브래지어를 어떻게 벗기는지 궁리하고 있을 거야." 하고 대답했고, 우리는 그것이 배꼽이 빠질 정도로 웃기다고 생각해 다소 상스러워지기 시작해서 톰과 티나가 지금 하고 있는 일에 대한 온갖 종류의 말들을 늘어놓았다. 톰이 얼마나 오래할 수 있을까 하는 것 따위를. 우리가 톰과 티나에 대해 쑥덕거리는 소리를 들은 거리의 사람들은 우리를 완전 역겹다고 생각했을 게 분명했다. 오후의 그 시각 거리에는 사람들이 많지 않았지만 길을 걷거나 모퉁이의 카페에 가거나 부동산 상점 안을 기웃거리는 사람들이 조금 있었다.

우리는 테이크아웃 식당에 이르렀고, 나는 월도에게 돈이 별로 없다고 말했지만 월도는 괜찮다며 콜라 큰 병 하나와 커다란 칩 한 봉지를 샀고, 우리는 그 위에 바비큐 소스를 뿌려 테이크아웃 식당 앞에 앉아 지나가는 차와 행인을 구경하다 클린턴 웨링턴이라 불리는 남자가 오토바이를 타고 지나가는 것을 보았는데, 그가 우리를 보고는 급히 라디오를 틀려고 했지만 그것은 완충장치였고, 설상가상으로 횡단보도에서 노인을 칠 뻔했다. 노인은 도로 한가운데서 딱 멈춰서서 이미 한참 멀어진 클린턴 웨링턴을 향해 "눈을 어디다 달고 다녀? 사람이 길을 건너고 있는데! 미친 놈! 불량배!" 하고 고함을 질러댔는데, 우리는 그게 정말 우습다고 생각했다. 특히 그 노인이 돌아서서 우리에게 못마땅한 시선을 던졌을 때는 더 그랬다. 우리는 "우릴 왜 봐요. 할아버지를 칠 뻔한 사람은 우리가 아니잖아요." 하고 말했다. 그러자 그 노인은 요즘 젊은 것들이 어쩌니저쩌니하며 완전 신경질을 내며 가던 길을 계속 가 언덕을 올라 역 쪽으로 향했다.

그런 식으로 우리는 그냥 그곳에서 어슬렁거리며 그날 오후의 나머지 시간을 보냈는데, 학교에서 아는 아이들이 몇 명 지나가기도 했고, 아는 여자애들에게 담배 두 개비를 꾸기도 했다. 맞다, 그건 괜찮은 오후였던 것 같다. 대부분 우리는 이야기를 했다. 월도가 몇 번 전화를 받을 때를 빼고는. 거의 내내 월도는 그곳에 앉아 전화 통화를 했지만 두 번은 일어서서 거리를 조금 걸어 다녔다. 딱 신문 가판대 근처까지만. 하지만 나는 개의치 않았는데, 월도는 가끔 간섭받지 않는 개인적인 자유를 좋아했고 그건 괜찮기 때문이다.

그때 테이크아웃 식당을 운영하는 여자가 나와 식당 문을 닫아야 해서 테이블과 의자들을 안으로 들여야 한다고 말해서, 우리는 사실 어디로 가야 할지 몰랐지만 아무튼 다른 데로 가기로 했다. 내 말은 파티에 가기에는 아직 상당히 이른 시간이었다는 뜻이다.

그리하여 우리는 결국 월도의 형을 보러 술집으로 가서 우리가 왔다고 말하려고 술집 뒷문으로 갔는데, 월도의 형이 그곳에 나와 적재장에서 담배를 피우고 있었다. 근무 중에는 술을 마셔서는 안 되지만, 그는 UDL 한 병을 들이켠 상태였다. 우리가 "형, 한창 일하는 중인가 봐." 하고 말을 걸자 월도의 형은 우리에게 윙크를 하며 술집 안에 일이 끝난 뒤 자신과 만나고 싶어 하는 여자 둘이 있어서 자기는 퇴근 후 멋진 계획이 있다고 말했다.

그러면서 월도의 형이 "너희들은?" 하고 물어서 우리는 "조금 있다가 파티에 갈 거야."라고 대답했고, 월도의 형이 "무슨 파티?" 하고 물어서 우리는 가르쳐 줬고, 월도의 형은 사이먼 챈들링 형을 별로 좋아하지 않아서 그저 고개를 끄덕이기만 했다. 월도의 형과 사이먼 챈들링 형이 학교를 다니던 시절, 두 사람과 동시에 데이트했던 여자 때문인 듯했다. 그러더니 월도의 형이 "맥주나 뭐 마실래?" 하고 물어, 우리는 "당연히 좋지!" 하며 반겼고, 월도의 형이 뒷문 안으로 고개를 밀어 넣고 살펴보더니 안으로 들어가 VB 맥주 두 병을 들고 나왔다. 그러면서 "들키면 너희들이 침입한 거라고 할 거야. 알겠지?" 하고 말했고, 우리는 "그래, 뭐 그러시던가." 하고 대답했다.

그때 월도의 형이 "파티는 몇 신데?" 하고 물어서 우리는 "그냥 보통 파티야. 형도 알잖아, 모든 사람이 도착하면 시작해서 경찰이 여러 차례 경고하러 왔다가 결국 사람을 수색하기 시작하면 끝나는 그런 파티."라고 말했다. 그러면서 우리가 "형도 같이 갈래?" 하고 묻자, 월도의 형은 고개를 저으며 "내가 말했잖아. 난 퇴근 후에 계획이 있다고."라고 대답했다.

그리고 바로 그때, 나는 월도의 형을 죽이고 싶었는데, 월도의 형 같은 사람에게는 근사한 여자들을 구하는 일은 검정 티셔츠를 입고 술을 만들면서 여자들에게 살짝 미소를 던지기만 하면 되는 너무나도 쉬운 일이라는 것을 알았기 때문이다. 그것은 아주 불공평한 일인데, 조금 더 나이가 들면 월도도 그렇게 될 것 같았다. 월도는 자기 형 조쉬를 닮아 이미 학교에서 꽤 인기가 있었다. 그런 월도가 차가 생기고 술집에 갈 수 있는 나이가 되면, 그는 언제나 여자들을 끌 것이다. 아무튼 월도는 벌써 상당히 많은 여자들을 손에 넣고 있었고 열세 살 이후로 여자애들과 자고 있었다. 그건 정말 공평하지 않았다.

잠시 뒤 조쉬 형이 다시 일하러 들어가야 해서 나와 월도는 그곳을 떠났다. 종합병원 근처에 월도가 아는 사람이 사는데, 마침 월도가 자기가 그에게 돈을 빌려 줬다는 사실을 기억해 내서 우리는 그곳으로 가서 그가 돈을 갖고 있는지 알아보기로 했다. 월도는 그 돈을 뭣 때문에 빌려 줬는지는 말하지 않았고, 그 남자가 자신에게서 돈을 빌려갔는데 돌려받고 싶다고만 말했다. 그래서 우리는 그곳으로 걸어 갔다. 10분 정도밖에 걸리지 않아 그곳에 도착했는데 차고에서 아주 시끄러운 음악 소리가 흘러나오고 있었다. 월도가 "넌 여기서 기다려."라고 말해서 나는 "왜?" 하고 물었고, 그러자 월도가 "그냥 그렇게 해, 알겠지? 오래 걸리지 않을 거야."라고 말했다.

그리하여 월도가 차고로 가서 엔진 덮개를 열어 둔 채 수상스키 보트 뒤쪽에 올라가 있는 그 사람에게 말하는 동안 나는 앞쪽 진입로에 서 있었다. 음악 소리 때문에 두 사람이 무슨 이야기를 하는지 들리지 않았지만, 월도가 나의 가장 친한 친구일지라도 나는 월도가 내가 완전 엿보기 좋아하는 아이라고 생각하는 것을 바라지 않았기 때문에, 아무튼 나는 너무 관심 있는 것처럼 보이지 않으려 했다. 나는 그들을 지켜봤는데 그 사람이 월도에게 뭐라 말했고, 두 사람이 조금 입씨름을 하는 것 같더니 결국 월도가 커다란 스패너 같은 것을 집어서 손에 꽉 쥐었는데, 월도는 배 안이 빨간색과 흰색으로 된, 끝내주게 멋진 그 수상스키 보트에 대해 이야기하는 것 같았다.

그러더니 월도와 그 남자가 합의를 본 모양인지 월도가 스패너를 내려놓고 차고 앞쪽으로 나와 진입로 쪽으로 왔고, 그 남자가 월도를 따라 밖으로 나와 문간에 서서 천에 손을 닦았다. 월도는 뒤도 돌아보지 않고 내게 와서는 "저 사람은 진짜 미치광이야." 하고 말해서 나는 "그가 뭘 어쨌는데?" 하고 물었고, 월도는 "걱정하지 마. 이제 다 해결됐어. 하지만 우린 잠시 술집으로 다시 가야 해." 하고 말했다. 내가 "왜? 이제 막 거기서 와 놓고는." 하고 말하자, 월도가 고개를 다시 젓더니 전화를 걸며 내게 "걱정 마. 잠깐이면 돼." 하고 말했다.

하지만 나는 걱정하지 않았다. 어쨌든 나와는 아무런 상관이 없었기 때문이다. 그래서 나는 담배를 한 대 더 피워 물고 월도가 말한 대로 더 이상 그 일에 대해 걱정하지 않았다.

우리는 다시 술집으로 갔다. 뒤쪽으로 돌아가니 조쉬 형이 우리를 기다리고 있었는데 조쉬 형은 아주 정신없어 보였다. 취해서가 아니라 화가 났기 때문이었다. 조쉬 형과 월도가 나에게 잠시만 피해 달라고 해서 나는 "난 괜찮으니 그렇게 해." 하고 말하고는 골목길을 걸어가 조금 떨어진 곳에서 온갖 상자와 통 같은 것들이 놓여 있는 중국 식당 뒤쪽을 바라보았는데, 그 중국 식당에서 일하는 남자가 나왔다.

그 남자는 아마 마을을 통틀어 유일한 중국인일 것이다. 그 남자가 내가 좀도둑이나 뭐 그런 녀석인 것처럼 의심스러운 눈초리로 나를 보았고, 그가 마을에서 유일한 중국인인 것은 그의 잘못이 아니지만, 나는 그 남자에게 그렇게 나를 보지 말고 꺼지라고 말하고 싶었다. 내가 중국에 가서 햄버거 가게나 뭐 그런 가게를 열지는 않을 것이지만, 설령 내가 그런다고 하더라도 내 가게 뒤에 쌓아둔 상자 근처에서 중국 애가 어슬렁거리는 것을 보고 싶지는 않을 것이다. 그래서 나는 아무 말도 하지 않고 그냥 발길을 돌렸다.

그런 뒤 나는 그 골목을 조금 더 걸어갔는데 중국 식당 옆에 자전거 상점이 있었고, 뒤쪽에 커다란 납작한 판지 상자들이 쌓여 있었는데, 자전거가 들어 있던 상자들 같았다. 어떤 자전거는 천 달러 넘게 나가는 굉장히 값비싼 것들이었을 텐데도 상자에서 꺼내 조립해야 할 것이다. '한 대에 천 달러짜리 자전거인데 나사를 돌려 조립해야 하다니, 말도 안 돼. 그건 쓰레기야.' 하고 나는 생각했다.

그때 자동차가 골목길로 오는 소리가 나서 돌아섰는데 조쉬 형이 굉장히 빠르게 차를 몰고 오고 있었다. 조쉬 형은 아주 멋진 노란색 8기통 팔콘을 모는데, 소리가 굉장히 요란했고, 내가 말했듯 정말 빠르게 차를 몰았다. 조쉬 형은 나를 쳐다보거나 손을 흔들거나 하지도 않고 그냥 나를 지나갔고, 나는 다시 술집 뒷문으로 돌아갔는데 월도가 입에 담배를 문 채 뒤쪽 출입구에서 나오고 있어서 나는 "어떻게 된 거야? 네 형이 일을 마치려면 아직 두 시간 넘게 남았잖아." 하고 물었고, 월도는 내 짐작으로는 아무렇지도 않은 듯 보이려고 땅에 담배를 던져 발로 비벼 끄며 "앞서 내가 말했잖아. 걱정하지 말라고." 하고만 말했다.

하지만 월도가 걱정하지 말라고 말한 이 모든 일에 대해 걱정하지 않는 게 점점 어려워지고 있었다. 그래서 나는 지금 무슨 일이 일어나고 있을까 생각했지만, 아무튼 날이 어두워지기 시작했고, 챈들링 형의 집은 걸어가기에 다소 거리가 있어서 우리가 그곳에 가려면 시간이 좀 걸릴 것이므로 월도에게 이제 그만 챈들링 형의 집에 가자고 했다.

　우리는 빈손으로 갈 수는 없다고 생각했다. 우리를 감시하는 조쉬 형 없이 우리끼리만 적재장에 있었으므로 우리는 짐빔*(버번위스키 상표명) 한 병과 세련돼 보이는 독일 맥주 여섯 병들이 한 상자를 마음대로 집어서 출발했다. 나는 알렉스가 어디로 꺼졌는지, 챈들링 형의 집에 나타날 것인지 궁금했지만 월도는 "알게 뭐야? 그 앤 발끈 화를 잘 내잖아. 그러니 배수관 위로 머리를 내밀 수도 있어. 말하기 진짜 기묘한 일이긴 하지만." 하는 식의 태도였다. 나도 월도의 말에 어느 정도 동의하긴 했지만, 사실 알렉스가 나타나지 않으면, 우리 둘이 그 여자애 둘을 만날 수 있을 것이므로 그런 계산이 내게는 훨씬 더 마음에 들었다.

　하지만 시간이 아직 일러서 우리는 창문 유리가 깨져 있는 옛날 소아과 병원 근처의 작은 공원에 멈춰 맥주 두 병을 땄는데 맥주가 시원하지 않아 다 마시지 않고 대신에 짐빔을 마시기 시작했다. 나는 대개 짐빔을 스트레이트*(물이나 얼음 등 아무것도 섞지 않고 그것만 마시는 것)로 마시지 않아서 콜라 한 병이 있었으면 했지만 큰 도로까지 다시 되돌아가서 콜라 파는 곳을 찾기는 뭣해서 우리는 짐빔을 스트레이트로 마셨고, 진짜 빨리 거나하게 취한 기분이 들었다.

　나와 월도는 계속 알렉스에 대해 이야기했다. 아니 적어도 나는 계속 알렉스에 대해 이야기하고 있었고, 월도는 고개를 저으며 "야아, 그냥 잊어버려. 알았어?" 하고 말했다. 하지만 나는 계속 걱정이 되어서 잊을 수가 없었다. 6학년 때인가 그때 이후로는 알렉스가 우는 것을 본 적이 없어서 걱정이 되었다. 특히 알렉스가 무슨 일로 울었는지를 생각하면 더 그랬다. 내가 알렉스네 같은 가족과 살아야 한다면 말 같잖은 엑스박스 게임 따위는 근접도 못할, 그 일보다 더 나은 울 일이 무더기로 있었을 것이다.

짐빔 병이 거의 반쯤 비었을 때 날이 어두워지기 시작해 우리는 이제 챈들링 형의 집에 가도 괜찮을 것 같다고 생각했고, 모퉁이를 돌아 하비로로 접어들었을 때, 오늘 밤 파티가 대단히 큰 파티가 될 것임을 알 수 있었다. 길에는 차들이 가득했으며, 농장용 소형트럭 두 대도 와 있었는데, 자동차 뒷바퀴에는 맥 사의 흙받이 판이 달렸고, 커다란 안테나가 설치되었으며, 뒤쪽 창문에는 소의 긴 뿔 판박이 그림이 붙여진데다 범퍼는 온통 스티커투성이였다.

음악도 이미 안에서 흘러나오고 있었다. 나와 월도는 정면 현관 입구 쪽으로 갔는데, 앞 현관에 몇 사람 앉아 있었지만, 아무도 우리를 멈춰 세워 우리가 어디로 가는지, 우리가 누구인지 하는 그런 것들을 묻지 않았다. 하지만 버번위스키 한 병과 여섯 병들이 맥주 한 상자를 들고 파티에 나타나면 사람들은 그 사람이 맞는 장소를 찾아왔다고 생각할 것 같았다.

우리는 곧장 챈들링 형의 집안으로 들어갔는데 소리와 인파로 넘쳐났다. 우리는 어느새 뒤쪽으로 밀려가 있었는데 그곳에는 사람들이 아주 많았으며 긴 테이블 위에 음식이 차려져 있었고, 낡은 욕조에는 얼음, 병, 캔들로 가득 차 있어서, 우리는 가져온 맥주를 얼음 사이에 끼워 넣고 짐빔 병을 다른 온갖 술들이 놓인 테이블 위에 놓았다. 이런, 파티에 준비된 술들은 만만찮았다. 와일드터키, 삼부카, 조니워커, 미도리, 데킬라, 그 밖의 수많은 다른 술들이 있었고, 거기에 더해 얼음에는 맥주와 와인 병이 꽂혀 있었다. 멋진 파티가 될 것이란 사실을 우리는 알 수 있었다.

나는 내 옷차림이 너무 간소하다고 느껴져 월도에게 그 말을 하자 월도는 "뭐, 어때. 야아, 그런 걸로 괜히 스트레스 받지 마. 넌 근사해 보여." 하고 말했다.

그때 우리가 비디오 가게에서 대화했던 여자애들이 들어오는 게 보였는데, 그 여자애들이 "너희들 왔구나! 정말 멋져!" 하고 말해서, 우리는 "그래. 잠깐 들러 볼까 해서 왔어." 하고 말했다. 월도가 여자애들에게 마실 것을 권하자 스테피는 브리저*(저알콜 음료)를, 브리오니는 코로나 맥주를 골랐다. 브리오니가 코로나 맥주를 골랐기 때문에 나도 코로나 맥주를 골랐는데, 나는 그 덕택에 우리에게 이야기할 거리가 생길 것이라고 생각했다.

하지만 월도가 코로나 맥주에 레몬 한 조각을 쐐기꼴로 잘라 넣는 걸 잊어서 나는 모든 술병들과 함께 테이블 위에 놓인 레몬 하나를 집었다. 테이블 위에는 칼도 있어서 나는 레몬을 쐐기 모양으로 잘랐다. 그러고는 브리오니에게 레몬 한 조각을 건네며 "자, 받아. 코로나 맥주 병목에 이걸 하나 꽂아." 하고 말했고, 브리오니는 "안 그래도 내 레몬이 어디로 갔나 했어.” 하고 말하며 윌도에게 혀를 살짝 내밀고 눈을 깜박이며 꼬리치는 듯한 표정을 지어 보였다. 브리오니와 내가 같이 마시는 맥주에 넣을 레몬 조각을 그녀에게 건네며 내가 얼마나 신사처럼 굴었는데, 브리오니는 애초부터 레몬을 잊은 남자에게 꼬리치는 듯한 표정을 지어 보이고 있어서, 나는 다소 일이 기묘하게 돌아간다고 생각했다. 그렇게 일이 벌써부터 점점 꼬이고 있었다.

그것은 굉장히 멋진 파티였고, 우리는 초대도 받지 않고 불쑥 파티에 온 것 같은 기분을 오랫동안 느끼지 않아도 되었다. 스테피가 사이먼 챈들링을 불러서 “내 친구들이야. 내가 파티에 오라고 했어. 괜찮지?” 하고 말했고, 챈들링 형은 “그럼, 물론이고말고.” 하고 대답했기 때문이다. 그런 뒤 그가 내게 “넌 토드 파커의 동생 아냐?” 하고 물어서 나는 “예, 맞아요.” 하고 대답했다. “그래, ‘늙은 아기’*(토드의 별명으로, 토드란 이름을 살짝 변형시킨 'toddle(아장아장 걷는 아이란 뜻)'이란 단어에서 나온 것)는 잘 지내?” 하고 그가 물어서 나는 “우리 형은 아직 군대에 있어요. 잠시 해외에 파견 나가 있어요.” 하고 대답했다. 그는 우리 형이 어디로 파견되었는지, 전투에 참가했는지, 얼마나 많은 사람들을 저격했는지에 대단히 많은 관심을 보였다. 나는 내 형이 누군가에게 총을 쏘는 것에 대해 생각하고 싶지 않았기 때문에 대충 얼버무렸다. 그렇게 나와 챈들링 형이 나의 형과 그 두 사람이 함께 했던 온갖 일들에 대해 잡담을 나누는 내내 나는 이 일이, 그러니까 사이먼 챈들링과 이런 식으로 대화를 나누는 일이, 브리오니와 잘될

가능성에 아무런 해도 되지 않을 것이라고 생각하고 있었다.

그때 누군가가 챈들링 형과 이야기를 나누고 싶어 했고, 그래서 그는 "그럼, 즐겁게들 놀아, 알았지?" 하고 말하며 갔고, 우리는 아주 즐겁게 놀았다. 나는 브리오니를 보고는 나도 그곳에서는 상당히 근사하게 보이고 있다고 확신했다.

그리하여 조금 뒤 우리는 진입로 끝쪽의 긴 테이블에 앉아서 카우보이 모자 같은 걸 쓴 바보가 B&S 파티*(호주의 미혼남녀들의 파티) 때 덤불 속인가 어딘가에서 자신의 소형트럭 뒤에서 얼마나 많은 여자와 했는지 떠들어대는 소리를 듣고 있었는데 다소 불편했다. 나와 브리오니는 이제 친해지기 시작하고 있었기 때문이다. 내 말은 내가 의자에 앉아 몸을 앞으로 기울여 접시에서 칩을 두 개 집으려고 했을 때, 그녀의 손가락이 내 등 가운데로 아주 가볍게 스치듯 훑어 지나가서 나는 전율을 느꼈다. 나는 그게 우연인지 궁금해서 칩을 굉장히 빨리 먹고 칩을 더 집으려고 몸을 앞으로 숙였는데 그녀가 다시 그렇게 했다. 그러면서 그녀가 내 무릎에 손을 올렸고, 심지어는 손이 무릎보다 더 위로 올라왔다. 와우, 이제 나는 뜨겁게 달아올라 그녀를 보았는데, 그녀가 내게 살짝 꼬리치는 듯한 미소를 재빨리 지어 보였다. 마치 그녀의 마음이 완전히 어딘가 다른 곳에 가 있는 것처럼.

그런 뒤 그녀가 몸을 앞으로 숙여 내 귀에 대고 "우리, 한 잔 더 할래?" 하고 속삭였고, 나는 "내가 갖고 올게." 하고 대답했지만 그녀가 내 귀에 입술을 딱 대고 "아니. 나도 너랑 같이 갈 거야." 하고 속삭여서 나는 그녀의 말뜻을 알아챘다. 특히 그녀의 머리카락이 내 목에 간질거리는 느낌이 들었을 때에. 그리고 순간 100킬로미터 정도 걸었으니 내게서 악취가 날지 모른다는 걱정이 들었지만 냄새가 심하게 나는 사람한데 누가 그런 제안을 하겠는가 하는 생각도 들었다.

그리하여 우리는 술이 놓인 테이블 쪽으로 슬슬 걸어갔는데 그녀가 "아냐. 난 네게 뭔가 다른 걸 보여주고 싶어." 하고 말하며 나를 베란다 끝의 모퉁이를 돌아 온수기 근처로 데려갔다. 그런 뒤 곧 우리는 세차게 부딪히기 시작했는데, 이런, 정말로 화끈했다! 이 여자애는 정말로 격정적이었다! 난 몇몇 여자애들과 키스를 해봤지만, 이건 정말 환상적이었다. 그녀의 입술은 정말 부드러웠고 굉장히 풍만하고 도톰했으며, 나는 어느새 흥분해 있었다. 여러분은 내가 무슨 말을 하는지 알 것이다. 그리고 우리의 손은 서로의 온몸을 이리저리 더듬고 있었다. 우리는 둘 다 좀 더 은밀한 장소가 없을까 궁리하기 시작하고 있었던 것 같다.

그때 테이블 부근 어딘가에서 시끄러운 소리가 들렸다. 고함치는 소리였는데, 고함치는 사람들 가운데 하나는 월도인 것 같았다. 그래서 나는 브리오니와 애무를 멈추고 모퉁이를 돌아 다시 밝은 곳으로 갔는데, 그곳에서 어떤 사내가 고함을 치고 있었다. 야구 방망이를 들고서 월도에게 야구 방망이로 머리를 완전 박살내 버리겠다며 소리를 질러대고 있었다. 월도는 "엿이나 먹어. 자기가 무슨 짓을 하고 있는지 알지도 못하는 주제에!" 하고 외쳤다. 그때 바로 나는 그 사람을 알아봤는데, 월도와 그날 오후에 찾아가서 봤던, 차고에 수상스키 보트가 있는 바로 그 사람이었다. 그는 자신을 손봐주러 형을 보냈다며 월도에게 고함을 질러대며 욕을 퍼붓고 있었다. 그는 "네 형이 나를 어떻게 손봐, 다 큰 남자들과 놀고 싶으면 자기가 직접 싸워야 하는 거야." 등 무슨 말인지 모를 말들을 무더기로 쏟아냈고, 월도는 완전 열을 받았다.

파티에 온 사람들이 충격을 받은 것 같았는데, 주위에 서서 이 모든 일이 어떻게 되어 가는지 지켜보고 있었다. 그때 누군가가 "경찰에 신고해." 하고 말하자 챈들링 형이 "뭐라고? 저 애들이 무슨 짓을 하든 경찰에는 절대 연락하지 마." 하고 외쳤고, 그들이 있던 자리에서 마리화나 꽁초들을 모두 주워 접시에 휙 던져 넣기 시작하며, 경찰이 나타나면 그것들을 한꺼번에 버릴 준비를 했다.

일이 이렇게 진행되는 동안에도 고함은 계속되었고, 월도가 빈 병을 집어 들고 테이블에 세게 내려쳐서 월도의 손에는 깨진 병목이 들려 있었다. 월도가 "이봐, 그만 물러나시지! 경고하는데, 지금 당장 물러가는 게 좋을 거야!"라고 외치자, 그 남자는 야구 방망이를 조금 더 많이 흔들기 시작했지만 이제 월도가 깨진 병을 그의 얼굴에 대고 흔들고 있었으므로 더 이상의 용기는 내지 못하는 것 같았다.

그때 챈들링 형이 둘 사이에 끼어들어 "너, 그리고 너, 둘 다 꺼져. 난 내 파티에서 어느 누구도 유리에 찔리는 건 원치 않아. 그러니 너희 둘 다 꺼져. 당장 나가!" 하고 외치며 야구 방망이를 든 사내의 셔츠 앞부분을 잡고 진입로 쪽으로 그를 밀쳐내자, 그 남자가 그곳에서 발길을 떼기 시작했지만 계속해서 월도에게 앞으로 조심하고 다녀야 할 거라는 둥 소리를 질러댔다.

하지만 결국 그는 떠났고 월도는 깨진 병을 내려놓았다. 하지만 챈들링 형은 월도에게 “너도 당장 나가. 너와 같이 온 친구, 그 녀석도 함께 데리고 꺼져.” 하고 말했다. 그러자 월도는 “내가 뭘 어쨌다고 그래, 응?” 하고 따졌지만, 그 파티는 챈들링 형이 주최한 파티여서 그곳에는 챈들링 형의 친구들이 아주 많았다.

그래서 결국 월도는 여전히 브리오니와 집의 끝 부근에 있는 나를 바라보며, “야, 가자. 우린 가야 해.” 하고 외쳤다. 나는 브리오니라는 여자애와 한창 분위기가 무르익어 가고 있던 터라 속이 많이 상했다. 하지만 이제 막 끝난 소동 뒤에 그녀가 내게 보내고 있는 시선을 보자 더 이상은 아니었다.

나는 브리오니에게로 돌아서서 “난 그만 가봐야겠어.” 하고 말했고, 그녀는 그냥 어깨를 으쓱하며 “그러든지 말든지.” 하고 대답해 내 마음에 깊은 상처를 줬다.

그렇게 해서 월도와 나는 챈들링 집 옆의 진입로를 따라 걸어갔는데, 월도는 화가 굉장히 많이 나서, “망할 챈들링, 빌어먹을 조쉬 형, 야구 방망이를 든 망할 바보, 정문 밖에서 날 기다리지 않는 게 좋을 거야. 안 그럼 콱 찔러 줄 테니.” 하고 계속 지껄여댔다. 내가 “뭘로?” 하고 묻자 월도가 레몬이 놓여 있던 테이블에서 훔쳐왔음이 분명한 칼을 꺼냈다. 나는 "제길, 이봐, 사람을 찔러선 안 돼!" 하고 외쳤고, 월도가 말한 전부는 "그가 이곳에 그 쓰레기를 가져오고 싶다면, 내가 잘 정리해 줘야겠어." 하는 말이었고, 나는 "이봐, 조쉬 형과 먼저 이야기해 봐." 하고 말했지만, 월도는 "그 멍청이가 야구 방망이를 들고 여기서 기다리고 있다면, 난 그를 죽일 거야. 그건 정당방위일 테니까." 하고만 말했다.

우리가 앞마당에 이르렀을 때, 현관에는 아직 많은 사람들이 앉아 있었는데, 그들은 마치 우리가 서커스의 괴기 인간 쇼나 뭐 그런 것에 나오는 사람들처럼 우리가 지나가는 것을 지켜보았지만, 나는 그들을 무시하고 그냥 계속 가라고 나 자신에게 말했다.

우리가 바깥의 보도에 이르러 도로 쪽으로 향해 가고 있을 때, 누군가가 커다란 나무의 그림자 속에서 걸어 나와 "그래, 벌써 가는 거야?" 하고 말을 걸었고, 월도는 아주 재빨리 칼을 꺼내 "내가 말했지. 그걸 가져오지 말라고. 좋아. 그렇다면 결과는 끔찍할 거야." 하고 말했고, 처음에는 나는 '얘가 대체 뭐라는 거야?'라고 생각하다가 곧바로 "와아, 이런! 알렉스잖아!" 하고 외쳤다.

월도가 칼을 내려놓고 "야, 알렉스, 그렇게 몰래 나타나지 마! 하마터면 널 찌를 뻔했잖아!" 하고 투덜댔다. 하지만 알렉스는 그 말을 듣지 않고 있었는데, 챈들링 형의 집 앞 현관 불빛에 완전 새빨개진 알렉스의 눈이 보여서 나는 알렉스가 더 많이 울었음을 알 수 있었다. 그래서 나는 "대체 무슨 일이야?" 하고 물었다. 알렉스는 "너희들이 올 줄 몰랐어." 하고 대답했고, 내가 "당연히 와야지."라고 말하자 알렉스가 우리에게 "파티는 어땠어? 좋았어?" 하고 물어서 나는 "응. 처음에는 좋았는데, 어떤 바보가 나타나서 월도를 심하게 위협하는 바람에 싸움이 일어났고 우린 쫓겨났어." 하고 말했다.

알렉스가 "그 여자애들은 왔어?" 하고 묻자, 월도가 "그래. 그 여자애들은 왔어." 하고 대답했다. 알렉스가 "그 애들과 잘됐어?" 하고 묻자, 월도가 "그래, 뭐 그럭저럭. 그 바보가 망할 야구 방망이를 들고 나타날 때까지는 잘되어 가고 있었어." 하고 대답했다.

그때 알렉스가 나를 보며 "리, 넌? 내가 먼저 본 여자애와 어울렸어?" 하고 물어서 내가 "그게 그런 식은 아니지. 먼저 봤다고 무조건 어울려야 하고 그런 건 아냐." 하고 대답하자, 뭔가 고약한 냄새를 맡은 것처럼 알렉스의 얼굴이 다소 일그러지며 "내가 그 여자애와 어울리고 싶다고 말했잖아. 그런데 그게 네게는 아무런 의미도 없었다고. 넌 정말 약은 놈이야, 리. 월도가 네게 그 칼을 빌려 줬더라면 넌 나를 뒤에서 찌를 수도 있겠어." 하고 말했다.

그러자 나는 "야, 알렉스, 그렇게 흥분하지 마." 하고 말했지만 알렉스는 내 말을 듣고 있지 않았다. 알렉스는 내게 고래고래 소리치기 시작했다. 알렉스는 "너 같은 놈을 친구라고. 넌 항상 이런 식이야. 이런 식으로 나를 짓밟고 쓰레기 취급하고 비웃지. 너희 둘 다 그래!" 하고 소리쳤고, 월도가 "야, 말도 안 돼! 아무도 너를 비웃지 않아." 하고 말했다. 하지만 알렉스와 말씨름해 봤자 아무런 도움이 되지 않을 것 같아서 나는 "이봐, 알렉스, 진정해, 응? 너, 지금 휴대폰 송신탑 일 때문에 이러는 거야?" 하고 물었다.

그러자 알렉스는 고함을 지르며 울면서 "내가 말했지, 그 빌어먹을 송신탑 때문이 아니라고! 너희 둘 다 완전 얼간이들이야!" 하고 소리 쳤다. 그러고는 돌아서서 달려가기 시작했고, 월도는 "도대체 이게 뭐야?" 하고 투덜댔다. 하지만 알렉스가 가장 화가 난 상대는 나였으 므로 나는 알렉스를 쫓아가야 한다고 생각했다. 비록 내가 잘못한 것 은 아무것도 없다고 생각하긴 했지만.

그래서 나는 알렉스를 뒤쫓아 달리며 "알렉스! 거기 서, 알렉스! 우리 얘기 좀 하자, 야아!" 하고 소리쳤다. 하지만 알렉스는 들으려 하지 않고 계속 달려 챈들링 형의 집 앞까지 갔다.

알렉스는 그 앞도 그냥 지나치고 계속 달려갔을 테지만, 진입로 가 운데에 불을 번쩍거리며 경찰차가 서 있었다. 그러자 알렉스가 방향 을 틀어 경찰차 뒤쪽으로 돌아 도로 쪽으로 나갔다.

나는 주차된 차 뒤에서 그를 시야에서 놓쳤는데, 바로 그때 월도가 내 뒤에서 뭐라고 소리치는 소리, 최고 속도로 돌아가는 8기통 엔진 소리, 어떤 여자애의 비명 소리, 타이어가 끼익하고 긁히는 소리, 새 가 유리창에 부딪히는 것 같은 소리가 들리며 주위가 완전 혼란스러 워졌다. 그런 뒤 잠시 정적이 감돌았고, 곧이어 더 많은 사람들이 외 치는 소리가 들렸다.

그래서 나는 주차된 차 주위로 달려갔는데, 알렉스가 도로의 노란 팔콘 자동차 앞에 쓰러져 있었다. 목이 완전 기묘하게 돌아가 있었고 눈을 뜨고 있었으며 한쪽 귀에서는 피가 흘러나오고 있었다. 나는 겁에 질려 그곳에 멍하니 선 채로 무슨 말을 해야 할지 어떻게 해야 할지 알 수가 없었다.

그때 사람들이 달려와 나를 지나치더니 사람들에게 뒤로 물러서라거나 비키라는 등의 말을 했다. 월도가 내 옆에 서서 딱 한 번 소리 내어 웃었는데 그 광경이 재미있어서가 아니라 "이런, 워워!" 하고 말하는 듯한 그런 웃음, 지금 본 눈앞의 광경을 도저히 믿을 수 없을 때 내는 그런 웃음소리였다. 나는 "알렉스가 죽은 거야?" 하고 물었고, 그때쯤 챈들링 형의 집에 와 있던 경찰들이 그곳에 와서 현장에서 조처를 취하고 있었고, 누군가는 구급차를 부르는 전화를 하고 있었다.

하지만 나는 구급차를 부르기에는 이미 너무 늦었음을 알았다. 그때 내 팔을 잡는 손길이 느껴졌는데 브리오니였다. 브리오니가 "이봐, 무슨 일이야?" 하고 물어서 나는 "이 애가 달려가다가 저 차 앞으로 전속력으로 뛰어들었어." 하고 대답했다.

그러자 브리오니가 말했다.

"저 애 낯이 익은데. 내가 아는 애야?"

3의 법칙

일은 늘 셋씩 일어난다.

맨 처음은 마크 그리멧의 남동생이었다. 나는 훨씬 어렸을 적에 마크의 집에 몇 번 간 적이 있었지만 그의 동생 크리스가 죽었을 때 사실 우리는 더 이상은 친구가 아니었다. 하지만 나는 크리스가 죽은 장소인 피트*(자동차 정비를 하는 구덩이)를 본 적이 있었다. 그 피트는 하나도 특별할 게 없었다. 변속기와 구동축 같은 것을 손보고 오일 같은 것도 교환하는 그냥 평범한 정비 피트였다. 그 피트는 내가 공동묘지에서 한 번 봤던 새로 판 무덤과 거의 똑같은 크기였다.

갓난쟁이는 몇 센티미터의 물에도 익사할 수 있다고 사람들은 말한다. 내가 크리스의 소식을 들은 뒤 찾아봤기 때문에 그런 말이 있다는 것을 안다. 사람들이 언급하지 않았던 것은 열 살짜리가 몇 센티미터의 오일과 윤활유에 빠져 너무나도 쉽게 익사할 수 있다는 사실이다. 사람들은 또한 어떻게 어린애가 테니스공을 주우려고 사다리를 타고 피트로 내려가 디젤과 석유 가스 그리고 피트에서 배어 나오는 뭔가에 완전 의식을 잃고 한 시간 뒤 얼굴에는 시트가 덮인 채

구급차 들것에 실려 밖으로 들어 올려질 수 있는지에 대해 언급하지도 않았다. 사람들은 '이런 주의사항' 을 어린이 안전사고 예방 웹사이트에 올려놨어야 한다.

학교에 있었던 우리는 그 일에 대해 아무것도 알지 못했다. 어느 화요일, 마크는 학교에 오지 않았다. 대개 우리는 그 사실을 알아채지도 못했을 것이다. 마크는 말수가 별로 없는 아주 조용한 아이였고 책을 많이 읽었다. 마크는 그림 그리는 것을 좋아했다. 그 애는 정말 그림을 잘 그렸다. 우주 정거장에서 일하고 있는 사람들이나 검을 차고 숲 속을 걸어 가는 사람들 또는 곰인 것 같기도 하고, 문어 같기도 하고, 코끼리 같기도 하고, 사람 같기도 한 이상한 동물들의 그림을 그리고는 했다.

그 그림들은 만화책이나 그래픽 소설 속 그림만큼이나 훌륭했다. 마크는 검정 아트라인 펜으로 그림을 그려서 그의 필통에는 검정 아트라인 펜들이 가득했다. 마크는 한 시간의 수업 시간이면 그런 그림 한 장을 그릴 수 있었는데, 그 말은 마크는 수업 시간에 필기를 하지 않는다는 뜻이다. 하지만 어찌된 일인지 마크가 자신의 모든 수업을 통과한 걸 보면, 그림을 그리는 동안 수업을 귀 기울여 듣고 있었음에 틀림없다.

그 화요일에는 마크가 학교에 오지 않았는데 1교시가 미술 시간이어서 우리는 그 사실을 알아챘다. 쿠퍼 선생님이 "자, 오늘은 잉크로 그림 그리는 것을 시작해 보도록 하자. 아트라인 펜이 아니라 잉크를 넣어 펜촉으로 그리는 그림을 배워보자는 뜻이다.”라고 말하고는 미소를 지으며 말을 이어나갔다.

“마크, 너를 지켜볼 거야. 마크, 어디 있니? 유감이네. 마크가 이 수업을 좋아했을 텐데.”

마크는 교실에 없었다. 하지만 그건 대수롭지 않은 일이었다. 아이들이 결석하는 일은 늘 있는 일이기 때문이다.

엄마가 나보다 먼저 그 소식을 들었다. 그날 오후 내가 부엌에서 샌드위치를 만들고 있을 때, 엄마가 들어와서 말했다.

“크리스 그리멧에게 그런 일이 일어나다니 정말 끔찍하지 않니?”

“크리스 그리멧에게 무슨 일이 일어났는데요?”

엄마의 눈이 휘둥그레졌다.

“못 들었니?”

물론 나는 듣지 못했다.

“뭘요?”

엄마가 목소리를 낮췄는데 거의 속삭임에 가까웠다.

“그 애가 죽었어.”

놀라운 소식이었다. 물론 사람들은 늘 죽는다. 그게 사실인지 알려면 차를 몰고 공동묘지를 지나가 보기만 하면 된다. 하지만 아이들은 아니다. 아이들은 절대 죽지 않는다. 셋일 때를 제외하고는.

나는 크리스를 실제로 알지는 못한다. 내가 초등학교 시절 마크의 집에 놀러 갔던 몇 번을 빼면 두 번 만났을 것이다. 그 당시 그 애는 아기들이 내는 괴상한 소리를 지르며 뛰어다니는 꼬마에 불과했기 때문에 우리는 그 애를 알아차리지도 못했다.

내가 그 애를 정식으로 만난 첫 번째는 어느 오후 우리 몇 명이 마크를 집에 데려다 주러 잠시 들렀을 때였다. 마크는 프렌샴 상가에서 젖은 타일을 밟고 미끄러져서 발목을 심하게 삐었다. 마크는 차에서 내려 집까지 걸어가는 것조차도 도움을 필요로 했다. 그래서 나는 마크의 팔 아래에 손을 넣어 부축했고, 마크는 진입로를 절름거리며 걸어갔다. 문을 열어준 사람이 바로 마크의 동생 크리스였는데, 크리스는 우리를 보고는 깔깔대며 웃었다. 자기 형이 다른 애에게 팔을 두르고 있는 모습이 우스꽝스러운 모양이었다. 마크가 자기 동생에게 당장 꺼져서 엄마를 찾아오라고 소리쳤고, 나는 마크를 소파에 털썩 내려놓고 나왔다.

두 번째는 그 애가 죽기 바로 전날 버스 정류장에서였다. 나는 집으로 걸어가고 있었다. 집에 가려면 초등학교 앞을 지나가야 하는데, 운동장에 마크가 앉아 있는 게 보였다. 마크는 늘 초등학교로 가서 크리스를 기다렸다가 함께 버스를 타고 집으로 가고는 했다.

여느 때처럼 마크는 공책에 뭔가 놀라운 것을 그리고 있었다. 나는 그 그림을 슬쩍 보려고 그리로 갔다. 마크는 그런 것에는 아주 익숙해서, 사람들이 멈춰 서서 그의 그림에 대해 말을 해도 개의치 않았다. 그럴 때면 마크는 아예 말이 없었고, 자기에게 주의가 쏠려 약간 당황한 것 같기는 했지만 그걸 좋아하는 것 같았다.

마크는 나무에 등을 기대고 앉아 용을 그리고 있었다. 나는 책과 만화책에서 용 그림을 아주 많이 봤었고, 그 가운데 일부는 정말 믿을 수 없을 정도로 놀라웠고 살아 있는 것 같았다.

하지만 마크가 그린 그 그림은 〈헤비메탈〉이나 〈위커맨〉 같은 만화잡지에서 본 그림 만큼이나 훌륭했다. 비늘이 아주 정교하고 실물 같았는데, 각각의 비늘이 바로 옆의 비늘과 똑같았지만 옆구리의 비늘들은 약간 끝이 더 가늘어서, 가죽의 곡선이 반짝이고 빛나 보이게 했다. 그리고 그 창조물의 콧구멍에서 너울거리며 나오는 불길과 그 아래의 땅바닥 속으로 약간 불안정하게 꽂혀 있는 발톱에는 뭔가 특별한 것이 있어서, 그 그림에 아주 그럴 듯한 독특한 기운을 품게 했다. 그 생물체는 격노해 있었다. 그 생물체는 살아 있었다. 그 생물체는 완벽했다.

나는 가방을 내려놓고 마크 옆에 쪼그려 앉았다.

"이 그림 그리는 데 얼마나 걸렸어?"

내가 물었다. 마크는 나를 쳐다보지 않았다.

"몰라. 한 이틀쯤 걸린 것 같아. 굉장히 큰 용이라서."

"정말 굉장해."

"응, 괜찮은 것 같아."

그때 크리스가 아기처럼 비명을 꺅꺅 지르며 달려왔다. 크리스 뒤를 다른 아이가 쫓고 있었는데, 그 아이는 훨씬 더 어린 아기처럼 꺅

깩거리며 비명을 지르고 있었다.

하지만 크리스는 우리가 있는 곳까지 달려와서는 보통 사람처럼 멈추지 않았다. 크리스는 계속 달려 곧장 마크에게 세게 부딪혔는데, 마크는 크리스가 오는 것을 보지도 못한 상태였다. 부딪치는 소리는 제쳐놓고, 그 충돌의 최종 결과로 하느님만이 아는 오랜 시간 동안 작업해 온 굉장히 인상적인 용의 바로 한가운데에 다소 확신이 부족한 아트라인 펜의 선이 거칠게 쫙 그어졌다.

크리스는 바보처럼 낄낄대며 마크에게서 떨어져 나와 그곳에 숨을 헐떡이며 서서 활짝 웃었고, 그때 크리스의 친구가 뒤에서 크리스를 들이받고 에센돈 풋볼 팀의 로버*(풋볼 포지션의 하나)처럼 팔로 크리스의 옆구리를 잡아 꼼짝 못하게 했다.

나는 마크가 눈을 두 번 깜박이더니 침을 꿀꺽 삼키는 것을 보았다. 마크는 눈을 치켜뜨고 자기 동생의 앞잡이를 쳐다보더니 말했다.

"고마워, 크리스. 진짜 고마워. 이리 와."

"왜…… 그래?"

크리스가 깔깔대고 웃으며 물었다. 마크는 왼손 손가락으로 크리스에게 더 가까이 오라는 손짓을 했다.

"형이 이리 오라고 했지. 와서 머릴 숙여."

"왜?"

"왜 그런지 알 텐데. 이리 와서 머릴 숙여."

마침내 크리스는 자기 형에게로 한 발 가까이 다가가 머리를 숙였다. 마크는 자기 동생의 머리를, 바로 귀 윗부분을, 오므린 손으로 찰싹 때렸다.

"넌 얼간이야, 크리스. 네가 뭐라고?"

"난 얼간이야. 미안해."

그러고는 크리스는 달아났다.

"저 애가 내 동생이었으면 난 훨씬 더 세게 때려줬을 거야."

내가 말했다.

"정말?"

"그럼. 난 저 꼬마 녀석을 죽였을 거야."

"어쩌면. 하지만 난 동생이 단 하나뿐이야. 넌 둘이잖아. 내게는 여분이 없어. 이제 버스가 왔어."

마크가 공책을 접어 자신의 망가진 용을 닫으며 덧붙여 말했다.

"잘 가, 와자*(워릭의 별칭). 가자, 크리스."

그날 밤 마크의 동생이 죽었고, 마크에게는 여분이 없었다.

크리스의 장례식은 내가 참석한 두 번째 장례식이었다. 첫 번째는 우리 할아버지의 장례식이었다. 그때 나는 열 살 정도로 어렸지만 그 장례식에는 주로 양복과 검정 치마 정장을 입은 나이 든 사람들이 와서 손수건으로 눈물을 훔쳤고, 반면 우리 아빠와 같은 젊은 축에 속하는 사람들은 교회 안에서 선글라스를 끼고 있었던 기억이 난다.

나는 또한 안테나가 부러진 빨간색 고물 CD플레이어로 연주되던 음악도 기억하고 있다. 또한 꽃도 많았다. 하지만 그때 관 속에 있던 사람은 오일 웅덩이에서 익사한 열 살짜리 애가 아니라 아흔 살 생일을 한 달 앞두고 죽은 할아버지였다.

우리 반 아이들 대부분이 수업을 받지 않고 갔다. 아이들은 마크를 위해 장례식에 가고 싶다고 했지만, 마크를 위해 수업 두세 시간을 빠지겠다고 양해를 구한 사람은 몇 명뿐이었다. 아이들 가운데 일부는 학교를 나가기는 했지만 실제 장례식에 오지 않은 걸 보면 자기 볼일을 보러 간 것이 틀림없었다. 장례식에 간 우리 몇 명은 작게 무리지어 별로 말은 하지 않고 양지에 우두커니 서 있었다.

크리스의 학교에서는 크리스의 반 아이들 전체로 이루어진 의장대를 보냈다. 작은 아이들 대부분은 울지 않았는데, 내가 보기엔 그 아이들은 혹시 뭔가 잘못할까 봐 완전 전시되듯이 길게 두 줄로 서 있는 것이 더 신경 쓰이는 모양이었다. 우리가 영구차 행렬이 오기를 기다리는 동안 그 아이들이 한 것이라고는 안절부절 못하며 말없이 그곳에 서 있는 것이 다였다.

그때 크고 긴 검정색 영구차가 천천히 장례식장의 진입로로 들어와 자갈소리 나는 자갈길 위를 서서히 미끄러지듯 다가왔다. 그 뒤를 하얀 차 두 대와 가족들이 모는 보통 차 몇 대가 따랐다.

장례 지도사가 검정색 영구차에서 내려 뒷문을 열었을 때, 대부분의 선생님들이, 특히 여선생님들이 어찌할 바를 몰랐다. 관은 사실 그리 크지 않았다. 어린아이에게 맞는 딱 그만큼의 크기였다.

마크와 그의 부모가 두 번째 차에서 내렸는데 마크가 엄마를 위해 문을 열어서 잡아 주었다. 그 장면 하나가 모든 걸 말해 주고 있었다. 나는 엄마를 떠올렸다. 여분의 형제가 둘 있다 할지라도, 내가 죽으면 엄마는 어떤 기분일까 상상했다. 그건 정말 끔찍한 기분이었다.

관이 장례식장의 중앙 통로에 천천히 내려졌고, 마크와 그의 부모가 관을 맨 앞으로 옮기는 내내 그 뒤를 따랐다. 모든 사람들이 안으로 들어가기 전에 연주되고 있던 노래가 잠시 멈추자 발을 질질 끄는 소리만 가득한 긴 정적이 감돌았고, 그 뒤 곧 완전 부적절한 노래가 두어 소절 흘러나왔는데, 그 CD에 실린 다음 곡인 모양이었다. 그 노래는 아주 빠르게 중단되었다.

"우리, 크리스토퍼 라이언 그리멧을 추억해 볼까요?"

목사가 추도사를 시작했다. 그리고 목사는 말을 잘 꺼냈다. 당신은 뭐라고 말하겠는가? 그 아인 열 살짜리 소년이었다고? 그 아이는 실제로 다른 여느 열 살짜리 소년들과 똑같았다고? 〈맥도날드〉와 무더운 날 하는 수영을 좋아했다고? 플레이스테이션 게임을 즐겨 했는데, 결코 충분히 해보지 못했다고 생각했다고? 늘 오토바이를 갖기를 소원했다고? 세상의 모든 다른 동생들처럼 그 애도 자기 형을 성가시게 구는 것을 무척 좋아했다고? 우리 가운데 누군가가 그 애에 대해 말하지 못하는 것을 목사가 말할 수 있을까?

하지만 그때 목사가 뭔가 이야기를 꺼냈다.

"크리스는 그림 그리기를 좋아했습니다."

목사가 말을 이어갔다.

"적어도 이 점에 있어서 크리스는 자기 형 마크를 닮은 것 같습니다. 여러분이 갖고 계신 장례 식순 프로그램의 표지에 실린 그림은 크리스가 그런 그림 가운데 하나입니다. 그 그림은 분명 완벽하지는 않지만 살아 있는 것 같고, 즐거움, 기쁨 그리고 무엇보다 모험으로 가득 찬 것을 알 수 있을 것입니다."

나는 그 프로그램을 내려다보았다. 표지의 그림은 정말로 상당히 훌륭했다. 분명히 만화책이나 그래픽 소설에 나오는 그림이나 그 애의 형이 그린 그림만큼 훌륭하지는 않았지만 그래도 그 애가 상당히 훌륭한 용을 그렸다는 사실은 아주 명백했다.

두 번째는 여자애였다. 그 여자애는 우리 학년 여자애의 여동생이었지만 나는 해티와 같이 듣는 수업이 하나도 없어서 해티를 그다지 잘 알지는 못했다. 해티의 여동생 이름은 핍이었는데, 그 애가 무엇 때문에 죽었는지 확실히 아는 사람은 아무도 없는 것 같았다. 핍은 우리보다 한 학년 아래였는데 나는 핍이 친구들과 어울려 다니는 것을 자주는 아니어도 가끔씩 보고는 했다. 그리고 핍이 죽음에 이르게 된 해에 핍을 보지 못한 시기가 오래 가는 것 같았다.

핍이 오래도록 안 보인다는 사실은 핍이 어울려 다니는 무리 가운데 내가 정말로 좋아한 여자애 엘라가 있었기 때문에 알아챘다. 나는 엘라가 핍의 가장 친한 친구였다고 확신한다.

엘라는 매력적이었다. 엘라는 약간 도도하긴 했지만 그래도 매력
적이었다. 사실은 섹시했다. 나는 가끔 엘라를 보고는 했는데 그녀는
친구들과 함께 있고는 했고, 핍이 키가 꽤 크고 비쩍 말라서 나는 핍
도 알아차리고는 했다. 하지만 엘라를 봤을 때 가끔은 핍이 함께 있
지 않을 때도 있었는데 나는 그런 사실을 알아채고는 했다. 그런데
가끔씩 보는 엘라가 가장 친한 친구와 함께 있지 않은 모습을 본 것
이 몇 주 동안 계속되었고, 나는 뭔가 이상하다는 사실을 눈치챘다.

한번은 해티에게 그녀의 동생은 어디 있느냐고 물었다.

"왜?"

해티가 궁금해했다.

"그냥. 요즘 안 보이는 것 같아서."

해티가 미소 지었다.

"그 앤 너랑 어울리기에는 다소 어린 것 같지 않아, 와자?"

"뭐? 아냐! 그게 아니라, 그냥 요즘 네 동생이 친구들과 같이 다니
지 않는 것 같아서 그래."

"엘라 같은 친구들 말이야? 엘라는 내 동생보다도 훨씬 더 어
려!"

해티가 소리 내어 웃었다.

"누가 뭐래? 난 그냥 네 동생이 괜찮은지 궁금했던 것뿐이야."

해티가 자신의 라커룸을 닫고 손을 내 팔뚝에 올렸다.

"내 동생은 잘 지내. 그리고 너와 엘라 사이가 잘 풀리길 바랄

게."

이런 능구렁이 같으니.

어쩌면 핍은 암으로 죽었을지도 모른다. 핍은 끝 무렵에는 완전 비쩍 말랐었고, 학교에서 오래도록 잘 보이지 않던 시기에 사라졌다가는 잠시 돌아오고는 했다. 하지만 머리카락은 결코 빠지지 않았기 때문에 나는 암에 걸렸다고 항상 머리카락이 빠지는 건 아니라고 생각했다. 그건 잘못 알려진 사실 같았다.

핍이 죽었을 때 학교에서는 그 사실을 전교생에게 한꺼번에 알렸다. 화요일 아침, 여느 때처럼 아침 조회를 하러 강당에 들어갔는데 강당에 이상한 분위기가 감돌았다. 어느 누구라도 뭔가 나쁜 일이 일어났으며 그러므로 멍청한 짓이나 농담을 하거나 시끄럽게 떠들기에 최악의 시간이라는 느낌을 정말 강하게 받을 수 있었을 것이다.

게다가 여자애들 두셋 무리가 코를 풀며 바짝 붙어 서로를 위로하고 있어서, 나는 그 여자애들은 무슨 일인지 알고 있다고 짐작했다. 나와 아담이 강당으로 들어갔을 때 누군지는 미처 보지 못했지만 어떤 여자애가 흐느껴 울면서 나가고 있었는데, 그 여자애는 럭비공을 잡고 트라이라인으로 가는 선수 주위로 몰려든 럭비선수들처럼 한쪽 출구로 향하고 있는 다른 여자애들의 무리 때문에 약간 질식할 듯이 보였다.

그때 호플랜드 교장 선생님이 일어섰지만 보통 때처럼 마이크 앞에 바짝 입을 갖다 대고 목청을 가다듬어 모두를 조용히 시키는 평소의 수단을 쓰지 않았다. 또 심하게 불쾌할 때면 쾅하고 울리는 스피커로 타고 흐르는 목소리로 "자자, 진정들 하고 조용히 하세요. 고맙습니다. 이제 시작하겠습니다."라고 말하지도 않았다.

교장 선생님은 이번에는 완전 멍한 표정으로 연설대 앞에 가만히 서서 기다렸다. 교장 선생님은 아주 오랫동안 기다렸고, 점차 우리 모두가 교장 선생님이 연설대 앞에 서 있다는 것을 알아채고는 무슨 일인지는 몰라도 빙빙 돌려서 말하지 않을 것임을 알았다.

"고맙습니다."

교장 선생님이 마침내 조용히 전해지는 목소리로 말했다.

"간략하게 말씀드리겠습니다. 여러분 가운데 일부는 이미 알고 있겠지만 우리는 지난밤 나쁜 소식을 들었습니다. 필리파의 부모님께서 여러분께 지난밤 필리파*(핍의 본명)가 사망했다는 소식을 알려 달라고 제게 요청했습니다."

몇몇의 숨 막히는 듯한 소리가 들린 뒤 깊은 침묵이 흘렀다. 깊은 침묵은 우리를 압도했다. 그런 뒤 그 깊은 침묵은 몇 명의 짧은 흐느낌에 의해 깨졌지만, 그 흐느낌을 제외하고는 침묵이 그 상태 그대로 유지되었다.

"여러분 모두에게 이 소식이 충격으로 와 닿을 것임을 압니다. 우리 교사들도 이 소식에 여러분만큼이나 망연자실합니다. 도저히 감당할 수 없어 오늘은 집에 가야할 것 같다면, 상담교사에게로 가세요. 그러면 상담교사가 여러분 부모님께 연락을 드릴 것입니다. 필리파의 부모님께서 필리파의 장례식이 언제 열릴 것인지 말씀해 주지 않았는데, 우리가 알게 되는 대로 바로 여러분께 알려드리겠습니다. 자, 그럼, 이것으로 마치겠습니다. 이제 조용히 교실로 가도 좋습니다."

그리고 그것으로 조회는 끝이었다. 국가 연주도 버스 예절에 대한 설교도 체스 대회나 수영 대회에 대한 공지도 없었다. 시 공모전에서 격찬을 받은 자작시를 더듬거리며 낭송하는 8학년 아이도 없었다. 핍 드레이퍼가 죽었으며, 너희들이 정말 극심한 충격을 받았다면 집으로 가라, 그게 다였다.

내가 극심한 충격을 받았냐고? 아니, 정말은 아니었다. 나는 그 여자애를 거의 몰랐다. 나는 그 여자애의 언니를 조금 더 잘 알았을 뿐, 내가 핍에 대해 실제로 아는 것이라고는 그 애의 아빠는 시내에서 약국을 하고 엄마는 시장이며, 그 애의 가장 친한 친구가 섹시하다는 것이 전부다.

그러므로 아니다. 나는 극심한 충격을 받지 않았다. 파커와 월드렌과는 달리 나는 분명 조퇴할 정도로 영향을 받지 않았다. 파커와 월드렌은 강당에서 아이들 절반이 나오기도 전에 상담교사인 드레닝엄 선생님에게 말하고 있었다. 나는 또한 드레닝엄 선생님이 고개를 젓는 것을 보았는데 적어도 드레닝엄 선생님은 그 두 얼간이가 무엇에 관심이 있는지 잘 아는 것 같았다.

그래서 해티가 그곳에 없었던 것이다. 나는 그것이 충분히 이해가 되었다. 내가 알기로는 해티에게도 여분의 형제가 없다.

나는 핍의 장례식에 가지 않았다. 그럴 정도로 핍을 알지 못했기 때문이다. 그리고 나는 엘라가 흐느껴 우는 모습을 보고 싶지 않았다. 엘라는 울지 않을 때는 정말로 예쁜데, 울고 있을 때는 얼마나 예뻐 보일지 당신은 상상할 수 있겠는가?

하지만 아마 마크 그리멧은 장례식에 갔을 것이다. 마크와 해티는 생물 수업을 같이 들으니 나보다 해티와 더 잘 아는 사이일 것이다. 나는 그 애들이 생물을 듣는 시간에 지리를 듣는다. 솔직하게 말하면, 세포의 수명은 나를 몹시 지겹게 한다.

세 번째는 알렉스 매터슨이었다. 나는 그 애도 그다지 잘 알지 못했다. 그 애는 작년에 학교를 떠났으며, 내가 역사, 지리, 미술을 들었을 때, 그 애는 등록 가능한 기술과 관련된 모든 선택 과목을 들었다. 그 애는 그런 과목들에 정말로 뛰어났다. 한번은 굉장히 멋진 고카트*(어린이용 놀이차)를 만들었는데, 그 애가 그 고카트를 몬 첫날 바로 압수당했다.

풋볼 코치들은 그 고카트가 손으로 만든 것이고 열다섯 살짜리가 완전 개조한 2행정 가압 동력톱 모터를 탑재하고 있다고 할지라도 갑자기 방향을 바꿔 전속력으로 수비 훈련 장소의 한가운데를 지나가는 고카트를 대단하게 생각하지 않았던 것 같다.

나는 알렉스에게 무슨 일이 일어났는지 전혀 알지 못했다. 파티에서인지 파티가 끝난 뒤인지 아무튼 무슨 일이 있었다고 했다. 자살이라는 말이 나돌았는데, 알렉스의 친구인 리 파커와 샘 월드렌이 그 다음 한 주 내내 학교에 오지 않았다.

그러고는 얼마 후, 나는 알렉스의 자살설을 뒷받침해 주는 그가 차에 뛰어들었다는 소리를 들었다. 하지만 또 다른 누군가로부터 리 파커가 알렉스를 밀었으며, 그 주 내내 리와 월도가 학교에 오지 않은 이유는 그들이 경찰 조사를 받았기 때문이며 살인죄로 고발될지도 모른다는 말을 들었다.

나는 알렉스의 장례식에 갔다. 8학년 때까지는 알렉스와 나는 친한 친구였기 때문에 장례식에 참석했다. 우리가 결코 친구가 되는 걸 관둔 것은 아니었지만 각자 서로 다른 것들에 관심을 갖게 되었다. 나는 엔진을 분해했다가 다시 조립하는 것에 전혀 흥미가 없었고, 알렉스는 내가 좋아하는 것들에 별로 관심이 없었다. 그래서 우리의 관계가 소원해졌다.

하지만 알렉스의 장례식에 가는 것이 올바른 일이라고 나는 생각했다. 관 속에 누워 있는 것이 나였더라면 알렉스도 장례식에 왔을 것이라고 나는 분명 확신했다.

게다가 아주 솔직히 말해 나는 약간 호기심이 일었다. 장례식은 알렉스가 죽고 8일이 지난 어느 월요일에 열렸는데 나는 누가 모습을 드러내는지 보고 싶었다. 지난 주 내내 학교에 오지 않은 두 녀석이 경찰의 감시 아래 그곳에 나타날 것인지 아니면 사실상 그 모든 소문이 잘못된 것인지도 알고 싶었다.

　장례식은 세인트 핀바 성당에서 열렸다. 나는 초등학교 시절 이후로는 알렉스의 엄마를 보지 못했는데 지금은 많이 늙어 보였다. 알렉스 엄마와 함께 그곳에는 어떤 남자도 있었다. 그 남자는 빡빡 깎은 머리에 빨간색 긴 턱수염을 한 채 눈 주위 전체를 모두 감싸는 아주 짙은 색 선글라스를 쓰고 있었다.

　그는 영구차가 도착한 바로 직후 오토바이를 탄 남자 여럿과 함께 헬멧을 쓰지 않은 채 덜커덕거리는 할리 데이비슨 오토바이를 타고 와서, 알렉스의 엄마에게로 갔다. 그가 고개를 숙여 알렉스 엄마의 뺨에 입을 맞추고 알렉스의 엄마를 껴안으며 뭐라고 말을 건네자 알렉스의 엄마가 고개를 끄덕여 답했다. 나는 그 남자가 알렉스의 아빠일 것이라고 짐작했는데, 알렉스가 내게 자신은 2년 동안 자기 아빠를 보지 못했다고 말했던 기억이 났다. 그런데 그의 아빠가 우리에게 자신의 눈을 보여주기를 두려워하며 그곳에 돌아와 있었다.

　그곳에 모인 모든 사람들이 우는 것을 지켜보는 건 정말 싫었다. 여자들뿐만이 아니라 남자들도 울고 있었으며, 터프한 남자들까지도 입술을 꽉 깨물고 턱을 쭈글쭈글하게 구긴 채 선글라스 뒤로 눈물을 숨겼다. 그건 정말 싫었고, 마치 내가 가족 모임에 갑자기 뛰어들어 방해하고 있는 것처럼 내가 그곳에 있어서는 안 될 것 같은 기분이 들었다.

　그래서 나는 그곳을 나왔다. 나는 며칠 뒤 공동묘지로 가서 알렉스에게 네가 떠나버려 유감이라고, 너의 기술전문대학 과정이 어떻게 되어 가는지 한 번도 전화로 물어보지 않아 미안하다고 말해야겠다고 생각했다.

그리고 공동묘지에 갔을 때 핍에게도 들러 내 소개를 하고 우리가 한 번도 만나지 못해 유감이며 사실은 그녀의 가장 친한 친구에게 마음을 뺏겨서 그나마 그녀의 존재를 알게 된 것이라고 고백할 수도 있겠다고 생각했다. 그리고 마지막으로 나는 크리스 그리멧의 무덤에 들러 그의 용이 멋졌다고 말해 줄 수도 있겠다고 생각했다.

그것이 내가 할 일이다. 나는 그 세 사람을 찾아갈 것이다. 그리고 나는 3시에 그것을 끝낼 것이다.

회전력

해티의 어머니가 여전히 미소 짓기는 하지만 그것은 대개 기자들의 공식 사진 촬영 기회에 응할 때뿐이다. 〈트리뷴〉지의 수습기자가 집무실로 와서 주 전체 글쓰기 대회 수상자와 악수하는 시장의 사진을 찍는 때와 같은 그런 경우뿐이다. 그 상대는 론볼링*(잔디에서 하는 볼링) 청소년 국가대표팀에 선발된 아이일 때도 있고, 시 회의실의 목재로 된 로비에서 전시회를 여는 지역화가일 때도 있다.

해티의 어머니가 짓는 미소는 진짜가 아니다. 해티는 '시장님'의 미소를 아는데, 과거에 짓곤 했던 진심에서 우러난 활기찬 그 미소를 본 지도 한참이 되었다. 핍이 죽고 난 뒤로는 그 미소를 보지 못했다.

해티의 아버지도 미소를 짓지만 그의 미소는 훨씬 드물며, 해티는 아버지의 미소가 돌아오기까지는 더 오래 걸릴 것임을 안다. 어쩌면 결코 돌아오지 않을지도 모른다.

목요일 오후 네 시, 해티는 친구 앤지를 로터리 공원에서 만났는데, 그 공원은 방치된 실내 크리켓 센터 옆에 위치한, 아주 조그마한 다리가 있고 개울이 흐르며 폭우 속도랑이 있는 작은 삼각형 모양의 공원이었다. 그들은 그 공원에 공부하러 가는 것을 좋아했다. 그들이 금이 간 나무 피크닉 탁자에 서로 마주 보고 앉아 있을 때, 해티는 어떤 생각이 자신의 마음 가장자리를 간질이는 게 느껴졌다. 안을 들여다보는 외부의 관찰자는 이런 모습을 핍의 일이 있은 뒤로 그 기억을 지우려는 필사적인 조치로 한 번 취해본 새로운 수습책으로 볼지도 모른다는 생각이었다. 하지만 그건 아니다. 그녀와 앤지는 핍이 죽기 훨씬 전부터 이곳에서 공부했었다.

외부의 관찰자는 드레이퍼 집의 식당에서도 그 차이를 알아챌 수 있었을 것이다. 핍이 떠난 뒤 식당에서의 식사는 많지 않았다. '그곳'이 추억이 어린 장소였기 때문이다. '그곳'이 많은 불편한 추억들이 있던 곳이기 때문이다.

하지만 절대 폭력적인 추억들은 아니었다. 해티는 그런 일이 있었더라면 참지 않았을 것이다. 울런공*(호주 뉴사우스웨일스 주 동부의 항구 도시)에 사는 해티의 멋진 이모젠 이모가 언젠가 해티에게 그 집에서 뭐든 던져지는 날엔 당장 짐을 싸서 자신에게로 오라고 해티에게 말했다. 이모젠 이모는 "나와 루스와 함께 살면 돼. 고등학교 과정은 이곳에서 마치면 되고."라고 말했는데 해티는 그게 진심이라는 것을 알았다.

그것은 늘 솔깃한 제안이었지만 핍이 죽은 뒤까지만 그랬다. 그 일이 있은 뒤로 해티는 부모를 버리고 남쪽으로 가서 '시장님'의 더 멋진 여동생과 사는 일은 부모님을 무너뜨릴 것임을 알았다. 그런 배신

행위는 상상조차 할 수 없었다.

하지만 해티는 언제나 마음속으로는 자기 가족에게 건넬 통지서를 지니고 있었다. 만약 실제로 뭔가가 던져진다면 그녀는 그곳을 나갈 것이다. 하지만 아무것도 던져진 적이 없었다.

아니, 한 번 있었지만 그건 그냥 편지였을 뿐이다. 해티의 아버지가 그 편지를 던졌다. 그는 그 편지를 자신의 맞은편에 대각선으로 앉아 있던 핍에게 던지려 했지만 그것은 세 번 접힌 두 장짜리 편지여서 애처로이 펄럭이다가 그레이비 소스 그릇 모퉁이에 내려앉았다.

"넌 전혀 노력하고 있지 않아! 결과가 비참할 정도야!"

약사님이 소리쳤다.

"저도 어쩔 수가 없어요, 아빠."

핍이 대답했다. 비난을 받으면서도 핍은 이상하리만치 차분했다.

"아니, 넌 할 수 있어. 정말이야. 살구, 바나나, 건포도, 토마토."

약사님이 손가락을 접으며 하나씩 셌다. 핍도 손가락을 접으며 훨씬 간단한 자신만의 목록을 하나씩 셌다.

"웩, 웩, 웩, 웩."

식탁의 맞은편 끝에선 시장님이 손끝으로 이마를 짚고 있었다.

"필리파, 우리 이 일에 대해 좀 성숙하게 굴자, 응?"

"그럴 수 있겠죠. 하지만 이건 사실 나의 칼륨 수치에 대한 게 아니잖아요, 안 그래요?"

그리고 해티는 울컥 목이 메었다.

이것은 식당에서 자주 있는 비슷한 대화 가운데 하나였다. 병원에서 끝이 없어 보이는 가족 모임 중 한 번은 가슴 부분이 터질 듯한 블라우스를 입은 금발머리 세라가 평소와 다름없이 늘 가족끼리 식사하라고 강조했다.

'평소와 다름없이? 그렇다면 우리는 식탁 한쪽 끝에서 고함치는 소리가, 한쪽 끝에서는 한숨소리가 나오길 기대해야겠군.' 하고 해티는 씁쓸하게 생각했다.

해티는 그들이 처음으로 핍을 그곳에 두고 오던 때를 기억하고 있었다. 시장님이 저녁식사에 늦지 않게 돌아올 것이라며 핍을 시드니에 있는 청소년 병원에 데려갔다. 하지만 그들은 그러지 못했다. 그들 가운데 한 사람만이 돌아왔다.

"핍은요?"

해티가 밥을 곁들인 스트로가노프*(양파와 버섯과 함께 살짝 볶은 쇠고기에 사워크림을 넣은 음식으로 대개 밥과 함께 먹는다.) 앞에 앉아 있는 부모님에게 물었다.

"자아, 식기 전에 먹어."

시장님이 말했다.

"핍은 어디 있어요?"

"네가 울고불고 소란을 피우지 않았으면 좋겠구나."

시장님은 마치 와인잔을 원래 있던 그 자리에 그대로 내려놓는 것이 절대적으로 중요한 일인 것처럼 와인잔을 식탁에 대단히 주의 깊게 내려놓았다.

"제가 왜 그러겠어요? 그게 그럴 만한 가치가 있는 일인지 알기 전까지는 울고불고 소란을 피우지 않을 거예요."

해티가 말했다.

"해리엇*(해티의 본명)!"

약사님이 배회하는 사람을 쫓는 경비견처럼 경고했다.

"왜요? 제가 뭘 어쨌는데요?"

그때 시장님이 독이 오른 아주 작은 곤충에 쏘인 것처럼 벌떡 일어나 식당을 뛰쳐나갔다.

"대단히 고맙구나."

약사님이 이렇게 말하고는 냅킨을 식탁에 던지고 시장님을 따라나갔다. 그리하여 해티는 식당에 홀로 앉아 아보카도 빛 초록색 벽에서 누군가가 나오길 기다리는 것처럼 잠시 주위를 훑어보다가 식탁 너머로 손을 뻗어 시장님의 샤르도네*(백포도주의 일종)를 단숨에 들이켰다.

지금 해티는 앤지와 함께 로터리 공원에 있지만 둘은 공부를 하고 있지 않다. 공부는 나중에 할 것이다. 그리고 그녀는 자신이 나중에 공부할 것임을 안다. 그녀는 하기 싫어 꾸물거리고 있는 게 아니다. 그런 건 그녀의 방식이 아니다. 그녀는 최고 점수를 받지 못하면 절대 만족하지 않는다. 자신의 최고 점수가 아니라 반에서 최고 점수를. 그것이 바로 그녀가 자주 저녁식사를 마친 뒤 곧바로 자리에서 일어나겠다고 양해를 구하고 방으로 가서 물리, 화학, 수학, 생물 교재를 읽고 정리를 하는 이유이다. 그 과목들을 그녀는 이해할 수 있다. 맞는 답과 틀린 답이 있는 과목, 흑백이 확실한 단순 명쾌한 과목들. 죽은 사람이 이 말 대신 저 말을 사용했을 때 그 말이 의미하는 바가 무엇인가라거나 어떤 사회경제학적 힘이 이런 정치적 반란이나 그런 국제 정책상의 분수령을 이끌었는가 하는 그런 시험 문제는 없는 과목들.

해티의 흥미를 끈 유일한 힘은 그녀가 측정할 수 있는 힘이다. 등속 원운동 측정 공식인 $T=mv^2/r$ 에 나오는 그런 힘으로, T는 줄의 장력*(단위: 뉴턴)을, m은 줄에 매단 물체의 질량*(단위: 킬로그램)을, v는 물체가 움직이는 속력*(단위: 초당 미터)을, r은 줄의 길이*(단위: 미터)를 나타낸다. 해티는 그 각각의 수치를 측정할 수 있을 뿐만 아니라, 하나가 빠져 있다면 그 빠진 숫자가 무엇인지 계산할 수 있었다. 언제든지. 물리는 그런 식이어서 정말 멋지다.

해티는 심지어 지금 당장 그녀 앞에 다음과 같은 공식을 예시할 수도 있고, 실제로 그 공식을 이해할 수도 있다.

$$R_{c.m.}(t) = \{m_1 r_1(t) + m_2 r_2(t)\}/(m_1 + m_2)$$

이것은 양자역학의 질량 중심의 위치를 계산하기 위한 공식인데, 해티는 이 공식을 이해할 수 있다. 해티는 필요하다면 이 공식을 활용할 수도 있을 것이다. 무엇보다도 그녀는 이 공식의 아름다움을, 그리고 그것의 우아함을 볼 수 있다.

해티의 친구 앤지도 아주 영리하기는 하지만 이런 공식들을 완전히 이해하지 못한다. 벡터, 에너지, 힘, 옴, 전자기장 등을 처음 들었을 때 앤지는 눈동자가 흐릿해지는 것 같았다. 하지만 앤지는 물리학자가 되려면 이런 공식들을 알아야만 한다고 믿어서 스스로를 몰아붙이고는 했다.

물리학자가 되려고 하더라도 사실상 이런 공식들을 꼭 알아야 하는 건 아니라는 해티의 말을 앤지는 믿지 않는다. 하지만 앤지는 해티가 자신에게 들려주는 에너지, 힘, 벡터, 기타 등등에 대한 다른 모든 말은 믿는다. 앤지는 그것을 믿어서 충실하게 받아 적는다. 그러므로 바로 거기에 묘한 아이러니가 있다.

그런데 그것은 물리의 경우에만 해당한다. 수학과 화학은 앤지의 좌절감에 추가로 점수를 보탠다. 하지만 이번에 해티와 앤지는 물리나 수학이나 화학에 대해 토론하고 있지 않다. 둘은 해티의 임박한 출발에 대해 이야기하고 있었다.

"이모젠 이모가 언제든 그곳으로 와서 함께 머물러도 된댔어."

해티가 말했다.

"하지만 왜 하필 지금이야, 이렇게 갑자기?"

"생각한 지는 조금 됐어. 난 휴식이 필요해. 난 여기서 벗어나고 싶어. 아마 그렇게 오래 걸리지는 않을 거야."

"얼마나?"

"글쎄, 몰라. 내가 어떻게 알겠어? 돌아와서 모든 것을 맞설 준비가 됐다고 느낄 때까지일 거야."

앤지는 울지 않으려 애쓰고 있는 게 분명했다.

"조던은?"

"조던? 그 애가 뭐? 그 애 얘긴 왜 꺼내?"

"너는 그 애한테 아무 감정 없어? 너희 둘은 굉장히 친밀했잖아."

"그래 보였지."

해티가 대답했다. 그러고는 한숨을 쉬며 덧붙였다.

"그 일은 나도 달리 어쩔 수 없어, 앤지. 그 애가 옮겨 갔어."

"조던을 찬 건 너잖아, 해티."

"맞아. 그래 맞아. 난 지겨웠어."

해티가 인정했다. 앤지는 이 말을 묵시했는데, 지겨웠단 말은 실제 일어난 일을 극단적으로 단순화한 설명이라는 것을 해티와 앤지 둘 다 알았기 때문임을 해티는 알았다.

"네가 가 버리면 네 부모님이 많이 고통스럽지 않을까?"

해티는 조그마한 검은 개미 한 마리가 탁자의 넓게 갈라진 틈 가장자리에 서서 반대편의 자기 가족에게 더듬이를 흔들고 있는 것을 지켜보았다. 그 개미는 완전히 공포에 질려 개미에게는 심연과도 같은 그 틈의 가장자리를 따라 이리저리 움직이고 있었고, 해티는 자신이 그 개미를 찌부러뜨리지 않고 도울 수 있었으면 했다. 멀리 딱 1센티미터 떨어져 있던 나머지 개미 가족들은 그 길 잃은 개미를 보지 못하고, 탁자를 건너는 구불구불한 여정을 계속해 나갔다.

"내가 떠나더라도 그분들이 알아차리기나 할까 싶어."

해티가 말했다.

"뭐야, 그걸 말이라고 해! 알아채고말고!"

해티는 고개를 저었다.

"시장님은 직장에 있을 때는 사람들을 한데 모으려고 아주 열심히 노력하지만 집에 있을 때는 그러려고도 하지 않아. 사실 난 시장님을 못 본 지 며칠 됐어. 시장님을 약간 닮은 정장을 입은 화가 난 여자가 전화가 울려도 듣지 못하고 싱크대 앞에 서 있기는 하지만 말이야. 하지만 그때 외에는 시장님은 실제로는 그곳에 없어. 그리고 약사님은 완전 그곳에 존재하지 않는 사람 같아. 애처로울 지경이야."

"네 아버지는 어느 정도 애처로워도 되지 않을까?"

앤지가 슬며시 반박했다.

"그리고 해티, 넌 어떻게 너마저 떠나는 게 도움이 될 거라고 생각하니? 네 아버지는 더 애처로워질 거야. 어느 편인가 하면 네 아버지는 아마 더 상태가 나빠지실걸."

"하지만 적어도 난 그곳에 있으면서 그걸 보지는 않아도 되잖아."

"벨린다하고 닉하고 나는?"

앤지가 물었고, 해티는 그건 둘이 내내 염두에 뒀던 일임을 알았다.

"아직 결정한 것도 아니고 또 내가 떠나기로 결정한다고 해도 영원히는 아니야. 그냥 상황이 조금 나아질 때까지만이야."

해티는 자신의 친구가 아무것도 약속을 해달라고 하지 않아서 기뻤다. 약 한 시간 뒤, 해티는 텅 빈 집으로 돌아가 커튼을 치고 침대에 누워 조던에게 전화할까 생각했다. 가까이에서 잔디 깎는 기계가 윙윙거리는 소리가 났다. 해티가 집으로 들어오는 길에 보니 옆집 진입로에 커다란 초록색 트레일러가 주차되어 있었다. 옆집 사람들은 자기 집 잔디를 절대 깎지 않는다. '해티의' 아버지가 '옆집 사람들의' 잔디를 깎는데, 해티는 정말이지 자기 아버지가 그러지 않았으면 했다. 해티의 아버지는 얼굴이 시뻘게져서 화가 난 채로 집안으로 들어와 물을 찾고는 한다. 해티는 자기 아버지가 인부를 고용해 잔디를 깎고 나무 가지치기를 시키고 진입로에서 낙엽을 치우게 하고 당신은 나가서 골프를 치거나 하이네켄 맥주를 마셨으면 했다.

하지만 약사님은 더 이상 골프를 치지 않는다. 그는 너무 바쁘다고 말한다. "그러니까 잔디를 깎지 말고 대신에 골프를 치세요." 라고 해티는 말할 수 있었으면 했다. 그건 정말이지 너무나도 간단한 일인데, 그녀는 어려서 이해하지 못한다. 그녀는 빨리 배우는 아이기 때문에 이것을 안다. 그녀는 자신이 그렇다는 말을 아주 많이 들었다.

해티는 침대에서 내려와 가방 앞주머니를 더듬어 휴대폰을 찾았다. 번호 버튼을 누르기 바로 직전, 그녀는 휴대폰의 배경 사진을 보았다. 해티와 여동생이 함께 찍은 사진이었다. 더 행복했던 시절. 자서전의 사진 밑에 실리는 설명 같지 않은가? '더 행복했던 시절의 필

리파 드레이퍼(왼쪽)와 해리엇 드레이퍼(오른쪽).'

이것이 해티가 수학과 물리를 더 좋아하는 이유인데, 수학과 물리에서 감정을 다룰 여지가 있다면 행복 아니면 불행, 두 가지뿐일 것이다. 더 행복한 시절? 가장 행복한 시절? 꽤 행복한 시절? 불행한 시절? 이런 것들은 해티에게는 비슷비슷한 회색빛의 여러 가지 색조처럼 들렸다.

해티의 휴대폰에 있는 사진은 동물원에 간 날 케이블카 안에서 찍은 것이었다. 둘은 그날 동물원에 가고 싶어 하지 않았다. 둘 가운데 어느 한 사람도 가고 싶어 하지 않았다. 해티는 중요한 시험을 대비해 공부를 해야 했기 때문에 가고 싶어 하지 않았고, 핍은 핍답게 구느라 가고 싶어 하지 않았다. 시장님은 흔들리지 않았다.

"너희들 맘에 들 거야. 게다가 그렇게 하는 게 좋아. 너흰 사촌들을 그리 자주 못 보잖니. 다섯 살을 맞는 해리가 다들 그곳에 오기를 바라고 있어."

"그럼 〈맥도날드〉 같은 보통 장소에서 파티를 해야죠. 그렇다면 우리도 참석해 그 애가 촛불 끄는 걸 지켜보고 그 애가 집으로 갖고 돌아가기도 전에 망가뜨릴 시시한 장난감을 선물한 다음, 곧장 우린 집에 올 수 있을 텐데요."

핍이 제안했다.

"핍, 단 하루잖니. 그리고 그런 게 가족이야."

시장님이 한숨을 쉬었다.

"제게 선택권이 있나요?"

"아니, 사실상 없어. 이번에는 엄마가 강제로라도 데려갈 거야."

그날은 또한 이모젠 이모가 처음으로 해티에게 그 제안을 한 날이기도 했다.

"요즘 어떠니?"

파충류관 밖에서 다른 사람들을 기다릴 때 이모젠 이모가 해티에게 물었다.

"잘 아시잖아요. 서로를 약 오르게 하는 것이 현재 우리 가족 전체가 하고 있는 게임이란 거."

해티가 가련한 미소를 띠며 대답했다.

"그녀가 점점 야위어 가는구나."

"알아요."

"걱정되니?"

"내가요? 아님 그녀가요?"

"네가."

"조금요."

"그녀는?"

"겉보기에는 아니에요."

"아직 문제인 것 같니?"

"이모 생각은요?"

"그런 것 같아."

“예.”

그러고는 대화가 한참 중단되었고, 두 사람은 아이들을 목말을 태운 아버지들, 유모차를 미는 어머니들, 사진기를 든 연인들과 다른 여러 사람들이 저쪽 언덕에서 기린과 침팬지들 쪽으로 떼를 지어 이동하는 모습을 지켜봤다.

“싸움을 심하게 하니?”

이모젠 이모가 물었다.

“아주 심하죠. 점점 심해지고 있어요.”

“무슨 일로 싸우는데?”

“아무것이나요. 모든 일로요.”

“그러니까, 결코······.”

“결코 뭐요?”

이모젠 이모가 상상하는 듯한 얼굴을 떨쳐냈다.

“두 사람 가운데······.”

이모젠 이모가 자신의 언니에 대해 이런 질문을 하는 것은 이모에게는 괴로운 일이라는 것을 해티는 알았다. 그래서 해티는 이모의 말에 반응하여 질문을 하면서 멋쩍은 기분이었다.

“시장님 말이에요? 약사님 말이에요?”

그러자 예상했던 대로 이모젠 이모의 얼굴에 고통스런 표정이 떠올랐다. 그리고 멋쩍음이 딱딱한 껍질을 이루어 죄의식으로 변했다.

“두 사람 가운데 누구든.”

해티는 대답으로 고개를 저을 수 있어서 기뻤다.

"폭력은 없었어요, 이모."

"만약 그런 일이 있다면, 그러니까 너의 집에서 뭐든 던져진다면, 우리 집에 너를 위한 침대가 언제나 준비되어 있단 걸 기억해. 잘 알겠지?"

"루스 이모는요?"

"루스가 뭘? 루스도 나만큼이나 너를 사랑해, 해티. 그러니까 일이 너무 커지거나 감당하기 힘들어지면, 우리가 어디 있는지 떠올려. 알겠어? 약속하지?"

"예, 약속해요."

"좋아. 그러면 우리는 안전한 장소에서 가족들의 지지를 비롯한 모든 일들을 짤 수 있어, 알겠지?"

해티는 시선을 자신의 발끝 가까운 바닥의 반들반들한 껌 자국에 고정한 채 고개를 끄덕였고, 이모젠 이모의 언어를 때때로 오염시키는 약간 히피인 듯한 태도를 용서했다.

"네가 너 자신을 돌봐야 해, 알겠지?"

"예, 이모. 감사해요."

나중에 케이블카 앞에서 시장님과 약사님은 행복한 가족처럼 엄마, 아빠, 두 딸이 모두 다함께 타기를 원했다. 그래서 우리는 그렇게 했다. 핍은 예민하게 굴지 않았지만 하루 종일 그렇게 하겠다고 엄마가 이야기를 했기 때문에 아무도 특별히 놀라지 않았다.

"어른 넷이 케이블카 하나에 다 탈 수 있을까요?"

시장님이 곤돌라 안내원에게 물었다.

"그럼요."

그 여자가 대답했다. 그런 뒤, 방긋 웃으면서 핍의 허리에 손을 살짝 두르고는 "게다가 이 학생은 작고 가냘파서 무게도 한 사람의 반밖에 나가지 않겠는걸요." 라고 덧붙였다. 이것이 그 사진을 찍을 때 핍에게서 확실한 미소를 얻어내기 어렵지 않았던 이유였을 것이다.

바로 그것이 내가 싫어하는 회색이다. 해티는 휴대폰 배경 사진을 보았을 때, 자신이 왜 회색보다 검정과 흰색을 좋아하는지를 알 수 있었다. 검정은 핍에게 무슨 일이 일어나고 있지만 그 사태를 막을 힘이 없다는 사실을 아는 것이었고, 흰색은 곤돌라에서의 절대적으로 행복한 순간의 자기 여동생의 미소를 보고 있는 것이었다. 회색은 그 두 가지의 개별적이고 순수한 그림물감들을 문지르고 더럽혀 뒤범벅된 얼룩으로 만든 혼란의 혼합물이었다. 회색은 정말 지긋지긋하다.

휴대폰의 주소록에서 조던의 번호를 삭제시켜 놓지 않아 해티는 조던의 전화번호를 쉽게 찾아 그에게 전화를 걸었다. 해티는 그동안 변화가 많이 일어나 그가 뭔가 긍정적인 말을 할지 모른다고는 생각하지 않았다. 어쩌면 조던은 해티에게 가지 말라고 애원할 것이다. 그래도 해티가 최종적으로 내린 결정에는 조금도 변화가 없을 것이지만 조던이 애원하는 것을 들으면 좋을 것 같았다.

아마 애원하길 바라는 것은 너무 과한 기대일 것이다. 그냥 내년에 그녀를 학교에서 보기를 바란다는 말만이라도 해줘도 좋았다. 그게 진심이 아니어도 상관없으니, 그저 그런 말을 하기만 해줘도 좋을 것 같았다. 해티는 그것만으로도 족할 것이다.

조던이 거의 즉각 전화를 받았다. 해티가 "전화를 바로 받네." 하고 말하자, 조던은 "혼자 집에서 손에 휴대폰을 쥐고 컴퓨터를 하고 있어서."라고 말했다.

"넌 뭐해?"

조던이 해티에게 물었다.

"가출할까 생각 중이었어."

해티는 폭로의 순간을 서서히 다가오게 할 생각이었다. 심지어는 전적으로 그 말을 소리 내어 말하지 않을 생각도 갖고 있었다. 하지만 조던이 묻자 그 말이 불쑥 튀어 나왔는데 그건 정말 전혀 그녀답지 않았다.

"가출한다고? 농담이지?"

"진담이야, 조던."

"그래, 어디로? 계획을 세워 둔 거야? 아님 어딘가 다리 아래에 가서 어두워질 때까지 앉아 있다가 엄마가 저녁 차려 놨다고 부르자마자 달려가 문을 두드릴 거야?"

"너 지금 나를 조롱하는 거구나, 그렇지?"

해티는 조던의 목소리에서 즐거움을 느낄 수 있었다.

"아니, 아니야. 정말이야."

"그러지 마, 조던. 이번에는 아니야. 진담이야."

"그래, 알아. 알았어. 네가 말했잖아. 어디로 갈 거야?"

"이모젠 이모의 집."

"동성애자라던?"

"그러지 마. 내가 싫어하는 거 잘 알잖아. 네가 그렇게……."

"미안해. 네 이모는 네가 가는 거 알아?"

"아니, 아직 몰라. 하지만 이모가 그래도 된댔어. 정말 여러 번 그랬는걸. 언제라도 오라고."

"학교는 어쩌고?"

"울런공에도 고등학교들이 있어, 조던. 그 가운데는 HSC시험*(우리나라의 수능시험과 비슷한 호주의 대학 진학을 위한 시험)을 볼 수 있는 학교도 몇 군데 있어."

"그래. 알아. 하지만 네 친구들은……."

"너 같은 친구? 넌 내 생일도 기억하지 못했잖아. 우리가 아직 사귀고 있을 때였는데도!"

"그 일에 대해서는 이미 미안하다고 말했잖아."

그건 그녀로서는 당황스러운 일이었다.

"그래, 됐어. 난 내 친구들이 정말 보고 싶을 거야. 앤지는 내가 가면 죽을 거라고 이미 말했어."

"나와 앤지 말고 또 누구에게 말했어?"

"그게 무슨 상관이야?"

해티는 조던이 해티의 세계에서 그가 있기에 알맞은 곳을 찾으려 하고 있다는 것을 알았다. 해티는 조던에게 비밀정보를 자신만이 독점해서 받았다고 생각하는 만족감을 주지 않을 것이다.

"다른 사람들에게도 말했어. 사실 꽤 많은 사람들이 알고 있어."

해티는 거짓말을 했다.

"연락할 거지?"

조던이 해티에게 물었다.

"물론이야. 여기 상황이 안정될 때까지만 몇 주나 몇 달만 가 있을 거야. 아무튼 아직 자신에게 딸이 하나 있단 사실을 깨달아도 시장님에게 해가 되지는 않을 텐데."

"네 어머니는 그걸 알아, 해티."

"과연 그럴까?"

"물론이지. 네 어머니는 너무 슬퍼서 그러신 거야."

해티는 잠시 말하기 어려웠다.

"우리 모두 조금은 슬퍼, 조던. 하지만 난 계속 공부해야 했어. 난 멈출 수 없었어. 그 애는 내 동생이었지만 나는 몸을 완전 감추고 이 애처로운 껍질 속으로 들어가 있을 수 없었어."

"넌 할 수 있었어. 네가 할 수 없다고 한 사람은 아무도 없었어. 그게 바로 너였어. 그리고 모든 사람이 이해했을 거야. 모두가."

"그래, 아무튼, 난 그냥 너한테 내가 하려고 생각 중인 일을 말하고 싶었어. 아직 완전히 결정한 건 아니지만."

"네가 결정하면 나한테 꼭 알려줘, 알았지?"

"너한테 알려주라고 앤지에게 말할게."

"나한테 전화해 줄 시간도 없어?"

조던이 마음이 상한 투로 말했다.

"지금 했잖아, 조던. 그럼 잘 지내, 알겠지?"

"그래, 알았어. 너도 잘 지내, 해티."

해티는 전화를 끊으며 자신이 필요 이상으로 훨씬 잔인했단 걸 알았다. 그들은 서로를 미워하지 않는다. 그들은 절대 이별 같은 것도 하지 않았다. 심지어 그 첫날부터도 언제나 그것은 화학반응에 지나지 않은 끌림일 뿐이었다. 화학 반응. 해티는 그 진부한 생각과 조던이 기본적으로는 무기와 같은 물건을 만들어 냈던 실험실에서의 그 순간을 기억하며 미소 지었다.

그녀가 더피 선생님에게서 조던을 구하기 위해 맹렬히 덤벼들었는데, 그때 그녀는 기분이 좋았다. 특히 그가 그녀의 이목을 끌고 사로잡았던 때는 더 그랬다. 바로 그 순간, 해티는 과학광인 여자아이도, 장자 상속권으로 언젠가 아버지의 약국을 이어받을 사람도, 시장의 딸도 아니었다. 그녀는 조던과 비슷했다. 인기 있고, 매력적이고, 아무도 만질 수 없으며, 게다가 약간 반항적이었다. 그리고 그건 대단하게 느껴졌다.

하지만 매력적이고 인기 있는 것은 다만 극단으로 흐를 뿐인데, 특히 남자 친구 옆에 그와 똑같이 매력적이고 인기 있지만 부드러운 면은 없는 잭 같은 친구가 있을 때에는 더 그러하다. 잭이 부드러운 면을 지니고 있었더라면, 아마 그는 조던을 위협하여 그가 한 일들을 하게 하거나 그가 했던 것처럼 여자 친구에게 쌀쌀맞게 대하지 않았을 것이다. 그녀는 바로 그 첫날부터 그들의 관계가 짧고도 울퉁불퉁한 여정이 될 것임을 알았다.

이제 둘의 관계가 완전히 끝났으니까, 해티는 둘이 약간 노닥거리는 이상의 행동을 절대 하지 않았던 것이 다행스럽게 느껴졌다. 그녀가 요조숙녀인 척했던 게 아니라 다만 조심성 있게 굴었을 뿐이다.

조던이 조금 기다리게 할 정도로 조심스럽게 행동했다. 처음에는 조던은 그것에 좌절하는 것 같았고, 이따금은 대부분의 여자애들은 지금쯤이면 그것에 찬성을 했을 것이라고 넌지시 말하고는 했다. 그는 그런 자료를 어디서 설정하고 수집했는지 경로를 상세히 밝히지는 않았지만 그녀가 자신을 아주 별나게 거부하고 있다는 말은 아주 쉽게 꺼내는 것 같았다.

하지만 그런 뒤 시간이 좀 지나자, 조던은 그녀에게 그것을 하자고 강요하는 것을 멈췄다. 그가 확실히 필요로 하는 것을 자신에게 줄 다른 여자아이를 대단히 급하게 찾는 것 같지는 않았다. 그는 마치 금욕의 맹세를 받아들이고 평생 기도와 명상을 하며 살려고 하는 것 같았다. 해티는 치근거림에 이렇게 완전한 변화가 있으리라고는 예상하지 못했으며, 사실은 처음부터 조던이 완전히 자제하는 것을 결코 바라지도 않았다. 그녀는 다만 인내심을 원했을 뿐이다. 인내심, 그리고 감정적인 유대 같은 것을 원했을 뿐이다.

나중에 안 일이지만 그 이별은 놀랍도록 쉽게 일어났다. 해티는 점심시간에 조던을 한쪽으로 데려가 그가 그녀를 위해 그것을 하고 있지 않다고 이야기했다. 그녀는 잭이 조던에게 이리로 가라, 저걸 해라, 거기 있어라 요구할 때마다 조던이 그 요구에 충실히 따라야 한다고 그렇게 심한 부담감을 느끼지 않기를 바란다고 말했다. 그가 간청하듯 그녀의 손을 꽉 쥐고서 점심시간에 아이들이 축구를 할 때마다 그쪽을 힐끗힐끗 쳐다보지 말아야 한다고도 했다.

조던은 소리를 치거나 반박하지도, 흐느껴 울거나 조금이라도 난처한 행동은 하나도 하지 않았다. 그가 그냥 고개를 떨구어, 그녀는 그가 자기에게 눈을 보여주지 않으려 그러는 줄 알았는데, 그가 그녀에게 자신을 미워하냐고 물었다.

그녀는 "아냐, 조던, 난 너를 미워하지 않아."라고 대답했고, 그건 진심이었다.

"난 그냥……."

그녀가 어떻게 그런 단어를 사용할 수 있겠는가? 하지만 진실은 그녀가 지겨워졌다는 것이지만, 그래도 마침내 그녀는 그의 자존심에 덜 상처를 줄 말로 그 수위를 낮췄다.

"난 그냥 너를 사랑하지 않는 것뿐이야."

"난 너를 사랑해."

그가 대답했다.

"이제 그 말을 하기에는 좀 늦은 것 같아."라고 말하는 것이 맞는 대답이었을 것이다. 하지만 해티는 그렇게 대답하면 조던이 자신의 사랑을 입증해 보이려 하게 만들 것임을 알았다. 아무튼 해티는 그가 자신을 사랑한다고 믿지 않았기 때문에 그가 아무것도 증명하지 않기를 바랐다. 그리고 그런 문제에 경험이 부족함에도 불구하고, 해티는 존재하지 않는 뭔가가 존재한다고 입증하려는 것은 결국 무의미한 시간 낭비로 끝날 것이라는 확신이 강하게 들었다.

그래서 조던이 그녀에게 사랑한다고 말했을 때, 해티는 그냥 간단히 "고마워. 하지만 넌 더 많이 사랑할 누군가를 찾을 수 있을 거야. 우리 둘 다 그럴 수 있을 거야."라고 말했다. 조던이 그녀에게 다른 누군가가 있느냐고 묻자, 잠시 그 순간이 마치 멜로드라마 속 장면처럼 느껴졌다.

해티는 고개를 저었다.

"아니, 다른 남자는 없어. 너와 나뿐이야. 하지만 우린 더 이상 아냐. 미안해."

그런 뒤 그녀는 다소 잔인했다고 나중에 깨달은 행동을 했다. 그녀는 그를 껴안았다.

그녀는 나중에 비열한 기분이 들어, 방과 후 그를 찾아 사과를 하고 한 번 더 만나 보자고 말할까 생각했다. 그러다 그녀는 그건 터무니없는 짓 같다고 생각했다. 방과 후 그를 봤다면, 그녀는 자신의 홀륭한 충고를 무시하고 처음 떠오른 본능에 따랐을지 모르지만, 그는 라커룸에 없었고, 그녀가 집으로 걸어가고 있을 때 그가 탄 버스가 지나가는 걸 봤다.

조던은 평소에 앉는 뒤에서 세 번째 줄 왼쪽 유리창에 기대 앉아 있었는데, 버스가 요란한 소리를 내며 그녀 곁을 지나갈 때 그녀를 힐끗 보았다. 해티는 망설이며 손을 들었다. 그는 버스에, 그녀는 보도에 있었으므로 손 정도는 충분히 흔들어 보일 수 있었다. 하지만 그는 반응하지 않았고 그러자 그녀는 기분이 최악이 되었다. 그녀는 그를 완전 잘라냈다. 하지만 그들은 둘 다 잘 헤쳐 나갈 것이다.

그리고 물론 그들은 그렇게 했다. 한 1주일 정도는 불편했다. 그런 뒤 어느 날 오후 수학 시간에 해티는 조던이 몸을 앞으로 기울인 채 제니 프로서에게 뭔가 수작을 거는 말을 하고 있는 광경을 보았는데 이번에는 그는 그 말을 한 뒤 그녀에게 흘끗이라도 눈길을 주지 않았다. 바로 그때 그녀는 둘의 사이가 완전히 끝났음을 알았다.

해티는 부모님이 몇 시에 집에 올지 궁금했다. 그러다가 그녀는 그 날이 그 달의 두 번째 목요일임을 기억했다. 오늘은 시의회 회의가 있는 밤이다. 그렇다면 시장님은 시장실에서 테이크아웃 해 온 태국 음식을 먹을 것이고 아주 늦게까지 집에 오지 않을 것이다. 그리고 이제 막 '목요일 심야 쇼핑'을 도입한 쇼핑포인트 상가에서는 어른

손님을 끌어들이고 있을 것이므로, 약사님도 문을 닫고서야 집에 올 것이다. 그러므로 집은 누구의 방해를 받지도 않고 온전히 그녀의 것이었다.

해티는 실험을 하기로 결심했다. 상당히 간단한 제어와 다수의 대상 모형에 대한 실험을 할 것이다. 실습교재를 보고 실험하는 것과 똑같이, 그녀는 어떤 결과가 나올지 이미 잘 알고 있었다.

어느 편인가 하면 그녀가 예상하는 결과에 어긋나게도 제어 요소가 빗나갔다. 그녀는 업종별 전화번호부에서 '꽃집' 란을 찾았다. 그 마을에는 꽃집이 두 곳 있었지만 둘 가운데 어느 꽃집도 고르지 않았다. 대신 그녀는 거의 들어보지 못한 곳에 있는 가게 번호를 골라 번호를 눌렀다. 해티는 기다렸고, 전화벨이 세 번 울린 뒤 응답했다.

"안녕하세요, 〈돈스 꽃집〉입니다. 저는 돈입니다."

"안녕하세요. 저기요, 제가 결혼할 생각인데, 결혼식 꽃을 주문할까 해서요. 저를 도와주실 수 있으세요?"

"예, 물론 도와드릴 수 있죠. 여긴 꽃집이잖아요!"

돈은 자신의 작은 농담에 소리 내어 웃었다.

"날짜는 정하셨어요? 고객님이 결혼하는 시기가 연중 어느 때인가에 따라 차이가 날 수 있거든요. 예를 들어, 봄에 결혼을 하면 참제비고깔과 팔랑개비국화가 좋고, 사랑스러운 페루 백합 부케를 만들어 드릴 수도 있어요. 하지만 겨울에 결혼을 하면, 거베라를 맘에 들어 하실 것 같아요. 거베라는 색상이 아주 다채……"

"날짜는 아직 미정이에요."

해티가 중간에 말을 잘랐다.

"꽃집 문을 매일 여세요? 아마 제가 직접 가서 상담도 하고 봐야하는 거겠죠?"

"네, 그럼요. 그러면 일이 정말 수월하죠. 매일 문을 여니까 날짜가 정해지면 언제라도 들러주세요."

돈이 말했다.

"예, 그럴게요. 고마워요. 안녕히 계세요."

해티는 전화를 끊었다. 제어 요소로 완전한 이방인, 해티는 그 결과를 기록했다.

다음으로 해티는 약사님에게 전화를 했다. 〈드레이퍼 약국〉에 가장 최근에 고용된 어린 얼간이가 전화를 받았는데, 제러미 드레이퍼에게 딸이 있다는 사실을 잘 모르는 모양이었다. 지금 전화를 걸어 제러미 드레이퍼와 통화하고 싶어 하는 그 딸의 존재를.

"오, 약사님 따님이로군요! 죄송해요! 잠깐만 기다리세요."

뒤에서 대화를 나누는 소리가 들렸다. 그 얼간이가 딸 '캐티'에게서 전화가 왔으니 받으라고 약사님에게 말하는 소리가 들렸다.

"누구라고? 아, '해티' 말이군. 용건이 뭔지 물어서 메모해 놔, 알겠지? 지금 내가 처리해야 할 처방전이 천 개는 돼."

해티는 그 얼간이가 다시 전화를 받기 전에 전화를 끊었다. 그 얼간이는 아마 전화기에 손이 닿기도 전에 그 용건을 잊어버릴 것이다.

다음으로 해티는 시장님에게 전화를 했다. 시장님에게는 비서가 있지만 그건 대수롭지 않았다. 그 비서는 해티가 누구인지 알고 있기까지 했다.

"오, 안녕. 엄마 바꿔 줄까?"

그녀가 말했다.

"예. 괜찮다면 바꿔 주세요."

"잠깐만 기다려. ……미안하지만 네 엄만 지금 회의 중이서."

"몇 시에 끝나는지 아세요?"

해티는 비서의 목소리에서 비서가 수첩을 들춰 보며 연필을 빨고 있음을 알 수 있었다.

"음, 네가 전화했다고 전할게. 하지만 네 엄마는 오늘 저녁 일정이 꽉 차 있단다. 밤늦게까지 계속 일이 있어."

"예, 알아요. 시의회 회의가 있는 밤이잖아요."

"그렇단다. 지금 그들은 수단 난민 가족에 대해 토론 중인데 늦게까지 계속될 거야."

"그렇다면 그냥 제가 전화했다고만 전해 주세요."

해티는 전화를 끊으면서 자기가 부모님 어느 쪽에게든 전화하기 전에 용건을 준비해 놓지 않았다는 것을 깨달았다.

그 실험을 결론짓기 전에 한 사람에게 더 전화해야 하지만, 만약 이곳을 떠난다면, 그 사람에게는 나중에 전화할 수 있을 것이다. 대신 그녀는 세스에게 전화했다. 그리고 전화 신호가 가는 동안 컴퓨터를 켜 도시철도 사이트로 들어가 시간표를 검색했다.

해티는 세스를 며칠 전 거리에서 보았고, 그래서 해티는 세스가 여름 방학을 맞아 집으로 돌아왔음에 틀림없다고 생각했다. 작년 말 그녀의 부모님이 그녀의 시험 시기에 맞춰 그녀를 위한 특별한 도움을 받았던 뒤로 그와 대화를 나눠본 적이 없었다.

그때 그는 자신의 HSC시험 대비 공부를 하고 있어서 정말로 시간이 없었지만, 그는 마음씨가 워낙 고와서 거절의 말을 하지 못했다. 그 과외는 4, 5주 동안 지속되었다. 솔직히 그녀와 세스는 과외 공부를 많이 하지 않았다. 그들은 굉장히 즐거운 시간을 보내고 있었고, 시장님과 약사님은 곧바로 일주일에 두 번 시간당 30달러는 자신들의 딸의 교육에 한 최고의 투자가 아니라고 염려하게 되었다.

세스는 영리하다. 아무도 그가 영리하냐고 물어보진 않았지만. 10학년 때 세스는 드레이퍼 패밀리 약국에서 일한 경험이 있었다. 약사님 옆에서 일한 일주인 만에 세스는 대단히 깊은 인상을 남겨, 그가 약사가 되기로 결심한다면 대학 입학 관계자에게 보내는 추천서를 써주는 것은 물론 졸업 후 취직 제안까지 받았다.

하지만 지금 그는 기계 전자 공학을 공부하고 있다. 약사님은 그 말을 듣고는 약간 실망을 했었다.

"난 그 애가 정말 훌륭한 약사가 될 거라 생각했는데, 그 애가 물리를 더 좋아한다면……."

약사님은 늘 그렇듯 말을 얼버무렸고 그 말을 어떻게 끝맺을지는 다른 사람들이 추측하게 내버려뒀다. 그런 방식에 사람들은 기분이 상해도 약사님을 비난할 수는 없었다.

세스의 어머니가 전화를 받았다.

"저는 해티 드레이퍼인데요. 세스 오빠 집에 있나요?"

"누구라고?"

"해티 드레이퍼요. 세스 오빠의 친구예요."

"오, 시장님의 딸이구나. 네 동생 일은 정말 안 됐어, 얘야."

"고맙습니다."

"어떻게 지내니?"

"우린 잘 지내요. 감사합니다."

"뭐든 우리가 도울 일이 있으면……."

"예, 그렇게 말씀해 주셔서 감사해요."

"잠깐만. 세스 바꿔 줄게."

세스의 어머니는 보편적인 제안을 했다. 서로 거리에서 마주쳐도 알아보지도 못할 세스의 어머니 같은 사람도 해티에게 뭐든 도울 일이 없냐고 물었다. 하지만 뭐든 돕는다는데 그 '뭐든'이라는 게 뭘까? 우리 집에 와서 청소하는 것? 시장님이 어두운 방에 조금 더 많이 앉아 있을 수 있도록 설거지를 하는 것? 약사님이 골프를 치러 갈 수 있도록 잔디를 깎아 주는 것? 장례식 꽃값 내는데 자기도 보태겠다는 제안? 캐서롤*(여러 가지 야채나 고기 등을 섞어 요리해 냄비째로 내놓는 음식) 을 하나 더 만들어 체크무늬 천에 따뜻하게 싸 와서 딱딱한 굳은 미소를 띤 채 현관에서 내놓는 것?

해티 자신을 위해서는 뭐가 있을까? 모든 것을 괜찮게 만들기 시작하기 위해 이 마을의 어느 누가 그녀를 위해 뭔가를 할 수 있을까?

"여보세요. 세스입니다."

"안녕."

"안녕. 누구야?"

"오빠 엄마가 말한 줄 알았는데. 해티야. 오빠가 과외 했던."

"해티! 녀석! 잘 지내? 저기, 핍 얘기는 들었어. 정말 유감이야."

"고마워."

해티는 그가 자기 엄마와 똑같은 제안을 할 것을 예상했지만 그렇지 않았다. 세대 차인가, 하고 그녀는 생각했다. 말보다 행동이 중요한 법이다. 그녀는 자기 친구들과 거의 잘 모르는 학교 친구들에게서 받은 위로를 기억한다. 비록 그녀를 위해 뭐든 해 줄 게 없냐고 물은 한 사람 한 사람을 기억하지는 못하지만, 그녀는 많은 친구들이 그녀를 안아 줬고, 꽃을 가져다주고, 믹싱 녹음한 테이프를 주기도 하고, 핍의 어떤 반 친구들에게서는 스크랩북을 받기도 했던 것을 기억한다. 학교에서 그녀가 조금이나마 필요로 한다면 뭐든 요구하라고 그녀에게 말로 약속한 유일한 사람들은 선생님들이었다.

"세스 오빠, 좀 어려운 부탁해도 될까?"

"그럼. 부탁이 뭐야? 들어주겠다고 약속하기 전에 알아야지."

"대학교에서 집에 올 때 차를 운전해 왔어? 그러니까 내 말은 오빠가 차가 있느냐는 거야."

"그래, 물론."

"나를 역까지 태워다 줄 수 있어?"

세스가 머뭇거렸다.

"그게 다야? 좋아. 언제?"

"지금."

"지금?"

"그래. 한 시간 좀 지나면 내가 탈 기차가 출발해."

"어디 가는데?"

"시드니 먼저 들렀다 울런공에."

"왜?"

"오빠가 여기로 오면 말해 줄게."

"알았어. 금방 갈게."

최종적으로 결정을 내리자 짐 싸는 건 오래 걸리지 않았다. 결정을 내리는 일이 실제로 기차를 타는 것만큼 완전히 최종적인 건 아니지만 그것은 불가피하게 나서는 길로 떠나는 출발이다. 당연히 옷을 가방에 넣고, 화장품, 메이크업 제품, 사진 두 장, 휴대폰과 충전기를 넣었다. 그리고 학교 가방 안에는 집으로 가져온 교과서와 폴더들을 넣었다. 학교 라커에 있는 건 뭐든 학교에서 보내줄 것이다. 학교에서는 약간의 소동이 있을 것이다. 해티의 귀에는 벌써 교무실에서 선생님들끼리 하는 얘기가 들렸다.

"학교를 다 마쳐 가는 마당에 왜 지금 가지? 적어도 시험이 끝날 때까지는 기다릴 수 있잖아."

그리고 어쩌면 선생님들 말이 맞을지 모르지만 결국 이건 선생님들이 관여할 바가 아니다. 그녀 자신을 빼고는 어느 누구도 관여할 바가 아니다. 지퍼가 잠긴 채 나란히 침대 위에 놓인 두 개의 가방을 보는데 뭔가 잊은 게 있는 것 같았다. 그녀는 생각을 더듬었다. 생각해 보니 그건 굉장히 시장님스런 일이었다.

"뭔가 잊은 게 이제 막 생각났어."

휴가를 가지 않은 지 좀 됐지만, 그들이 휴가를 갈 때마다 그랬다. 그들이 어딘가로 당일치기로 외출할 때마다 늘 그랬다. 그들이 핍을 병원에 데려다 줄 때마다 어김없이 그랬다.

"뭔가 잊은 게 이제 막 생각났어."

그리고 해티는 왜 시장님이 그들이 차에 핍을 태우지 않고 병원 주차장을 떠날 때마다 그 말을 할 생각을 전혀 하지 않았을까 궁금했다. 그리고 그런 때 가운데 한 번은 마지막이었다.

해티는 전화통화 했던 것들이 기억난다. 병원 직원이 핍에게 집에 전화할 수 있도록 허락한 시간을 넘겨 가며 핍은 병원에서 자기를 고문하고 자기 뜻대로 하지 못하게 하고, 서명한 모든 인권 협약들을 어기고 있다고 자주 울부짖고는 했다. 맞다, 연극 같지만, 해티가 그 말을 들었을 때, 해티는 마음이 찢어지고는 했으며, 몇 번이고 해티는 자기 동생이 탈출하도록 돕는 것에 대해 생각했다. 하지만 외관상으로는 의사와 부모님과 가슴 부분이 터질 듯한 블라우스의 금발머리 세라가 하는 말을 받아들이고, 핍의 불만에 지시받은 대로 대답하고는 했다.

"병원에서는 해야 할 일을 하는 거야."

해티는 자신의 말을 의심하면서도 대개 이렇게 말하고는 했고, 전화를 끊은 뒤에는 샤워기 아래에서 흐느껴 울고는 했다.

어느 날 오후 해티와 핍은 병원 마당을 거닐고 있었다. 그들에게 주어진 시간은 10분이었는데 그건 특전이었다.

"언닌 이게 조금이라도 도움이 되고 있다고 생각해?"

"어떤 점에서?"

"내가 좋아진 것 같아?"

어떻게 해티가 그 질문에 대답할 수 있었겠는가? 수척한 얼굴, 꼬챙이처럼 비쩍 마른 팔다리, 숱이 줄어든 머리, 운동복 바지 안의 거의 없어 보이는 엉덩이. 오히려 핍은 더 나빠 보였다.

"너 짜증이 많이 난 것 같다."

해티는 결국 꽤 정직하게 대답했다.

"당연히 짜증이 나지. 난 집에 가고 싶어."

"이번에 목표는 뭐야?"

"38."

"현재는 얼만데?"

"34.7"

"제기랄."

"왜?"

"아무것도 아냐."

"그렇게 나쁜 건 아냐."

하지만 해티가 걱정스러운 건 체중이 아니었다. 그것은 핍이 자신의 상태를 소수점까지 안다는 사실이었다.

"넌 짜증을 내도 돼. 나도 짜증이 날 거야. 자, 이제 그만 돌아가는 게 좋겠어."

핍이 킥킥 웃었다.

"언닌 진짜 시키는 대로 하는 졸개 같아."

해티는 핍의 병실에 같이 있는 여자애들을 생각하며 '오, 그래, 넌 정말 대단한 대장이야.' 하고 대답하고 싶었다. 그 네 명의 여자애들은 의무에 충실하게 하루에 여섯 번 식당으로 향하곤 하는데 간호사가 폴더를 안은 채 몇 걸음 뒤에서 뒤따른다.

해티는 그것을 이해하지 못했다. 그것을 이해할 수 없었다. 그녀는 이해하려 애썼고, 의사, 간호사, 사회복지사, 영양사, 심리학자들도 모두 그것을 설명하려 애썼지만, 사실 그들 가운데 어느 누구도 이해시키지 못했다. 아무도 명쾌하게 설명하지 못했다. 그런데 해티는 언제나 의학은 과학이며 검정과 흰색이 많지 회색은 별로 없다고 생각해 왔다.

해티는 한밤의 첫 통화 직후, 자신의 목록에서 의학을 줄을 그어 지웠다. 그때가 바로 병원에서 '그냥 관찰을 위해서' 핍을 집중치료실로 옮겨야 한다고 약사님에게 연락했던 때였다.

"뭐가 잘못됐어요?"

약사님이 물었는데 병원 측의 대답은 극심한 저체온과 위험한 심장박동과 관계된 것이었다.

"우리가 어제 그곳에 갔을 때는 좋았잖아요. 어떤 변화가 있어서 이런 일이 생긴 겁니까?"

병원에서는 알지 못했다. 분명 많은 다른 상황들이 있었을 것이다.

회색 과학. 그것이 바로 의학이 더 이상 해티의 목록에 있지 않은 이유다.

"우리가 가야 할까요?"

약사님이 물었고 병원에서는 걱정이 되면 와도 되지만 그럴 필요는 없다고 말했다. 약사님은 거의 실소를 터뜨렸다.

"당연히 걱정이 되죠. 두 시간 있다 봅시다."

핍은 집중치료실의 병실 가운데 덜 무시무시한 방에 있었다. 핍에게 가기 위해 그들은 시체처럼 누워 있는 조그만 어린아이들이 있는 밝은 병실들을 지나가야 했다. 목에 관을 꽂은 아이들, 팔에 관을 꽂은 아이들, 가슴에 관을 꽂은 아이들, 그리고 아이들 옆에서 시끄럽게 삑삑거리며 숨 쉬는 기계들.

그리고 끝쪽에는 더 어두운 병실들이 있었는데, 그곳에는 아이들이 약의 도움 없이 정상적으로 자고 있었다. 핍의 병실 밖의 복도에는 간호사가 허리 높이의 책상 앞에 서서 엄청난 차트에 기록을 하고 있었다. 해티는 그 간호사가 한쪽 발은 신발을 벗어 왼쪽 발목 뒤에 올리고서 한 발로 서 있는 걸 알아챘다. 간호사의 양말 바닥에 구멍이 나 있었다.

“병실에 들어가도 될까요?”

시장님이 그 간호사에게 물었다.

“그럼요. 하지만 잠들었어요.”

“조용히 할게요.”

“우리 애는 좀 어떤가요?”

다소 뒤에 처져 있던 약사님이 물었다.

“괜찮아요. 안정적인 것 같아요.”

해티는 간호사 옆을 지나가면서 간호사가 기록하고 있던 차트를 슬쩍 보았다. 숫자, 그래프, 알아보기 힘든 단어들. 그 페이지에는 회색의 요소가 많았다.

핍은 문을 향해 등을 돌린 채 모로 누워 있었다. 핍의 몸에 담요가 여러 장 덮여 있었고, 침대 위로는 커다란 전신 길이의 히터가 걸려 있었다. 콧구멍에 와닿는 실내 공기는 따뜻했다. 모니터에는 핍의 심장박동이 넓은 간격으로 초록색 봉우리를 그리며 기록되고 있었는데, 해티는 자신의 마음속에서 이상한 모순된 역설이 옹졸하게 자리

잡는 걸 느꼈다. 이 모든 증거 앞에서 간호사가 이끌어 낼 수 있는 최고의 결론이 "괜찮아요. 안정적인 것 같아요."라니.

시장님이 핍 옆에 머물고 싶어 해서, 약사님이 간호사에게 어디에서 자기 아내를 위해 커피를 만들어 줄 수 있는지 물었다. 약사님은 복도 저쪽의 간이 취사장으로 안내 받아 갔고, 해티는 그가 작은 찬장에서 1회용 컵 두 개와 커피 두 봉지를 꺼내는 것을 지켜보았다.

"한 잔 이상 타실 거면 제 것도 타 주시면 안 돼요?"

해티가 말했다. 약사님이 돌아섰는데, 해티가 그곳에 있다는 사실을 깜박했던 모양이었다.

"언제부터 커피를 마셨지?"

약사님이 해티에게 물었다.

"매일 아침 학교 가기 전에 커피를 한 잔씩 마셔요. 그리고 가끔은 집으로 오는 길에 몬티 커피숍에서 카푸치노를 마시기도 해요."

"그래? 그렇구나. 좋아. 이건 네 엄마에게 가져다 주거라. 나는 네 걸 한 잔 더 탈 테니."

"흰색 둘요. 설탕으로요. 그녀의 커피에 넣은 감미료 따위는 사절이에요."

"그래, 알겠다."

시장님이 자신의 커피를 말없이 받아든 뒤, 해티는 약사님에게로 돌아갔다.

"우린 여기 들어가서 앉자꾸나."

약사님이 취사장 옆의 작고 어두운 휴게실을 가리키며 말했다.

"오늘 저는 학교에 가지 못하겠군요."

해티는 복도에서 들려오는 발자국 소리와 조용한 목소리, 약물에 취한 아이들 옆에서 삑삑거리는 기계음과 머리 위의 시계가 크게 똑딱거리는 소리가 없었더라면 침묵이었다고 말해도 좋을 이삼 분의 시간이 흐른 뒤 말했다.

"오늘이 무슨 요일이지?"

약사님이 물었다.

"네? 화요일이에요."

"제기랄. 그렇단 말이지. 여섯 시에 프리다에게 전화해서 일찍 출근해 약국 문을 열라고 해야겠어."

"핍이 괜찮을까요?"

해티가 물었다.

"오, 그럼, 핍은 괜찮을 거야. 이럴 줄 알았으면 아침까지 기다렸다가 와도 됐을 텐데."

해티는 고개를 들어 시계를 보았다.

"이제 아침이에요. 3시 30분인 걸요."

약사님이 고개를 끄덕였다.

"그렇구나."

생각을 되짚어보니 해티는 눈을 잠시 감았다가 휴게실에 약간 다른 빛이 들어와 깨었던 게 기억난다. 해티는 소파에 누워 있었는데,

머리에는 베개가, 몸에는 두툼한 병원 담요가 덮여 있었다. 혼자 있었는데 신발은 그대로 신은 채였다.

약사님은 시장님과 함께 핍의 병실에 있었고 해티는 병실 안으로 살짝 들어가 문간에 섰다. 핍은 여전히 창 쪽으로 향한 채 옆으로 누워 있었다. 창밖으로 높은 콘크리트 담이 여명 빛 속에 모습을 드러내기 시작했다.

"일어났구나."

약사님이 해티가 온 걸 알아채고는 말했다.

"네가 꾸벅꾸벅 졸길래 그냥 자도록 내버려 뒀단다."

해티가 하품을 했다.

"담요하고 베개 고마워요, 아빠."

약사님은 어리둥절한 표정이었다.

"오, 간호사가 그런 모양이구나."

"아, 예, 그렇군요."

핍이 돌아누우며 피곤한 미소를 지었다.

"왔어, 언니?"

해티는 동생의 침대로 다가가 손을 잡았다.

"어, 그래. 어떻게 된 거야?"

핍이 조금 더 활짝 미소를 지었다.

"부정맥을 몰아낼 생각이었어. 그것 때문에 이렇게 부리나케 달려온 거야?"

“우리가 얼마나 놀랐는데.”

“그래, 그 점은 미안해.”

의사들이 회진을 와서 상태가 이런 식으로 호전되면 그날 오후쯤에는 핍이 일반 병동으로 돌아갈 수 있을 것이라고 알려준 뒤, 그들은 아침 늦게 병원을 나서 집으로 향했다. 그렇게 그들은 작별인사를 하고 그곳을 떠났다.

해티는 다음날도 그 다음날도 부모님과 함께 병원으로 다시 가지 않았다. 해티는 해야 할 공부가 있었으며, 핍은 아직 집중치료실을 벗어나지 못했지만 자기는 괜찮다고 완고하게 주장했다.

“불가사의한 부정맥이 계속되고 있어서 병원에서 계속 나를 지켜보고 싶어 하는 거야. 하지만 난 괜찮아. 난 좋아. 언니가 주말에 오면 그때 봐.”

핍은 해티에게 전화상으로 말했다.

‘그런 처지에 있는 사람치고 핍은 굉장히 밝은 것 같아.’ 하고 해티는 생각했다. 다음날 자정을 갓 넘긴 아주 이른 새벽에 그 다음번 전화가 왔다. 해티는 전화벨 소리에 잠에서 깨었다. 어둠을 똑바로 응시하고 누워 있는데, 약사님이 낮게 중얼거리는 소리가 들렸지만 알아들을 수 있는 말은 하나도 없었다.

그런 뒤 그녀의 방 바깥 복도 등이 켜지더니 아빠의 그림자가 문을 가득 채웠다.

“해티.”

아빠가 낮은 목소리로 불렀다.

"왜요?"

"깼니?"

"네."

"네 엄마와 난 시드니에 가야 한단다."

"지금요? 몇 신데요?"

"열두 시 반."

"무슨 일인데요?"

"네 동생에게 상태 변화가 있대."

해티는 침대에서 벌떡 일어나 앉아 눈을 깜박였다.

"어떤 상태 변화요?"

"병원에서 확실히 모르는구나."

"그들은 의사잖아요. 어떻게 그들이 확실히 모를 수 있죠?"

"지금 이러고 있을 시간이 없어. 병원에 가서 전화하마."

"저도 갈래요."

"그럴 필요 없어. 넌 학교를 너무 많이 빠졌어. 어떻게 된 일인지 알게 되면 전화하마. 네가 꼭 와야 되면 기차를 타고 오면 되잖니."

할 필요가 있는 일이 무엇인지에 대한 해석 차이가 그들 사이에 무겁고 사납게 드리워져 있었다.

해티는 평소 일어나는 시간에 잠에서 깼는데 집이 왜 이렇게 조용한지 기억해 내는데 잠깐 시간이 걸렸다. 그때 간밤의 일들과 나머지 가족들이 어딘가 다른 곳에서 전문가들조차 이름도 이유도 제시할 수 없는 대단한 위기에 대처하고 있다는 사실이 기억났다. 그녀의 가족들은 그녀 없이 멀리 떨어진 곳에서 전쟁을 치르고 있었다. 그녀는 그들이 크게 벌어진 협곡을 건너는 모습을 볼 수 있었다. 그녀는 미친 듯이 자신의 안테나를 바싹 세우고 있었다.

현관문을 닫고 집을 나서는데 전화벨이 울려서 해티는 학교 가방을 떨어뜨리고 다시 집안으로 돌진했다.

"여보세요?"

아무 말이 없었다.

"여보세요?"

"해리엇?"

"엄마?"

그때 누군가가 흐느껴 울면서 동시에 목 울리는 듯한 소리가 들렸다. 최악의 흐느낌이었다.

현관문을 두드리는 소리가 나서 해티는 문을 열러 갔다. 세스가 새끼손가락에 자동차 열쇠를 끼워 돌리며 서 있었다.

"안녕, 해티."

"안녕, 세스 오빠."

"그래, 집을 떠난다니, 이게 대체 무슨 일이야?"

"오빠도 집을 떠났잖아."

세스가 미소 지었다.

"그래, 대학에 가려고 그랬지."

"그것뿐이었던 척하지 마. 난 오빠가 작년에 내게 하곤 했던 말들을 기억해. 오빠의 집에 대해서. 오빠의 부모님에 대해서."

해티가 말했다. 세스는 어깨를 으쓱하며 동의를 표현했다.

"그만하면 됐어. 그리고 집에서 엄마 아빠와 함께 살아야 하는 것보다는 한 번에 이틀 동안 함께 머물기만 하는 게 훨씬 좋지."

"그러니 내가 대학에 가는 것에 대해서는 신경 안 써도 돼."

세스가 히죽거리며 웃었다.

"이 강의는 안에서 마치면 안 될까? 아님 여기 계단에서 해야 하는 거야?"

해티는 멍청이가 된 기분이었다.

"미안해. 들어와."

해티가 뒤로 물러서며 그가 들어올 수 있게 문을 열어줬다. 해티를 기다리지 않고 세스는 거실로 향했고, 그러자 세스가 지금은 조금 더 키가 크고 교재로 가득한 가방을 들고 있지 않다는 점을 제외한다면 마치 작년처럼 느껴졌다. 해티는 세스를 뒤따라 들어갔는데 그는 손끝을 탁자에 올린 채 그 옆에 서 있었다.

"앉아. 뭐 마실 거 줄까?"

해티가 물었다. 세스가 의자를 당겨서 빼자 바닥에 의자 다리 긁히는 소리가 크게 났다.

"너 저것 사용하는 법 알아?"

세스가 부엌 싱크대에 놓인 터무니없이 비싼 에스프레소 머신을 가리키며 물었다.

"물론이지. 뭐 마실래?"

"카푸치노. 네가 만들 줄 안다면."

그가 자신의 손목시계를 힐끗 보며 덧붙였다.

"우리에게 시간이 있다면."

"시간 있어."

해티가 대답하며 에스프레소 머신 스위치를 켰다.

"이 기계를 갖다 놓은 지 2주밖에 안 됐어. 빛이 나지, 그지?"

"그래, 짐은 다 쌌나 보구나. 떠날 준비가 다 된 거야?"

세스가 싱크대 끝에 나란히 놓인 가방 두 개를 보았다.

"응, 다 쌌어."

"있잖아, 이런 식으로는 모든 문제가 해결되지는 않……."

"그런 말 하지 마. 영원히 떠나지는 않을 거야. 아무튼 그렇지는 않을 거야. 그냥 상황이 조금 진정될 때까지만. 난 집에서 벗어나야 해. 그건 정말…… 정말 웩이야!"

해티가 주먹을 쥐고 인상을 쓰며 계속 말했다.

"도망치는 게 아무런 문제도 해결할 수 없다는 걸 나도 알아. 이건 그냥 압박감에 대한 것일 뿐이야. 나도 압박감을 잘 알잖아."

세스는 탁자 위에 두 손을 포갰다.

"응, 알아. 그래, 물리와 수학은 요새 어때?"

해티는 커피를 필터에 넣어 제자리에 끼웠다.

"좋아. 난 물리와 수학을 사랑해. 그게 그다지 멋지지 않다는 걸 알지만 난 정말 상관 안 해."

"그건 내게도 멋져."

해티는 세스가 진심임을 알았다. 그냥 재미삼아, 그리고 어쩌면 원래 할당된 두 시간의 과외 시간을 넘겨 시간을 늘리기 위해서인지도 모르지만, 세스가 기차 바퀴의 약간 원뿔모양의 측면이 어떻게 바퀴가 미끄러지지 않고 모퉁이를 돌기에 충분한 가변성의 원주를 제공하는지 설명했던 때를 해티는 기억한다. 그는 그 설계의 정밀함에 굉장히 흥분했었는데, 그가 그 이야기를 하는 말투와 열정을 담은 반짝거리는 눈동자를 보고, 해티는 그가 그것이 정말로 멋지다고 믿는 것을 알 수 있었다. 그리고 그녀도 그것이 멋지다고 믿었다.

"그래 어떻게 지내? 다 아는 사실은 제쳐놓고. 다시 한 번, 핍 일은 유감이야."

"난 괜찮아."

세스가 소리 내어 웃었는데 해티는 그의 얼굴이 빨개진 것을 보았다.

"내가 완전 미친놈이지. 네가 집에서 도망칠 수 있게 역까지 태워주러 와서는 고작 묻는다는 게 어떻게 지내냐니."

"오빠가 그 말을 하지 않았으면 했는데."

“무슨 말?”

“집에서 도망친다는 말. 조던은 그 말을 들으니 내가 네 살짜리 애 같대.”

“조던이라면, 조던 롱글리?”

“맞아. 우린 잠시 사귀었지만 잘 안 됐어.”

“이런.”

“그래, 뭐. 우린 진짜 맞지 않았던 것 같아. 하여튼 복잡해.”

“그 녀석은 멍청이야.”

“아냐, 그 앤 멍청이가 아냐. 좀 게으를 뿐이지.”

“내 말은, 너를 떠나보냈으니 멍청이란 뜻이야.”

그러자 해티는 얼굴이 달아올랐다.

“그 애 탓이 아니야. 그냥 잘 풀리지 않은 것 같아. 자, 여기 커피. 위에 거품이 별로 없어서 미안해. 아직 배우는 중이라서.”

해티는 자신이 마실 오렌지주스를 냉장고에서 꺼내 그의 맞은편에 앉았다.

“마실 만해?”

세스가 윗입술로 거품을 핥았다.

“응, 좋아.”

해티는 갑자기 책상 위에 물리 폴더를 두고 온 게 생각나서 잠시 실례하겠다고 양해를 구했다.

“내 방에 가서 중요한 걸 가져와야 해. 하마터면 잊을 뻔했어.”

해티는 자기 방에 들어가 불을 켜고 책상으로 갔다. 모든 종이들을 전부 밀칠 때, 그녀 뒤의 문간에서 인기척이 느껴졌다.

"네가 잊어버린 중요한 물건이 뭔데?"

세스가 물었다.

"가정학습 폴더. 그리고 부모님께 쪽지를 남길지, 기차에 탄 뒤 전화를 드려야 할지 생각 중이야."

"나라면 쪽지를 택하겠어. 네 감정을 더 잘 조절할 수 있을 거야. 변수가 끼어들 가능성이 적어지잖아. 전화로는 무슨 말을 하게 될지 전혀 모르잖아. 또 설득 당해 단념할 수도 있고. 비록 기차에서 유턴 하기란 굉장히 어려운 일이지만."

"원뿔 모양 바퀴가 달렸더라도."

세스가 얼굴을 찡그렸다.

"뭐? 무슨 말인지…… 아, 알겠어. 그래, 그것."

세스가 웃음을 터뜨렸다.

"그것에 대해 완전 잊고 있었어."

"난 아니야. 난 그것이 멋지다고 생각했었거든."

"그건 멋졌어. 지금도 멋지고."

"그럼 쪽지가 나을까?"

"내 생각엔."

"얼마 안 걸리니까 잠깐만 기다려."

"네가 그걸 하는 동안 네 교재를 봐도 돼? 옛 정을 생각해서."

“물론.”

“『물리의 법칙들: 개정판』. 아, 그래, 기억나.”

해티는 책상에 앉아 쪽지를 쓰고, 세스는 침대에 앉아 해티의 물리 책을 보았다. 그리고 잠시 뒤 해티는 쪽지 쓰기를 마쳤다. 그녀는 자신이 쓴 글에 그럭저럭 만족했다. 좀 더 손봐야 할 문장이 있었지만 대체적으로 괜찮았다. 이 쪽지는 목적을 달성해서 피할 수 없는 당황의 순간 속에서 시간을 벌어줄 것이다.

“다 썼어.”

해티가 말하며 뒤로 돌았다.

“이게 그때 더피 선생님이 네가 하게 한 거야?”

세스가 물었다. 그는 교재의 서표를 끼워둔 페이지를 열어서 공식을 보고 있었다.

“양자 역학의 질량 중심. 난 이걸 정말 사랑해.”

“나도 그래, 오빠. 그건 정말 굉장히 멋져.”

“우린 지난 학기 온갖 종류의 전동 장치를 공부했어.”

“정말? 대학교에서?”

해티는 의자에서 일어나 세스 바로 옆의 침대 가장자리에 앉아 그 페이지 위로 몸을 기울였다.

$$R_{c.m.}(t) = \{m_1 r_1(t) + m_2 r_2(t)\}/(m_1 + m_2)$$

얼마나 아름답고 얼마나 이해가 빨리 되는가. 두 물체는 공통 지점에서 합쳐지는데, 이 공식을 이용하면 해티는 정확히 그 지점이 어디인지 알 수 있다. 두 물체가 공유하는 질량 중심의 지점과 중력의 중심. 그것은 해티의 흑과 백을 선호하는 마음에 굉장히 잘 와 닿았다.

충동적으로 해티는 몸을 조금 더 기울여서 약간 숨이 찬 것 같은 조용한 한숨과 함께 손을 세스의 뺨 쪽으로 내밀어 세스의 얼굴을 자기 얼굴 쪽으로 당겨 세스에게 키스했다.

세스는 2초 정도, 어쩌면 3초 정도, 그도 똑같은 마음이라고 해티가 느끼고 그녀가 타준 커피맛을 깨달을 수 있을 정도로 충분히 오래, 그녀의 키스를 받아주었다. 하지만 그 뒤 곧 그가 얼굴을 뒤로 뺐는데, 완전 후퇴는 아니었지만 그 비슷했다.

"이런, 미안해, 오빠."

해티가 말하고는 재빨리 일어섰는데 그러다 우연히 세스의 무릎에 있던 자신의 책들을 쳐서 책들이 바닥에 떨어졌다.

"정말 미안해."

이제 세스도 서 있었다.

"해티, 난 여자 친구가 있어."

"그렇겠지. 오빤 이제 대학생인데. 난 겨우 고등학생일 뿐……."

"네가 오해하게 했다면 미안해."

"아냐, 그러지 마. 나야말로 미안해. 우린 그냥 이런저런 이야기를 하고 있었고, 내 생각엔 오빠가…… 이봐, 그건 멍청한 짓이었어."

해티는 자신의 눈에서 눈물이 솟는 게 느껴졌고, 얼굴을 완전히 숨기고 싶었는데도 불구하고 머리를 뒤로 쓸어 넘겼다.

"이런, 내가 너무 당황했나 봐."

"그러지 마."

"오빠, 원한다면 가도 좋아. 나는 택시를 부르면 돼."

세스가 그의 손목시계를 보았다.

"하지만 그럼 시간이 안 되는 거 아냐?"

"지금 전화하면 시간은 충분해. 아무튼 난 상관 안 해. 다음 기차를 타면 되니까. 한 시간 있으면 기차가 또 있어. 그러니까, 세스 오빠. 그냥 가. 에잇, 난 정말 바보멍청이야."

세스는 웅크려 앉아 떨어진 책들을 주워 책상 위에 쌓아 올렸다.

"정말이야?"

"정말이야. 그만 가. 그리고 미안해."

해티는 세스를 쳐다보지도 못했다.

"좋아. 그럼 안녕, 해티. 그리고 행운을 빌어. 또 보자."

세스는 해티의 방을 나가려고 돌아섰다.

"세스 오빠."

"응?"

"오빠한테 여기로 와 달라고 부탁한 건 그러니까…… 그런 일을 하려고 그랬던 게 아니야. 알지?"

"그래, 알아."

"좋아. 오빠가 안다면 됐어. 그리고 한 가지 더. 여자 친구 말인데, 대학에서 만났어?”

세스가 고개를 끄덕이고 그 여자에 대해 말하면서 반쯤 미소를 머금었다.

“그녀는 의대 3학년이야.”

“잘됐네. 그녀가 훌륭한 의사가 되길 바랄게.”

해티가 전화하고 10분 뒤 택시가 도착했다. 해티는 그 택시 기사를 몰랐지만 그는 해티를 아는 것 같았다. 아니 적어도 그는 해티가 누구인지를 알았다.

“네가 시장님 딸이로구나?”

해티가 뒷좌석에 올라타자 택시 기사가 물었다.

“예.”

“집을 보고 알았어. 네 동생 일은 정말 유감이야.”

“예, 고맙습니다.”

“어디로 태워다 줄까?”

“역으로 가 주세요.”

“가방들을 싼 걸 보니, 휴가 가는 거니?”

택시 기사가 출발하며 물었다.

“휴가요? 예, 뭐 그런 셈이죠.”

“어디 근사한 데로 가니?”

“그냥 이모 집에 가는 거예요. 울런공이요.”

“내 아들이 울런공에 산단다. 요즘은 그 애를 많이 못 보지만.”

"유감이네요."

"그래. 맞아, 그렇단다. 내 아들은 굉장히 바빠. 처음에는 집에 자주 들렀지. 집에 들를 때마다 집에 돌아오는 게 얼마나 좋은지 말하곤 했어. 하지만 그러더니 집에 들르지 않았어. 집에 돌아오는 게 얼마나 좋은지 잊었나 봐. 아니면 정말 굉장히 바쁠지도 모르고."

하지만 해티는 사실 기사의 말을 듣고 있지 않았다. 그녀는 앤지에게 문자를 보내고 있었다. 간단한 문자였다.

안녕, 잘 있어. 도착하면 전화할게. 사랑해. 친구.

해티는 문자를 보내는 중에도 두 시간 전에 시작한 그 실험을 마칠까 생각하고 있었다. 제어 요소로서 친절한 꽃집주인과 실험 대상으로서 너무 바쁜 약사님과 이용할 수 없는 시장님. 그 실험을 성공작이라고 생각하기 전에 연구할 대상이, 즉 전화를 해야 할 대상이 한 사람 더 있다. 문제는 여기 어스레한 도로에서 곧바로 유턴해서 안전하게 집으로 되돌아 갈 수 있는 택시 안에서 전화를 할 것인가 아니면 기차를 타고 남쪽으로 향할 때 할 것인가 하는 것이다.

해티는 계속 두 가지 선택을 저울질하면서 휴대폰의 주소록을 뒤져 이모젠 이모의 이름을 찾았다. 해티는 이모의 번호를 선택해 회색 불빛 속에서 그 번호가 밝게 빛나는 것을 보았다. 휴대폰이 그녀의 명령을 기다리는 가운데 그녀의 엄지손가락이 키패드 위를 빙빙 맴돈다.

새로운 카툴

우리 형 킴란은 야간 도로 정비 일을 한다. 킴란 형은 차의 불빛을 반사시키는 셔츠를 입는다. 형의 사장은 킴란 형이 그 셔츠를 입지 않으면 이를 드러내 놓고 웃지 않는 한 아무도 그를 보지 못할 것이라고 말한다. 나는 사장이 형에게 잔인하게 굴려고 그런 말을 하는 건 아니라고 생각한다. 아마도 사장은 우리 형과 같은 피부색을 지닌 사람을 보지 못했을 것이다. 우리 형은 도로에서 밤새 일한 뒤 낮에 잠을 잔다.

우리 누나 아키마는 닭의 머리를 자른다. 아키마 누나는 매일 햇살을 받아 굉장히 뜨거운 철로 된 큰 작업장에 가서 닭의 머리를 잡아주는 기계 앞에서 일한다. 그곳에서 누나는 닭의 목을 자른다.

가끔은 닭의 털을 뽑기도 한다. 누나의 사장은 머지않아 누나가 닭의 내장을 꺼내는 곳에서 일할 것이라고 말하고는 한다. 사장은 자신이 우리 누나를 가르칠 것이라고 말한다. 우리 누나는 사장에게 닭의 내장을 꺼내 봤다고 말하지 않았다. 그녀는 또한 양의 내장도 꺼내 봤지만 이것도 말하지 않았다. 칼을 사용하는 것은 그다지 영리한 일이 아니다. 우리 누나는 닭들이 있는 뜨거운 작업장에서 낮에 내내 일한 뒤 밤에 잠을 잔다.

나는 전혀 잠을 자지 않는다. 나는 언제나 자려고 노력하지만 눈을 감으면 우리 어머니와 아버지가 보여서 잠을 잘 수가 없다. 어머니와 아버지가 보일 때마다 그들은 죽는다. 나는 부모님이 죽는 것을 보고 싶지 않지만 실제로 그 장면을 보았다. 사람들이 우리 마을에 와서 부모님을 죽였다. 그들은 어머니 위에 올라탄 뒤 어머니를 먼저 죽였다. 그들은 어머니 위에 올라탄 그들의 모습을 아버지가 지켜보게 했다. 그런 다음 어머니를 죽인 뒤, 아버지도 죽였다. 그들은 우리 누나가 닭을 죽이는 것과 똑같은 방식으로 우리 부모님을 죽였다. 이것이 내가 잠을 못 자는 이유다.

나도 일하고 싶지만 킴란 형이 허락하지 않는다. 형은 내가 학교에 가야 한다고 주장한다. 나도 학교에 가고 싶지만, 형과 누나가 하는 일에 비해 너무 돈을 적게 받아서 나도 일하고 싶다. 나는 엔진 다루는 일을 잘할 수 있을 것 같다.

일요일에 우리는 교회에 간다. 교회 사람들은 정말 좋다. 교회의 어떤 아이들은 우리처럼 새까만 피부를 본 적이 없기 때문에 우리를 이상한 눈초리로 쳐다본다. 킴란 형과 아키마 누나는 딩카어*(아프리카 수단 남부 나일 강 유역에 거주하는 목축민 부족인 딩카족의 언어)로 서로에게 말하며 백인 아이들을 비웃는다.

"저 애들 피부는 너무 창백해, 그리고 저 애들 머리카락은 마른 풀 같아."

교회 사람들은 친절하다. 음식을 상자에 담아서 우리에게 준다. 때로는 교회에서 음식을 주기도 하고, 때로는 상자에 담아 우리 집 앞에 놔두기도 한다. 그것들은 내가 전에는 먹어 본 적이 없는 이상한 음식들이다. 나는 이런 음식들에 익숙하지 않다. 그들은 깡통에 콩을 담아 주고, 고기와 생선도 깡통에 담아 준다. 그들은 또한 바나나 같은 과일도 준다.

우리 집은 아주 크다. 처음 우리를 이 집에 데려온 공무원은 우리 집이 아주 작다고 말했다. 나는 그렇게 생각하지 않는다. 우리에게는 우리만을 위한 각자의 방이 있다. 아마도 이것이 내가 잠을 못 자는 이유일지 모른다. 나는 밤에 혼자 방에 있는 것에 익숙해지지 않는다.

우리나라에서 국경지대로 도착한 뒤 머물렀던 카툴에 있는 캠프는 방도 집도 없었다. 우리는 땅바닥에서 잠을 자고 때로는 여러 날 동안 음식이 오기를 기다리기도 했다. 트럭들이 식량 배급 텐트로 오곤 했지만 때로 우리는 기다려야 한다는 말만 들었을 뿐 음식을 받지 못했다. 또한 강이 먼 곳에 있었는데 강물이 진흙처럼 짙은 갈색이었다. 많은 사람들이 그 물을 먹고 병에 걸렸다. 강 옆에는 죽은 동물들이 나뒹굴었다.

나와 형과 누나는 나무를 주워 캠프 가까운 마을에 사는 사람들에게 팔려고 했다. 그들은 나무 값으로 우리에게 음식을 별로 많이 주지 않으려 했다. 그 사람들이 우리에게 준 곡물의 속에는 조그마한

벌레들이 들끓었지만 그래도 우리는 그것을 먹었다. 우리는 굉장히 배가 고팠다.

그러던 어느 날 아키마 누나가 플라스틱판을 하나 발견했다. 나와 킴란 형은 주워온 나무로 구조물을 만들었다. 우리는 그것을 길고 가느다란 나무껍질 조각들로 이었다. 그런 뒤 우리는 그 구조물 위에 그 플라스틱판을 얹었다. 그것이 우리의 집이었다. 그 집은 밤에 비를 막아 주었지만 그래도 나는 잠을 잘 수 없었다. 눈을 감으면 어머니와 아버지가 살해되는 모습이 보였기 때문이다.

그러던 어느 날 다른 어떤 사람들이 우리를 기다리고 있었는데 식량 배급 텐트에 가서 다시 음식을 달라고 부탁해 보라고 했다. 그들은 우리가 식량 배급 텐트에 간 사이 우리의 플라스틱판을 가져가 버렸다. 돌아와서 이것을 보고는 킴란 형은 화가 굉장히 났다. 우리는 음식도 구하지 못했고 이제는 집도 없어져 버린 것이다.

지금 이렇게 굉장히 큰 집에 살고 있으니까, 우리는 정부에서 나온 사람들에게 더 많은 딩카족 사람들을 이곳으로 보내 달라고 요청할 것이다. 그 사람들은 우리 집에서 살 수 있다. 우리 집에는 공간이 엄청나게 많다. 우리는 한 사람 앞에 방 하나씩을 필요로 하지 않는다.

이 마을 사람들 가운데 일부는 우리를 좋아하지 않는다고 한다. 그 사람들은 시장에게 우리가 자신들의 음식을 먹고 있다고 주장하고 있다. 난 그렇지 않다고 생각한다. 우리는 그들의 음식을 가져오지 않는다. 우리는 형과 누나가 번 돈으로 슈퍼마켓에 간다. 슈퍼마켓에는 음식이 많지만 우리는 어떤 음식을 사야 할지 알기가 어렵다. 이름이 때로는 무척 어렵다. 어떤 음식은 겉봉투에 그림이 있다. 그런 것들은 무엇인지 알기는 쉽지만 누런 봉투에 검정 글이 적힌 다른 것들보다 돈을 더 많이 내야 한다. 누런 봉투에 검정색 글자가 적힌 것들이 돈은 덜 드나 종류는 같은 음식이기 때문에 우리는 그런 것들을 골라야 한다고 공무원이 우리에게 일러줬다.

킴란 형은 그래서 내가 학교에 가야 한다고 주장한다. 킴란 형은 우리가 원하는 음식을 살 수 있도록 내가 글을 배워야 한다고 말한다. 나는 우리가 더 많은 돈을 가질 수 있도록 내가 일자리를 구해야 한다고 생각한다. 그러면 우리는 겉봉투에 그림이 있는 음식을 살 수 있을 것이다.

사람들은 시장에게 우리가 자신들의 일자리를 빼앗고 있다고 말했다. 나는 그렇다고 생각하지 않는다. 아키마 누나의 사장은 누나에게 닭을 죽이는 작업장에서는 아무도 일하지 않을 것이라고 말했다. 사장은 누나에게 누나가 딩카족을 더 데려오면, 그들 모두가 자신의 작업장에서 일할 수 있을 것이라고 말한 적이 있다. 나는 그 말이 사실이기를 바란다.

사람들은 시장에게 마을이 이미 가득 찼다고 말했다. 나는 그렇다고 생각하지 않는다. 카톨에 있던 캠프에서는 수천 명의 사람들이 가까이에서 다함께 살았다. 이 마을에는 그렇게 사람들이 많지 않다.

또한 이 마을의 어떤 사람들은 골프라고 불리는 운동을 한다. 그 사람들은 아주 광활한 땅에서 그 운동을 한다. 그곳은 아름다운 정원 같다. 그곳은 걸어 다니기에는 먼 거리여서 많은 사람들이 걷지 않는다. 그들은 아주 작은 차를 타고 다닌다. 그들이 골프를 치는 장소 둘레에는 높은 울타리가 쳐져 있다. 돈을 가진 사람들만이 그곳에 들어갈 수 있다. 그런 사람들만이 그곳에서 골프를 친다. 그러므로 나는 마을이 이미 가득 찼다고 생각하지 않는다. 골프장에 내 집이 있다면 나는 행복할 것이다.

시장이 우리 집을 방문했다. 그녀는 우리 집을 방문할 것이라고 미리 알리지 않았다. 그녀는 아키마 언니가 작업장에서 일하러 간 한낮에 다른 사람들과 함께 하얀색 차를 타고 왔다. 시장과 다른 사람들이 우리 집 문을 두드리자 형이 깼다. 형은 사람들 때문에 잠에서 깨자 아주 못마땅해했다. 형은 밤새도록 도로에서 일하고 왔다.

나는 시장에게 차를 끓여 내갔다. 그녀가 이 마을에 살고 있어서 행복한지 물었다. 우리는 아주 좋다고 대답했다. 그녀는 자신에게 말할 것이 있으면 전화를 하라고 했다. 곧 우리에게 전화가 생길 것 같다. 그러면 우리는 우리가 말하고 싶은 누구에게나 전화를 할 수 있을 것이다. 우리는 이웃들에게 전화해서 우리 집에 와서 계피차나 다마*(염소 요리)를 같이 들겠냐고 물어볼 수 있을 것이다. 나는 그들이 오지 않을 것이라 생각한다. 우리가 길에서 그들에게 말을 걸면, 그들은 우리에게 아무 대꾸도 하지 않는다. 그들은 두려워한다. 하지만 그래도 우리는 그들에게 물어볼 것이다.

이제 조금 있으면 크리스마스다. 아마 그때에는 우리가 이웃들에게 말을 걸면, 그들도 우리에게 대답해 줄 것이다. 우리가 "메리 크리스마스!" 하고 인사하면, 그들도 "메리 크리스마스!" 하고 인사할 것이다. 크리스마스는 행복한 날이다. 크리스마스는 이웃들이 다시 친구가 되는 날이다. 나는 이 나라에서는 이것이 사실임을 안다.

이것은 또한 우리 마을에서도 사실이었다. 크리스마스 이브에 우리는 걸어서 수 킬로미터 떨어진 교회에 가고는 했다. 우리는 교회에서 밤새 머물며 동이 틀 때까지 많은 크리스마스 노래를 부르고 북을 치고 춤을 추고는 했다. 동이 트면 우리는 서로를 안으며 "메리 크리스마스!" 하고 말하고는 했다. 그런 뒤 우리는 집으로 걸어와 식사를 하고는 했다. 우리는 고기를 많이 먹고는 했다.

나는 우리 아버지가 크리스마스를 위해 염소를 잡던 것을 기억한다. 아버지는 도끼로 염소를 잡았다. 그 염소가 고통을 많이 느꼈을 것 같지는 않다. 그 염소가 피를 많이 흘려서 나는 아버지에게 이 피는 뭐냐고 물었다. 아버지는 내게 그것은 염소의 생명이라고 말했다. 나는 우리가 염소의 생명을 빼앗은 것이 무척 슬퍼서 우리 집으로 뛰어 들어갔다. 어머니가 내 머리를 쓰다듬으며 그 염소는 우리의 크리스마스 축제를 위해 죽어야 하는 거라고 말했다. 나는 그 염소에게 정말 미안했지만 또한 그 염소에게 고맙기도 했다.

우리는 고랏사*(수단의 빵), 다마, 풀*(아랍 누에콩으로 만든 요리)과 다른 많은 훌륭한 음식들을 먹었다. 내가 어린아이에 지나지 않았을 때,

내게는 풀 요리를 위해 코카콜라 병으로 콩을 으깨는 일이 맡겨졌었다. 어머니는 내게 그 일이 굉장히 중요하다고 말했고, 나는 어머니의 말을 믿었다. 그때 나는 그 일이 가장 중요한 일이라고, 심지어는 다마 요리를 위해 염소 고기를 조각조각 자르는 것보다 훨씬 더 중요하다고 생각했던 것 같다. 그건 누나의 일이었다. 어머니는 누나에게 날카로운 칼을 사용하는 법을 가르쳤는데 어머니는 누나가 굉장히 영리하다고 생각했다. 나는 그렇게 생각하지 않았다. 칼을 사용하는 것은 그다지 영리하지 않다.

크리스마스 3주 뒤 어머니와 아버지는 살해당했다. 우리가 도망쳤을 때는 우기가 아직 시작되지 않았다. 우리가 카툴에 도착하는 데는 여러 날이 걸렸다. 내가 무척 약해서 아키마 누나는 내가 죽을 줄 알았다고 한다. 우리가 카툴에 도착했을 때 우리는 모두 몸이 굉장히 약해져 있었다. 우리가 나무를 줍기 시작한 것이 바로 이때였다. 또 우리가 나무와 플라스틱판으로 아주 작은 집을 짓고 음식을 구하러 간 사이 그 집을 도둑맞은 것도 바로 이때였다. 그들이 우리 집을 가져가 버렸을 때, 우리 가족은 정말 기분이 나빴다. 형은 그들을 죽이고 싶어 했다. 누나는 죽고 싶어 했다. 나는 어머니와 아버지가 우리와 함께 그곳에 있었으면 하고 바랐다. 하지만 그건 있을 수 없는 일이어서 나는 대신에 잠을 잘 수 있었으면 하고 바랐지만 잠자는 것은 쉽지 않았다.

이제 킴란 형은 다시 건강해져서 밤에 도로 정비하는 일을 한다.

형은 더 이상 죽이고 싶어 하지 않는다.

아키마 누나도 다시 건강해져서 낮에 닭 목을 자르는 일을 한다. 누나는 더 이상 죽고 싶어 하지 않는다.

나도 또한 전처럼 건강해졌고, 곧 학교에 다닐 것이다. 나는 영어와 많은 다른 것들을 배울 것이고 좋은 친구도 많이 사귈 것이다. 나는 아직도 우리 어머니와 아버지가 우리와 함께 있었으면 하지만, 그것이 불가능하다는 것을 안다.

이 집은 벽돌로 지은 집이어서 우리가 음식을 구하러 나간 사이 아무도 이 집을 훔쳐갈 수 없다고 공무원이 우리에게 말했다. 나는 정말 지쳐있기 때문에 그의 말이 진실이기를 바란다.

피해 대책

자정까지는 세 시간 남았다. 9시의 불꽃놀이가 텔레비전에 나오자, 아빠가 한 손에는 바비큐 집게를, 다른 한 손에는 기름투성이 양파 덩굴손이 수북이 쌓인 접시를 든 채 옆에 서 있다. 식탁으로 오는 도중텔레비전에 정신을 뺏긴 것이다.

"와우, 멋지지 않니, 앤지*(앤젤라의 별칭)?"

거대한 구 모양의 초록 불꽃이 항구 위에서 터지며 수면을 엷은 색조의 수성처럼 물들이자 아빠가 말했다.

"예, 멋지네요, 아빠."

필 아저씨는 팔걸이의자에 앉아 크라우니 맥주 한 병을 더 들이켜고 있다. 달렌 아줌마는 필 아저씨 옆의 소파 팔걸이에 앉아 있고, 옆집 영 아저씨네 부부도 즐겁게 텔레비전을 시청하는 것 같다. 아마 그들은 더 이상 근사한 파티에 초대받지 못하는 것 같다.

"오, 와우!"

파편 같은 은색 비가 구경꾼 무리 위로 반짝거리며 내리자 로안 영 아줌마가 외쳤다.

"으음. 제길, 오늘 밤 저곳에 가 있으면 얼마나 좋을까?"

로안 영 아줌마의 남편 짐 아저씨도 동의했다.

"여보? 여보!"

아빠가 테라스에서 뭔가를 하고 있는 엄마를 불렀다. 엄마는 코울슬로*(다진 양배추 샐러드)나 다른 음식이 충분한지 확인하고 있었다.

"여보, 어서 와요. 이것 놓치겠어!"

아빠가 외쳤다.

"당신도 참, 무슨 큰일이라고. 20인치 텔레비전으로 보는 불꽃놀이를 갖고 뭘 그래요!"

"오늘 밤은 불꽃이 환상적이란 말이오."

"해마다 그렇게 말하면서. 난 밤 12시에 하는 불꽃놀이를 볼래요."

"남자애들은 오늘 밤 저곳에서 완전 손을 놓고 있겠군. 상상이 가, 러스? 저곳은 주정뱅이들과 쓰레기 같은 인간들로 득실거릴 거야."

혼자 우리 집에 와 있는 칼 아저씨가 말했다. 아빠가 동의했다. 적어도 아빠는 동의를 뜻하는 소리를 내고 있다. 칼 아저씨가 하는 많은 말들에 아빠는 이런 식으로 반응해 준다. 이것은 칼 아저씨가 불쌍하고 외롭기 때문이다. 칼 아저씨가 범죄자를 쏴서 언론의 관심을 감당할 수 없게 된 후 칼 아저씨의 아내는 아저씨 곁을 떠났다. 당시 그 범죄자가 『반지의 제왕』에 나오는 날이 넓은 미들어스 복제 칼로 칼 아저씨의 가족을 위협했는데도. 그 범죄자가 자신의 아내와 아이들에게 물리적으로 해를 가한 오랜 이력이 있었음에도.

하지만 그 범죄자는 또한 오랜 정신 병력을 지니고 있었기 때문에 언론에서는 그 점으로 인해 범죄자가 탄환보다는 오히려 후추 스프레이로 다루어졌어야 한다고 생각했다. 뭐 어쨌든.

사실은 칼 아저씨가 어떤 남자를 쏘았다는 것이다. 그 남자는 죽지도 않았지만 칼 아저씨는 모든 것을 잃었다. 집안의 어두운 방에서 흔들의자에 앉아 말없이 몸만 이리저리 흔들 뿐, 집을 떠날 수 없다. 그의 아이들을 학교에 데려다 줄 수 없다. 심지어 전화도 받을 수 없다. 그래서 그의 아내가 그를 떠났고 피자 상자가 점점 쌓여갔다고 아빠가 말했다. 피자 상자와 빈 병들.

아빠가 칼 아저씨에게 자주 들러서 살폈는데 칼 아저씨는 피자 상자와 빈 병들로 가득한 쓰레기봉투를 그대로 쌓아 두고는 했다. 경찰서에서 나온 얼마나 많은 사람들이 일부러 그곳에 들르는지는 나는 모른다. 아빠가 사람들이 미치광이 아저씨와 이야기하려고 애쓰고 있다고 가르쳐 주었다.

그래서 지금 아빠가 그 미치광이 아저씨를 이런 날에 초대한 것이다. 나는 칼 아저씨가 오지 않았으면 하는 마음이 조금 있었다. 칼 아저씨는 대부분 침울해 있다. 손가락에 느슨하게 쥔 맥주병을 들고 구석의 팔걸이의자에 앉아 가끔 심술궂은 의견을 내놓는다. 엄마는 칼 아저씨를 좋아하지 않는데 엄마는 칼 아저씨가 분위기를 축 처지게 한다고 생각한다. 농담이 아니다. 하지만 엄마는 아빠가 칼 아저씨를 초대하자고 제안하면 늘 동의한다. 왜냐하면 엄마는 왜 아빠가 그런 제안을 하는지 알기 때문이다. 아빠는 착한 분이다. 원조 '콘스터블 케어'*(콘스터블 케어는 호주 경찰에서 어린이들에게 안전 교육을 쉽고 재미있게 하기 위해 고안해 낸 경찰 마스코트), 그게 바로 우리 아빠다.

그래서 칼 아저씨가 불꽃놀이를 하는 동안 법과 질서를 유지하기 위해 도시의 경찰관들이 끔찍한 시간을 보내고 있음에 틀림없다고 말했을 때 아빠는 동의했다. 비록 내 생각에 우리 아빠는 그곳에 갔더라면 사실 꽤 즐거워했을 테지만 말이다.

"경마도박꾼들이 그렇게 나쁜 게 아냐. 넌 그들 대부분과 함께 웃을 수 있어. 그리고 너와 함께 웃지 않는 자들은 아마도 뭔가를 숨기거나 뒤가 켕기는 거야."라고 아빠는 내게 몇 번이고 말했다.

우리는 불꽃놀이를 계속 시청했다. 텔레비전 크기에 대해서는 엄마의 말이 일리가 있지만 아무튼 나는 계속 텔레비전을 봤다. 아마도 화면으로 보는 영상이 실제와는 아주 관련 없기 때문에, 나는 다소 최면상태에 빠진 것 같았다. 뭔가 다른 곡조로 바뀌기 전에 관련성을 암시하는 음악과는 달랐다. 나는 노래의 각 토막을 들으며 각 토막이 뒤 따르는 토막에 완전히 집어 삼켜지는 지점을 찾아 조바꿈을 검색했다. 이런 조바꿈의 대다수는 이음새가 없다. 일부는 그렇지 않기도 하다. 다른 것들은 폭발 소리에 파묻혀 분간하기가 어려웠다. 그리고 노래 선곡이 흥미로웠다. 어떤 노래들은 1999년도의 파티처럼 좋았던 시절을 축하하며 최고의 기분으로 춤을 추자는 초대장과 비슷했다. 다른 노래들은 한 해의 끝과 다음 해의 시작의 연결성이 약간 덜 명확했다. 아마도 그 노래들은 그냥 불꽃놀이를 지켜보면서 듣기 좋은 노래일 것이다. 어쩌면 불꽃놀이 주관 위원회에는 '빛나고 다채롭고 값비싼 폭발과 어울리는 노래들'이라는 굵은 글씨로 제목을 붙인 목록이 있을지 모른다. 아마도 그건 아주 간단할 것이다. 대부분의 일들이 그렇게 간단하지 않다고 할지라도.

마지막으로 항구 여기저기에 한바탕 휘황찬란한 색상의 돌풍이 몰아친 뒤, 이전의 불꽃들보다 훨씬 더 빛나는 단 하나의 하얀 점이 그 불꽃이 난처한 불발탄임을 암시하며 하늘 위로 소용돌이 모양으로 올라가더니, 곧바로 한바탕의 하얀 빛을 터뜨리며 커다란 폭발음을 냈다. 대략 바퀴 달린 쓰레기통 크기밖에 되지 않는 우리 텔레비전의 스피커로는 무슨 폭발음인지 제대로 평가하기 힘들기 때문에 누구든 분명 그것이 폭발음이라고 생각했을 것이다.

"자, 그럼, 다들 저녁을 듭시다."

흥분이 가라앉자 아빠가 말했다. 그들 모두 일어나 발을 질질 끌고 가거나 중얼거리며 전반적으로 찬성의 뜻을 나타냈다.

"우리도 가요."

로안 아줌마가 짐 아저씨가 일어서는 것을 도우며 말했다.

"이보게, 자네도 괜찮지?"

아빠가 칼 아저씨에게 물었다. 생색내지 않고 보살피는 능력, 그것은 아빠가 칼 아저씨에게 취하는 현명한 방법이었다. 엄마가 내 옆으로 왔다.

"앤지, 가기 전에 뭘 좀 먹을래?"

"아뇨, 엄마. 괜찮아요. 닉이 곧 올 거예요."

"그래. 그럼, 어쨌든 밖으로 나가서 우리와 함께 있는 게 어떻겠니? 사람들과 어울리면서."

나는 어른들을 따라 테라스로 나갔다. 아빠는 모두에게 마실 것이 있는지 확인하고 있었다. 아빠는 아주 진지하게 그 일을 하고 있었다. 누군가가 앞에 마실 것 없이 앉아 있다면, 마치 아빠가 절대 다시는 우리 동네의 거리를 걸어 다니지도, 결코 다시는 어떤 가정의 일에 끼어들지 못할 것처럼 군다. 스스로를 돌볼 수 없는 어른들. 나는 그들이 지겹다.

하지만 그게 바로 우리 아빠다. 오, 그건 괜찮다. 다른 사람들 모두가 보살핌을 받고 있는지 확인하는 데는 아무런 잘못이 없다. 그리고 내가 말한 대로 아빠는 절대 생색을 내는 듯한 태도를 취하지 않는다. 하지만 때로는 나는 아빠를 흔들며 사람들은 자신들이 해야 할 일이나 하고 싶은 일을 스스로 알아서 할 것이며, 아빠가 최선을 다해 노력해도 별로 바뀔 것 같지 않다고 일깨워 주고 싶다. 아빠의 이런 태도는 그가 경찰이라는 사실과 무관하지 않을 것이다. 아빠는 자신이 세상을 바꿀 수 있다고 생각한다.

내가 만난 아빠와 함께 근무하는 대부분의 경찰은 조금 다르다. 그들은 더 이상 자신들이 세상을 바꿀 수 있다고 생각하지 않는다. 그들은 세상이 완전히 무너지지 않는지 확인할 뿐이다. 그들은 '피해 대책'*(군사 용어로 적의 공격 등으로부터 피해를 최소화하는 대책)을 실시하고 있다. 아빠는 재건하는 데 더 관심이 많다. 그건 감탄할 만하지만 지켜보기에는 힘들 수 있다.

나는 아빠 옆의 식탁 끝에 앉았다. 엄마는 안주인 노릇을 훌륭하게 수행하고 있다. 엄마는 손님을 접대하면서 대부분 어떻게든 마음을 편안히 하려 했다. 그것은 이들이 접대하기 까다로운 손님들이기 때문이 아니다. 나는 더 힘든 손님들을 본 적이 있다.

아빠가 이제 막 이 지역으로 배치된 새로 온 수습 경찰 두 명과 그들의 여자 친구들을 초대했다. 아빠는 그들을 반겨주려고 애쓰고 있었다. 수습 경찰 가운데 한 명이 터무니없게도 나와 시시덕거리려고 했다. 그 경찰의 여자 친구가 커피가 나오기도 전에 그를 문 밖으로 쫓아냈는데 엄마는 그녀를 막으려 하지 않았다. 이름이 댄이었던 것 같은 다른 수습 경찰은 자기는 5년간의 군대 경력이 있으므로 경찰로서 승진을 더 빨리 하게 될 것이라고 생각했다. 그 경찰은 상투적인 어구를 달고 사는 것 같았다. 그는 심지어 고전 문학에 나오는 어구도 끄집어냈다. 예를 들면, 아빠가 그에게 5년 후 어디에 있고 싶으냐고 묻자, 그는 "'귀하'의 자리입니다, 경사님." 하고 대답했다.

그 말에 아빠는 미소를 지으며 말했다.

"편안히 있게, 타이거. 이건 면접 시험이 아니야. 그리고 경찰서

밖에서는 나를 그냥 '형님'이라고 편히 부르게. 우리가 다시 사석에서 만나게 될 때는 그걸 꼭 명심해."

엄마는 모든 손님들에게 맘껏 들라고 권하며 칼 아저씨에게는 빵을 줬다. 그리고 그린샐러드에는 아직 드레싱을 뿌리지 않았다면서 준비해 둔 드레싱을 뿌렸다. 엄마는 내게 후추 그라인더를 가져오라고 시켰다.

"나무로 된 큰 통 같이 생긴 거란다."

그때 아빠가 친구들과 가족에게 건배를 제안했다. 내 앞에는 잔이 없었다. 손님들이 없었다면, 아빠는 이런 날에는 내가 샴페인을 한 모금 마시게 해줬을 것이다. 하지만 주위에 손님들이 있었으므로, 이 마을의 상급 경찰관이 미성년자인 딸에게 술을 마시라고 허락하는 모습을 보일 수는 없었다. 그래서 아빠가 건배를 제안했을 때, 나는 마운트프랭클린 생수 병을 들어 올렸다.

"그래, 오늘 밤은 뭘 할 거야? 난 네가 파티에 갈 줄 알았는데."

아빠가 내게 물었다.

"갈 거예요. 해티네 집에서 조촐한 수영장 파티가 있어요."

"시장님의 관저에서 열리는구나."

아빠가 깊은 인상을 받은 표정으로 말했다.

"정말 부르주아 같지 않소, 여보?"

아빠가 엄마에게 말했다.

"예, 그러네요, 여보."

엄마가 아빠 말투를 흉내 내자 다른 사람들이 웃음을 터뜨렸다. 자신의 독일식 감자 샐러드에서 뭔가 대단히 흥미로운 것을 발견한 칼 아저씨를 제외하고는.

"이런, 그런데 수영장 파티라고?"

아빠가 물었다.

"예. 닉이 데리러 올 거예요."

"닉? 어떤 닉? 게이인 닉? 그냥 닉?"

"닉은 게이가 아니에요."

"오, 그럼 그냥 닉이 데리러 오는 모양이구나?"

나는 고개를 저었다.

"아뇨, 그 닉 말고요. 닉은 게이가 아니에요. 다른 닉하고는 수년 동안 어울린 적 없어요."

"정말? 진짜야?"

아빠가 짓궂게 눈을 깜박거렸다.

"정말이에요. 우리는 그때 이후로는 친구도 아니에요. 그러니까 9학년 이후로는요."

"그래? 여보, 당신도 이 사실을 알았소?"

"뭘요, 여보? 우리 앤지가 더 이상 닉 핀덜레이와 친구가 아니라는 것이요?"

"정확히 그거요. 난 그 애가 맘에 들었는데."

"그 앤 멍청이였어요, 아빠, 제대로 좀 아세요."

아빠가 어깨를 으쓱하며 소스를 찍어 스테이크를 한 입 베었다.

"핀덜레이? 스태퍼드셔 씨가축에 나오는 그 핀덜레이?"

짐 아저씨가 물었다.

"그래, 맞아."

아빠가 짐 아저씨에게 대답했다. 그러고는 내게 말했다.

"사실, 앤지, 네가 그렇게 말해서 말인데, 그 앤 약간 멍청했어, 안 그래?"

"우리 이런 식으로 얘기를 계속해야 하나요?"

엄마가 말했다. 아빠가 다시 어깨를 으쓱했다.

"그냥 내가 본 대로 말하는 거요."

엄마가 한숨을 쉬고는 말을 덧붙였다.

"음, 우리가 어떤 애를 멍청이라고 부르지 않았으면 해요. 그 애가 그렇다고 생각한다 할지라도 말이에요. 공교롭게도 늘 그랬기는 하지만요."

"그래, 앤젤라, 네가 말하고 있는 다른 닉은 누구니?"

로안 아줌마가 고개를 갸우뚱하며 물었다. 그건 아주 짜증나는 버릇이다. 로안 아줌마가 그럴 때면 나는 아줌마의 머리카락을 끄집어 당기고 싶었다.

"그냥 친구예요. 남자 친구라거나 뭐 그런 사이는 아니에요."

내가 대답했다.

"게이니까."

아빠가 한 마디 거들었다.

"그 앤 게이가 아니에요, 아빠."

"옷을 그런 식으로 입는데도? 스카프 같은 걸 하는데도?"

"그건 목이 추우니까 하는 거죠."

아빠가 킬킬거렸다.

"스카프는 축구 경기장 같은 데서나 하는 건데, 그가 너를 마지막으로 축구 경기장에 데려간 게 언제지?"

나는 로안 아줌마가 말을 하려고 입을 여는 것을 보았다. '오, 제발 지금 하려는 말을 하지 말아요.' 하고 나는 생각했다.

나는 로안 아줌마가 아빠에게 게이들도 축구를 즐길 수 있고, 보통 남성들도 스카프를 할 수 있다고 말할 것임을 단번에 알았다. 하지만 그런 뒤 바로 로안 아줌마가 아빠의 농담을 이해한 모양인지 입을 꾹 닫았다. 그리고 사실 나는 다소 실망했다. 나는 로안 아줌마가 그 말을 하는 것을 듣고 싶었다. 나는 아빠가 로안 아줌마에게 생색내는 듯한 태도를 취하지 않고서 어떻게 빈정대며 설명하는지 듣고 싶었다.

"아빠가 마지막으로 축구 경기를 보러 갔던 건 언제죠?"

내가 아빠에게 물었다.

"관중으로? 아니면 치안 유지관, 조정자, 공무원으로?"

"어느 쪽으로든지요."

"글쎄. 한 10년쯤 됐나."

"그리고 스카프를 하셨고요?"

"겨울 아침에는 순찰차 안이 추워."

"게이."

"앤젤라!"

엄마가 단호히 말했다. 필 아저씨가 포복절도했다.

"이보게, 자네가 졌군."

"그래. 그런데 한 마디 해도 될까? 닉이라는 그 애가 게이이건 아니건 어쩌다 보니 난 그 애가 좋아졌어. 그래서 왜 모두 똘똘 뭉쳐 내게 달려드는지 모르겠어."

아빠가 말했다.

"닉은 게이가 아니에요."

나는 되풀이해서 말했다.

"그리고 닉이 곧 여기 올 텐데, 다들 그 애를 살피거나 그 애의 성적 정체성을 추측하지 말아줬으면 해요."

"앤젤라 말이 맞아요. 우리 다른 얘기 하면 어떨까요?"

엄마가 말했다.

"글쎄, 난 그게 멋진 것 같아요."

달렌 아줌마가 말했는데, 달렌 아줌마 같은 사람이 '멋지다'는 단어를 사용할 때는 그것이 비꼬는 것임을 과연 로안 아줌마가 알아챌까 궁금했다. 필 아저씨가 눈살을 찌푸렸다.

"뭐가 멋지다는 거요?"

"앤젤라가 다양한 친구들을 필요로 하는 젊은이와 시간을 보내는 것이요. 그 아인 너와 함께 있는 게 편할 거야, 앤젤라. 안전하지."

"안전해요?"

내가 물었다.

"그래. 그 앤 걱정할 필요가 없겠어. 네가 그 애와 '그것'을 하려 한데도."

"그것을 하다니요?"

아빠가 내 팔에 손을 올렸다.

"앤지, 아빠가 말꼬리 잡지 말랬지?"

아빠는 내가 말꼬리 잡는 것을 싫어했다. 아빠는 그렇게 하는 것이 투쟁적으로 들린다고 생각한다. 달렌 아줌마가 계속 말했다.

"그래. 너도 알다시피, 그 애는 너에게 위협을 느끼지 않으니까."

"그 애가 그럴 리가 없죠. 우선 첫째로 내가 위협하고 그런 사람이 아니니까요."

"당연히 넌 그런 애가 아니야, 앤지. 달렌 아줌마가 말하고 있는 건 그게 아니란다. 달렌 아줌마는 '만에 하나' 닉이 게이라면, 그리고 아무도 그 애가 확실히 게이인지 아닌지는 말하지 않고 있어. 아무튼 그건 우리가 상관할 바가 아니니까, 친구가 여자더라도 아주 편안한 기분일 것이란 뜻이야. 부담이 없다는 거야."

"예, 무슨 말인지 다 이해했어요, 엄마. 우리 다른 애기를 하면 어떨까요? 저는 이 모든 대화가 다소 어색해요."

"좋은 생각이야. 우리 이제 다른 이야기를 합시다."

아빠가 말했다. 그리하여 토론은 정치로 옮겨갔는데, 정치는 내게는 고기 재우는 광경을 지켜보는 것만큼이나 흥미진진한 일이다. 하지만 나는 가만히 앉아 들으면서 어디에서 내가 의견을 제시할까 생각했다. 하지만 실제로 눈을 게슴츠레해지게 만드는 주제에 어떤 종류의 값진 의견 제시를 어떻게 할 수 있겠는가?

호주머니에서 휴대폰이 삑삑거리는 소리가 났는데 그 소리에 나는 곧바로 기운이 났다. 해티에게서 온 문자였다.

야, 너, 언제 와?

"앤지, 식탁에서는 안 돼, 그래 고맙다."

엄마의 말에 나는 자리에서 일어나 안으로 들어가 답을 보냈다.

아직 출발 안 했어. 닉 기다리는 중

아빠가 뭔가 웃기는 얘기를 했는지 다들 소리 내어 웃고 있었다. 나는 웃음이 잦아들 때까지 기다렸다.

"몇 시예요?"

내가 물었다.

"10시 다 돼 가."

짐 아저씨가 알려줬다.

"닉이 몇 시에 와서 너를 파티에 데려갈 거니?"

아빠가 물었다.

"몰라요. 닉은 집에서 할 일이 있어요."

"닉의 어머니가 몸이 많이 편찮으세요. MS예요."

엄마가 모두에게 말했다.

"다발성 경화증 말이로군."

칼 아저씨가 우리 가운데 멍청한 사람들을 위해 덧붙였다.

"오우, 싫겠어요."

로안 아줌마가 대답했다. 로안 아줌마는 모른다. MS는 싫은 게 아니다. 그것은 잔인하다. 나는 닉의 엄마를 본 적이 있다. 닉의 엄마는 손도 거의 움직이지 못하고 혼자 먹지도 못한다. 말도 하지 못해서 글자와 상징이 그려진 판을 이용해 가족에게 자신이 필요로 하는 것을 말한다. 배가 고프면 통닭구이 그림을, 피곤하면 침대 그림을, 옷을 갈아입어야 할 것 같다고 생각하면 욕실 그림을 가리킨다. 보통은 간병인이 있지만 가끔은 간병인이 휴가를 간다. 예를 들면, 새해맞이 전날 밤 같은 날. 그리고 그 자리를 대신할 사람을 구하지 못해서 닉이 엄마를 재우고 있다. 닉의 엄마가 잠드는 데 얼마나 걸릴지는 하느님만이 안다.

"아빠가 해티네 집에 데려다 줄까?"

최근의 우리 마을의 추문과 다음 달 도착 예정인 새로운 아프리카 난민들에 대해 어른들이 이야기하는 소리를 들으며 내가 조금 더 기다린 뒤, 아빠가 제안했다. 그리고 기차역 건너편에 새로운 주유소를 짓는 것에 대해서도. 알다시피 그건 오싹하는 일이다. 나는 부엌으로 가서 통증을 가시게 해 줄 옐로우글렌*(호주의 스파클링 와인) 반 병을 단숨에 들이켜고 싶었다.

"닉이 틀림없이 곧 올 거예요."

내가 말했다.

"벨린다는 어때? 벨린다가 너를 태워 가면 되잖아?"

"벨린다는 집에 없어요. 정말 괜찮아요, 아빠. 닉은 일이 끝나면 여기로 올 거예요."

"그렇다면 마음이 바뀌면 알려다오. 경찰서에 부탁해서 너를 태워줄 차를 보내달라고 할 테니."

"네, 고마워요, 아빠."

또 문자가 왔다. 이번 문자도 해티에게서 온 것이었다.

어떻게 됐어?

나는 또 그 문자에 답했다.

미안. 아직 닉이 안 왔어. 지금 닉에게 전화해 볼게.

그리고 닉에게 문자를 보냈다. 닉이 최대한 빨리 오려고 한다는 걸 알았기 때문에 그를 성가시게 하고 싶지 않았다. 하지만 그의 엄마가 그를 필요로 했다. 그의 아버지가 도왔을 테지만, 그의 아버지는 구급차 기사여서 술주정꾼들과 머리를 다친 사람들을 돌볼 채비를 한 채 오늘 밤 근무 중이었다. 따라서 엄마를 보살피는 일은 닉에게 맡겨졌고, 나는 닉에게 최대한 신경을 써서 문자를 보냈다.

귀찮게 굴려는 건 아닌데 언제 와?

몇 분 뒤 답장이 왔다.

미안. 거의 다 돼 가. 오늘 밤 엄마가 많이 힘들어 하셔서.

그러자 나는 속이 상했다. 나는 거실로 들어가 잠시 텔레비전을 보았다. 오늘이 한 해 가운데 굉장히 중요한 밤이라는 사실에 비하면 텔레비전에는 별로 볼 것이 없었다. 대부분의 사람들이 파티를 하러 가 있을 것이기 때문에 뭔가 볼 만한 프로그램을 방송하는 것은 무의미할 것이다.

한 채널에서 항구를 직접 연결해 생방송을 하고 있었는데, 리얼리티 쇼 프로그램에 나온 저명인사들과 드라마 스타들이 나와서 지금 그곳 분위기가 얼마나 굉장한지에 대해 모든 사람들에게 말하고 있었다. 또 다른 채널에서는 한 회사의 기사 형식의 광고가 넘쳐나는 버라이어티 쇼 같은 걸 하고 있었다. 심지어 그랜드 피아노에도 끝부분에 칩 회사를 광고하는 표시가 붙어 있었다.

계속해서 채널을 하나씩 돌려 보았다. 나는 흑백영화를 상영 중인 채널에서 멈췄다. 그 영화가 좋을 것 같았다. 나는 커피를 타 와 영화를 보려고 자리를 잡았다. 그 영화의 음악과 의상들에는 사람의 마음을 느긋하게 만드는 뭔가가 있었다. 그리고 오드리 헵번의 눈에도. 게다가 그 파티에 대해 많이 속상해 할 이유가 없었다.

닉은 자정이 되기 전에는 도착할 것이다. 분명 그럴 것이다. 나의 멋진 왕자님. 닉이 화려한 스카프를 뒤로 흩날리며 백마를 타고 오는 상상을 하며 나는 빙긋 미소 지었다.

그 영화에 진짜 빠져들고 있던 순간, 초인종이 울렸다. 예상했던 대로 닉이었다. 그리고 목에 스카프를 하고 있었다. 목에 감지는 않고 그냥 걸치고 있었는데, 특별히 바람에 흩날리지도 화려하지도 않았다.

"새해 복 많이 받아, 앤지."

닉이 말했다.

"아직 새해가 아니지만 이제 얼마 남지 않았어."

"맞아. 늦어서 미안해. 처리해야 할 일이 있어서."

닉이 시계를 슬쩍 보며 말했다.

"아냐, 괜찮아."

나는 정말로 괜찮았기 때문에 그렇게 대답했다.

"자정이 되기 전에 해티네 집에 갈 수 있을까?"

내가 물었다.

"그럼, 물론이야. 지금 당장 출발한다면."

"알았어. 잠깐 들어와서 어른들께 인사만 하고 빨리 가자."

나는 닉을 뒤쪽의 바깥 테라스로 데리고 갔다.

"여러분, 이 애는 닉이에요. 닉, 인사해."

다들 이구동성으로 닉을 반겼다. 능글맞게 웃는 이상한 기운이 감돌았지만 닉은 알아차리지 못한 것 같았다. 나는 닉이 제발 알아차리지 못하기를 바랐다.

"그럼, 우린 이제 가볼게요. 만나 봬서 반가웠어요."

내가 말했다. 그러자 모두 잘 가라고 인사했다.

"그래, 잘 다녀오너라."

엄마가 말했다.

"너무 과하게 놀지는 말고."

아빠가 당부했다.

"아침까지 그곳에 계속 있을 거예요. 참, 닉, 수영복 가져 왔어?"

내가 물었다. 닉이 고개를 저었다.

"난 수영 안 할 거야."

"나도. 가자."

닉과 나는 현관문 밖으로 나가 진입로와 도로를 걸어 자연녹지대 가는 길 중간쯤에 주차된 닉의 차로 갔다. 닉이 모는 차는 모크인데, 모크는 여름*(호주는 12월과 1월이 여름이다.)에는 훌륭하다. 7월*(호주는 겨울이다.)에는 그다지 즐겁지 않지만.

모크의 안전벨트는 쑥 말려들어가는 종류가 아니어서 터무니없이 느슨했다. 아빠가 절대 용납하지 않으리란 것을 알았기에 나는 안전벨트를 더 단단히 죄어 내 가슴을 가로질러 좀 더 꼭 맞게 매려고 노력했다. 닉은 안전벨트를 얼마나 단단히 맸는지 보려고 쳐다봤다. 나는 웃음을 터뜨렸다.

"너 대체 그게 뭐야?"

내가 물었다. 닉은 오토바이 타는 사람들이 쓰는 구식 운전용 고글을 쓰고 있었다.

"차고 세일에서 20달러에 건졌어. 정말 멋지지 않아?"

닉이 내게 말했다.

“멋지다고? 누가 멋지다고 그래? 그 안경은, 그래, 아주 근사한 것 같아.”

나는 인정했다.

“정말?”

“그래 정말. 네가 옆에 사이드카 달린 오토바이를 운전한다면. 아니면 복엽기를 타고 곡예비행을 막 하려는 찰나라면 말이야.”

“닥쳐. 너 지금 내 모습에 질투가 나서 그러는 거잖아.”

“그래. 그렇다고 쳐.”

해티의 집까지는 15분이나 20분이면 가는 거리다. 모크를 타고 갈 때는 바람을 맞고 가는 15분이나 20분이다. 닉의 차에는 최저음이 꽹장히 멋지게 표현되고 소리가 크고 선명한 훌륭한 스테레오가 있기 때문에 그것은 그렇게 나쁘지 않다. 닉의 차에는 뒷좌석이 없는데, 그것은 서브우퍼*(초저역의 소리를 재생할 수 있는 스피커) 덕택으로, 닉은 그 스피커를 바비큐 그릴 커버를 수선해 맞춤 제작한 커버로 보호한다.

스테레오에는 또한 밝은 파란색 디스플레이 창이 있는데, 이제 4분 있으면 자정임을 알려주고 있다. 디스플레이 창의 숫자가 11:55에서 11:56으로 바뀌었다. 그리고 가운데 점이 깜박거리며 1초가 시작되고 1초가 끝나며 우리가 결코 카운트다운 시간에 맞춰 해티의 집에 가지 못할 것이라는 사실을 내게 일깨워주고 있었다.

“미안.”

내가 디스플레이 창을 지켜보고 있는 걸 보고는 닉이 말했다.

"아냐. 괜찮아. 정말이야."

"내가 최대한 빨리 달려 볼게."

나는 고개를 저었다. 첫째, 우리의 죽음에 깔리는 사운드트랙이 아무리 훌륭할지라도 나는 닉이 이 고물차를 빨리 모는 것을 바라지 않는다. 둘째, 나는 닉이 위반딱지를 끊는 것을 바라지 않는다. 그랬다간 앞으로 여섯 달 동안, 아니 어쩌면 그보다 더 오랫동안, 그 일로 아빠의 잔소리를 듣게 될 것이다. 셋째, 닉은 자신의 생각과는 달리 그다지 훌륭한 운전수가 아니다. 그리고 넷째, 닉이 이 고물차를 마하*(비행기 속도를 나타내는 계기의 하나) 1에 가깝게 몰 수 있다고 하더라도, 우리는 자정까지 해티네 집에 갈 수 없을 것이다.

"진짜 괜찮아. 그냥 카운트다운하고 다들 볼에 키스하면서 '새해 복 많이 받아!' 하고 말하는 것뿐이잖아."

내가 다시 말했다.

"네 말이 맞아. 별 거 아니야."

닉이 동의했다. 우리는 레이크로드를 따라 달리고 있는데 이제 자정까지는 2분이 채 남지 않았다.

"길 옆으로 차를 대는 게 어떨까?"

내가 제안했다.

"왜?"

"몰라. 새해를 맞이하는 순간 노부부처럼 길을 달리고 있으면 기분이 안 좋을 것 같으니까. 약간…… 비참할 것 같아."

"그래, 네 말이 절대적으로 맞아."라고 말하며, 닉은 방향지시등도 켜지 않고 차를 길 옆으로 몰아 조금 더 길가를 따라 덜컥거리고 가다 멈췄다. 닉은 차의 시동을 끄고 스테레오 음량을 낮췄다. 낮추는가 싶더니 바로 꺼버렸다. 호수와 마을 사이의 조랑말 농장들 가운데에 있는 이곳 바깥은 조용했다. 시계가 조용히 11:59로 바뀌고 점이 계속 번쩍거린다. 올 한 해는 이제 1분을 남겨 놓고 있다.

"새해 결심은 뭐야?"

내가 물었다. 닉이 스카프의 한쪽 끝을 어깨 뒤로 던진다. 야외에서 스카프를 뒤로 던진 채 운전대 앞에 앉아 고글을 이마 위로 밀치자, 닉은 어느 모로 보아도 세련된 전투기 조종사처럼 보인다.

"사실 생각 안 해 봤는데, 너는?"

"남자 친구 사귀기야."

내가 대답했다. 그런 뒤 닉의 반응을 보려고 닉을 슬쩍 쳐다봤다. 닉이 고개를 끄덕였다.

"좋은 계획 같아."

"그럼 내가 뭐 하나 물어봐도 될까, 비글스*(모험도서 〈비글스 시리즈〉에 나오는 주인공으로 모험가이자 비행기 조종사)?"

닉이 씽긋 웃었다.

"뭐든 물어 봐. 내가 비밀 같은 거 안 키우는 거 잘 알잖아."

"그래. 하지만 내가 이 질문을 하면 네가 나를 정말 미워하게 될지도 모르는데, 난 우리의 우정이든 뭐 그 비슷한 거든 망치고 싶지 않아. 왜냐하면 너도 알다시피, 넌 나의 단짝이고 전부니까."

"앤지, 객소리는 그만 두고, 그냥 물어 봐."

"좋아, 그럼 네가 화내지 않겠다고 약속하면……."

"앤지!"

나는 깊이 숨을 들이마셨다.

"닉, 너 게이니?"

닉이 나를 보더니 큰소리로 웃었다. 내 얼굴을 빤히 쳐다보며 웃고 있었다. 꼭 나를 비웃는 것만 같았다. 그러더니 닉이 고개를 뒤로 젖히고 훨씬 더 크게 웃었다.

"미안해. 그런 질문은 하지 말았어야 했는데. 그게…… 나도 잘 모르겠지만 그런 질문을 하지 말았어야 했어."

나는 어쩔 줄 몰라 하며 말했다. 닉은 여전히 크게 웃고 있었다.

"앤지, 괜찮아."

"아냐. 내가 멍청했던 것 같아."

"아냐. 그렇게 생각하지 마. 와, 저길 봐! 불꽃이야!"

"뭐? 여기에서?"

하지만 닉의 말이 맞았다. 어떤 조랑말 농장 뒤의 울타리에 늘어선 나무들 너머 하늘로 누군가가 불꽃을 쏘아 올리고 있었다. 불꽃들이 쉭쉭 날카로운 소리를 내며 하늘로 올라가 초록, 빨강, 분홍, 노랑의 불꽃을 펑펑 터뜨렸다.

나는 다시 닉을 훔쳐봤다. 닉은 찬송가를 부르는 꼬마처럼 연기 자욱한 하늘을 가만히 올려다보고 있었는데, 밝은 별 모양의 광채로 얼굴은 물들고, 그의 운전용 고글에 다채로운 색상들의 불꽃들이 비치고 있었다.

"정말 환상적이야. 텔레비전에서 보던 것과는 비교도 안 돼."

닉이 말했다. 닉의 말이 맞다. 이 순간, 나의 부모님과 부모님의 친구들은 우리의 거실에 앉아 20인치 모니터로 세상에서 가장 멋진 항구 위로 연출되고 있는 불꽃놀이를 보고 있을 것이다. 하지만 여기 바깥에서 지붕 없는 차에서 스카프를 두르고 운전용 고글을 쓴 게이일지 모르는 친구 옆에 앉아서 나는 지금 내 머리 위에서 벌어지고 있는 일보다 더 장관인 것은 아무것도 없다는 생각을 한다.

바로 그때, 그 즉흥적인 쇼가 시작할 때만큼이나 갑자기 끝났다. 폭포수처럼 떨어지는 불꽃 소나기와 흥분시키는 온갖 색상들의 돌풍이 휘몰아치는 빛나는 절정의 단계가 없었다. 유칼립투스 나무들 위로 자욱한 연기 속에서 단 하나의 파란 불꽃이 쏘아 올려졌을 뿐이다.

"새해 복 많이 받아, 앤지."

닉이 말했다.

"응, 비글스, 너도. 새해 복 많이 받아."

닉이 몸을 기울여 내 뺨에 키스했다.

"네 새해 결심이 뭔지 아직 말해주지 않았어."

내가 닉에게 말했다. 닉은 그저 다시 소리 내어 웃으며 고글을 끄집어 당겨 눈에 맞춰 쓰고 차를 출발시켰다.

무미건조한 마을

방학 마지막 날 나는 서서히 잠에서 깼다. 그리고 손을 사각팬티 안으로 밀어 넣어 기분 좋고 솔직한 아침 긁기를 한 후, 내 발이 어떤지 뚜렷이 자각하게 되었다. 발에서 땀이 나고 있었다.

목의 뭉친 근육을 풀며 자명종을 확인했다. 11시 14분이었다. 이번 방학의 대략적인 평균 기상시간이었다. 정오가 넘도록 잔 날도 2, 3일 있었고, 9시쯤에 샤워를 한 경우에는 1시나 2시까지 자기도 했다. 하지만 일반적으로 11시 정도에는 일어났다. 내게 침대에서 나오라고 따라다니며 괴롭히는 사람이 없었으므로, 나는 대개 더는 잠이 오지 않을 때까지 침대에 머물렀다. 그때가 보통 늦은 오전이었다.

그 말은 내일은 정말로 엿 같을 것이라는 뜻이었다. 개학 첫날에는 7시 30분쯤에 침대에서 나와야 하고, 9시 15분에는 첫 번째 조회 종이 울릴 것이다. 꽉 찬 6주간의 준비 시간에도 불구하고 선생님들은 이미 진이 다 빠져 짜증이 한가득일 것이다. 학교로 돌아갈 용기를, 우리 학생들을 직면할 용기를 내려 하며, 한 달 반을 태아 자세로 보낸 준비 시간에도 불구하고.

나는 하품을 하고 기지개를 펴고는 커튼 끝자락에 손끝을 대 창문에서 커튼을 들췄다. 텅 빈 하늘을 가로질러 있는 송전선들이 언뜻 보였다. 여전히 무더운 열기로 가득한 또 다른 하루가 시작되어 있었다. 운 좋게도 크리켓 훈련이 그렇게 늦게까지 잡혀 있지 않았다.

거실에서 텔레비전 소리가 나지막이 들려왔다. 콜린 여사님이 또 텔레비전을 켜두고 간 모양이었다. 그녀는 자주 그런다. 그녀는 아침을 먹으면서 아침 대담 프로를 보고는 텔레비전 끄는 걸 잊고 그냥 출근하고는 한다.

이제 내 발에서는 땀이 훨씬 더 많이 나고 있다. 그건 더 이상 짜증스럽지 않다. 그건 이제 그냥 공식적으로 불편할 뿐이다. 나는 이불 아래로 발을 슬쩍 빼내어 침대 밖으로 내밀었다. 마치 입이 곰팡내 나는 이불솜으로 꽉 채워진 것처럼 느껴져서 물을 마시고 싶었다.

로저가 내가 뒤척거리는 소리를 듣고 내 방 문간으로 와서 문틀에 기대어 등을 활처럼 휘었다. 로저는 정말 멍청한 고양이다. 로저는 3년이나 나를 알아왔지만 내가 자기를 싫어한다는 사실을 여태 파악하지 못했다. 나는 로저를 싫어한다기보다 모든 고양이를 싫어한다. 고양이는 완전 공간 낭비이다. 내 의견으로는 쥐약의 발명이 고양이를 퇴행시키는 데 굉장히 많은 역할을 하지 않았나 한다.

나는 언제나 개가 갖고 싶었다. 하지만 콜린 여사님은 개는 너무 많이 짓는다고 생각하기 때문에 개를 사주지는 않을 것이다. 개가 훈련이 제대로 되어 있지 않다면, 그 말은 아마 사실일 것이다. 우리 동네의 총 17마리의 개들처럼 훈련되어 있지 않다면 말이다.

보름달이 뜨는 밤이면 하비 로는 소름이 끼친다. 그 소리는 귀로 들을 수 있는 파도타기 응원과 같다. 대개 모퉁이의 랭글란스 집의 도베르만이 길고 처량한 울부짖음으로 개시하면 길 건너 축 처진 앞 울타리에 푯말이 달려 있는 집의 쌍둥이 시츄가 그 소리에 자극받아 짖기 시작한다. 그러면 그 옆집의 닥스훈트가 사납게 격분해서 짖기 시작하고, 그 뒤를 이어 밤 12시에 챈들링 집의 투견이 짖고, 이런 식으로 동네 거리를 따라 개 짖는 소리가 계속 이어져 그 개들 모두가 다 같이 짖게 된다.

나는 우리 동네 사람들이 개들을 데리고 가끔씩 산책을 간다면, 그 개들이 그렇게 쉽게 동네가 떠들썩하게 짖어대지는 않을 것이라고 생각한다. 개들도 지루해한다. 언젠가 텔레비전에서 그것을 본 적이 있다. 어떤 수의사가 그것에 대해 이야기를 하며 보더콜리 한 마리를 보여주었는데, 그 보더콜리는 아주 지루해서 빨랫줄 주위를 계속해서 뛰어다니다가 땅에 깊은 원형 고랑을 팔 정도였다. 그래, 맞다, 그 개는 지루해했다.

고양이들은 지루해하지 않는다. 적어도 그런 것 같아 보인다. 고양이들은 그 존재 자체가 지루하다. 로저처럼.

이제 로저가 내 침대 쪽으로 뽐내며 걸어와 땀이 난 내 발에 얼굴을 비비기 시작했다. 내가 "야, 저리 못 가." 하고 외쳤지만 로저가 의미를 파악하지 못해서 나는 잡지책을 집어 로저에게 던졌다. 잡지

책은 한 50센티미터쯤 날아가더니 바닥에 떨어졌다. 로저는 이번에는 의미를 파악했는지 코와 꼬리를 오만하게 빳빳이 세우고 떠났다.

1, 2분 뒤, 와장창하는 소리가 부엌에서 들려왔다. 가끔 로저가 조리대 위에 올려둔 흥미로운 뭔가의 냄새를 맡고 조리대 위로 뛰어 올라갈 때 이런 일이 벌어진다. 하지만 이번만큼은 로저의 짓이 아니었다.

잠시 나는 무슨 소리일까 생각했다. 내가 들은 소리를 머릿속에서 가공 처리하는 데는 2초가 걸렸다. 분명 누군가가 부엌에 들어와 부엌 조리대에서 뭔가를 떨어뜨렸다. 하지만 어찌된 일인지 가택 침입자로 인해 위험에 처할 수 있다는 생각은 들지 않았다. 나는 내가 들은 소리가 고양이 소리가 아니고 다른 반가운 기분전환 거리일지도 몰라 아주 기뻤던 것 같다.

아니야, 월요일 아침 11시 20분에 로저가 아닌 누군가가 나와 함께 우리 집에 있다니 이건 옳지 않아, 하고 나는 생각했다. 그리고 그 사람은 분명 콜린 여사님은 아니었다. 콜린 여사님의 목소리는 담배를 워낙 많이 피워서 걸걸하긴 해도 부인할 수 없는 여자의 목소리였는데, 들려오는 목소리는 남자의 목소리였다. 로저에게 비교해도 아주 굵고 낮은 목소리였다. 나는 침대에서 일어나 조용히 바닥에 발을 내디뎠다. 꼭 조사를 해야 했다.

그리고 내 머릿속에서 옳지 않다는 생각이 커갈수록 정말로 뭔가 대단히 크게 잘못됐단 생각이 들었다. 그래서 나는 옷장으로 최대한 살금살금 걸어가 옷장을 열고 새총을 찾으려고 구겨진 옷들 밑의 바닥을 손으로 더듬었다. 그런데 새총은 내 책상 서랍에 있었다. 내 책상 서랍은 잡동사니로 가득한데 내가 예상했던 대로 쇠구슬 두 알이 서랍 안에서 굴러다니고 있었다. 나는 내 방 창문 밖에서 시끄럽게 울어대는 구관조들에게 그 쇠구슬을 발사하고는 했다. 그렇게 연습한 덕택에 나는 아주 훌륭한 사수가 되어 있었다. 나는 로저가 나의 사격술을 고마워했다고 확신한다.

새총 발사대 부분에 쇠구슬을 장전하고서, 나는 살며시 내 방에서 복도로 나갔다. 나는 혹시 같이 침입한 강도가 더 있을까 봐 콜린 여사님의 방을 재빨리 몰래 훔쳐봤지만 또 다른 강도는 보이지 않았다. 그렇다면 단독으로 침입한 모양이었다.

말소리와 덜거덕거리는 소리가 부엌에서 더 많이 흘러 나왔다. 그 침입자가 누구든 올바른 일을 하고 자신이 어질러 놓은 것을 치우기로 결심한 것 같았는데, 그 사람이 혼자 중얼거리는 말로 판단하건대, 그는 전혀 열성적이지 않았다.

목소리가 어딘가 귀에 익은데? 왠지 귀에 익은 목소리 같았다. 나는 조용히 몇 발자국 앞으로 걸어가 복도 끝 부분에서 부엌 안을 엿보았다.

"이게 누구야? 브래드 형?"

내가 소리쳤다. 브래드 형이 쌀을 그러모아 냄비에 담고 있었다.

"잘 있었어, 동생."

"형, 뭐야, 새총으로 쏠 뻔했잖아!"

브래드 형이 내 손에 든 무기를 보고 눈살을 찌푸렸는데, 아직도 나는 새총을 든 팔을 올리고 있었다.

"아, 그래, 그걸로…… 그럴 생각이었어? 난 네가 크리켓 배트를 들고 올 줄 알았는데."

그러더니 브래드 형이 낄낄 웃었다.

"형의 한심한 머리에 나의 새 쿠카부라*(크리켓 제조 용품 회사) 배트를 부러뜨리고 싶진 않았거든."

나는 팔을 내렸다.

"여기서 뭐해? 형이 발리나 어디 다른 데 있는 줄 알았는데."

"음, 네가 보다시피 난 분명 그곳에 있지 않아."

형은 당연한 것을 말하는 데는 선수다.

"발리에는 오래 있지 않았어."

"형을 봐서 좋아."

나는 새총을 조리대에 내려놓고 브래드 형은 들고 있던 냄비를 내려놓은 뒤 우리는 포옹을 했는데, 등을 툭 치는 행동으로 마무리된 형제끼리의 포옹이었다.

"형, 거의 2년 만이야!"

"그래, 좀 됐지? 실은 18개월 만이야."

"형이 집에 온 거 콜린 여사님은 알아?"

"콜린 여사님? 엄마를 언제부터 그렇게 부른 거야?"

나는 어깨를 으쓱했다.

"글쎄. 좀 된 것 같아. 콜린 여사님이 이젠 이름을 부르라고 했거든. 이젠 내가 다 커서 완전 어른 같으니까."

나는 윙크를 하며 마지막 말을 덧붙였다.

"나도 엄마를 그렇게 불러야 할까?"

"그럴 거야."

브래드 형이 코를 찡그리며 새끼손가락으로 귀를 팠다.

"엄마가 자신을 엄마 대신에 콜린 여사님이라고 부르라고 요구할 때까지 기다려야 할까?"

형은 늘 엄마를 약간 두려워했다.

"내가 어떻게 알겠어? 아마도. 난 몰라. 형, 언제 온 거야?"

"오늘 아침. 기차를 타고 왔어."

형은 현관문 안쪽에 놓인 파란색 스포츠 가방을 고갯짓으로 가리켰는데 마치 그의 가방이 사실상 자신이 기차를 타고 왔음을 확인이라도 해줄 것이라고 생각하는 모양이었다.

"그렇구나."

나는 천천히 이 갑작스런 환경 변화에 익숙해지고 있었다. 내 말은, 그가 형이어서 언제든 다소 반갑기는 했지만 사각팬티만 입은 채로 부엌으로 살금살금 기어와 일 년 반 만에 처음으로 형이 내 앞에 서 있는 것을 보는 일은 커다란 충격이었다는 뜻이다. 브래드 형이 웅크리고 앉아 깨진 접시 조각들을 줍기 시작했다.

"접시를 깨서 미안해. 그냥 커피 끓일 깨끗한 컵을 찾으려다가 바닥에 이것을 떨어뜨리고 말았어. 대체 설거지한 지 얼마나 된 거야?"

"그래, 알아. 자러 가기 전에 설거지를 하려고 했는데, 시간이 늦어서…… 이런, 콜린 여사님이 오늘 아침 부엌에 와서 이걸 보고 아마 굉장히 화가 났겠어."

"그런데 엄마는 어디 있어?"

소파 뒤에 숨어 있는 엄마를 찾기라도 기대하는 것처럼 주위를 둘러보며 브래드 형이 물었다.

"물론, 회사에 있지. 앉아. 내가 커피 타 줄게. 그건 그냥 놔둬. 진심이야, 그냥 앉아."

"알았어. 고마워. 난 설탕 두 스푼."

형이 깨진 접시를 조리대 끝에 있는 쓰레기통에 던져 넣고는 소파로 가서 털썩 앉았다.

"그럼, 엄마는 아직도 여행사를 소유한 그 아저씨를 위해 일하고 있는 거야?"

"조지 아저씨 말이야? 그래, 불행히도. 제길, 난 그 아저씨가 싫어. 그 아저씨는 정말 대단한 멍청이야. 그리고 저속하기도 해."

"그 아저씨가 아직도 엄마에게 짧은 치마를 입으라고 강요해?"

나는 고개를 저었다.

"엄마가 더 이상은 입지 않겠다고 딱 잘라 말했대."

"잘했군."

"엄마를 보러 갈 거야?"

내가 물었다. 브래드 형이 입을 오므렸으므로, 나는 실제적으로 형의 마음을 읽을 수 있었다. 형은 준비가 되지 않았다고 말하고 싶었지만 내게 그렇게는 말할 수 없었다.

"그래, 그러니까, 엄마가 회사에 있다고? 그렇다면……."

"형, 지금 당장 엄마를 만나고 와. 엄마가 퇴근하고 집에 와서 형이 종일 집에 있으면서 자신을 보러 오지 않았단 걸 알았다고 상상해 봐. 얼마나 상심이 크겠어."

"그래, 네 말이 맞아."

형이 동의했다. 그러면서 말을 이어갔다.

"난 진짜 엄마를 보고 싶긴 하지만……."

"하지만 뭐?"

"아무것도 아냐. 나는 엄마를 보고 싶어. 지금 시내로 갈 거야. 커피를 마시고 나서."

나는 주전자를 수도꼭지 아래에 대고 물을 받았다.

"그러니까…… 에잇, 정말 깜짝 놀랐잖아! 형은 그동안 뭘 했어? 여행, 일, 아님 다른 뭐?"

"금광에서 일하고 있어."

"정말? 금광이라고?"

"그래. 호주 서부에서."

"거기서 무슨 일을 해?"

"트럭을 몰아."

"힘든 일이야?"

형이 코웃음을 쳤다.

"전혀! 엄청 쉬운 일이야. 너도 그 일을 하는 것에 대해 진지하게 고려해 봐. 그냥 에어컨 빵빵한 트럭에 종일 엉덩이 붙이고 앉아 있다가 함바에 가면 돼. 아, 함바는 식당 같은 거야. 그곳에는 스테이크, 다진 고기, 돼지고기나 닭고기 구이, 네가 먹고 싶은 건 뭐든 있고 양도 정말 푸짐해. 그들은 매일 밤 음식을 잔뜩 버려. 그러니 그들은 네가 원하는 만큼 많이 먹게 내버려둘 거야. 그건 정말 근사해. 그리고 돈도 많이 벌 수 있고, 가끔 짜증이 나거나 더러운 농담을 할 때가 있단 걸 빼면 아무 문제없어. 그리고 포르노 영화도 볼 수 있어."

형이 소리 내어 웃으며 덧붙였다.

"아주 화끈하지."

"그곳 마을은 어때? 텔레비전에서 본 마을 모습과 비슷해?"

브래드 형이 어깨를 으쓱했다.

"난 사실 잘 몰라. 그들은 우리를 광산까지 비행기를 태우고 가. 우리만의 간이 활주로가 있거든. 우리가 광산에서 몇 주 동안 일하고 나면 그들은 우리를 다시 비행기를 태워 밖으로 데려 나와. 우리는 대개 퍼스나 프레오로 돌아가서 그곳에 머물러. 프레오에는 큰 통에서 잔에 맥주를 바로 받아주는 멋진 양조장이 있고……."

나는 형의 말허리를 잘랐다.

“그러니까 형은 마을에는 한 번도 안 가 봤단 거네?”

“뭐? 그래, 우리는 못 갔어. 우리 가운데 몇몇이 마을에 가서 애보리진*(호주의 원주민)들과 싸움이 붙고는 했어. 그 바람에 우리가 마을에 가는 게 금지됐어. 광산 관리자가 안 된다고 했고, 그게 다야. 하지만 상관없어. 필요가 없으니까. 광산에는 필요한 모든 게 있어. 음식, 맥주, 동료, 그거면 돼.”

“그렇구나, 하지만 가게는 어때? 술집은?”

형이 소리 내어 웃었다.

“그곳에 가게는 없어! 술집도 마찬가지고. 그곳은 무미건조한 마을이지. 맥주도 없어. 그렇지 않았다면, 그곳 전체는 늘 취해 있을 거야. 완전 불쾌한 곳이야. 넌 그곳에서 절대 살지 못할 거야. 게다가 내가 말했듯, 광산에서 네가 필요한 건 뭐든 구할 수 있어. 광산에는 심지어 극장까지 있어.”

“왜 그들이 그 모든 음식을 버리는 거야?”

내가 물었다.

“무슨 음식?”

“매일 밤 그들이 음식을 잔뜩 버린다고 형이 말했잖아.”

“매일 요리를 새로 하기 때문이야. 너도 오래된 스테이크를 다시 데워 먹고 싶진 않잖아, 그렇지 않아?”

나는 고개를 끄덕였다.

“그래. 하지만 다른 사람들에게 주면 되잖아? 마을이 그렇게도 뭐가 없는 곳이라면, 남은 음식을 사륜구동차 뒷좌석에 실어 마을에 갖다 주면 되잖아? 마을이 광산에서 얼마나 먼데?"

"마을? 몰라. 한 15분쯤."

"15분? 정말이야? 뭐야, 짜증나게, 별로 안 멀잖아."

나는 형에게 커피를 주고 내 커피잔을 들고 형의 맞은편에 앉았다.

"왜 짜증이 나?"

"생각해 봐!"

형은 커피를 후루룩 소리를 내며 마셨다. 형은 늘 습관적으로 커피를 그렇게 마셨는데, 그럴 때면 나는 늘 짜증이 났다. 그리고 이번에는 거의 2년 만에 만났음에도 형의 컵을 쳐서 손에서 떨어뜨리고 싶게 만들었다.

"넌 확실히 아는 사실에 대해서만 이야기해야 해."

형이 말했다.

"그래, 그렇겠지."

그런 뒤 형이 거실로 들어가 다시 주위를 둘러보았다.

"여긴 별로 많이 안 바뀌었네?"

"꼭 그렇지도 않아."

"텔레비전은 옛날 쓰던 것 그대로네."

"응."

"그래도 DVD는 새것 같은데."

"그래. 싼 거지만 작동은 잘 돼."

“멀티존이야?”

“몰라.”

“전축은 예전 그대로고.”

“그래.”

“넌 아직 크리켓을 해?”

“응. 지금 프리미어리그 1군이야.”

“잘됐네.”

“응. 그런데, 형, 정말이지 집에 왜 온 거야?”

브래드 형이 눈을 깜박거렸다. 그런 질문을 그렇게 쉽게 한 나 자신에게 내가 놀랐다면, 내가 그런 질문을 하는 것을 듣고 형은 두 배로 놀란 것 같았다.

“내가 집에 와서 내 가족을 보는 데 이유가 필요해?”

“18개월이 흘렀어, 형. 그 기간 동안 이메일 세 통하고 엽서 두 장이 다였어. 18개월 동안 말이야! 우리는 형이 대체 뭘 하고 있는지도 몰랐는데 이제 돌아와? 일 년 반 뒤에? 그냥 이런 식으로? 기차가 칙칙폭폭 오더니, 형이 여기 있잖아.”

“네가 무슨 얘길 하는지 모르겠어.”

형은 시간을 벌며 뭐라고 말할 것인지 생각했다. 형은 내가 이렇게 대드는 모습을 한 번도 보지 못했다. 그리고 우리가 마지막으로 집에서 만난 뒤로 우리 둘 다 우리 집에서 다른 기분을 느끼고 있었던 것 같다. 이번에는 형은 ‘내’ 집에 온 손님이었고, 나는 형 집에 있는 성가신 꼬마 동생이 아니었다.

"내가 무슨 얘길 하는지 형은 잘 알잖아. 왜 지금이야?"

"좋아. 잭, 꾸물거려서 미안해. 그게 저…… 편하지가 않았어."

"편하지 않았다고? 일 년 반이었어. 그런데 한 달, 아니 두세 달에 한 번이라도 이메일 보낼 시간을 일이 분도 낼 수 없었단 말이야? 그 정도면 충분했을 거야. 아니면 전화라도 했어야지. 퍼스에 전화는 있을 거 아냐, 안 그래?"

형은 몹시 당혹해하기 시작했다.

"제길, 야아, 이런 잔소리는 엄마가 할 줄 알았는데……."

"그래? 이봐, 형, 그런데 엄마가 걱정하는 모습을 지켜봐 온 사람은 바로 나야."

"엄마가 어떻게 받아들일까? 내가 돌아온 것 말이야."

"형 생각은 어때? 엄마는 형을 보면 대단히 기뻐할 거야. 그런 뒤 곧바로 화를 내겠지. 그래도 난 엄마를 비난할 수 없어."

형이 자신의 컵을 들어올렸다.

"그래, 네 말이 맞아. 이걸 다 마시고 곧바로 엄마를 보러 갈게."

"그런데 집에 얼마나 머물 거야?"

형이 씩 웃었다.

"왜? 요즘엔 예약해야 해?"

"아니. 그냥 이번에는 알아두는 게 좋을 것 같아서. 가령 우리가 기대를 가져도 될까?"

형이 낄낄 웃었다. 그런 뒤 몸을 한쪽으로 기울여 청바지 호주머니에서 담배 한 갑과 라이터를 찾아냈다.

"넌 이 일을 그냥 넘어가 주지 않을 모양이구나? 내가 사과한다면 그만둘 거야?"

"미안하단 사과가 형이 다시는 그러지 않겠다는 것을 뜻하지는 않아. 그리고 여기선 담배를 피우면 안 돼. 콜린 여사님도 포기했어."

"빌어먹을."

브래드 형이 한숨을 쉬며 담배를 치웠다.

"내게 가벼운 벌을 주고 쉽게 끝내주지 않을 결심이로구나?"

"나는 그 일을 다시는 일어나지 않게 하리라고 결심했어. 이봐, 형, 형은 18개월 전에 우리에게 말 한 마디 없이 집을 나가서는 지금 돌아왔어. 그리고 형은 돈을 많이 벌었을지 모르지만, 콜린 여사님은 지불해야 할 고지서가 잔뜩 쌓였어. 콜린 여사님은 아빠를 호전시킬 수 있다고 판단했던 퀸즐랜드의 그 의사에게 아직도 밀린 진료비를 갚고 있어. 그런데 형은 그리멧에서 처음으로 그 일자리를 구했을 때도 그 가운데 하나라도 형이 내겠다고 제안이라도 해봤어? 형이 짐 싸서 나가기 전에도 콜린 여사님이 얼마나 힘들었는지 형은 알잖아. 그리고 나는 엄마에게 보탬이 되도록 여기에 남겨진 유일한 사람이었어. 나는 잔디를 깎아서 전화가 끊기지 않도록 돈을 보태고 고……."

"잭, 그건 네가 상관할 바가 아니야."

그 말에 나는 바로 화가 치솟았다.

"브래드 형, 그건 내가 상관할 바가 아니란 거 나도 알아. 하지만 형이 지금 왜 사전에 알려주지도 않고 돌아왔는지 알고 싶어. 돈을 노리는 건 아니길 빌어. 우린 돈이 하나도 없으니까."

이제는 형이 충격을 받은 것 같았다. 심지어는 약간 상처 입은 것 같아 보였다.

"뭐? 내가 돈을 바란다고 생각해? 야, 너, 그런 빌어먹을 생각을 했던 거야? 난 돈은 필요치 않아! 말했잖아, 난 돈을 많이 벌었다고. 너도 가서 그 일을 해야 해. 내가 너를 추천해 줄 수 있어. 네게 트럭 운전면허증만 있으면……."

나는 고개를 저었다.

"난 자동차 운전면허를 딴 지 이제 겨우 서너 달 됐어. 금광에서 거대한 노란색 덤프트럭을 몰게 해주지 않을 거야. 아무튼 난 학교도 1년 더 다녀야 해."

"그런 다음엔, 잭? 우리 주의 크리켓 대표 팀과 대단한 계약이라도 하려고?"

"아니, 난 대학에 갈 거야."

"무엇하러? 별로 대단하지 않은 것에 대해 많이 배워 학사 학위를 따려고?"

"나는 건축을 하고 싶어. 난 건물을 설계하고 싶어."

"건축가가 되고 싶다고? 엄마가 그 학비를 어떻게 댈 수 있겠어?"

"콜린 여사님은 그러지 않아도 될 거야. 정부 학자금 대출을 받을 거고 공부하면서 일도 할 거야."

"어떤 일? 잔디를 더 깎는 일? 야, 정신 차려! 넌 환상의 세계에서 살고 있어, 잭!"

나는 일어섰다.

"헛소리 집어치워. 환상의 세계에서 살고 있는 사람이 있다면, 그건 바로, 아무 때건 날아서 들락날락하는 직업과 망할 에어컨 빵빵한 트럭을 가진 형이라고. 이곳이 바로 현실 세계야, 바로 여기."

"이 마을이? 농담이겠지? 잭, 내 말 잘 들어! 넌 네 자신에게 은혜를 베풀어서 이곳을 벗어나야 해. 이곳은 엿 같아. 여기에는 아무것도 없어. 여긴 그냥…… 지겨운 집들과 지루한 사람들만이 있어. 늘 똑같은 지루한 사람들, 에잇! 매일 똑같은 날과 늘 똑같은 사람들! 내가 케빈 그리멧을 위해 일할 때 똑같은 차를 얼마나 많이 수리했는지 알아? 딸과 사는 그 늙은 술주정뱅이 말이야. 행실이 나쁜, 아주 헤픈 그 여자애, 너도 알지?"

"베로니카 베넷."

"맞아, 베로니카 베넷! 그 앤 어때? 여전히 헤퍼?"

"그걸 내가 어떻게 알아?"

"그래, 아무튼, 그 애의 아버지는 낡은 코모도 차를 두 달마다 끌고 오곤 했는데 늘 똑같은 문제였어. 그는 비용을 아끼지 말라, 최고급 오일을 쓰라, 인색하게 굴지 말라 등등 온갖 참견을 해댔지. 그런 뒤 수표를 지불하는데, 한 번도 빠짐없이 부도가 나서 되돌아왔어. 그러면 케브가 그에게 전화해서 '이것 봐요, 수표가 부도가 나서 되돌아 왔어요.'라고 말하면, 그는 '젠장, 미안하오, 케브. 조만간 현금을 갖고 가리다.'라고 대답하지. 그런 뒤에도 세 번 전화를 더 해서 독촉해야 그가 마침내 돈을 들고 나타나. 그리고 이런 일이 늘 반복되지! 그리고 케브도 늘 그냥 그러려니 하고 받아들여. 이 마을은 바로 이런 곳이야, 잭. 사람들은 남을 이용하며 똥물에서 돼지처럼 만족하며 살지. 이곳은 더러운 웅덩이야. 그러니 너도 다른 사람들처럼 이곳에 빠져 오도 가도 못하게 될 거야. 넌 이곳에서 벗어나 다른 곳에서 어떤 일이 벌어지고 있는지 봐야 해. 세상은 넓어, 잭. 넌 너의 삶을 살아야 해."

"그러니까 형 말은 마을에서 멀리 떨어진 외딴 금광에서 덤프트럭을 운전하는 것이 내 삶을 사는 것이란 말이네? 오, 미안, 깜박했네. 먹고 싶은 만큼 양껏 스테이크도 먹을 수 있고 영화도 볼 수 있다고 했지. 포르노 영화도."

"넌 빈정거리는 데 선수로군."

브래드 형이 말했다.

"아니, 난 현실적으로 굴고 있는 거야."

이제는 브래드 형이 일어났다.

“시내까지 걸어가서 엄마를 볼까 해.”

“그리고 엄마에게 엄마의 인생도 또한 엿 같다고 말할 거야? 엄마가 이곳을 벗어나 진짜 세상을 봐야 한다고 할 거야?”

“그래, 아마 나는 그럴 거야.”

“하지만 이곳이야말로 엄마가 사는 실제 세상이야, 형.”

“글쎄, 여행사에서 일하니까 엄마가 더 잘 알겠지.”

“지금 비꼬는 거야? 제길, 엄마는 휴가를 받아도 그럴 여유가 없어. 퇴근 후에는 돈을 조금이라도 더 벌려고 여러 세탁물 바구니를 다림질 해.”

“엄마가 사귀는 남자는 없어?”

“형은 무슨 생각하는 거야? 빌어먹을! 누가 우리 집을 드나들고 싶어 하겠어?”

나는 목청을 높이지 않으려 애쓰며 형에게 물었다.

“엄마가 사귈 만한 그런 남자들은 이 망할 거리로 차를 몰고 오려고도 하지 않을 거야!”

“엄마는 좋은 여자야!”

브래드 형이 이의를 제기했다.

“물론 나도 엄마가 좋은 여자란 건 알아. 하지만 그렇다고 해서 엄마가 정말 열심히 일해도 충분히 벌지 못하고 본인이 직접 가서 보고 싶은 장소들에 대한 여행안내 책자를 나눠주면서 이곳에서 꼼짝도 못한다는 사실이 바뀌지는 않아. 그리고 형 말이 맞아. 이 마을은 더러운 웅덩이야. 하지만 바로 그 웅덩이에서 우리가 살고 있고, 우린 어디로도 갈 수 없어. 어딘가로 갈 수 있다고 생각하더라도 떠날 돈이 없어. 콜린 여사님이 나를 태워다 줄 기름 살 돈이 없어서 나는 원정 경기는 모두 차를 얻어 타고 다니고, 새 배트를 사려면 나는 우리 팀 주장을 설득해 돈을 빌려야 하는데, 나는 죽을 때까지 그 돈을 갚아야 할 거야. 콜린 여사님은 대개는 심지어는 머리를 자를 돈도 없어.”

“그럼 엄마가 조지라고 하는 그 남자에게 월급을 올려달라고 하면 되잖아?”

나는 소리 내어 웃었다.

“현실 세계에 사는 사람치고 형은 정말 대단히 순박해. 그나저나, 콜린 여사님 보러 갈 거야 말 거야?”

“알았어, 지금 갈 거야.”

“형이 가진 엄청난 여분의 돈으로 꽃이나 초콜릿 같은 것 사갖고 가길 바랄게.”

형이 머뭇거렸다.

“그래. 물론 그래야지. 넌 날 대체 뭘로 보고. 내가 인색하다고 생각해? 갔다 올게, 나중에 보자.”

브래드 형이 현관문 쪽으로 가서 문을 열고는 무자비한 가스 발염기 같은 햇빛을 배경으로 검은 윤곽을 드러내며 섰는데, 마치 밖으로 발걸음을 내딛기 전에 충분한 용기를 모으고 있는 것 같았다. 그러더니 형이 돌아섰다.

“야, 잭, 네게 하나 더 물어볼 게 있어.”

“뭔데?”

내가 물었다.

“에스코트는 어디 있어?”

“그건 팔았어. 돈이 필요했거든.”

“그걸 팔았다고? 그건 전설이야! 게다가 그건 내 것이었다고.”

“허튼소리 마. 그건 아빠 것이었어, 기억 안 나? 아무튼, 앞마당의 그것 주위에 난 잔디를 깎아야만 했던 사람은 바로 나야. 타이어가 내려앉아서 거의 진창까지 빠졌어. 게다가 우리는 돈이 필요해서 그것을 팔았어.”

“누구한테?”

“몰라, 내가 어떻게 알아? 신문에 난 광고를 보고 온 어떤 사람인데!”

“하지만 나는 그것을 경주용 차로 개조할 계획이었는데.”

“오, 그래? 언제? 형이 자주 집에 오는 때 가운데 하나에?”

“닥쳐, 잭.”

형이 말하고는 문을 쾅 닫고 나갔다. 나는 다시 자리에 앉아 커피를 마저 다 마시며 곰곰이 생각했다. 그건 과연 예상한 것만큼이나 안 좋았다. 우리는, 나와 브래드 형은, 어린 시절에는 사이가 굉장히 좋았는데, 하지만 지금 우리를 보라.

나는 형이 콜린 여사님과는 어떨지 궁금했다. 형은 콜린 여사님에게서 잔소리를 들을 것이라고 예상했으며 기꺼이 잔소리를 들을 것이라고 말했다. 아마도 다른 모든 사람들이 있는 사무실에서는 아닐 것이고 분명 더 나중일 것이다. 바로 그때 콜린 여사님은 울음을 터뜨리고 형은 미안하다고 말할 것이고, 콜린 여사님은 어머니들이 그러듯이 형을 용서할 것이다. 하지만 형은 모든 문제가 다 해결되고 좋아졌다고 생각할 것이지만 그것이 이미 지나버린 그 18개월을 없애주지는 못할 것이다. 그 18개월 동안 자신의 아들이 거의 말 한 마디 없이 사라져서는 소식이 점점 줄어들더니 마침내는 완전히 연락을 끊고는 아무런 소식도 전하지 않았던 것은 발바닥의 가시처럼 콜린 여사님을 계속해서 찔러 왔었다.

콜린 여사님은 그가 발리 어딘가에 있을까, 아니면 유럽에 있을까, 아니면 사이비 종교 집단에 가입했을까, 아니면 폭력 조직에 몸을 담았을까 조바심을 냈었다. 엄마와 나, 우리 둘 다 그런 일들을 걱정했었다.

그런데 그러는 내내 브래드 형은 호주 서부의 오지 철조망 울타리 뒤에서 트럭을 운전하고 다녔다. 분명히 실제 세상에서 살고 있었던 것이다. 스테이크와 채소와 VB맥주와 지저분한 농담들로 이루어진 실제 세상. 재향군인회에서 사는 것과 다소 비슷하지 않았을까 싶다.

나는 앞쪽 베란다로 나온 뒤 집을 시원하게 유지시키기 위해 문을 닫았다. 이제 바깥이 아주 더워지고 있었다. 아마 35도나 그 이상이 될 것 같았는데 나는 맨발을 벽에 가깝게 드리운 길고 가느다란 그늘

속에 있게 하려고 노력했다.

거리는 텅 비어 있었다. 브래드 형이 벌써 모퉁이에 이르러 상점들이 있는 왼쪽으로 향하고 있는 모양이었다. 형은 지금쯤 경주마처럼 땀을 뻘뻘 흘리고 있을 것이다. 어쩌면 형은 더위에 익숙할지도 몰랐다. 또 어쩌면 그렇지 않을지도 몰랐다.

흰색 소형 트럭 한 대가 천천히 같은 모퉁이 쪽으로 향해 가고 있었다. 'A-1 해충박멸회사'. 아마 그들이 지나가면서 브래드 형에게 약을 살포할 수 있을 것이다. 그리고 저 아래 수단 가족이 사는 집 쪽에서 개가 콜록거렸다.

나의 일부는 형이 나를 납득시키기를 바랐다. 얄궂게도 주로 건축에 관심이 있는 건 바로 나의 일부였다. 나는 빨간 벽돌에 타일 지붕의 작은 집들과 위성 접시들이 있는 납작한 지붕의 석면 시멘트 집들이 있는 이런 거리가 절대 다시는 만들어지지 않도록 하는 데 내 역할을 다하고 싶었다. 암과 같은 삐걱거리는 그네 세트들, 모든 사람들과 모든 것들을 계속 단절시키는, 못 들어오게 막아놓은 덧문들. 교도소의 방종한 여자 같은 그래피티가 그려진 뾰족한 끝이 없는 낮은 울타리 뒤의 죽은 앞마당들.

아마도 형의 말이 맞을지 몰랐다. 어쩌면 대학에 가는 것은 그다지 좋은 계획이 아닐 것이다. 적어도 지금 당장은. 집에서 살면서 기차를 타고 대학에 다니며 내가 필요로 하는 교재와 물품들을 사는 데 충분한 돈을 긁어모으는 것. 그건 고등학교에서도 충분히 힘들었는데, 나는 어떤 과목을 듣든 등록하는 날이면 골라야 하는 재활용된 책보다는 새 책을 살 수 있을 것이라는 희망을 품고는 했다.

책장 끝이 둘둘 말리고 흔적이 남아 있고, 증오와 애정에 대해 낙서가 되어 있고, 어린애 같은 유치한 난센스 퀴즈들이 여백에 어지럽게 적혀 있는 『케네스 슬레서의 시선집』. 그리고 앞표지 안에는 이름이 다섯 개 있었는데, 각각 다른 잉크로 손으로 쓴 글씨였으며, 각각의 이름은 긁어서 파내져 있었다. 즉 나처럼 돈이 없어서 새로운 교재를 살 여유가 없었던 이전 학생들의 목록은 긁어 지워져 있었다.

그러니 맞다, 아마도 브래드 형 말이 맞을 것이다. 나는 어딘가에서 일자리를 구할 수 있을 것이다. 단지 이제 막 생각이 싹트는 단계였으므로 정확히 그 어딘가가 어디일지는 실제로 생각해 본 적이 없었지만 분명히 '다른' 실제 세상에 있는 어딘가일 것이다.

그리고 나는 콜린 여사님이 빚을 청산하는 것을 돕기에 충분하게 벌 수 있을 것이다. 아마도 콜린 여사님이 우리 집을 담보로 진 빚을 갚는 것도 도울 수 있을 것이다. 가능할까? 학교를 마치고, 일자리를 얻어 일이 년 떠나 있다가, 그런 뒤 정말로 내가 하고 싶은 일을 하는 것. 그리고 아무튼 나는 건축 공부를 하겠다는 생각으로 완전히 나 자신을 속이고 있는 것일지도 모른다. 적어도 당장은. 아마도 그 일은 기다릴 수 있을 것이다. 나중에도 시간은 얼마든지 있을 것이다.

브래드 형이 곧 사무실에 도착할 것이다. 형이 사무실로 걸어 들어가면 콜린 여사님은 전화를 받고 있을 것이다. 콜린 여사님이 잠깐만 기다려 달라는 말을 하려고 얼굴에 고정된 사무적인 미소를 띤 채 고개를 들어 쳐다볼 것이다. 곧바로 콜린 여사님은 형을 알아볼 것이고 빠르지만 예의바르게 하던 통화를 끝낼 것이다.

"고객님, 제가 잠시 뒤에 다시 전화 드려도 될까요? 고맙습니다."

그런 뒤 비명을 내지르기 시작하며 책상 끝을 돌아 나와서 형을 껴안을 것이고 동료들은 약간 재미있어 할 것이다. 그런 뒤 일찍 점심을 먹으러 가자고 요청할 것이다. 그 모든 광경이 내 앞에서, 바로 우리 집의 갈색으로 변해가고 있는 앞마당 잔디에서 펼쳐지고 있는 것처럼 내 눈앞에 선했다.

나는 한숨을 쉬었다. 그러고는 풀 가시로부터 발을 보호하려고 현관 입구 옆에 있는 색이 바랜 고무슬리퍼를 신었다. 우편함에는 전자제품과 식료품 특가세일을 선전하는 광고 우편 한 통을 빼고는 아무것도 없었다. 나는 그것을 정면 현관 계단 옆의 재활용 쓰레기통에 던지고는 로저 위를 넘어 다시 시원한 집안으로 들어갔다.

중요한 일부터 먼저 하자. 설거지를 하고, 부엌을 말끔히 치우고, 깨진 접시 조각을 쓸자. 저녁상을 차리자. 좋은 잔과 양초도 꺼내고. 그런 뒤 브래드 형이 쓰던 방 침대에 깨끗한 침대보를 깔자. 그리고 침대 끝에는 잘 개어진 수건을 놓자. 마치 손님을 접대하듯이.

누구나 갖고 있거나
갖고 있지 않은 **이야기**

1판 1쇄 발행 2011년 4월 10일

제임스 로이 지음 ㅣ 황윤영 옮김
발행인 ㅣ 서경석

책임편집 ㅣ 정재은
디자인 ㅣ 조안나
마케팅 ㅣ 예경원·서기원·소재범

발행처 ㅣ 청어람메이트   출판등록 ㅣ 제313-2009-68호
주소 ㅣ 경기도 부천시 원미구 심곡2동 163-2번지 서경빌딩 3층
연락처 ㅣ 편집 (T) 032-656-9495 (F) 032-656-9496
         마케팅 (T) 032-656-4452 (F) 032-656-4453

ISBN ㅣ 978-89-93912-52-4 03840